SCIENCE FICTION

Herausgegeben
von Wolfgang Jeschke

Von Reginald Bretnor erschienen in der Reihe
HEYNE SCIENCE FICTION & FANTASY:

Die Schimmelhorn-Akte · 06/4408
Schimmelhorns Gold · 06/4409

REGINALD BRETNOR

DIE SCHIMMELHORN-AKTE

Science Fiction

Deutsche Erstveröffentlichung

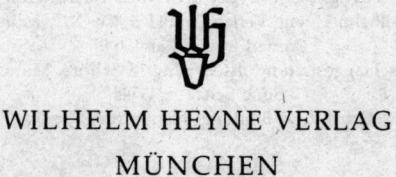

WILHELM HEYNE VERLAG
MÜNCHEN

HEYNE SCIENCE FICTION & FANTASY
Band 06/4408

Titel der amerikanischen Originalausgabe
THE SCHIMMELHORN FILE –
MEMOIRS OF A DIRTY OLD GENIUS
Deutsche Übersetzungen von Andreas Brandhorst
und Gisela Stege
Das Umschlagbild schuf Klaus Holitzka
Die Illustrationen zeichnete Mark van Oppen

Redaktion: Irene Bonhorst
Copyright © 1979 by Reginald Bretnor
Copyright © 1987 der deutschen Übersetzung
by Wilhelm Heyne Verlag GmbH & Co. KG, München
Printed in Germany 1987
Umschlaggestaltung: Atelier Ingrid Schütz, München
Satz: Schaber, Wels
Druck und Bindung: Elsnerdruck, Berlin

ISBN 3-453-00417-5

Inhalt

Die Geheimwaffe 7
(THE GNURRS COME FROM THE VOODVORK OUT)

Der Kleine Anton 30
(LITTLE ANTON)

Die Frauen von Betaigäuse Neun 75
(THE LADIES OF BEETLEGOOSE NINE)

Graf von Schimmelhorn und das Zeit-Pony 155
(COUNT VON SCHIMMELHORN AND THE TIME-PONY)

Papa Schimmelhorns *Yang* 230
(PAPA SCHIMMELHORN'S *YANG*)

Papa Schimmelhorn und das S.O.D.O.M.-Serum . 276
(PAPA SCHIMMELHORN AND THE S.O.D.O.M. SERUM)

Für alle komischen Käuze
(Und für Rosalie, die mit einem von ihnen
fertigwerden muß)

Auch für T. R. Fehrenbach,
der so informativ über die *Gnome von Zürich* schrieb,
und für Alan L. Harvie,
der als erster vorschlug, Papa Schimmelhorn
solle für sie arbeiten.

Die Geheimwaffe

Als Papa Schimmelhorn vom Krieg mit Bobovia hörte, kaufte er sich ein fertig verpacktes Lunch, wickelte seine Geheimwaffe in Packpapier und nahm den ersten Bus direkt nach Washington. Kurz vor der Mittagszeit erschien er am Haupttor des Amtes für Geheimwaffen – mit Lunch, Bart und Fagott.

Jawohl – *Fagott*. Er hatte seine Geheimwaffe ausgepackt. Sie sah aus wie ein Fagott. Der Unterschied war nicht zu sehen.

Corporal Jerry Colliver, der vor dem Haupteingang Wache stand, wußte nicht, daß es einen Unterschied gab. Er wußte lediglich, daß das Amt für Geheimwaffen nur eine Fassade war, ausschließlich dazu eingerichtet, den anderen die Spinner vom Hals zu halten, und daß er noch einen ganzen Nachmittag vor sich hatte, bis er seine Katie treffen konnte.

»Gutän Morgän, Soldscher-Boi«, brüllte Papa Schimmelhorn, das Fagott schwenkend.

Corporal Colliver zwinkerte den beiden Gefreiten zu, die sich neben ihm auf der Treppe des Wachlokals sonnten. »Komm im Dezember wieder, du Weihnachtsmann«, sagte er. »Wir haben wegen Inventur geschlossen.«

»Nain!« Papa Schimmelhorn wurde böse. »So lange kann ich nicht von där Arbeit wägblaiben. Außerdäm habe ich hier aine Gehaimwaffe. Lassen Sie mich sofort rain!«

Der Corporal zuckte die Achseln. Befehl ist Befehl. Verrückt oder nicht – man mußte sie reinlassen. Er griff hinter sich und drückte den Spinnerknopf, um vorsichtshalber die Psychiater zu warnen. Dann stieg er mit klirrendem Schlüsselbund die Stufen zum Tor hinauf. »Aha, Geheimwaffe!« sagte er, während er aufschloß.

»Mit der dauert der Krieg bestimmt nicht länger als 'ne Woche, wie?«

»Aine *Woche?*« Papa Schimmelhorn brach in brüllendes Gelächter aus. »Warte nur ab, Soldscher-Boi! In höchschtens zwai Tagen ischt där Krieg vorbai! Ich bin nämlich ain Dschänie!«

Als er das Gebäude betreten wollte, erinnerte sich Corporal Colliver an die Vorschriften und fragte ihn streng, ob er auch keinen Sprengstoff bei sich hätte.

»Ho-ho-ho! Man braucht kainen Schprängschtoff, um ainen Krieg zu gewinnen! Aber bitte sähr – durchsuchen Sie mich!«

Der Corporal durchsuchte ihn. Er durchsuchte die Frühstückstasche, die ein gekochtes Ei, zwei Sandwiches mit Schinken und einen Apfel enthielt. Er untersuchte das Fagott, schüttelte es kräftig und spähte dann auch noch hindurch, um sich zu vergewissern, daß es tatsächlich vollkommen leer war.

»Okay, Pop«, sagte er, als er mit dem Durchsuchen fertig war. »Von mir aus kannst du reingehen. Die Flöte da läßt du aber wohl besser hier.«

»Das ischt kaine Flöte!« verbesserte ihn Papa Schimmelhorn. »Das ischt aine Gnurr-Pfaife. Und die muß ich mitnähmen, wail das nämlich maine Gehaimwaffe ischt.«

Der Corporal, der sich insgeheim schon darauf gefreut hatte, mindestens eine Stunde lang auf dem Ding rumdudeln zu können, zuckte philosophisch die Achseln. »Barney«, wandte er sich an den einen Gefreiten, »bring diesen Mann hier nach Abteilung Acht.«

Als der Soldat mit Papa Schimmelhorn im Schlepptau davonmarschierte, drückte der Corporal vorsichtshalber noch zweimal den Spinnerknopf. »Ist das nicht die Höhe?« sagte er zu dem zweiten Gefreiten, »daß wir diese Verrückten behandeln müssen, als wären sie der Kaiser von China?«

Corporal Colliver konnte natürlich nicht wissen, daß

Papa Schimmelhorn die reine Wahrheit gesprochen hatte. Er konnte weder wissen, daß Papa Schimmelhorn tatsächlich ein Genie war, noch daß die Gnurrs dem Krieg innerhalb von zwei Tagen ein Ende bereiten und daß Papa Schimmelhorn ihn gewinnen würde.

Nein, das konnte er wahrhaft nicht wissen – noch nicht.

Um zehn Minuten nach eins hatte Colonel Powhattan Fairfax Pollard zu seinem Glück noch keine Ahnung von Papa Schimmelhorns Existenz.

Colonel Pollard war lang, mager und zäh wie Leder. Er trug Schaftstiefel, Sporen und eines von diesen pflaumenfarbenen Hemden, wie sie in den zwanziger Jahren im Fort Huachuca modern gewesen waren. Colonel Pollard hielt nichts von Geheimwaffen. Er hielt nicht mal was von Atombomben, Panzern, rückstoßfreien Gewehren und Angriffsflugtaktik. Er hielt nur was von seinen Pferden.

Das Pentagon hatte ihn aus dem Ruhestand zurückgeholt, um ihm die Leitung des Amtes für Geheimwaffen anzuvertrauen, und er war genau der richtige Mann dafür. In den vier Monaten seiner Amtsführung war nur ein einziger Erfinder – ein Mann mit unübertroffenen sinnvollen Ideen im Zusammenhang mit Packsätteln – an übergeordnete Behörden weitergeschickt worden.

Colonel Pollard saß an seinem Schreibtisch und diktierte seiner blonden WAC-Sekretärin (Women's Army Corps – weibliches Hilfskorps) aus einem aufgeschlagenen Exemplar von Generalleutnant Wardrops Buch ›Moderne Sauhatz mit dem Spieß‹. Er sammelte Material für sein eigenes Werk, dem er den Titel ›Säbel und Lanze in der zukünftigen Kriegführung‹ geben wollte. Jetzt brach er mitten in einem Zitat über die Vorteile des bengalischen Speers plötzlich ab. »Miß Hooper!« verkündete er triumphierend. »Ich habe eine Idee!«

Katie Hooper schniefte gekränkt. Wenn er schon so formell sein mußte, warum sagte er dann nicht ›Sergeant‹? Die anderen hohen Offiziere sagten stets ›Schätzchen‹ oder ›Liebling‹ zu ihr, jedenfalls, wenn sie mit ihr allein waren. *Miß* Hooper – wie albern! Sie schniefte abermals und sagte: »Yes, Sir!«

Colonell Pollard schnaubte hörbar, anscheinend, um sein Gehirn freizumachen. »Ich kann aus tiefster Überzeugung behaupten«, begann er großartig, »daß diese besessene Sucht nach den sogenannten wissenschaftlichen Waffen die Sicherheit der Vereinigten Staaten auf das gefährlichste bedroht. Entgegen aller Erfahrungen der nach wie vor gültigen Kriegswissenschaft bauen wir eine unerprobte Waffe nach der anderen, bauen wir Abwehrwaffen dagegen, Abwehrwaffen gegen die Abwehrwaffen, Abwehrwaffen gegen ... und so weiter. Bis an die Zähne bewaffnet mit Theorien und Selbsttäuschungen, ist es denkbar, daß wir schon bald hilflos, impotent – haben Sie gehört, Miß Hooper? *Impotent* ...«

Miß Hooper sagte kichernd: »Yes, Sir!«

»... dem Ansturm irgendeines Attila gegenüberstehen«, tönte der Colonel, »dem Ansturm eines modernen Dschingis Khan, der sich, wenn auch bis jetzt noch nicht geboren, eines Tages erheben und unsere klugen Techniker und Ingenieure wie leere Spreu davonblasen wird. Und dann wird er sich ein Reich mit Kavallerie erobern – jawohl, mit *Kavallerie*, mit Pferden und Säbeln!«

»Yes, Sir«, sagte die Sekretärin.

»Heutzutage«, donnerte der Colonel, »haben wir keine Kavallerie! Eine einzige Million berittener Muschiks könnten ...«

Aber die Welt sollte nicht erfahren, was eine Million berittener Muschiks tun oder nicht tun könnten. Die Tür flog auf. Im Vorzimmer ertönte ein kurzer, scharfer Quietschlaut. Ein rundlicher, junger Offizier schoß quer durch das Zimmer, bremste unmittelbar vor dem Schreibtisch des Colonels und salutierte hastig.

»Huuuuch!« keuchte Katie Hooper, die blauen Augen weit aufgerissen.

Die Miene des Colonels verwandelte sich zu Stein.

Der junge Offizier kam lange genug zu Atem, um strahlend herausstoßen zu können: »Sir! Großer Gott, es ... wir haben's geschafft, Sir!«

Leutnant Hanson war kein Frontsoldat, sondern Wissenschaftler. Er hatte sich nicht angemeldet. Er war auf höchst unmilitärische Art und Weise hereingeplatzt, ohne anzuklopfen. Und ... und ...

»HERR!« brüllte Colonel Pollard empört. »WO IST IHRE HOSE?«

Denn Lieutenant Hanson trug ganz eindeutig keine. Ebensowenig trug er Socken und Schuhe. Und die zerfetzten Zipfel seines Hemdes bedeckten knapp seine zerrissene Unterhose.

»MACHEN SIE DEN MUND AUF, VERDAMMT NOCH MAL!«

Betreten senkte der Lieutenant den Blick auf seine unteren Extremitäten, um ihn sogleich wieder zu heben. Er fing an zu zittern. »Sie ... Sie haben sie *gefressen!*« sprudelte er heraus. »Das wollte ich Ihnen ja gerade klarmachen! Keine Ahnung, wie er das macht. Er muß ungefähr achtzig sein und ist ... äh ... Vorarbeiter in einer Kuckucksuhrenfabrik. Aber es ist *die* perfekte Waffe! Und sie funktioniert, sie funktioniert, *sie funktioniert!*« Er lachte hysterisch. »Die Gnurrs komm' aus dem Holz heraus«, sang er, im Takt in die Hände klatschend. »Holz heraus, Holz heraus ...«

In diesem Augenblick sprang Colonel Pollard von seinem Sessel auf, setzte über den Schreibtisch und versuchte Lieutenant Hanson zu beruhigen, indem er ihn heftig schüttelte. »Eine Schande!« blaffte er ihm ins Ohr. »Drehen Sie sich um!« befahl er der errötenden

Katie Hooper. »MUMPITZ!« brüllte er, als der Lieutenant irgendwas von Gnurrs stottern wollte.

Und: »Was ischt Mumpitz, Soldscher-Boi?« erkundigte sich Papa Schimmelhorn von der Tür her.

Colonel Pollard ließ den Lieutenant los. Er wurde tief dunkelrot. Zum erstenmal in seiner militärischen Laufbahn fehlten ihm die Worte.

Der Lieutenant deutete wackelig auf Colonel Pollard. »Gnurrs sind Mumpitz«, antwortete er kichernd. »Behauptet *er!*«

»Ha!« Papa Schimmelhorns Augen funkelten wütend. »Ich wärd's dir schon zaigen, Soldscher-Boi.«

Der Colonel explodierte. »Soldier-Boy? SOLDIER-BOY? *Stehen Sie stramm, wenn ich mit Ihnen spreche!* HALTUNG ANNEHMEN, VERDAMMT NOCH MAL!«

Papa Schimmelhorn beachtete ihn natürlich überhaupt nicht. Er hob seine Geheimwaffe an die Lippen, und dann tönten klagend die ersten Takte von ›Come to the Church in the Wildwood‹ durch den Raum.

»Mister Hanson!« tobte der Colonel. »Verhaften Sie diesen Mann! Nehmen Sie ihm das Ding da weg! Vor den Kadi werde ich ihn bringen! Ich werde ...«

In diesem Moment kamen die Gnurrs aus dem Holz.

Einen Gnurr zu beschreiben ist nicht so leicht. Können Sie sich ein mausfarbenes, mausgroßes Wesen vorstellen, das eine Figur hat wie ein Wildeber, aber sozusagen *schimmert?* Mit Daumen vorne und hinten, einem kahlen, rosa Schwanz und gelben Augen, die um mehrere Nummern zu groß sind? Und mit drei Reihen scharfer Zähne im Gesicht? Können Sie das? Tja, so sehen sie ungefähr aus – nur, daß noch niemand *einen* Gnurr zu Gesicht bekommen hat. Sie kommen nicht allein. Wenn die Gnurrs aus dem Holz herauskommen, dann kommen sie alle zusammen – wie Lemminge, nur in noch viel größerer Zahl: Millionen über Millionen. Und sie fressen.

Die Gnurrs kamen aus dem Holz heraus, als Papa Schimmelhorn gerade bis zu der Stelle ›... the church in the vale‹ gekommen war. Noch ehe er ›No scene is so dear to my childhood‹ beenden konnte, hatten sie den halben Fußboden bedeckt und den halben Teppich gefressen. Anschließend rückten sie gegen Colonel Pollard vor.

Der Colonel erkletterte hastig seinen Schreibtisch und schlug mit seiner Reitpeitsche um sich. Katie Hooper erklomm einen Aktenschrank, hob ihren Rock und kreischte. Lieutenant Hanson, verhältnismäßig sicher, da praktisch nackt, hielt tapfer die Stellung und wieherte höchst unbotmäßig vor Lachen.

Papa Schimmelhorn unterbrach seine Dudelei und rief: »Kaine Angscht, Soldscher-Boi!« Und dann begann er von neuem zu spielen, diesmal jedoch etwas Fremdartiges, etwas, was überhaupt nicht klang wie eine Melodie.

Sofort hielten die Gnurrs inne. Ängstlich sahen sie sich um. Sie verschlangen die Reste von des Colonels Sesselkissen, schimmerten hell, stießen eine Art Quietschgeräusch aus, machten kehrt und verschwanden in der Täfelung.

Papa Schimmelhorn starrte auf des Colonels Schaftstiefel, die überraschenderweise noch intakt waren, und murmelte leise: »Hm – aha!« Dann musterte er lüstern Katie Hooper, die auf seinen Blick hin prompt ihren Rock fallen ließ. Er deutete mit dem Daumen auf seine Brust und verkündete der ganzen Welt: »Sie sind ainfach fabelhaft, maine Gnurrs!«

»Wo ...« Der Colonel ließ Anzeichen eines tiefen, psychischen Traumas erkennen. »Wohin sind sie verschwunden?«

»Dorthin, wo sie härgekommen sind«, antwortete Papa Schimmelhorn.

»Und wo ist das?«

»Das ischt gäschtern.«

»Das ist ... das ist doch absurd!« Mit weichen Knien kam der Colonel herunter und fiel erschöpft in seinen Sessel. »Gestern waren sie nicht hier.«

Papa Schimmelhorn betrachtete ihn mitleidig. »Aber natürlich nicht! Gäschtern waren sie nicht hier, wail gäschtern gäschtern heute war. Sie *sind* gäschtern hier, wail gäschtern heute schon gäschtern ischt. Das ischt ain Untärschied.«

Colonel Pollard wischte sich die schweißbedeckte Stirn und warf Lieutenant Hanson einen flehenden Blick zu.

»Vielleicht kann ich es Ihnen erklären, Sir«, sagte der Lieutenant, dessen Nervensystem von diesem zweiten Besuch der Gnurrs anscheinend profitiert hatte. »Darf ich Ihnen Meldung machen?«

»Ja, ja, gewiß.« Erleichtert griff Colonel Pollard nach diesem Strohhalm. »Äh – setzen Sie sich.«

Lieutenant Hanson zog sich einen Stuhl herbei und begann, während Papa Schimmelhorn zu Katie ging, um mit ihr zu flirten, mit leiser, aber sehr ernster Stimme zu berichten.

»Es ist absolut unglaublich«, versicherte er. »Sämtliche Routinetests beweisen, daß er, gelinde ausgedrückt, hochgradig schwachsinnig ist. Er hat mit elf Jahren die Schule verlassen, hat eine Lehre absolviert und dann, bis er ungefähr fünfzig war, als Uhrmacher gearbeitet. Anschließend war er, bis vor wenigen Jahren, Hausmeister im Genfer Institut für Höhere Physik. Dann kam er nach Amerika, wo er seinen jetzigen Job bekam. Der springende Punkt ist aber diese Sache in Genf. Die Wissenschaftler dort arbeiteten an einer Erweiterung von Einsteins und Minkowskis Entdeckungen. Schimmelhorn muß eine Menge davon mitbekommen haben.«

»Aber wenn er doch schwachsinnig ist ...« Von Einstein hatte der General gehört und wußte, daß er sehr schwer zu verstehen war. »... was sollte ihm das dann nützen?«

»Das ist ja der Witz, Sir! Auf der Bewußtseinsebene ist er schwachsinnig, aber im Unterbewußten ist er ein Genie. Irgendwie hat er mit einem Teil seines Verstandes die Informationen absorbiert, integriert und ist dann auf diese Fagott-Geschichte gekommen. Im Mundstück des Instruments befindet sich ein komischer, kleiner L-förmiger Kristall, und wenn man bläst, vibriert dieser Kristall. Wie das Ganze funktioniert, wissen wir nicht – aber es funktioniert!«

»Sie meinen, die ... äh ... vierte Dimension?«

»Genau. Obwohl wir selbst das Gestern hinter uns gelassen haben, ist das bei den Gnurrs nicht der Fall. Sie befinden sich *jetzt* dort. Wenn für uns ein Tag zum Gestern wird, wird er für sie zum Heute.«

»Aber ... aber wie wird er die Viecher wieder los?«

»Indem er dieselbe Melodie rückwärts spielt, und damit den Effekt umkehrt, behauptet er. Ein wahres Glück, wenn Sie mich fragen!«

Papa Schimmelhorn, der Katie Hooper aufgefordert hatte, seinen Bizeps zu fühlen, drehte sich um. »Warten Sie nur!« Er lachte dröhnend. »Bald sände ich mit mainer Gnurrpfaife zum Faind hinüber! Wir wärden dän Krieg gewinnen!«

Der Colonel machte einen Rückzieher. »Das Ding ist noch nicht erprobt! Es muß zunächst ... äh ... eingehend studiert ... erprobt ... getestet werden.«

»Dazu haben wir keine Zeit, Sir. Wir würden das Überraschungsmoment verlieren.«

»Wir werden eine offizielle Meldung nach oben machen«, entschied der Colonel. »Das Ding ist doch so 'ne verdammte Maschine, oder? Die sind alle unzuverlässig. Schon immer. Es würde den Prinzipien des Krieges zuwiderlaufen.«

Jetzt hatte Lieutenant Hanson eine großartige Idee.

»Aber, Sir«, wandte er ein, »wir werden ja gar nicht mit der Gnurrpfeife kämpfen! Die richtige Waffe sind die Gnurrs, und das sind keineswegs Maschinen – das sind Tiere! Die berühmtesten Generale haben im Krieg Tiere verwendet! Die Gnurrs interessieren sich zwar nicht für Lebewesen, aber sie verschlingen begeistert alles andere – Wolle, Baumwolle, Leder, sogar Plastik – und ihre Zahl ist geradezu astronomisch. An Ihrer Stelle würde ich sofort den Minister informieren!«

Einen Augenblick zögerte der Colonel, aber nur einen kurzen Augenblick. »Hanson«, sagte er dann entschlossen, »Sie haben recht. Sie haben wirklich und wahrhaftig recht!«

Damit langte er zum Telefon.

In weniger als vierundzwanzig Stunden war das *Unternehmen Gnurr* organisiert. Nach einer Konferenz mit dem Präsidenten und den Stabschefs eilte der Verteidigungsminister persönlich herbei, um die vorbereitenden Tests von Papa Schimmelhorns Geheimwaffe selbst zu leiten. Bis zum Abend hatte man festgestellt, was die Gnurrs alles konnten. Sie:

a) bedeckten in knapp zwanzig Sekunden nach dem Ertönen der Melodie eine Fläche von zweihundert Metern Radius von der Gnurrpfeife aus;

b) entkleideten in einer Minute und achtzehn Sekunden eine gesamte, mit chemischen Waffen ausgerüstete Kompanie Infanterie bis auf die Haut;

c) verschlangen den Inhalt von fünf Proviantämtern in wenig mehr als zwei Minuten; und

d) kamen, sobald die Gnurrpfeife über ein sorgfältig abgeschirmtes Kurzwellensystem ertönte, aus dem Holz heraus.

Außerdem stellte sich heraus, daß es nur drei wirksame Möglichkeiten gab, einen Gnurr zu töten: durch Erschießen, durch Übergießen mit flüssigem Feuer oder durch Abwerfen einer Atombombe. Für alle drei Methoden gab es jedoch bei weitem zu viele Gnurrs, so daß sie keinen Pfifferling wert waren.

Bis zum nächsten Morgen war Colonel Powhattan Fairfax Pollard, weil er der einzige hohe Offizier war, der jemals einen Gnurr gesehen hatte, und weil man wußte, daß er Spezialist für Tiere war, zum Generalleutnant gemacht worden und erhielt die Gesamtleitung des Unternehmens. Lieutenant Hanson, als sein Adjutant, sah sich unversehens zum Major ernannt. Corporal Colliver wurde Master-Sergeant – vermutlich, weil er gerade zur Stelle war, als das Manna vom Himmel fiel. Und Katie Hooper hatte ein kurzes, aber anstrengendes Stelldichein mit Papa Schimmelhorn.

Keiner von den vieren war zufrieden. Katie beschwerte sich, Papa Schimmelhorn und die Gnurrs hätten beide denselben Gedanken im Kopf, nur ihre Technik sei verschieden. Jerry Colliver, der bis dahin regelmäßig mit Katie ausgegangen war, beklagte sich darüber, daß sein Beliebtheitsquotient bei Katie auf null gesunken sei. Und Major Hanson mußte plötzlich einsehen, daß außer dem Feind sich auch andere Stellen in die Papa Schimmelhorn-Stunde einschalten konnten.

Sogar General Pollard war bedrückt ...

»Alles kann ich ihm verzeihen, Hanson«, erklärte er sauer, »nur nicht, daß er mich immer ›Soldier-Boy‹ nennt. Das lasse ich mir einfach nicht gefallen! Die Kriegskunst darf keine Disziplinlosigkeit tolerieren. Ich habe mit ihm auch schon darüber gesprochen, aber er hat mir nur geantwortet: ›Schon gut, Soldier-Boy. Du kannst mich ja Papa nennen.‹«

Major Hanson beherrschte sich und sagte: »Nun ja, Sir, warum nennen Sie ihn nicht wirklich Papa? Schließlich machen gerade so menschliche Begebnisse wie dieses große Geschichte.«

»Ah ja – Geschichte!« Der General pausierte nachdenklich. »Hm ja – mag sein, mag sein. Schließlich wurde Napoleon auch immer ›der kleine Korporal‹ genannt.«

»Was mir allerdings ernsthaft Sorgen macht, General, ist die Frage, wie wir die Sendung durchkriegen, ohne daß sich unsere eigenen Leute einschalten. Vermutlich hat man sich oben was ausgedacht, sonst hätte man die ... die Offensive nicht auf fünf Uhr angesetzt. Bis dahin sind es nur noch vier Stunden.«

»Hm, da Sie grade davon sprechen«, fuhr General Pollard aus seinen Träumen auf, »es ist tatsächlich ein Memorandum gekommen ... Oh, Miß Hooper, bringen Sie mir doch bitte das Memo von G-I, ja? Vielen Dank. Da ist es. Man hat offenbar beschlossen, die Sendung zu ... äh ... verzerren.«

»*Verzerren*, Sir?«

»Genau. Und ich habe die entsprechenden Befehle herausgegeben. Sehen Sie, unsere Abwehr berichtete nämlich vor ein paar Wochen, daß der Feind alles, was wir verzerrt senden, entzerren kann. Wenn Mr. Schimmelhorn vors Mikrofon tritt, werden wir ihn verzerren, unseren eigenen Leuten werden wir aber den Codeschlüssel nicht verraten. Man vermutet, daß fünf bis fünfzehn Feindmonitore die Sendung abhören werden. Phase Eins ist das Abspielen der Melodie. Anschließend werden die Mikrofone abgeschaltet, und er spielt sie rückwärts. Das ist Phase Zwei: um die Gnurrs wieder loszuwerden, die lokal aufgetaucht sind.«

»Klingt vernünftig.« Major Hanson runzelte die Stirn. »Und ist auch bestimmt sehr clever – wenn alles klappt. Was aber, wenn es nicht klappt? Sollten wir nicht noch einen Trumpf in der Hinterhand haben?«

Abermals runzelte er die Stirn. Als er jedoch merkte, daß dem General in diesem Zusammenhang auch nichts einfiel, begab er sich wieder an seine Arbeit. Er inspizierte ein letztes Mal den extra eingerichteten, schalldichten Senderaum, in dem Papa Schimmelhorn dudeln sollte. Er teilte die Beobachtungsfenster ein: eins für den Präsidenten, den Minister und General Pollard; eins für die Stabschefs; ein anderes für die Verbindungsoffiziere der Abwehr; und das letzte für den aktiven Stab des Unternehmens der Gnurr, zu dem er selbst auch gehörte. Um zehn Minuten vor fünf, als alles fertig war, hatten sich seine Sorgen immer noch nicht gelegt.

»Hören Sie«, flüsterte er Papa Schimmelhorn zu, als er ihn zu der schicksalsschweren Tür begleitete, »was machen Sie, wenn Sie ihre Gnurrs hier nicht mehr bändigen können? Zurück ins Holz können Sie sie dann in alle Ewigkeit nicht mehr dudeln!«

»Kaine Angscht, Soldscher-Boi!« Papa Schimmelhorn versetzte ihm einen dröhnenden Schlag auf den Rükken. »Ich habe noch ainen Trick, von däm ich euch noch nichts ärzählt habe.«

Mit dieser vagen Ankündigung schloß er die Studiotür hinter sich.

»*Fertig?*« rief General Pollard um eine Minute vor fünf nervös.

»*Fertig!*« kam es von Sergeant Colliver.

Vor Papa Schimmelhorn leuchtete ein rotes Licht auf. Die Spannung wuchs. Die Sekunden tickten dahin. Die Hand des Generals tastete nach einem nicht vorhandenen Degenkorb.

Um Punkt fünf Uhr ...

»ATTACKE!« schrie der General.

Und Papa Schimmelhorn begann ›Come to the Church in the Wildwood‹ zu blasen.

Woraufhin die Gnurrs – natürlich – aus dem Holz herauskamen.

Als die Gnurrs aus dem Holz herauskamen, stand ein hungriger Glanz in ihren gelben Augen. Sie bedeckten den Fußboden wie ein Teppich. Sie kletterten übereinander. Sie wimmelten um die kräftigen Beine von Papa

Schimmelhorn, die rasiermesserscharfen Zähne mahlend wie kleine Kreissägen. Seine Hose verschwand unter der heranstürmenden Flut, seine karierte Jacke, seine Krawatte, sein Kragen, seine Bartspitzen. Und Papa Schimmelhorn hob unverdrossen sein Instrument über die Gnurrs hinaus und dudelte unermüdlich weiter.
»*Come, come, come, come. Come to the church in the Wildwood* ...«

Major Hanson konnte die Gnurrpfeife natürlich nicht hören, aber er hatte das Lied in der Sonntagsschule gelernt und der Text ging ihm durch den Kopf. Vers um Vers, Strophe um Strophe ... Der fürchterliche Gedanke kam ihm, daß Papa Schimmelhorn überwältigt, überschwemmt, von Gnurrs ertränkt werden könnte ...

Und dann vernahm er General Pollards Stimme, die keineswegs mehr sehr sicher klang ...

»*Fertig, Phase Zwei?*«

»Fertig!« kam es von Sergeant Colliver.

Vor Papa Schimmelhorn leuchtete eine grüne Lampe auf.

Sekundenlang änderte sich überhaupt nichts. Dann zögerten die Gnurrs. Ängstlich blickten sie über die behaarten Schultern. Sie schimmerten. Sie begannen sich zurückzuziehen. Zurück, immer weiter zurück fluteten sie und ließen Papa Schimmelhorn allein, triumphierend – und splitterfasernackt im Raum.

Die Tür wurde geöffnet, und er erschien – um sich gratulieren und neu einkleiden zu lassen und dann (zu Sergeant Collivers größtem Verdruß) eine Dinnereinladung ins Weiße Haus auszuschlagen, weil er eine Verabredung mit Katie hatte. Die aktiven Phasen des Unternehmens Gnurr waren beendet.

Im fernen Bobovia jedoch herrschte Chaos. Später wurde bekannt, daß elf neugierige Feindmonitore das Gedudel der Gnurrpfeife entzerrt und die Flutwellen der Gnurrs elf Hauptstädte des Feindes überrollt hatten. Bis sieben Uhr fünfzehn hatte Bobovia, bis auf ein paar hysterische, weit draußen liegenden Stationen, den Sendebetrieb eingestellt. Um acht Uhr war auf jedem Kriegsschauplatz die militärische Aktivität Bobovias beendet. Um zwanzig Minuten nach zehn erfuhr die zutiefst verwunderte Presse, daß die Kapitulation Bobovias jeden Augenblick erwartet werden könne ... Der Präsident hatte eine Nachricht des bobovianischen Marschallissimo erhalten, indem dieser um die Genehmigung bat, mit seinem Stabschef, den Mitgliedern seines Kabinetts und mehreren Verwandten nach Washington kommen zu dürfen. Und Seine Exzellenz, der Präsident – hatte der Marschallissimo funken lassen –, möge doch bitte so freundlich sein, jemanden mit neunzehn amerikanischen Hosen, neu oder gebraucht, zum Flughafen zu schicken.

Der Gewinn des Zweiten Weltkriegs war nichts dagegen. Auch nicht der Tag des Sieges über Japan. Sobald die Zeitungen auf der Straße erschienen – BOBOVIA KAPITULIERTE – ATOMMÄUSE VERSCHLINGEN DEN FEIND! – GENIALER SCHWEIZER GEWINNT MIT SEINER STRATEGIE DEN KRIEG! – wurden die Menschen wild. Von Maine bis Florida, von Kalifornien bis Cape Cod gingen die Lichter an, dröhnten und kreischten Sirenen, Glocken und Autohupen durch die Nacht, wurden Millionen Kehlen heiser von dem immer wiederholten Absingen des Liedes ›Come to the Church in the Wildwood‹.

Am nächsten Tag, nachdem die gesamte Nation via Fernsehen an der offiziellen Unterzeichnung der Kapitulationsurkunde teilgenommen hatte, wurden General Pollard und Papa Schimmelhorn im Rahmen einer eindrucksvollen öffentlichen Feierstunde geehrt.

Papa Schimmelhorn erhielt die Danksagung beider Häuser des Kongresses. Akademische Ehren wurden ihm verliehen von Harvard, Princeton, dem M.I.T. und einer Anzahl von Berufskollegen unten in Texas. Er sprach ein paar Worte über Kuckucksuhren, die Gnurrs und Katie Hooper; die Menge belohnte die kurze Ansprache mit donnerndem Applaus.

General Pollard, dem die verschiedensten in- und ausländischen Orden verliehen worden waren, erging sich in einiger Länge über den Einsatz von Tieren bei der zukünftigen Kriegführung. Er wies darauf hin, daß das Pferd – es ganz besonders von allen Tieren – sich für normale militärische Zwecke hervorragend eigne, und umriß detailliert eine Vielzahl von Schlachten und Feldzügen, bei denen diese Tatsache erprobt und bewiesen worden war. Gerade wollte er sich den Säbeln und Lanzen zuwenden, als das unerwartete Eintreffen Major Hansons der ganzen Versammlung ein Ende setzte.

Hanson kam mit heulenden Sirenen hereingejagt. Er ließ seine MP-Eskorte hinter sich und rannte quer über das Podium. Bleich und keuchend erreichte er den Präsidenten, und soviel Mühe er sich auch gab, zu flüstern, seine Stimme war doch immerhin so laut, daß sie das Ohr des Generals erreichte. »*Die ... die Gnurrs!*« würgte er hervor. »*Sie sind in Los Angeles!*«

In Sekundenschnelle zeigte sich der General der Lage gewachsen. »Achtung!« schrie er ins Mikrofon. »Die Feierstunde ist beendet. Sie dürfen ... äh ... eh ... WEGGETRETEN!«

Bevor die Zuhörer auf seinen Befehl reagieren konnten, hatte er sich schon zu den Männern um den Präsidenten gesellt, und Hanson unterrichtete sie kurz von dem Geschehenen. »Es war eine Forschungsgruppe! Die Wissenschaftler hatten einen neuen Entzerrer gebaut – besser als die der Feinde. Sie hatten keine Ahnung, was los war. An Papa hier wollten sie ihn ausprobieren. Eine Schallplatte haben sie geschnitten. Und sie haben sie heute abgespielt! Ganz Los Angeles ist überflutet!«

Viele Sekunden lang herrschte betretenes Schweigen. Dann sagte der Präsident ruhig: »Meine Herren, wir sitzen im selben Boot wie Bobovia.«

Der General stöhnte.

Doch Papa Schimmelhorn begann zu jedermanns Überraschung laut und dröhnend zu lachen. »Ho-ho-ho-ho! Kaine Angscht, Soldscher-Boi! Värlaß du dich nur auf dän alten Papa Schimmelhorn. Die Gnurrs sind überall in Bobovia, aber wir haben sie nur in Los Anschäles, wo es nicht wichtig ischt! Außerdäm habe ich ainen Trick, von däm ich euch bis jätzt nichts gesagt habe!« Er blinzelte listig mit einem Auge. »Äs gibt da was, wovor die Gnurrs Angscht haben ...«

»Mein Gott, bitte ... *was denn?*« rief der Minister.

»Pfärde«, erklärte Papa Schimmelhorn. »Sie können dän Gäruch nicht ärtragen.«

»Pferde? Haben Sie *Pferde* gesagt?« Der General richtete sich kriegerisch auf. Seine Augen sprühten Feuer. »KAVALLERIE!« donnerte er. »Wir brauchen KAVALLERIE!«

Man verlor keine Zeit. Vor Ablauf einer Stunde wurde Generalleutnant Powhattan Fairfax Pollard, der einzige höhere Kavallerie-Offizier, der etwas von den Gnurrs verstand, in den Rang eines Armeegenerals erhoben und erhielt das Oberkommando. Major Hanson wurde zum Brigadier befördert, ein Statuswechsel, der ihn ein wenig benommen machte. Und Sergeant Colliver (der sehnsüchtig überlegte, daß er jetzt mehr als genug verdiente, um heiraten zu können) erhielt sein Offizierspatent.

General Pollard ergriff sofortige und entscheidende Maßnahmen. Das gesamte Air Force-Budget des Jahres wurde mit Beschlag belegt. Alles, was auch nur entfernt einem Pferd, einem Sattel, einem Zaumzeug oder einem Heuballen glich, wurde in requirierten Zügen und

Lastwagen nach Westen verschifft. Ehemalige Kavallerie-Offiziere und -Unteroffiziere, ohne Rücksicht auf Alter und Gesundheitszustand mobilisiert, wurden von verstimmten Piloten nach Sammelpunkten in Oregon, Nevada und Arizona geflogen. Jeder, der mal ein Pferd auch nur von weitem gesehen hatte, wurde zum Militärdienst eingezogen. Mexiko schickte mehrere Regimenter auf Leihbasis.

Für die Presse war das alles ein gefundenes Fressen. NACKTE HOLLYWOOD-STARS KÄMPFEN VERZWEIFELT GEGEN GNURRS! lautete die Schlagzeile so mancher ausschließlich Fotos zeigender Titelseiten. ›Life‹ widmete dem Armeegeneral Pollard sowie Jeb Stuart, Marschall Ney, Belisarius, dem Angriff der Leichten Brigade in Balaklava und AR 50-45, School of the Soldier Mounted Without Arms eine Sondernummer. Das ›Journal-American‹ berichtete aus zuverlässiger Quelle, der Geist General Custers sei beim Betreten des Offizierskasinos in Fort Riley, Kansas, gesehen worden.

Am sechsten Tag hatte General Pollard die größte Kavallerietruppe der ganzen Geschichte einsatzbereit. An Disziplin und äußerer Erscheinung ließ sie eine Menge zu wünschen übrig. Was reiterliche Qualitäten anbetraf, so waren diese, gelinde gesagt, unterschiedlich. Immerhin, der Kampfgeist war lobenswert und ...

»Nie wieder«, erklärte der General den Korrespondenten, die ihn in seinem Hauptquartier in Phoenix interviewten, »dürfen wir uns durch Politiker und langhaarige Theoretiker dazu bestimmen lassen, unsere altbewährten Grundsätze der Kriegführung aufzugeben und das Schicksal unseres Landes albernen ... äh ... *Apparaten* anzuvertrauen.«

Mit dem blanken Säbel deutete der General auf die Generalstabskarte. »Unsere Strategie ist sehr einfach«, verkündete er. »Die Streitkräfte der Gnurrs haben die Mojave-Wüste südlich umgangen und dringen nunmehr in Arizona ein. In Nevada konzentrieren sie ihren Angriff auf Reno und Virginia City. Die Hauptoffensive scheint sich jedoch gegen die Grenze von Oregon zu richten. Wie Sie wissen, stehen mir über zwei Millionen Berittene zur Verfügung – etwa dreihundert Divisionen. In einer Stunde werden sie marschieren. Wir werden die Gnurrs in drei Hauptgruppen zum Rückzug zwingen: im Süden, im Mittelabschnitt und im Norden. Wenn sie dann auf einem entsprechend begrenzten Gebiet zusammengedrängt worden sind, wird Papa ... äh, das heißt Mister Schimmelhorn, über mobile Lautsprechersysteme sein Instrument spielen.«

Damit deutete der General an, daß das Interview beendet sei, bestieg einen herrlichen kastanienbraunen Wallach, ein Geschenk der Bürger von Louisville, und ritt davon, um sich per Flugzeug an den Kriegsschauplatz zu begeben.

Unnötig zu erwähnen, daß seine Kriegführung gegen die Gnurrs von Initiative und Energie im höchsten Grade sowie von einer perfekten Beherrschung der unveränderlichen Grundlagen von Strategie und Taktik gekennzeichnet war. Obwohl gewisse Neider im Pentagon den Feldzug später als ›Pollys Viehtrieb‹ bezeichneten, so war die Tatsache doch nicht wegzuleugnen, daß er innerhalb von fünf Wochen einen totalen Sieg errang – Monate, bevor Bobovia auch nur daran dachte, einen Fünfjahresplan zur Wiederbekleidung seiner Bevölkerung zu entwickeln. Unerbittlich wurden die von Entsetzen gepackten Gnurrs zurückgetrieben. Ihr aufgeregtes Quieken war meilenweit zu vernehmen. Bei Nacht erhellte ihr Schimmern den ganzen Himmel. Im Süden, wo ihr Vormarsch durch die Wüsten behindert wurde, genügte ein dreimaliges Rückwärtsdudeln, um ihren Untergang herbeizuführen. Im Mittelabschnitt, wo die Kampftätigkeit schwerer war als vorher erwartet, bedurfte es deren siebzehn. Im Norden räumte ein

zwölfmaliges Abspielen auf. In jedem Fall wurde die Melodie durch riesige, auf Lastwagen montierte oder tragbare Lautsprecher über ein Gebiet von mehreren hundert Quadratmeilen verbreitet. Zahllose Fälle persönlichen Heldentums wurden bekannt – und Jerry Colliver wurde, nachdem ihm vier Breeches unter dem Hintern weggeschossen worden waren, von General Pollard persönlich zum Lieutenant befördert.

Einige wenige Gnurrs konnten natürlich auch entkommen, aber die Katzen der Umgebung, die vor Frustrierung laut miauten, machten kurzen Prozeß mit ihnen. Und was die zahlreichen lustigen Fälle von Disziplinlosigkeit betraf, die sich ereigneten als die siegreichen Truppen durch die wortwörtlich ›nacktgefressenen‹ Städte marschierten, so waren sie von der jubelnden Bevölkerung schon bald vergeben und vergessen.

Heimlich, um der stürmischen Begeisterung der bewundernden Massen zu entgehen, flogen General Pollard und Papa Schimmelhorn nach Washington zurück; drei volle Regimenter mit blank gezogenem Säbel waren erforderlich, um ihnen den Weg zu bahnen.

Endlich jedoch erreichten sie das Pentagon. Arm in Arm marschierten sie zum Büro des Generals, vor dessen Tür sie zunächst einmal stehenblieben.

»Papa«, sagte General Pollard, ehrfurchtsvoll auf die Gnurrpfeife deutend, »wir haben Geschichte gemacht! Und, bei Gott, wir werden noch mehr davon machen!«

»Ja!« bestätigte Papa Schimmelhorn mit unübersehbarem Augenzwinkern. »Aber heute, Soldscher-Boi, heute abend wärden wir ärschtmals wupie machen. Ich hab' aine Verabrädung mit Katie. Und für dich bringt sie aine Freundin mit.«

General Pollard zögerte. »Ja, aber wäre das nicht ... wäre das nicht nachteilig für ... äh ... für die Disziplin?«

»Kaine Angscht, Soldscher-Boi! Ich sag kainem Mänschen was davon!« Papa Schimmelhorn lachte – und stieß die Tür auf.

Drinnen stand der Schreibtisch des Generals. Daneben stand mit bedrückter Miene Brigade-General Hanson. An einer Wand stand, hämisch grinsend, Lieutenant Jerry Colliver, der besitzergreifend den Arm um Katie Hooper gelegt hatte. Und im Sessel des Generals saß eine sehr steife alte Dame in einem sehr steifen, schwarzen Kleid und klopfte mit einem sehr steifen Regenschirm auf die Löschunterlage.

Sobald sie Papa Schimmelhorn sah, hörte sie mit dem Klopfen auf und richtete den Regenschirm wie eine Waffe auf ihn. »So!« zischte sie böse. »Du glaubscht also, du kannscht dich ainfach davonmachen, wie? Du kannscht Vätter Antons schönes Fagott kaputtmachen, mit Mäusen schpielen und dich an Soldatenmädchen ranmachen, wie?«

Sie wandte sich an Katie Hooper, und die beiden tauschten einen triumphierenden Blick sehr weiblichen Einverständnisses. »Gut, daß Sie angärufen und mir alles gäsagt haben«, fuhr sie fort. »Sie sind ain nättes Mädchen. Sie sähen dän Wolf unter däm Schafspälz.«

Sie stand auf. Während Katie verlegen errötete, marschierte sie quer durchs Zimmer und entriß Papa Schimmelhorn die Gnurrpfeife. Und ehe jemand sie daran hindern konnte, zog sie das Mundstück herunter und zertrat den L-förmigen Kristall mit der Schuhsohle. »So!« sagte sie voller Genugtuung. »Jetzt ischt äs Schluß mit dän Gnurrs und dän Leute-ohne-Hosen-Straichen!«

Während General Pollard sie stumm und verblüfft anstarrte und Jerry Colliver schadenfroh kicherte, nahm sie den armen Papa Schimmelhorn fest beim Ohr. »Jätzt gäht's nach Hause!« kommandierte sie, ihn auf die Tür zusteuernd. »Da gibt's kaine Soldatenmädchen, aber das Haus muß gästrichen wärden!«

Zutiefst zerknirscht und ohne Widerstand folgte ihr

Papa Schimmelhorn. »Auf Wiedersähen!« rief er traurig. »Ich muß jätzt mit Mama nach Hause gähn.«

Als er an General Pollard vorbeikam, zwinkerte er diesem jedoch wie üblich zu. »Kaine Angscht, Soldscher-Boi«, flüsterte er, »ich wärde schon wieder ausraißen. Schließlich bin ich ain Dschänie!«

Aus dem Amerikanischen übersetzt von Gisela Stege

Der Kleine Anton

Am Tag bevor der Kleine Anton in den Vereinigten Staaten erwartet wurde, traf sich der Aufsichtsrat der Lüdesing-AG, Uhren und Präzisionsinstrumente, New Haven, zu einer Sondersitzung, um über die Zukunft seines Großonkels Papa Schimmelhorn zu entscheiden.

Durch seine Brille mit goldener Einfassung musterte der alte Heinrich Lüdesing seinen Sohn Woodrow, der ebenfalls zum Aufsichtsrat gehört, und Captain Perseus Otter von der US-Marine. »Ich habe äs schon tausendmal gesagt«, schnaufte er, »und jätzt wiederhole ich äs noch ainmal: Ich wärde Papa Schimmelhorn auf kainen Fall feuern. Er ischt ain Dschänie!«

»Reg dich nicht auf, Dad«, warf Woodrow Lüdesing beruhigend ein und rang sich sein zweitbestes Lächeln ab. »Weißt du, inzwischen haben sich einige Dinge geändert. Denk daran: Wir sind nicht mehr einfach nur die alte Lüdesing-Kuckucksuhrenfabrik. Niemand weiß besser als wir, daß die Zeit nicht stehenbleibt. Wir haben uns gewandelt. Wir sind gewachsen. Neues Kapital kam in die Firma. Wir haben einen Vertrag – *den* Vertrag –, der uns dazu verpflichtet, die supergeheimen Wilen-Orter herzustellen. Ja, und für die Wahrnehmung solcher Aufgaben sind modernste wissenschaftliche Erkenntnisse erforderlich. Mit unserer traditionellen Kuckucksuhrentechnik kommen wir da nicht weit.«

Eigensinnig schüttelte der alte Heinrich den Kopf.

»Ach, Vater.« Das Lächeln Woodrows verflüchtigte sich rasch und wich einem Ausdruck von familiärem Mitgefühl und Kummer. »Es wäre uns lieber, wenn wir in dieser Angelegenheit deine Unterstützung hätten, aber...« Woodrow zuckte mit den Schultern. »Du läßt uns keine Wahl. Nachdem uns der Captain den Standpunkt der Marine erklärt hat, sollten wir abstimmen.«

Captain Perseus Otter stand auf, und dabei beugte er sich ruckartig ein ganzes Stück nach vorn. Diese Haltung betonte seine erstaunliche Ähnlichkeit mit Lord Nelson – oder vielmehr der Galionsfigur Nelsons, wie sie von einem Bildhauer hergestellt worden war, der von allem Britischen offenbar nur sehr wenig oder gar nichts hielt. Die Ähnlichkeit beschränkte sich also auf eine unvorteilhafte Absonderlichkeit, die nicht nur einer Reihe von vorgesetzten Offizieren ein Dorn im Auge gewesen, sondern auch verschiedenen Damen unangenehm aufgefallen war, die sich unter anderen Umständen vielleicht zu einer Ehe mit Otter bereitgefunden hätten. Verständlicherweise war Perseus zu einem verbitterten Mann geworden.

Captain Otter richtete die Art von Blick auf den alten Heinrich, mit der er für gewöhnlich pflichtvergessene Menschen anstarrte, die es ablehnten, sich seinem Willen zu fügen. »Mister Lüdesing«, sagte er scharf, »vor acht Wochen habe ich der von Ihnen vorgeschlagenen Beförderung Schimmelhorns vom Vorarbeiter zum Betriebsleiter zugestimmt. Doch meiner Meinung nach war er zu keinem Zeitpunkt für eine so wichtige Stellung qualifiziert. Der Mann ist schon über achtzig. Mit elf Jahren verließ er die Schule. Sein Intelligenz-Quotient ist nicht viel höher als der eines intelligenten Schwachsinnigen. Seine moralischen Qualitäten sind alles andere als löblich. Trotzdem fügte ich mich Ihrer Entscheidung. Dies nun ist das Ergebnis.«

Perseus holte zwei Objekte aus seiner Mappe hervor. »Wie Sie wissen, handelt es sich bei dem wichtigsten Element des Wilen-Orters – jenem Teil, der uns die Möglichkeit gibt, in einem Umkreis von tausend Meilen jedes Schiff und jedes Flugzeug zu lokalisieren, ganz gleich ob Freund oder Feind – um die sogenannte Komponente M. Sie ist so geheim, daß niemand von uns darüber informiert ist, woraus sie besteht – so geheim, daß sie ausschließlich von abgeschirmten automatischen Gerätschaften hergestellt wird. Diese Apparaturen wurden von Schimmelhorn installiert. Ihn allein setzte man von ihrer Funktionsweise in Kenntnis. *Wir hingegen wissen nur* ...« – in der Stimme des Captains vibrierte nun so etwas wie gerechter Zorn – »... daß die Komponente M *ein* Teil sein muß und nicht etwa aus zweien zusammengesetzt werden darf – *und daß sie auf ein Uhrwerk verzichten kann!*«

Allgemeines Gemurmel schloß sich an diese Worte an. Die beiden Objekte wurden von Hand zu Hand gereicht: ein glattes Silberei mit sechs dünnen Keramikbeinchen und eine pilzförmige Geißlersche Röhre, die einige sonderbare Dinge enthielt, unter anderem kleine und deutlich erkennbare Zahnräder aus Messing.

»Ich möchte noch einmal alles zusammenfassen«, fuhr Captain Otter fort. »*Erstens:* Die kleinen Zahnräder gehören nicht in die Röhre. *Zweitens:* Die Röhre gehört ins *Innere* des Silbereis, und eine entsprechende Montage ist jetzt unmöglich. *Drittens:* Wir müssen Wilen höchstpersönlich vom MIT* hierher bitten, damit er alles in Ordnung bringt. Und *viertens* ...« Perseus errötete so plötzlich, als sei er von einem Augenblick zum anderen von entzückend nackten jungen Mädchen umgeben – was angesichts seines Äußeren nur eine ziemlich ausschweifende Phantasievorstellung sein konnte. »Seit Donnerstag, Mister Lüdesing, haben sich schon achtundzwanzig weibliche Angestellte beschwert. Schimmelhorn belästigt sie *dauernd*.«

»Papa Schimmelhorn beläschtigt kaine Frauen«, empörte sich der alte Heinrich. »Er flörtet nur mit ihnen.«

Captain Otter verschränkte die Arme. »Der Standpunkt der Marine läßt sich mit wenigen Worten beschreiben: Mr. Lüdesing, *Schimmelhorn muß gehen!*«

---

* Massachusetts Institue of Technology – *Anm. d. Übers.*

Unmittelbar im Anschluß daran beschloß der Aufsichtsrat mit acht Ja- und einer Nein-Stimme, Papa Schimmelhorn in den Ruhestand zu entlassen, ihm die übliche goldene Uhr zu schenken, eine Pension zu bewilligen und außerdem ein Anerkennungsschreiben aufzusetzen. Dann machte Woodrow Lüdesing den Vorschlag, ihn in den Sitzungssaal zu bestellen und keine Zeit damit zu verlieren, ihm die gute Nachricht mitzuteilen.

Papa Schimmelhorn war zweimal so breit wie der alte Heinrich Lüdesing. Er trug eine prächtige Knickerbokker, eine karierte grüne Sportjacke und ein geradezu verheerendes orangefarbenes Hemd. Und auf der einen geröteten Wange, auf halbem Wege zwischen der linken Braue und dem dichten, langen weißen Bart, zeigte sich ein Fleck, der ganz offensichtlich von einem Lippenstift stammte.

Ohne irgendwelche Anzeichen von Unsicherheit setzte er sich auf eine Ecke des Tisches und legte dem alten Heinrich den Arm um die Schultern. »Warum muscht du daine Zait nur immer mit solchen Ainfaltspinseln värschwänden, Hainrich? Du solltescht mit Papa Schimmelhorn kommen und dir die neue Blondine im Schpäditionsbüro ansähen. Ach ...« Er deutete auf den Captain und zwinkerte den Direktoren des Aufsichtsrates übertrieben zu. »... Sie würde sogar den Seemann dort in Aufrägung värsätzen!«

Captain Perseus Otter zischte leise, so wie eine Zündschnur, die jeden Augenblick eine Bombe explodieren lassen konnte. Woodrow Lüdesing, der versuchte, gleichzeitig freundlich und entschlossen zu wirken, meldete sich rasch zu Wort.

»Wir haben eben über Sie gesprochen, Mister Schimmelhorn«, sagte er zuvorkommend. »Ja, und wir machen uns Sorgen über Sie: Ihr hohes Alter, die Mühe, die es Sie sicher kostet, mit der raschen Weiterentwicklung der modernen Industrie Schritt zu halten, die große Belastung mit neuen Problemen, die für Ihre eher handwerklich ausgeprägten Fähigkeiten zu komplex sind. Es ist zwar traurig, aber wahr: Früher oder später muß die Fackel des Fortschritts von den schwach gewordenen Händen desjenigen, der sie bis dahin so tapfer trug, an einen Nachfolger weitergegeben werden. Die Lüdesing-AG, Uhren und Präzisionsinstrumente, möchte, daß die Ihnen, Mister Schimmelhorn, noch verbleibenden Jahre *glücklich* werden. Als Geschäftsleiter ...«

Er unterbrach sich, als Papa Schimmelhorn fröhlich prustete: »Hainrich, was rädet Woodrow nur für einen Unsinn! Ich sage dir, was dain Früchtchen braucht.« Er hob eine seiner Dreschflegeln ähnelnden und keineswegs vom Alter geschwächten Hände. »Ainen ordentlichen Klaps auf dän Hintern, jawoll! Das kann ihm beschtimmt nicht schaden!«

Woodrow Lüdesing erblaßte sichtlich und versteckte sich hinter Captain Otter. Die anderen Direktoren schoben rasch einige Stühle zwischen sich und Papa Schimmelhorn.

»Nein, Papa, nein!« Eine Träne tropfte auf den buschigen Schnurrbart Heinrichs. »Äs ischt jetzt zu schpät. Du bischt nicht mähr bai uns beschäftigt! Man hat dich in den Ruheschtand versätzt, mit Pänsion, goldener Uhr und viellaicht auch noch ainem Diplom.«

»Auf *meinen* Rat hin«, fügte Captain Perseus Otter vielsagend hinzu.

»Ach so!« Papa Schimmelhorn schien in keinster Weise überrascht oder betroffen zu sein. »Hainrich, jätzt verschtähe ich. Woodrow schtäckt dahinter: Är schämt sich wägen där Kuckucksuhren.« Er musterte den Captain von Kopf bis Fuß. »Und *är* gehört äbenfalls dazu. Är ischt aifersüchtig, wail er kaine Freundinnen hat wie andere Seeleute!«

Zwei der Direktoren kicherten leise, und Captain Otter begann erneut zu zischen. Der alte Heinrich jedoch war noch immer betrübt.

»Ach, Papa, ich habe ihnen gesagt, daß ohne dich hier alles dän Bach runtergäht. Ich habe ihnen gesagt, daß du Hausmaischter im Gänfer Inschtitut für Höhere Physik gewäsen bischt, dort den klugen Vorträgen där vielen Professoren zugehört hascht und ain Dschänie geworden bist. Aber der Captain mainte, der Apparat sai völlig unbrauchbar ...«

Papa Schimmelhorn lachte leise und kehrte den Direktoren den Rücken zu. »Hör mir gut zu, Hainrich. In Gänf habe ich ainige wichtige Ärfahrungen gemacht, von dänen ich jedoch diesen Ainfaltspinseln hier nichts verraten habe. Allerdings konnte ich drai Wochen lang nicht die Vorläsungen besuchen, wail ich aine bezaubernde Rothaarige kennenlärnte, aine Witwe.« Er zwinkerte erneut. »Nun, etwas fählt an däm Apparat, und das andere befindet sich draußen. Mach dir kaine Sorgen, Hainrich. Ich bringe das wieder in Ordnung. Ich wünschte, main alter Freund Albert aus Nu Dschersey wäre noch am Läben. Damals in der Schwaiz lärnte ich ihn als geschaiten Kopf kännen. Er war fascht wie ich, fascht äbenfalls ain Dschänie. Nachdem ich dän Klainen Anton abgeholt habe, mache ich mich auf den Wäg nach Prinston. Vielleicht können mir Alberts Freunde helfen.«

Er zog eine vergilbte Fotografie aus der Tasche, die ein dickes und leicht schieläugiges Kleinkind zeigte, das einer drallen Krankenschwester mit offensichtlichem Genuß in den Po zwickte. »Das ischt er, der Klaine Anton!« entfuhr es Papa Schimmelhorn stolz. »Achtzähn Pfund Geburtsgewicht! Und jetzt schicken sie ihn aus der Schwaiz zu mir und Mama, damit er zu ainem ordentlichen Mann aufwächst und nicht so blöd wird wie Woodrow.«

Er stand auf und musterte die Direktoren mit lustig funkelnden Augen. »Sai nicht böse auf sie, Hainrich. Bald schon wärden sie ain großes Durchainander anrichten – und dann bitten sie mich zurückzukähren, damit alles wieder in Ordnung kommt. Und dann ...« – er klopfte sich auf die breite Brust – »... oh, ho-ho-ho! Viellaicht, wänn er lieb und nätt ischt, zaige ich dem Seemann, wie man ain Mädchen aufreißt!«

Als Papa Schimmelhorn im Immigrationsbüro eintraf und nach dem kleinen Anton Fledermaus fragte, ließ der zuständige Beamte eine Gruppe verschiedener Einwanderer warten, um sich höchstpersönlich um sein Anliegen zu kümmern.

Papa Schimmelhorn hielt das nicht für außergewöhnlich. Während er wartete, flirtete er mit einer dunkelhäutigen jungen Frau aus Marrakesch und gratulierte sich dazu, dem gestrengen Blick Mama Schimmelhorns entkommen zu sein.

Größtenteils im Hinblick auf das Foto vom Kleinen Anton hatte er sich mit einer aufziehbaren Plastikschildkröte, einem Lutscher und einem Bilderbuch ausgerüstet, das die Abenteuer einer lustigen Figur namens *Willie Wabbit* schilderte. Aus diesem Grund ignorierte er zunächst die beiden Uniformierten, die mit übertriebener Freundlichkeit einen pausbäckigen Buben durch das Büro geleiteten, einen Halbwüchsigen im Trotzalter. Der Jugendliche war in eine Lederhose gekleidet und trug eine Jacke, die ihm mindestens drei Nummern zu klein war. Abgesehen von einer Zahnbürste in der Brusttasche führte er kein Gepäck bei sich. Die beiden Beamten brachten ihn zu Papa Schimmelhorn. »Jetzt gehört er ganz Ihnen«, sagte einer von ihnen rasch, und hastig zogen sich die Uniformierten zurück.

Der Junge nahm respektvoll die Mütze ab und begrüßte Papa Schimmelhorn mit »lieber Großonkel«. Mit einer Stimme, die zwischen einem disharmonischen Schrillen und dem dumpfen Vibrieren eines Ochsenfroschbasses schwankte, hielt er anschließend einen kurzen Vortrag auf deutsch. Er übermittelte die besten Grüße zahlreicher Verwandter und versprach, er wolle brav und gehorsam sein.

»KLAINER ANTON!« Papa Schimmelhorn ließ von der jungen Frau aus Marrakesch ab und umarmte glücklich den Jungen. Nach einer Weile wich er ein wenig von ihm zurück und musterte ihn eingehend. »Klainer Anton, wie groß du geworden bischt!«

Der Kleine Anton seufzte. »Meine Güte!« sagte er. »Bin ich froh, daß das vorbei ist!«

»Aber ... du schprichst ja Änglisch.«

»Aber klar«, erwiderte der Kleine Anton. »Immerhin habe ich alle Gangsterfilme gesehen. Mit dem deutschen Zeug eben wollte ich dich nur beeindrucken.«

»Oh, ho-ho-ho! Und ich habe dir aine aufziehbare Plaschtikschildkröte und ainen Lutscher mitgebracht!« Papa Schimmelhorn krümmte sich vor Lachen. »Das ischt wirklich luschtig.«

Der Kleine Anton warf der jungen Frau einen abschätzenden Blick zu und verdrehte dabei kurz die Augen. »Tja, Alterchen«, kicherte er, »es wäre sicher ganz lustig für dich geworden, hätte ich dich nicht gerade gestört. Nun, meine Sachen kommen erst später an – also gib deiner Perle einen Abschiedskuß und laß uns einen ordentlichen Porno ansehen.«

Diese deutlichen Hinweise auf die Frühreife des Jungen entzückten Papa Schimmelhorn. Er zwickte Frau Marrakesch in den wohlgeformten Po, und sie lächelte einfältig und sprach einige liebe Worte auf arabisch. Dann griff Papa Schimmelhorn beschwingt nach dem Arm des Kleinen Anton.

»Und jätzt«, sagte er, als er sich von der jungen Frau abwandte, »machen wir uns auf den Wäg nach Prinston in Nu Dschersey. Dort gibt äs ainige kluge Köpfe, die mainen alten Freund Albert Ainschtein kannten. Das ischt sogar noch wichtiger als ain Besuch im Kino. Und unterwägs erzähle ich dir alles über Amerika ...«

Er begann sofort mit der Geschichte von ›Schorsch Woschingten‹ und dem Kirschbaum – woran sich natürlich ein ausführlicher Bericht über seine eigene Karriere anschloß. Als sie den Bahnhof erreichten – bei der dortigen Gepäckaufbewahrung holten sie eine schon recht mitgenommen aussehende Reisetasche und einen großen Schuhkarton ab –, war der Kleine Anton bereits bestens über die Privatleben einiger lebenslustiger Damen aus Berne, New Haven und den Orten dazwischen informiert. Als sie nach Jersey gelangten, wußte er um die Wichtigkeit einer geschlossenen männlichen Front gegenüber der häuslichen Tyrannei Mama Schimmelhorns. Und bevor der Zug noch zehn Minuten unterwegs war, kannte der Junge die technischen Details des Wilen-Orters – und allein die Vorstellung eines solchen Wagnisses hätte Captain Perseus Otter sicher einen Wutanfall samt hysterischer Krise beschert.

Der Kleine Anton hörte die ganze Zeit über nur mit halbem Ohr zu. Dann und wann murmelte er ein »Mhm« oder quiekte ein »Im Ernst?« Einmal sah er seinen Großonkel mit unverhohlener Bewunderung an, und er lachte gluckernd. »Ach, wenn ich so alt bin wie du, Väterchen, möchte ich ebenfalls noch so helle und wach sein.« Die meiste Zeit verbrachte er jedoch damit, die anderen Passagiere zu beobachten, wobei er die weiblichen vorzog. Ab und zu verdrehte er dabei die Augen und brummte ein gelegentliches »Huiii!« oder »Ooohhh!«

Schließlich tippte Papa Schimmelhorn auf den großen Schuhkarton auf seinen Knien und meinte: »So, Klainer Anton, das ischt auch där Grund, warum ich nur ainen einzigen Apparat mitgebracht habe – är ischt so ge-

haim. Är schafft alles, was ich dir gesagt habe, und noch ainen klainen Trick, der aine große Überraschung darschtellt.«

Der Kleine Anton machte große Augen. Er starrte auf den Schuhkarton und schielte dabei ein wenig. »Meine Güte!« entfuhr es ihm. »Du hast das Ding bei dir?« Dann grinste er breit, deutete mit dem Daumen über die Schulter und fügte hinzu: »He, ich wette, das ist der Grund, warum uns der kleine Mistkerl in der Ecke da hinten verfolgt! Ha, ich bin sicher, er ist ein *Spion!*«

Papa Schimmelhorn war nicht einfach ein gewöhnliches Genie – vielmehr ein Genie mit *savoir faire*. Er blieb ganz ruhig, als er sich umdrehte, und er beobachtete den kleinen, schmalbrüstigen und blassen Mann, der drei Reihen hinter ihnen saß. »Dummkopf!« sagte er und kicherte. »Nur wail uns där Tüp da folgt, muß är doch kain Schpion sain. Hascht du dänn noch nichts vom Ef Bi Ai gehört? Ja, där Kärl ischt ain Agent. Är sorgt für Sicherhait.«

»Du hast sie ja nicht mehr alle, Alterchen«, erwiderte der Kleine Anton laut. »In den Filmen habe ich Dutzende von FBI-Agenten beobachtet. Sie sehen nicht annähernd so erbärmlich aus wie die Figur dort hinten.«

»*Ho-ho!*« Papa Schimmelhorn klopfte sich vor Vergnügen auf die Schenkel, und sein Lachen hallte durch den ganzen Waggon. »Das Ef Bi Ai ischt gerissen, Klainer Anton. Där Kärl hat sich beschtimmt verklaidet!«

Inzwischen waren alle anderen Passagiere auf sie aufmerksam geworden, und einige Leute unterhielten sich über sie. Das schien den kleinen Mann in Verlegenheit zu bringen. Einige Sekunden lang rutschte er nervös auf seinem Sitz hin und her. Dann zog er sich den großen Hut tiefer in die Stirn, erhob sich und machte sich rasch auf und davon.

Anschließend wurde es langsam wieder still im Waggon. Die Passagiere verloren das Interesse und richteten ihre Aufmerksamkeit auf Zeitungen und Illustrierte. Einige machten ein Nickerchen.

Papa Schimmelhorn strich dem Kleinen Anton übers Haar. »Du muscht noch viel lärnen«, sagte er. »Du kannscht dir dann Gedanken über Schpione machen, wänn du größer bischt. Im Moment aber solltescht du solche Dinge mir überlassen.«

»Quatsch«, brummte der Kleine Anton. »Du hältst dich vielleicht für das einzige Genie in der Familie. Na ja, Alterchen, behaupte hinterher nur nicht, ich hätte dich nicht gewarnt.« Und damit zog er sich in sich selbst zurück, starrte zu Boden und kratzte gelegentlich an den Pickeln in seinem Gesicht.

Papa Schimmelhorn tadelte ihn nicht wegen seines schlechten Benehmens. Ganz plötzlich richtete er sich kerzengerade auf. In seinen Augen blitzte es, und die Enden seines Oberlippenbartes zitterten. Eine hochgewachsene Brünette kam durch den Mittelgang auf sie zu.

Es handelte sich um eine sehr gut gebaute Brünette, vergleichbar etwa mit jenen Frauen, die in den ersten Filmen Cecil B. DeMilles aufgetaucht waren, aber in moderner Aufmachung. Sie trug ein aufsehenerregendes schwarzes Gewand. Scharlachrote Gehänge baumelten an ihren Ohrläppchen, und sie hatte ein kleines Stadtköfferchen bei sich. Während sie durch den Gang heran*glitt*, richtete sich der schmachtende Blick ihrer großen Augen auf jedes einzelne Gesicht. Dann entdeckte sie Papa Schimmelhorn und musterte ihn eingehender. Als sie vorbeikam, leuchtete es in ihren Augen auf, und ihre vollen Lippen zitterten mit einem Hauch von Leidenschaft.

Papa Schimmelhorn atmete tief durch und sah den Kleinen Anton an. Der dicke Junge rollte mit den Augen und machte: »Mhm-*mhm*.« Damit war zumindest eine gewisse Beziehung zwischen ihnen wiederhergestellt.

Die Brünette nahm dort Platz, wo zuvor der kleine, blasse Mann gesessen hatte. Der Duft ihres Parfüms flutete durch den ganzen Waggon.

Der Geruch ließ die Haare in den großen Ohren Papa Schimmelhorns wie kleine Fühler erbeben. »Klainer Anton«, sagte er entschlossen, »ich ahne da etwas ...«

»Und ich erst!« krächzte der Kleine Anton.

»... maine Ahnung sagt mir, daß sie nach Atlantic Zity unterwägs ischt, um an däm dort schtattfindenden Schönhaitswettbewärb tailzunähmen. Und darüber hinaus glaube ich, daß Alberts Freunde viel zu sähr mit Krafitation und Schwarzen Löchern und Theorien beschäftigt sind, die ich ohnehin nicht verschtähe. Wir haben sicher aine Menge Zait. Ja, wir baide könnten Färien am Meer machen. Vielleicht sollten wir nach Atlantic Zity fahren, wo äs sicher viele interässante Leute gibt. Dort kannscht du noch mähr über Amerika lärnen ...«

Das Hotel Lorelei war weder das beste noch modernste in Atlantic City. Seine Tage des Ruhmes und Stolzes gehörten ebenso der Vergangenheit an wie die des einteiligen Badeanzugs für Frauen, und heute kamen hier nur noch Geistliche im Ruhestand, die Witwen hochrangiger Militärs und Familien mit vier oder mehr Kindern oder mit eher mageren Geldbörsen her.

Papa Schimmelhorn und der Kleine Anton ließen sich in keine dieser Kategorien einordnen und wurden deshalb mit aller Zurückhaltung empfangen. Ein ernst dreinblickender Hotelbediensteter musterte sie, verlangte Bezahlung im voraus und ließ sie dann so rasch durch den mit purpurnen Plüschmöbeln und verstaubten Topfpflanzen ausgestatteten Aufenthaltsraum führen, daß ihnen keine Zeit blieb, die Brünette und den kleinen, blassen Mann zu bemerken, die sich nach ihnen in das Gästebuch eintrugen.

Papa Schimmelhorn sah sich zufrieden in ihrem Zimmer um. Er entschied sich für das Bett unmittelbar am Fenster, packte die Reisetasche aus und entnahm ihr ein mit farbenprächtigen Blumen gemustertes Hemd, ein Paar Sandalen und einen rotbraunen Pyjama, den er an einer Gaslampe des Kronleuchters befestigte. Anschließend griff er auch noch nach einer Kuckucksuhr, die er an die Wand hängte, nachdem er mit dem Absatz eines Schuhs einen dicken Nagel in das Mauerwerk getrieben hatte.

»Genau wie zu Hause«, schnaufte er zufrieden und erwartete eine anerkennende Bemerkung des Kleinen Anton.

Doch es kam keine Antwort. Statt dessen vernahm er ein scharfes, metallisches Klicken. Er drehte sich um – und riß die Augen auf.

Der Kleine Anton kniete am Boden und öffnete gerade den ersten von insgesamt drei ungeheuer riesigen Koffern.

»Woher ...« Papa Schimmelhorn konnte es nicht fassen. »Woher *kommen* die?«

»Aus der Schweiz«, erwiderte der Kleine Anton schlicht.

»Aber ... Gott im Himmel ... wie ...?«

»Ich möchte einmal Schmuggler werden. Ich übe schon. Und wenn ich richtig gut geworden bin, steige ich ganz groß ins Geschäft ein. Im Moment muß ich mich noch mit kleineren Sachen begnügen. Du bist doch ein Genie, Alterchen. Du findest bestimmt in Null Komma nichts heraus, wie ich das angestellt habe.«

Er klappte den Deckel des ersten Koffers zurück. »Uhren«, sagte er zufrieden. »Insgesamt zweihundert ... alle zollfrei.« Er öffnete den zweiten Koffer. »Hübsche Postkarten, was?« meinte er. »Müßten hier wie heiße Semmeln gehen.«

Papa Schimmelhorn sah sie sich kurz an. »Nain, kain Wunder, daß sie dich hierher zu mir geschickt haben«, brummte er und lief rot an.

»Meine Kleidung und die anderen persönlichen Sachen«, sagte der Kleine Anton und deutete auf den dritten Koffer. »Das hat bis später Zeit.«

Papa Schimmelhorn schwieg. Er ließ sich aufs Bett sinken, und während der Kleine Anton rasch Inventur machte, versuchte er, sich an alles zu erinnern, was er über seinen Großneffen gehört hatte. Er erinnerte sich daran, daß Mitzi Fledermaus ihren kleinen Sohn in einigen Briefen an Mama erwähnt hatte. Danach war der Kleine Anton als Kind sehr phantasievoll gewesen, ein Knabe mit sonderbaren Träumen. Er hatte angeblich behauptet, mit Freunden zu spielen, die nur er sehen könne, und manchmal blieb er stundenlang spurlos verschwunden. Und gab es da nicht auch einige sehr geheimnisvolle Fälle von Ladendiebstahl, die niemals hatten aufgeklärt werden können?

Papa Schimmelhorns Hirn arbeitete auf Hochtouren. Er nahm alle bekannten Fakten zusammen und brachte sie in Beziehung zu anderen Daten, wie zum Beispiel der Tatsache, daß der Kleine Anton das umgangssprachliche Englisch auf rätselhaft meisterliche Weise beherrschte. Nach einer Weile gelangte er zu dem einzigen Schluß, den er für plausibel hielt.

»Main Klainer Anton«, begann er freundlich, »ich habe nachgedacht. Wänn äs *ain* Dschänie in der Familie gibt, warum nicht auch noch ain zweites ...«

Der Kleine Anton stopfte sich die Taschen mit den Postkarten voll, die kaum etwas anderes zeigten als nackte Haut. »Jetzt kapierst du allmählich«, brummte er und griff erneut in den Koffer.

»... Und als du ankamscht, habe ich mir sofort gesagt: Unser Klainer Anton muß zwar noch aine Mänge lärnen, är ischt aber gewiß nicht auf den Kopf gefallen. Aines Tages wird är beschtimmt ebenfalls ain Dschänie, so wie ich.«

»Alterchen«, sagte der Kleine Anton, »du hast noch immer nur den Hauch einer Ahnung.«

Papa Schimmelhorns Stimme war ganz ernst, als er fortfuhr: »Wir Dschänies müssen zusammenhalten, Klainer Anton. Ich lähre dich alles, was ich waiß, und als Gägenlaischtung ...« – er rieb sich die Hände – »... zaigscht du mir, wie der Trick mit den Koffern funktioniert.«

»Hihi!« krähte der Kleine Anton. »Das hört sich aber alles ganz schön großartig an, Alterchen.« Er trat auf die Tür zu.

»He, warte, Klainer Anton!« rief Papa Schimmelhorn. »Wohin willscht du dänn? Äs ischt neun Uhr abends!«

»Ich will einige von diesen hübschen Bildern an den Mann bringen«, erwiderte der Kleine Anton und klopfte sich auf die wohlgefüllten Taschen. »Dieser Ort hier scheint mir genau der richtige dafür zu sein, und außerdem brauche ich Kohle. Mach dir nur keine Sorgen wegen der Bullen. Heutzutage herrscht größere Freiheit als zu der Zeit, in der die Gangsterfilme spielen, und uns Großhändler schnappen sie sowieso nicht.« Er drehte den Türknauf. Für den Bruchteil einer Sekunde schielte er. »Soll ich dir was über das Mäuschen im Zug verraten, Alterchen?« fragte er. *Auf dem Bauch hat sie einen Kuckuck eintätowiert!*

Mit einem Ruck schloß sich die Tür hinter ihm, und er war fort. Papa Schimmelhorn blieb sprachlos zurück. Einige Sekunden lang gab er sich einer sehr reizvollen Vorstellung hin, doch dann erinnerte er sich an das damit zusammenhängende Problem.

»Ischt äs zu fassen?« flüsterte Papa Schimmelhorn begeistert. »Aine Kuckuckstätowierung auf dem Bauch. Wie wunderbar!«

Wie ein in einem Käfig gefangener Tiger begann er,

unruhig auf und ab zu marschieren. *Woher* wußte der Junge davon? Und wie konnte er dazu gebracht werden, seinen Trick zu verraten? Es mußte etwas geben, irgendeinen Anhaltspunkt in einem der Briefe von Mitzi Fledermaus. Einmal hatte sie geschrieben, daß der vierjährige Kleine Anton von einer Ecke geschwatzt hatte, die angeblich niemand außer ihm sehen könne. Vielleicht war das ein Hinweis.

Papa Schimmelhorn blieb stehen. Er zog sich die Sandalen und das schreiend bunte Hemd an und streckte sich dann auf dem Bett aus, um in aller Gemütlichkeit über dieses Mysterium nachzudenken. Nach einer Weile beugte sich der Kuckuck der Uhr an der Wand zehnmal aus seinem kleinen Fenster und machte ebensooft *Hu-hu, hu-hu!*

Fast im gleichen Augenblick ertönte ein leises Klopfen an der Tür.

»Ho-ho?« rief Papa Schimmelhorn laut. »Bischt du schon so rasch zurück, Klainer Anton?«

Die Tür öffnete sich. Aber es trat nicht etwa der Kleine Anton ein, sondern die Brünette. Sie trug ein schwarzes, mit roten Schnörkelmustern versehenes Abendkleid, das wie eine zweite Haut an ihrem prächtigen Körper haftete.

Sie machte große Augen, als sie Papa Schimmelhorn erblickte, und erschrocken hob sie eine Hand zum Mund. »*Oh!*« machte sie überrascht. »Ich ... ich muß mich im Zimmer geirrt haben!«

Papa Schimmelhorn sprang sofort auf. Sein Bart berührte fast den Boden, als er sich verbeugte. Und er versicherte der Besucherin, von seinem Standpunkt aus gesehen sei genau das Gegenteil der Fall.

Plötzlich lächelte die Brünette. »Nun, ich glaube, ich *kenne* Sie. Aber ... aber der Schaffner sagte mir, Sie seinen nach Princeton unterwegs. Sie sind doch der Professor aus dem Zug, nicht wahr?«

Papa Schimmelhorn neigte bescheiden den Kopf. »Ich bin kain Professor, nur ain Dschänie.«

»Ein ... Genie? *Oooh!*« Irgendwie schien sich die Tür von ganz allein hinter ihr zu schließen. »Dann kennen Sie sich sicher in der *Wissenschaft* aus, oder? Ich meine, in der Geometrie und Physik und ... nun, einfach in *allem?*« Aufgeregt klatschte sie in die Hände. »Bitte, darf ich Sie einmal besuchen und mich mit Ihnen unterhalten, wenn ... wenn Sie Zeit haben und nicht gerade mit der Entwicklung neuer Theorien beschäftigt sind?«

Ihre Stimme war dunkel und rauchig – wie die von Edith Piaf, garniert mit Sahne. Ihre erotische Ausstrahlungskraft ließ die Spitzen der Barthaare Papa Schimmelhorns erzittern. »Ich bin gerade mit där Arbeit für diese Woche färtig!« rief er glücklich. »Wir könnten also glaich mit dem ärschten Geschpräch beginnen ...«

Er trat auf sie zu, und sein Blick haftete dabei auf der Stelle ihrer Anatomie, wo der Stoff des Kleides den Bauch bedeckte. Gleichzeitig sanft und entschlossen ergriff er sie am Ellbogen.

»Oh, Professor«, hauchte die Brünette. »Ich bin ja so *froh.*«

Er entschied, in diesem Fall nicht sofort auf den Kern der Sache zu kommen, und er führte sie zu einem Sessel. »Ich haiße Schimmelhorn«, gurrte er. »Aber nännen Sie mich ainfach Papa.«

»Mein Name ist Sonya – Sonya Lou.«

»Ich nänne Sie Lulu. Das ischt ainfacher. So, entschpannen Sie sich. Äs gefällt Ihnen beschtimmt. Ich sage dem Pagen Beschaid und bitte ihn, uns etwas Popcorn zu bringen.«

»Oh, ich *liebe* Popcorn«, sagte Sonya Lou.

Er setzte sich mit dem Room-Service in Verbindung, und anschließend nahm er auf der Armlehne des Sessels Platz, in dem die Brünette saß. Wie beiläufig tastete sich seine rechte Hand zu ihrer Taille vor.

Sie sah zu ihm auf. »Erzählen Sie mir jetzt bitte von der *Wissenschaft*«, hauchte sie hingebungsvoll.

Papa Schimmelhorns linke Hand folgte der rechten. Die Kuppe eines Zeigefingers schwebte dicht über dem zweiten Knopf der glänzenden Jacke. »Wir beginnen am bäschten mit einem Geschpräch über Vögel«, sagte er. »Ach, ich liebe Vögel – sie sind ja so süß! Schpatzen und Finken und Rotkählchen. Am liebschten aber ...« – versuchsweise zupfte er an dem Knopf – »... mag ich klaine Kuckucke.«

Ferdinand Wilens Ankunft in New Haven fiel zufälligerweise fast genau mit der Abfahrt Papa Schimmelhorns zusammen – und diese beiden Ereignisse schienen Captain Perseus Otter zunächst regelrecht aufblühen zu lassen. Geradezu übermütig beugte er sich nun vor, und er war wie ein Schiff, das nach einer langen und gefährlichen Reise gründlich im Trockendock überholt und frisch gestrichen worden war. Seine Ähnlichkeit mit dem Helden von Trafalgar war noch verblüffender als sonst. Er setzte sogar seine bisher erfolglos gebliebenen Bemühungen fort, einer üppigen geschiedenen Frau namens Mrs. Bucklebank den Hof zu machen.

Aber zwei Tage verstrichen, dann drei und schließlich vier. Am fünften Tag befand sich Captain Otter wieder einmal in der Gesellschaft des alten Heinrich Lüdesing und der Direktoren des Aufsichtsrates. Mit dem einen Unterschied allerdings, daß sie nun Verstärkung erhalten hatten. Auch Wilen war anwesend. Unter seinen Augen zeigten sich dunkle Ringe, und ein Gesichtsmuskel zuckte nervös. Zu den Teilnehmern der Besprechung gehörten darüber hinaus ein Vizeadmiral, ein kräftig gebauter Mann mit breiten Schultern, der aussah, als könne er jeden Augenblick einen Wutanfall bekommen, zwei Konteradmirale und ein weiterer hoher

Offizier, auf dessen Wangen rötliche Flecken entstanden waren. Über dem vierten Goldbalken seiner Uniform befand sich eine Schleife.

Die drei Admirale verunsicherten Captain Otter sichtlich. Und der vierte Offizier bemühte sich vergeblich, ein Empfinden zu verbergen, das man als profunde Faszination hätte beschreiben können.

»Doktor Wilen«, erklang die schneidende Stimme des Vizeadmirals, »erstatten Sie jetzt bitte Ihren Bericht.«

Wilens schmale Hände verknoteten sich auf dem Tisch. »Ich habe alles überprüft«, sagte er mit hysterisch schriller Stimme. »Viermal habe ich mir alles vorgenommen – jeden Servomechanismus, jedes Relais, jeden einzelnen Prozessor. Nicht einmal die Schrauben und Muttern habe ich ausgelassen. Es wurde nichts, aber auch *gar nichts* übersehen. Doch bei all diesen Untersuchungen fand ich nichts weiter als einen kleinen freien Raum und vier Anschlüsse ohne Verbindung.« Er kaute an den Fingernägeln. »Die Fertigungsapparatur müßte funktionieren – ja, das müßte sie wirklich! Aber ... aber sie stattet die Röhren noch immer mit ... mit Uhrwerken aus, ganz gleich, was ich auch dagegen unternehme! Und die Röhren ... befinden sich nach wie vor *außerhalb* des Gehäuses, obwohl sie eigentlich *hinein*gehören. Oh, hu-hu-hu-hu-*hu!*«

Dr. Wilen krümmte sich zusammen und schluchzte. Der Vizeadmiral wandte sich an Otter.

»*Nun?*« fragte er.

Captain Otter schauderte und gab keinen Ton von sich.

»Heraus damit, Otter. Haben Sie die Entlassung dieses ... dieses gewissen Papa Schimmelhorn vorgeschlagen oder nicht?«

»Ja, Sir. Aber ...«

»Ist Ihnen klar, Otter, daß der Wilen-Orter ein Projekt darstellt, bei dem wir mit den Briten zusammenarbeiten? Vielleicht sollte ich Sie noch einmal daran erinnern, daß sie unsere Verbündeten sind. Sie haben sich sogar die Mühe gemacht, ihren größten Flugzeugträger hierherzuschicken, Otter – die H.M.S. *Impression*, die von diesem Herrn hier kommandiert wird.« Er nickte in Richtung des Mannes, dessen Rangabzeichen eine Schleife aufwies. »Captain Sebastian Cobble, C.B. Der Träger wartet im Hafen von New York und ist mit allem ausgerüstet – nur nicht mit der Komponente M. Dieses Teil muß innerhalb von zwei Tagen an Bord installiert werden. Sie haben achtundvierzig Stunden Zeit, Otter. Sorgen Sie dafür, daß alles klargeht. Ich mache Sie persönlich dafür verantwortlich.«

Woodrow Lüdesing seufzte – vermutlich aus Erleichterung.

»Admiral ...« – Captain Otter war plötzlich sehr blaß – »... bisher ging ich davon aus, daß meine Funktion hier die eines Beraters ist. Ich habe alles getan, was in meiner Macht steht. Auf meine Veranlassung hin ist ein Mann ausgeschickt worden, der nach Schimmelhorn sucht. Außerdem ...«

»Ach, kommen Sie, Otter! Es entspricht wohl nicht gerade unserer Tradition, andere Leute mit der Bürde der Verantwortung zu belasten, erst recht nicht Zivilisten. Wollen Sie etwa sagen, daß Sie seit Ihrer Versetzung hierher nichts anderes waren als eine Galionsfigur?«

Ein scharfes Knacken ertönte, als Sir Sebastian Cobble, C.B., den Stiel seiner Pfeife durchbiß.

»Natürlich *nicht*, Sir«, erwiderte Captain Otter hastig.

»Nun, dann sollte es ja keine Probleme für Sie geben. Finden Sie diesen Schimmelhorn. Sorgen Sie dafür, daß er diese Komponente M, oder wie das Ding auch heißen mag, in Ordnung bringt, und schaffen Sie sie anschließend sofort an Bord der *Impression*.«

Während dieser Worte des Vizeadmirals trat ein Se-

kretär ein und flüsterte dem alten Heinrich etwas zu.
»Tja, äs tut mir laid«, sagte er, als Cobble mit seinem Vortrag fertig war. »Papa Schimmelhorn haben wir noch immer nicht gefunden, aber Mama Schimmelhorn ischt aingetroffen. Wenn Sie möchten, hole ich sie här.«

»Wir müssen sie unbedingt sprechen«, bestätigte der Vizeadmiral. »Sie könnte uns wichtige Hinweise auf den Aufenthaltsort ihres Gatten geben.«

Der alte Heinrich verließ den Konferenzsaal, und kurz darauf kehrte er in Begleitung einer recht energisch wirkenden alten Dame zurück. Sie war in steifen schwarzen Taft gekleidet und mit einem Regenschirm bewaffnet. In ihren Augen funkelte es.

»Meine Herren«, sagte Heinrich Lüdesing. »Ich möchte Ihnen Mama Schimmelhorn vorstellen.«

Die Admirale erhoben sich.

Mama Schimmelhorn musterte sie nacheinander. »*Abschaum*«, meinte sie voller Verachtung. »Männer, die trinken, jungen Mädchen nachstellen und nachts Geräusche machen.«

Die hohen Offiziere wechselten betretene Blicke. »Ma'am ...« Der Vizeadmiral verneigte sich. »Es ist mir eine Ehre, Ihre Bekanntschaft zu machen. Ich hoffe, Sie können uns helfen. Wir müssen unbedingt Ihren Mann finden ...«

»Ha!« Die metallene Spitze von Mama Schimmelhorns Regenschirm pochte laut auf den Boden. »Dieser unverbesserliche Kerl! Fünf Tage ist er nun schon fort – und das ist das einzige, was ich von ihm gehört habe!« Sie öffnete ein mit Perlen besetztes schwarzes Handtäschchen, holte eine Postkarte hervor und reichte sie dem Vizeadmiral.

Es war keine der Karten des Kleinen Anton. Es handelte sich vielmehr um die Fotografie eines alten Hotels. Eins der Fenster war mit einem großen X markiert. Auf der anderen Seite zeigten sich einige dahingekritzelte

Worte, die, annäherungsweise entziffert, etwa folgendermaßen lauteten: *Verbringen hier eine nette Zeit. Wünschte, du wärst hier. X kennzeichnet unser Zimmer. Tausend Küsse – Dein lieber Ehemann. Papa. (Gruß auch vom Kleinen Anton.)*

»Aber er hat nicht an den Poststempel gedacht!« entrüstete sich Mama Schimmelhorn. »Atlantic Zity! Na, warte nur!«

Der Vizeadmiral dankte ihr und versprach, Papa Schimmelhorn bald wieder ihrer fürsorglichen Obhut zu übergeben. Anschließend wandte er sich erneut an Captain Perseus Otter.

»Nun, jetzt wissen wir, wo er sich aufhält«, erklärte er. »Beherzigen Sie meinen Rat, Otter. Wenn Sir Sebastian einverstanden ist, können Sie an Bord der *Impression* gehen und in See stechen. Setzen Sie sich mit der Küstenwache in Atlantic City in Verbindung. Dort wird man ihnen dabei helfen, Schimmelhorn aufzustöbern. Wie ich hörte, hat er eine der Komponenten bei sich. Damit wäre der Fall also erledigt. Na, sehen Sie nun, wie einfach das alles ist?«

»Das habe ich Ihnen ja gesagt.« Der alte Heinrich lächelte und nickte. »Machen Sie sich kaine Sorgen. Papa Schimmelhorn bringt alles wieder in Ordnung.«

»Wir legen um vier Uhr ab, Sir«, sagte Captain Sebastian Cobble und bedachte Captain Otter mit einem skeptischen Blick.

Dr. Ferdinand Wilen schwieg die ganze Zeit über. Er starrte ins Leere und war vollkommen darauf konzentriert, seine Unterlippe unter Zuhilfenahme des Zeigefingers in möglichst regelmäßige Schwingungen zu versetzen.

Und während der Erfinder der Komponente M weiterhin in Gedanken versuchte, das Rätsel einer völlig außer Kontrolle geratenen automatischen Fertigungsapparatur zu lösen und seine hysterische Krise dabei zu einem ernsten psychiatrischen Problem zu werden drohte, blieben Papa Schimmelhorn und der Kleine Anton in Atlantic City keineswegs untätig.

Tag für Tag verringerte sich der aus Uhren und Pornokarten bestehende Schmuggelwarenbestand des Kleinen Anton, was gleichzeitig das Bündel an Banknoten anschwellen ließ.

Tag für Tag traf sich Papa Schimmelhorn mit Sonya Lou, genannt Lulu. Immer wieder versuchte er, sie zu verführen, indem er ihr Beweise für seine körperliche Stärke lieferte, von seinen zurückliegenden Abenteuern berichtete, die Liste seiner Eroberungen noch länger machte, als sie es ohnehin schon war, und ihr die romantischsten Dinge ins Ohr flüsterte. Zweimal schenkte er ihr sogar Blumen.

Aber nichts brachte ihn ans Ziel, nicht einmal die verzweifelte (und völlig unbegründete) Klage, Mama Schimmelhorn verstünde ihn nicht. Was ihn betraf, so blieb der tätowierte Kuckuck auf dem Bauch der Brünetten weiterhin ein Geheimnis.

Natürlich ließ sich Papa Schimmelhorn dadurch keineswegs verdrießen, und jeden Abend berichtete er dem Kleinen Anton fröhlich von den Erlebnissen des vergangenen Tages.

»Hör mal, Klainer Anton«, sagte er bei diesen Gelegenheiten, »bei diesem Mädchen Lulu sitzt värmutlich nicht nur eine Schraube locker, sondern glaich mährere. Schtäll dir das bloß mal vor: Sie will immer bloß über Wissenschaft räden, nichts anderes.«

»Achthundertsechzig und zwanzig und noch einmal zwanzig – macht neunhundert«, mochte der Kleine Anton darauf erwidern, der großen Gefallen daran fand, immer wieder die Gesamteinnahmen seiner zweifelhaften Geschäfte zu zählen. »Nicht schlecht für drei Tage Arbeit, was, Alterchen?«

»Ich zwicke sie ain wänig in den Allerwärteschten –

und sie maint nur: ›Nain, nicht doch. Ärzählen Sie mir von där Relativität.‹ Ich knabbere ihr Ohr an, und sie sagt: ›Beachten Sie mich gar nicht. Ich bewundere das Ding im Schuhkartong – auf wälchem Funktionsprinzip beruht där Apparat?‹ Ach, Klainer Anton, was für aine Frau! So was ischt doch nicht normal!«

»Soll ich dir was sagen?« warf der Kleine Anton daraufhin ein. »Ich wette, dein Häschen ist eine Spionin.«

Und so ging es bis zu dem Nachmittag vor der bitteren Erfahrung Captain Otters mit den Admiralen weiter. Der Kleine Anton hatte alle seine Postkarten verkauft, bis auf ein Sortiment, das aus drei Dutzend extra ausgewählten Fotos bestand, und verdienterweise ruhte er sich in dem Aufenthaltsraum des Hotels Lorelei aus. Er hatte es sich in einem bequemen Sessel hinter einer der großen Topfpflanzen gemütlich gemacht, und dann und wann verdrehte er die Augen und beobachtete die ihm außerordentlich interessant erscheinenden physischen Merkmale dreier molliger junger Damen, die sich in einer Entfernung von einigen Metern unterhielten.

Plötzlich vernahm er ganz in der Nähe eine andere Stimme, rauchig und vibrierend, und er erkannte sie sofort als die Sonya Lous.

»Aber, Pedro«, protestierte sie, »ich *habe* die Technik Vierundvierzig angewendet, genau wie sie im *Handbuch* beschrieben wird. Ist es denn meine Schuld, daß der alte Narr nicht darauf anspricht? Er will mich nur dauernd zwicken und betatschen und ausziehen. Himmel, ich habe schon überall blaue Flecken!«

Die Stimme eines Mannes erwiderte: »Sie müssen Geduld haben, Sonya. Denken Sie nur immer an die Einzelheiten von *detente*. Irgendwann stellt sich bestimmt ein Erfolg ein.«

Vorsichtig drehte sich der Kleine Anton um. Er vergaß die molligen jungen Damen, spähte durch das dichte Blattwerk der großen Topfpflanze und sah einen kleinen Mann mit blassem Gesicht.

Die Stimme dieses Mannes klang schärfer, als er hinzufügte: »Sie kennen doch die Strafe im Falle des Versagens, oder?«

»Selbstverständlich.« Sonya Lou lachte nervös. »Ich gebe nicht auf – heute abend treffen wir uns wieder. Aber ... Ach, warum hat man mich nicht statt dessen auf diesen dummen Lausebengel angesetzt? Dann könnte ich Technik Eins anwenden – Sie wissen schon, splitterfasernackt im Bett. Auf diese Weise wäre es sicher ganz einfach, den Schuhkarton an mich zu bringen, und anschließend kämen Sie, um mich zu retten.« Sie stöhnte leise. »In einem solchen Fall brauchte ich mich nicht eine Woche lang abzuplagen.«

Für einige Sekunden wurde das Gesicht des Kleinen Anton zu einer ausdruckslosen Maske, als er überlegte. Dann nahm er behutsam die Postkarten zur Hand, beugte sich mucksmäuschenstill vor und schob den kleinen Stapel in die Manteltasche Pedros.

Als der kleine und blasse Mann kurz darauf das Hotel verließ, folgte er ihm.

An jenem Abend kam Sonya Lou nicht zum verabredeten Zeitpunkt zu Papa Schimmelhorn. Er wartete zwanzig Minuten, dreißig, fünfunddreißig. Unruhig wanderte er auf und ab. Schließlich ließ er sich mit ihrem Zimmer verbinden und stellte fest, daß sie offenbar ausgegangen war, woraufhin er gleichmütig mit den Schultern zuckte. »Sie ischt nicht die ainzige Frau auf der Wält«, sagte er sich. »Und außerdem ischt där Kuckuck eintätowiert und kann warten.«

Im Anschluß an diese Worte dachte er an die Masseuse, die er mit aller Sorgfalt als Ersatz vorbereitet hatte. Er griff nach dem Beutel mit steinharten Bonbons, die er an diesem Nachmittag gewissermaßen als Köder gekauft hatte, und er summte fröhlich vor sich hin, als er sich auf den Weg zu dem entsprechenden Apartment machte.

Die Masseuse offenbarte kein sonderliches Interesse an Vögeln, doch das tat dem sehr angenehmen Verlauf des Abends in keinster Weise Abbruch. Papa Schimmelhorn war somit in bester Stimmung, als er um vier Uhr morgens ins Hotel zurückkehrte. Er lächelte nachsichtig, als er das unberührte Bett des Kleinen Anton sah, und er streckte sich in seinem eigenen aus und schlief den Schlaf des Gerechten – bis Mittag.

Als er erwachte, mußte er sofort an Sonya Lou denken. Er griff zum Telefon. »Guten Morgen!« rief er dem Hotelbediensteten am anderen Ende der Leitung zu. »Hier schpricht Papa Schimmelhorn. Können Sie mich bitte mit Lulu verbinden!«

»Miß Mikvik ist vor zwei Stunden abgereist«, lautete die ein wenig gepreßt klingende Antwort. »Und die Hoteldirektion würde gern wissen, wann Sie ihrem Beispiel zu folgen gedenken.«

»*Was?*« Der Kuckuck auf dem Bauch – eine so herrliche Vorstellung – breitete plötzlich die Flügel aus und segelte davon, vielleicht auf Nimmerwiedersehen. »Wohin wollte sie denn?«

»Sie hat keine Adresse hinterlassen«, tönte es aus dem kleinen Lautsprecher. Es folgte ein unhöfliches Knacken – dann Stille.

Papa Schimmelhorn legte den Hörer auf die Gabel zurück. Er begriff natürlich sofort, daß die starke Ausstrahlung seiner Persönlichkeit zuviel für Lulu gewesen war. Er hatte verborgene Leidenschaften in ihr erweckt, innige Gefühle, die die Brünette erschreckten und vor denen sie die Flucht ergriffen hatte. Papa Schimmelhorn bemitleidete sie und hoffte nur, daß ihr niemals bewußt würde, was sie versäumt hatte.

Er setzte sich auf, gähnte und nahm sich vor, den

Kleinen Anton an seinen Erfahrungen im Hinblick auf das Leben im allgemeinen und Frauen im besonderen teilhaben zu lassen – nur um gleich darauf festzustellen, daß sein Großneffe noch immer nicht zurückgekehrt war. »Ach«, seufzte er. »Jungen sind äben Jungen. Beschtimmt ischt är mit irgendainem nätten Mädchen zusammen und knutscht so mit ihr rum wie ich damals. Wir können wirklich schtolz sain auf unseren Klainen Anton!«

Zutiefst bewegt kleidete sich Papa Schimmelhorn an, bürstete sich den Bart und ging dann, um das Mittagessen einzunehmen. Unterwegs fiel ihm die Schlagzeile einer Zeitung auf:

ÖSTLICHER DIPLOMAT
IN UNSERER STADT VERHAFTET
Verkaufte obszöne Bilder
›Imperialistische Verschwörung‹ erklärt der Attaché
des betroffenen Landes

Papa Schimmelhorn sah sich den Artikel genauer an:

12. Juli – (las er) *Pedro Gonzalez Popopoff, der sich selbst als »zentralamerikanischer Kulturattaché« bezeichnet, befindet sich derzeit im Stadtgefängnis von Atlantic City. Man wirft ihm den Besitz von drei Dutzend pornographischer Postkarten vor, und die Beamten, die ihn verhafteten, bezeichneten sie als »die heißesten Dinger, die wir jemals gesehen haben«. Ihrer Beschreibung nach hätte man sie nicht einmal in einem Sexshop verkaufen können!*

Popopoff wurde gestern festgenommen, aufgrund eines Hinweises von einem anonymen Jugendlichen, der von dem Diplomaten offenbar als potentieller Kunde angesprochen worden war. Er ...

Der Bericht erwähnte weiter, daß alle zentralamerikanischen Botschaften irgendeine Verbindung zu Gonzalez Popopoff geleugnet hatten. Die Russen behaupteten schlicht und einfach, er sei ein Agent des CIA. Den Rotchinesen war es nicht schwergefallen, ihn als einen Lakaien der sowjetischen Revisionisten, der Viererbande und einer weltweiten taiwanesischen Verschwörung zu identifizieren.

»Tja-tja, wirklich interessant«, sagte Papa Schimmelhorn, als er seinen Weg fortsetzte, um den Nachmittag auf der Promenade und am Strand zu verbringen, umgeben von einer Gruppe kichernder junger Mädchen in winzigen Bikinis. Natürlich gestattete er jeder einzelnen der netten jungen Frauen, an seinem Bart zu zupfen und seinen mächtigen Bizeps zu betasten, und jedesmal nutzte er diese Gelegenheit zu einem Kuß.

Erst als er gegen Abend ins Hotel zurückkehrte, drängten sich nach und nach andere Angelegenheiten in den Brennpunkt seines Denkens. Ein grauer Jeep kam mit quietschenden Reifen um die Ecke, und der Fahrer trat voll auf die Bremse. Die beiden Uniformierten – ganz offensichtlich Beamte der Küstenwache – musterten ihn mit einem gewissen Erstaunen.

»Sie sind vermutlich Papi Schimmelhorn, was?« fragte einer von ihnen.

»Genau där und niemand anders, jawoll!«

»Dann hüpf mal an Bord, Papilein. Wir machen einen kleinen Ausflug mit dir. Die Marine ist ganz wild auf dich.«

»Fort mit euch!« Papa Schimmelhorn trat einen Schritt zurück und lachte leise. »Eure Uniformen gefallen mir nicht. Außerdem bin ich zu alt, um jetzt noch Soldat zu schpielen.«

»Hör mal, Papi!« Der Jeep brummte ungeduldig. »Wir wollen dich doch nicht *einziehen*. Einer dieser Lamettabrüder wartet im Hotel auf dich. So, und jetzt setz dich in Bewegung und komm mit.«

»Ach, das ischt ja interessant.« Papa Schimmelhorn

nahm sofort an, daß Captain Otter Hilfe brauchte. »Er will mich fragen, wie är sich ein Mädchen besorgen kann. Natürlich komme ich mit Ihnen!«

Er stieg ein, und der Fahrer gab sofort Gas. Der Fahrtwind zerzauste den Bart Papa Schimmelhorns, als man ihn zum Hotel Lorelei zurückbrachte. Dort angekommen, begleiteten ihn die beiden Beamten der Küstenwache unverzüglich in sein Zimmer.

Fröhlich trat er ein. »Hallo, Seemann!« grölte er, als er Captain Perseus Otter erkannte. »Ändlich sind Sie zur Vernunft gekommen! Ach, wänn Sie ärscht mal in maine Lähre gegangen sind, laufen Ihnen die Frauen nur so nach.« Er blickte nach rechts. »Und Sie haben auch noch ainen Freund mitgebracht!« entfuhr es ihm entzückt. »Oh, das ischt ja prächtig! Wir besorgen ihm äbenfalls ein Häschen.« Er bemerkte noch einen dritten Anwesenden. »Oh, ho-ho-ho! Und da ischt ja auch der Klaine Anton, där unartige Junge, där sich die ganze Nacht um die Ohren geschlagen hat.«

Captain Otter stand auf. Ein leichter Fall von Seekrankheit hatte grünliche Flecken auf seinen Wangen hinterlassen. Er sah jetzt so aus, als sei er einige Jahre am Bugspriet eines Schiffes festgebunden gewesen, das ausschließlich in der Sargassosee gekreuzt hatte.

»Mister Schimmelhorn.« Er unternahm den tapferen Versuch, sich ein Lächeln abzuringen. »Dies ist Captain Sebastian Cobble, der Kommandant des Flugzeugträgers Ihrer Majestät *Impression*. Das Schiff liegt in der Nähe der Küste vor Anker.«

Papa Schimmelhorn und Captain Cobble schüttelten sich die Hand und tauschten einige Höflichkeitsfloskeln aus.

»Das hier ist ein wirklich gewitzter Junge«, sagte Sir Sebastian und deutete mit seiner Pfeife auf den Kleinen Anton. »Geradezu erschreckend gut informiert. Wir haben über den Schmuggel gesprochen. Ein faszinierendes Thema. War schon als kleiner Junge daran interessiert.«

»Är ischt frühraif«, warf Papa Schimmelhorn rasch ein. »Das liegt in der Familie. Ich zum Baischpiel ...«

Captain Perseus Otter unterbrach ihn hastig. »Ich fürchte, ich habe noch nicht erklärt, warum wir hier sind. Wir wollen hier keineswegs ... äh, Urlaub machen. Gewisse ... äh ... *Probleme* sind entstanden, und ... Nun, um es kurz zu machen, haha ... wir möchten, daß Sie die Komponente, die Sie hier bei sich haben, so rasch wie möglich in Ordnung bringen und an Bord der *Impression* installieren.«

»Ach, Sie brauchen also maine Hilfe?« lachte Papa Schimmelhorn. »Ich habe äs Ihnen ja gesagt. Nun, machen Sie sich kaine Sorgen, Seemann. Wir fahren jätzt diräkt nach Prinston. Alberts Freunde brauchen beschtimmt nur aine Woche, um das Ding zu reparieren.«

»*Eine Woche?*« Captain Otter dachte kummervoll an seine Stelle auf der Beförderungsliste. »Es handelt sich um einen Notfall. Sie müssen es bis morgen mittag schaffen. *Bitte*, Mister Schimmelhorn.«

»Das ischt unmöglich. Das Innere befindet sich noch immer draußen. Ich hole dän Apparat und zaige Ihnen warum ...«

Der Kleine Anton rutschte nervös hin und her. »He, Alterchen ...«

»Pscht, Klainer Anton. Wänn ich beschäftigt bin, darfscht du mich nicht schtören.« Papa Schimmelhorn ging in die Knie und tastete unter sein Bett. »Wie sältsam! Bevor ich wägging, habe ich den Schuhkarton hier verschtäckt, weil das Ding doch gehaim ischt. Wo schtäckt är dänn jätzt?«

»Großonkel ...«

»Sai schtill! Vielleicht ischt där Karton auf die andere Saite gerutscht ...«

»*Großonkel*«, sagte der Kleine Anton. »Du kannst ruhig wieder aufstehen. Der Schuhkarton ist nicht mehr da.«

Captain Perseus Otter stöhnte leise.

»Was, glaubst du wohl, habe ich die ganze Nacht gemacht? Deine Perle namens Sonya Lou – sie war eine Spionin. Ich habe ihr den Karton verkauft ...« Der Kleine Anton grinste und leckte sich die dicken Lippen. »Aber nicht für Geld, Alterchen. Mhm-*mhm*.«

»WAS?« entfuhr es Papa Schimmelhorn. »Was hascht du gemacht?«

»Unglaublich!« heulte Captain Cobble und ruinierte einen weiteren Pfeifenstiel.

»*Verrat!* Kaltblütiger Verrat!« keuchte Captain Perseus Otter, und sein Gesicht lief noch grüner an.

»Ach, nun regt euch mal nicht so auf!« Der Kleine Anton ließ sich nicht aus der Ruhe bringen. »Ich habe den Schuhkarton gut verschlossen. Ich schätze, dein Mäuschen, Alterchen, ist damit jetzt bereits auf halbem Wege nach Europa. Aber niemand wird darin das geheime Dingsda finden. Ich bin doch schließlich nicht blöd.« Er deutete auf den nackten Nagel, der an der einen Wand aus dem Verputz ragte. »Stellt eine normale Kuckucksuhr den amerikanischen Geheimdienst ebenfalls vor Sicherheitsprobleme?« fragte er.

Captain Otter wischte sich den kalten Schweiß von der Stirn. Seine Schreckensvision von Untersuchungsausschüssen und Marinegerichtsverhandlungen begann sich zu verflüchtigen. »Du ... du meinst ...?« stotterte er. »*Der Apparat ist noch hier?*«

»Na klar, in Alterchens Reisetasche.« Der Kleine Anton sah sich stolz um. »Ganz schön pfiffig, was?«

Papa Schimmelhorn griff in die besagte Tasche und ertastete sofort das silbrige Metallei. Er wühlte weiter darin, dann noch einmal – und hob die leere Hand. »Aber das ischt nur die aine Hälfte.« Er runzelte die Stirn. »Wo ischt dänn das andere Tail?«

»Ach, *das*.« Der Kleine Anton lächelte verschmitzt. »Ich habe den Apparat in Ordnung gebracht, du Genie. Die Röhre befindet sich nun wieder dort, wo sie hingehört: im Innern des Eis ...«

»Unsinn!« zischte Papa Schimmelhorn.

»Na gut, du glaubst mir also nicht.« Spöttisch streckte der Kleine Anton die Hand aus. »Her damit.«

Er nahm die Komponente M entgegen und verdrehte auf ziemlich dramatische Art und Weise die Augen. Seine Finger vollführten eine rasche und seltsam anmutende Bewegung ...

Und plötzlich war die Röhre wieder da, vollständig ausgerüstet mit Uhrwerk und allem Drum und Dran.

»Ich wette, du hast keine Ahnung, wie ich das gemacht habe!« höhnte der Kleine Anton.

Daran jedoch war Captain Perseus Otter nicht interessiert. »Mein Junge«, sagte er nicht ohne Gefühl, »diese kleinen technischen Details haben noch Zeit. Du hast großartige Arbeit geleistet. Ich werde dich in meinem Bericht lobend erwähnen. Im Augenblick jedoch wartet eine sehr wichtige Aufgabe auf uns.« Er deutete auf die Uhr. »Wir sollten uns unverzüglich auf den Weg machen.«

Und als sie sich der H.M.S. *Impression* näherten, glaubte Otter, daß ihre Probleme jetzt endgültig gelöst seien.

Er hatte das Uhrwerk in der Röhre vergessen.

Sechsunddreißig Stunden später flog der Kommandeur des Marine-Führungstabs von Washington nach Atlantic City. Begleitet wurde er von zwei besorgten Personen aus dem State Department, und mit energischen Schritten betrat er das Büro des Vizeadmirals, der Captain Otter das Leben so schwergemacht hatte. Auf die unfreundlichste Art, die man sich nur vorstellen kann, fragte er: »*Nun?*«

Der Vizeadmiral zuckte zusammen und gab keine Antwort.

»Heraus damit, Marlinson. Ihnen ist doch klar, daß die Briten unsere Verbündeten sind, oder? Wissen Sie, daß auch britische Seefahrer bemüht sind, ihre Schiffe auf dem Wasser schwimmen zu lassen? Und ich nehme an, Ihnen ist auch klar, daß es in unserem Interesse liegt, ihnen dabei zu helfen, nicht wahr?«

»J-ja, Sir. Aber ...«

»Darf ich Sie daran erinnern, Marlinson, daß wir seit der Revolution Mitglieder der Familie Otter in der Marine haben? Sie haben doch sicher schon von Commodore Kolumbus Otter gehört, der mit seinem Flottengeschwader in den Susquehannah segelte und dort spurlos verschwand – eine Leistung, die bisher kein anderer Offizier zu wiederholen imstande war? Und vielleicht kennen Sie auch Kommandant Leviathan Otter, der im Jahre 1863 im Hafen von Charleston mit dem Turmschiff *Einzelgänger* unterging – und davon überzeugt war, in Portland, Maine, zu sein? Und was ist mit Leutnant Ahab Otter, der auf drastische Art und Weise bewies, wie unratsam es ist, mit einem Unterseeboot zu tauchen, solange die Luken nicht geschlossen sind?« Er hob die Stimme. »*Und obgleich Ihnen all das bekannt war*«, donnerte er, »*haben Sie Captain Perseus Otter AN BORD EINES SCHIFFES befohlen?*«

Beschämt senkte der Vizeadmiral den Kopf.

»Und nicht an Bord *irgendeines* Schiffes. Im vollen Bewußtsein seiner erstaunlichen Ähnlichkeit mit einem gewissen historischen Helden mußten Sie ihn auch noch an Bord eines *britischen* Schiffes beordern ...«

Der Kommandeur des Marine-Führungsstabes setzte seinen Vortrag noch einige Minuten lang fort und bedauerte die modernen Zeiten, die einige ausgesprochen anschauliche und nützliche Traditionen der Vergessenheit hatten anheimfallen lassen. Als Beispiele erwähnte er insbesondere Strafen wie Spießrutenlaufen und Plankengänge. Dann ...

»Marlinson«, sagte er, »die H.M.S. *Impression* hat Ihre Leute am Mittwoch um zweiundzwanzig Uhr vier an Bord genommen. Um dreiundzwanzig Uhr achtzehn erhielten wir eine sonderbare Nachricht. Sie lautete: ORTER FUNKTIONIERT STOP STECHEN IN SEE UM WEITERE TESTS DURCHZUFÜHREN STOP TREFFEN FREITAGMITTAG IN NEW YORK EIN STOP PAPA ÜBERMITTELT MAMA VIELE LIEBE GRÜSSE STOP GEZEICHNET COBBLE. Seitdem haben wir nichts mehr gehört. Alle verfügbaren Suchschiffe und -flugzeuge kehrten zurück, ohne eine Sichtung zu melden. Wir können daraus nur schließen, daß die H.M.S. *Impression* mit Mann und Maus gesunken ist. Und das wird internationale Konsequenzen nach sich ziehen, Marlinson.«

»Ich kann mir schon jetzt den Wortlaut des Leitartikels in der *Times* vorstellen«, sagte der erste Begleiter des Kommandeurs.

»Was für ein Glück, daß der gute alte Churchill nicht mehr unter den Lebenden weilt!« seufzte der zweite.

Der Kommandeur des Marine-Führungsstabes wandte sich der Tür zu. »Bisher haben wir diese Sache geheimgehalten, Admiral Marlinson. Aber nach heute mittag ist das nicht mehr möglich. Ich mache Sie verantwortlich. Und deshalb werden Sie den britischen Marineattaché begleiten, wenn er sich auf den Weg macht, um die Besatzung des Trägers zu begrüßen. Wenn das Schiff nicht eintrifft, haben Sie ihm zu erklären, was aus ihm geworden ist. Anschließend können Sie mir von Ihrer Gefängniszelle aus Bericht erstatten.«

Der Kommandeur ging. Eine halbe Stunde später kletterte der Vizeadmiral an Bord des Bootes, das, davon war er überzeugt, das Schicksal als Bühne für den letzten Akt des Melodrams seiner Karriere ausgewählt hatte. Der britische Marineattaché befand sich ebenfalls an Bord, begleitet von zwei Adjutanten, einigen Offizieren seines eigenen Stabes und einem kecken weiblichen Fähnrich. Außerdem waren auch noch Heinrich und Woodrow Lüdesing und Ferdinand Wilen zugegen, der seine psychische Krise einigermaßen überwunden zu haben schien.

Der Vizeadmiral gab sich alle Mühe, seine Stimme nicht vibrieren zu lassen, als er sie begrüßte. Das Boot legte ab, und während des ganzen Weges durch die Bucht betete er zu Gott, es möge ein Wunder geschehen. Doch als sie, dem Zeitplan um einige Minuten voraus, den vereinbarten Treffpunkt erreichten, war von dem Flugzeugträger weit und breit nichts zu sehen.

Der Marineattaché nahm ein Fernglas zur Hand und suchte den Horizont ab. »Seltsam«, sagte er. »Sehr seltsam. Eigentlich *müßte* die *Impression* jetzt zu sehen sein.«

Die anderen Anwesenden machten ähnliche Bemerkungen.

Nur Vizeadmiral Marlinson gab keinen Ton von sich. Die Sekunden verstrichen erbarmungslos und wurden zu Minuten. Nach und nach wirkten alle Gesichter besorgt – bis auf das Heinrich Lüdesings.

Schließlich, als nur noch fünfzehn Sekunden bis zur planmäßigen Ankunft des Flugzeugträgers blieben, räusperte sich der Vizeadmiral und ergab sich seinem Schicksal. Er zog den Marineattaché ein wenig zur Seite. »Es ist meine schmerzliche Pflicht ...« setzte er an und brach ab, um sich den Schweiß von der Stirn zu wischen. »Es ist meine Pflicht ...«

Er bekam keine Gelegenheit, den Satz zu beenden. Der liebreizende weibliche Fähnrich quiekte leise, und einige der anwesenden Männer machten laut »oho!«

»Bei Gott, da *ist* das Schiff ja!« entfuhr es dem Attaché, und er deutete auf die Backbordseite.

Und dort, nur einige Meter entfernt, lag die H.M.S. *Impression* im Wasser, lang und grau und mächtig. Die

Besatzung war auf dem Flugdeck angetreten. Eine Kapelle spielte *God save the Queen*. Und eine donnernde Stimme übertönte den ganzen Lärm und grölte: »ACH, HEINRICH! DA BIN ICH WIEDER! HAALLOOO! ALLES KLAR BEI EUCH? SCHIFF AHOI!«

Zwei Minuten später wurde der Vizeadmiral mit dem traditionellen Pfeifensignal an Bord begrüßt. Nach einer weiteren knappen Minute hatte er Papa Schimmelhorn und den Kleinen Anton kennengelernt, die schicke Seemannsmützen mit der Aufschrift H.M.S. *Impression* trugen. Nach noch einmal hundertzwanzig Sekunden war es ihm gelungen, sich soweit von seiner Überraschung zu erholen, daß er Captain Perseus Otter beiseite nehmen und ihn fragen konnte: »Bei allem, was heilig ist und nicht verflucht werden sollte: WO SIND SIE GEWESEN?«

Captain Otter war unrasiert. Und die Mütze auf seinem Kopf saß nicht ganz gerade – wofür er einem untergebenen Offizier sicher einen strengen Verweis erteilt hätte. Doch in seinen Augen funkelte es.

»Auf See, Sir!« erwiderte er.

»*Wirklich!*« schnappte der Vizeadmiral und kam langsam in Fahrt. »Ist Ihnen klar, daß alle zur Verfügung stehenden Schiffe und Flugzeuge und verdammten Beamten des State Department jeden einzelnen verfluchten Wassertropfen des Ozeans nach Ihnen abgesucht haben?«

Captain Otter lächelte – und begann zu lachen. Er stemmte die Arme in die Hüften, neigte den Kopf in den Nacken und prustete.

Das emotionale Barometer des Vizeadmirals wechselte abrupt und warnte vor einem drohenden Schlaganfall. »Und würden Sie mir bitte erklären, was Sie für so *lustig* halten?« fragte er gefährlich leise.

Doch es war Papa Schimmelhorn, der ihm darauf eine Antwort gab. Übermütig klopfte er dem hohen Offizier auf den Rücken. »*Ho-ho-ho-ho!*« grölte er. »Sie *konnten* uns auch gar nicht finden, main lieber Seemann. Es ischt där Schimmelhorn-Äffäkt! Die klainen Zahnräder im Innern där Röhre drehen sich. Und schwupps – sind wir *unsichtbar!*«

»Un ... *unsichtbar?*«

»Genau, Sir«, bestätigte Captain Perseus Otter, der nun nicht mehr lachte und dafür ganz aufgeregt wirkte. »Und zwar ganz und gar – für das menschliche Auge, für Kameralinsen, selbst fürs Radar. Allerdings ist es meine Pflicht, Sie darum zu bitten, Sir, keine weiteren Informationen zu verlangen.« Er lächelte fröhlich. »Der Schimmelhorn-Effekt ist streng geheim.«

»Aber ...« wollte der Vizeadmiral protestieren. Er kam jedoch nicht weiter.

»Huuuuh!« machte der entzückende weibliche Fähnrich hinter ihm.

Marlinson drehte sich rasch um. Die junge Frau errötete, und empört streckte sie den Arm aus und zeigte anklagend auf Captain Cobble. »Er ... er soll damit *aufhören!*« verlangte sie.

Captain Cobble kicherte, und seine verdrehten Augen zwinkerten einige Male und blickten dann wieder normal.

»He, he, was geht denn hier vor?« fragte der Vizeadmiral scharf.

Captain Cobble blickte sich um, und für den Bruchteil einer Sekunde wirkte er ein wenig befangen. Dann lächelte er wieder.

»Was hier vor sich geht, Sir?« Er sah den Kleinen Anton an. »Oh, es ist nichts weiter als ein weiterer wissenschaftlicher Trick. Der ... der Fledermaus-Effekt.«

Es hätte nicht viel Sinn, ausführlich über die weiteren Ereignisse an Bord der H.M.S. *Impression* zu berichten. Der Vizeadmiral hielt eine kurze und bewegende Ansprache, in der es um ›Tradition‹ und ›Freundschaft über den Ozean hinweg‹ ging. Captain Sebastian Cobble verabschiedete sich herzlich von Captain Perseus Otter und versicherte ihm – vielleicht mit einem Gedanken an den schmucklosen Bug seines Schiffes –, in der Königlichen Marine gäbe es immer einen Platz für ihn, sollte er sich eines Tages dazu entschließen, den Dienst zu quittieren. Schließlich trugen vier starke Matrosen Papa Schimmelhorn auf den Schultern über die Laufplanke, und aus vollen Kehlen sang die ganze Besatzung dazu das Lied *Hoch soll er leben, hoch soll er leben* ...

Unmittelbar darauf flogen Captain Otter, Papa Schimmelhorn und der Kleine Anton nach Washington, und unter strengster Geheimhaltung wurden sie dort von Experten der Marine, technischen Fachleuten und neidischen Repräsentanten von Luftwaffe und Heer befragt. Schon nach kurzer Zeit mußten sie feststellen, daß sie mit den wissenschaftlichen Auskünften Papa Schimmelhorns nicht viel anfangen konnten, und somit beschlossen sie zufrieden, die ganze Angelegenheit in den erwiesenermaßen fähigen Händen Captain Otters zu belassen.

Vier Tage später traf sich der Aufsichtsrat der Lüdesing-AG, Uhren und Präzisionsinstrumente, und für diese Sitzung gab es nur einen dringenden Tagesordnungspunkt: die notwendige Veränderung der Personalstruktur des Unternehmens.

Am Kopfende des Tisches saß der alte Heinrich Lüdesing und musterte seinen Sohn Woodrow und die anderen Direktoren. »Ich habe mit Papa Schimmelhorn gesprochen«, sagte er. »Weil wir alte Freunde sind, hat är sich beraiterklärt, zu uns zurückzukommen – aber unter där Voraussätzung, daß är Geschäftsführer wird und Woodrow für ihn arbaitet ...«

»Das ist doch lächerlich!« empörte sich Woodrow Lüdesing laut und schrill. »Der Mann ist für eine solche

Stellung nicht annähernd qualifiziert! Ich kündige! Ich ...«

»*Schtill!*« unterbrach ihn der alte Heinrich. »Paß nur auf, Woodrow: Höre ich noch mähr solchen Unsinn von dir, dann mache ich dän Klainen Anton zu dainem Vorgesätzten!«

Woodrow Lüdesing sah die anderen Direktoren an, und seine flehentlichen Blicke baten sie um Unterstützung. Doch keiner der Anwesenden rührte sich, und es blieb alles still. Daraufhin schmollte Woodrow und starrte zu Boden.

»So, das wäre also gerägelt«, fuhr sein Vater in einem entschlossenen Tonfall fort. »Jetzt erschtattet Härr Doktor Wilen sainen Bericht, und anschließend kann Käpt'n Otter noch aine Räde halten. Danach schtimmen wir ab.«

Ferdinand Wilen stand auf, und sein Gesichtsausdruck war eine sonderbare Mischung aus Erleichterung und Erstaunen. »Meine Herren«, begann er, »Sie wissen sicher, wie wichtig der Schimmelhorn-Effekt für uns und unsere Sicherheit ist. Und bestimmt würden Sie gern in Erfahrung bringen, wie er funktioniert. Nun, das trifft auch auf mich zu. Im Augenblick aber kommt es nur darauf an, *daß* er funktioniert.«

Einige der Direktoren nickten bestätigend.

»Ihr Papa Schimmelhorn ...« – Wilen lächelte schief – »... hat sich alle Mühe gegeben, das Prinzip zu erklären. Er sagte, es sei alles nur wegen Maxies Konschtanz, den oder die er während seiner Tätigkeit als Hausmeister im Genfer Institut für Höhere Physik kennenlernte. Es dauerte eine ganze Weile, bis ich verstand, was er meinte. Sein Genius arbeitet auf der Ebene des Unterbewußtseins. Er absorbiert Informationen, die für das Bewußtsein keine Rolle spielen, ihm sogar völlig unverständlich bleiben. Auf der Grundlage dieser Daten kommt es zu Extrapolationen, die sich schließlich ge-

genständlich manifestieren – in Form von diversen Apparaten. In diesem Fall vermute ich, daß mit *Maxie* Max Planck gemeint ist. Die kleinen Zahnräder des Uhrwerks drehen sich, lösen irgend etwas aus, wobei der Wert der *Planckschen Konstanten* eine Rolle spielen mag – und ein massives Objekt wird unsichtbar!«

»Bemerkenswert!« murmelte einer der Aufsichtsräte, und einige andere fügten hinzu: »Nachgerade erstaunlich!«

»Das kann man wohl sagen! Er benutzte das gleiche Prinzip, um die Teile der automatischen Fertigungsanlage zu verstecken, die die zusätzlichen Elemente herstellen. Sie sind unsichtbar, nehmen den ›leeren Raum‹ in der Anlage ein und werden von Anschlüssen mit Energie versorgt, die überhaupt nicht belegt zu sein scheinen. Das brachte mich so aus der Fassung, als alle meine Versuche einer Reparatur scheiterten.«

»Aber warum wurde der Apparat, ich meine die Komponente, nicht als ein Teil hergestellt, sondern vielmehr als zwei voneinander getrennte Objekte?«

»Weil Papa Schimmelhorn in Genf drei Wochen lang die Vorlesungen versäumte. Irgendwo in seinem Unterbewußtsein klaffte daher eine Informationslücke. Und dieser Punkt...« – Wilen zuckte mit den Schultern – »... führt uns zu dem Kleinen Anton Fledermaus, der sich als perfekter Ersatz für den fehlenden Faktor erwies. Während der Kindheit und insbesondere der Pubertät kann es geschehen, daß bestimmte Personen übernatürliche Kräfte entfalten. Als Beispiel möchte ich hier nur das telekinetische Phänomen des sogenannten Poltergeistes nennen. Nach Auskunft der Parapsychologen, die den Kleinen Anton gründlich untersuchten, steht er mit einer Existenzebene in Verbindung, die er als ›gerade um die Ecke‹ beschreibt. Sie scheint mit keinen gewöhnlichen Raumzeit-Koordinaten zu beschreiben zu sein, sondern existiert nur in *Beziehung zu ihm*.

Ein Lichtkontakt damit – den der Kleine Anton herstellt, indem er die Augen verdreht – versetzt ihn dazu in die Lage, durch ansonsten den Blick versperrende Materialien wie Seide, Wolle und Nylon hindurch zu sehen. Eine intensivere Verbindung ... nun, Sie kennen das Ergebnis. Er hielt die Hülle der Komponente M ›um die Ecke‹. Die Hälfte der Apparatur scheint sich einfach zu verflüchtigen. Er steckt die Röhre hinein. Und – zack! – aus zwei Einzelobjekten wird die vollständige Apparatur!«

Ein etwas dicklicher Direktor runzelte verwirrt und unglücklich die Stirn. »Dieser ganze wissenschaftliche Kram ist mir zu hoch«, brummte er. »Wie geht es jetzt weiter? Das würde ich gern wissen.«

Wilen nahm wieder Platz, und Captain Otter stand auf und wandte sich an die Versammelten. Er war noch immer unrasiert. Tatsächlich wurde nun allmählich klar, daß er die Absicht hatte, sich einen Bart wachsen zu lassen.

»Ich glaube«, sagte er, »dies ist nicht der geeignete Zeitpunkt, sich über komplizierte Theorien und schwerverständliche technische Einzelheiten den Kopf zu zerbrechen. Papa Schimmelhorn hat seine *praktischen* Fähigkeiten zu meiner vollsten Zufriedenheit bewiesen. Der junge Fledermaus hat darüber hinaus zwei gefährliche feindliche Agenten auf sehr geschickte Art und Weise außer Gefecht gesetzt. Die Marine und das State Department sind der Ansicht ...« – Otter bedachte Woodrow Lüdesing mit einem scharfen Blick – »... daß Papa Schimmelhorn zu seinen eigenen Bedingungen wieder eingestellt werden sollte.«

Er setzte sich wieder. Der alte Heinrich rief die Versammlung zur Ordnung, und es kam sofort zur Abstimmung. Mit acht Ja- und einer Nein-Stimme wurde Papa Schimmelhorn zum Geschäftsführer befördert.

Allgemeiner Jubel folgte der Bekanntgabe der Entscheidung, und man schickte jemanden aus, um Papa Schimmelhorn die gute Nachricht zu bringen. Es dauerte eine ganze Weile, bis der alte Heinrich und die Aufsichtsräte bemerkten, daß Dr. Wilen noch etwas auf dem Herzen hatte.

»Ich arbeite zwar nicht für diese Firma«, sagte er vorsichtig, »aber ich würde gern einen Vorschlag machen ...«

Der alte Heinrich winkte auffordernd.

»Einen Vorschlag, der sicher allen Beteiligten zum Vorteil gereicht. Papa Schimmelhorn ist zweifellos ein Genie. Ebenso, auf seine eigene Art, der Kleine Anton. Abgesehen davon jedoch zeichnen sich beide durch eine besonders ausgeprägte ... äh, Überschwenglichkeit aus, ein Übermaß an Lebensfreude gewissermaßen. Vielleicht wäre es ratsam, einige Vorsichtsmaßnahmen zu ergreifen, mit aller Diskretion natürlich, die geeignet sind, sie vor sich selbst zu schützen.«

Der alte Heinrich nickte ernst. Captain Otter gestand widerstrebend ein, daß Dr. Wilen in diesem Punkt durchaus recht haben könnte. Woodrow Lüdesing jedoch reagierte mit leidenschaftlicher Plötzlichkeit.

Von einem Augenblick zum anderen schmollte er nicht mehr, und sein Gesicht nahm wieder eine gesunde rosarote Tönung an. Er lächelte glücklich.

»Meine Herren«, sagte er, »das überlassen Sie am besten mir.«

Um drei Uhr am folgenden Nachmittag traf Woodrow Lüdesing Papa Schimmelhorn und den Kleinen Anton in dem Büro, das zuvor ihm zur Verfügung gestanden hatte. Sie scherzten mit der Blondine aus der Speditionsabteilung. Papa Schimmelhorn hatte die Arme um ihre schlanke Taille geschlungen und erzählte ihr alles von Sonya Lou. »..., und der Kleine Anton sagte mir später, es sei überhaupt kein Kuckuck gewesen, sondern ein Hahn. *Ho-ho-ho!*«

»Störe ich?« fragte Woodrow bescheiden.

Papa Schimmelhorn versicherte ihm, das sei nicht der Fall. »Ach, jätzt, da Sie für mich arbaiten, können Sie ruhig rainkommen! Ich habe Mimi gerade von där Schpionin erzählt. Man muß sich das nur ainmal vorschtällen! Nach Europa ist sie abgehauen, mit däm alten Schuhkarton, und als sie ihn öffnete ... Hier, äs schtäht in der Zeitung. Oh, *ho-ho-ho!*«

Woodrow Lüdesing nahm das Blatt entgegen, während sich Papa Schimmelhorn vor Lachen krümmte, und er las eine Mitteilung von *Tass*, die besagte, die erste Kuckucksuhr sei von einem intelligenten jungen Bauern aus Kiew erfunden worden, einige hundert Jahre bevor der Westen etwas von solchen Apparaturen gehört hatte.

»Sehr faszinierend«, bemerkte Woodrow höflich. »Nun, aber eigentlich bin ich wegen einer kleinen geschäftlichen Angelegenheit hergekommen, Sir ...«

»Machen Sie sich kaine Sorgen über Geschäfte, Woodrow!« rief Papa Schimmelhorn. »Ich bringe Ihnen jätzt bai, nicht mähr so schtaif und verkrampft zu sain. Ich zaige Ihnen, wie man das Läben genießt!«

»Das ist sehr nett von Ihnen«, entgegnete Woodrow. »Doch da Sie nun einmal der neue Geschäftsführer sind, hielt ich es für angebracht, daß Sie die neue Direktorin unserer Sicherheitsabteilung persönlich begrüßen. Sie ist recht bemerkenswert.«

»*Sie?*« Ganz automatisch ließ Papa Schimmelhorn seine Muskeln spielen. »Woodrow, ist sie hübsch?«

»Ich würde sie als geradezu klassisch bezeichnen, Sir. Sehen Sie sie sich doch selbst einmal an. Sie wartet in ihrem Büro auf Sie.«

Papa Schimmelhorn gab der Blondine von der Spedition einen raschen Kuß. Dann hakte er sich bei Woodrow und dem Kleinen Anton ein und führte sie in den Korridor.

Nebeneinander marschierten sie durch den Flur, doch als sie die Tür erreichten, auf der *Sicherheitsabteilung* stand, trat Woodrow zur Seite. »Wir sehen uns später, Sir«, sagte er und grinste breit.

»Sie scheinen doch ain recht guter Junge zu sein«, sagte Papa Schimmelhorn und lächelte ebenfalls.

Dann öffneten Papa Schimmelhorn und der Kleine Anton die Tür und traten rasch ein. Doch ganz abrupt blieben sie wieder stehen. Und machten große Augen...

»*Ha!*« sagte Mama Schimmelhorn.

Aus dem Amerikanischen übersetzt von Andreas Brandhorst

Die Frauen
von Betaigäuse Neun

Es stimmt nicht, daß in den Straßen gefeiert und getanzt wurde, als man in New Haven vom Verschwinden Papa Schimmelhorns hörte. Einige voreingenommene Eltern mochten sich durchaus darüber gefreut haben, ihre Töchter nun wieder in Sicherheit zu wissen, wenn sie in der Kuckucksuhrenfabrik Heinrich Lüdesings arbeiteten, in der Papa Schimmelhorn Meister gewesen war. Vielleicht jubilierten auch einige männliche Untergebene, die angesichts seiner hünenhaften und muskulösen Statur, des langen weißen Bartes und der funkelnden blauen Augen niemals auch nur den Hauch einer Chance gehabt hatten, bei den weiblichen Angestellten des Werkes erfolgreich zu sein. Und einige bestimmte Minister, die sein Schicksal zum Anlaß nahmen, lange moralische Vorträge zu halten, konnten ihre Schadenfreude nicht ganz verbergen.

Bei dem Rest aber handelte es sich um nichts weiter als gehässiges Gerede. Manche liebe junge Frau weinte sich an jenem Abend in den Schlaf. Einige lebenslustige Strohwitwen benetzten ihre Kopfkissen mit Tränen des Kummers. Besonders betroffen jedoch war Heinrich Lüdesing, denn er verlor nicht nur seinen besten Freund, sondern auch einen hervorragenden Mitarbeiter – und alle Hoffnungen auf den Großen Preis, die Goldmedaille, die während der bevorstehenden Internationalen Uhrenausstellung in Bern vergeben wurde. Papa Schimmelhorn war kurz nach der Fertigstellung der prächtigsten Kuckucksuhr der ganzen Welt verschwunden, eines Instrumentes von solcher Perfektion und Komplexität, daß selbst die Direktoren von Patek-Phillipe vor Neid erblaßt wären, hätten sie es bei der Ausstellung zu Gesicht bekommen.

Aber Papa Schimmelhorn war verschwunden – und mit ihm zusammen, zum erstenmal seit mehr als sechzig Jahren Ehe, auch Mama Schimmelhorn. Und die perfekte Kuckucksuhr. Und – obgleich das zu jenem Zeitpunkt kaum jemand wußte – auch Gustav-Adolf.

Die genaue Reihenfolge der Ereignisse ist niemals der Öffentlichkeit kundgetan worden. Sowohl die Wissenschaft als auch der Journalismus haben die Schimmelhorn-Chronologie nie mit der gebotenen Sorgfalt behandelt. Aus diesem Grund ist es notwendig, mit dem Anfang anzufangen – nämlich am 12. Mai um genau 23.58 Uhr, Eastern Standard Time.

Genau zu diesem Zeitpunkt schwebte das Raumschiff *Vilvilkuz Snar Tuhl-Y't* (was sich ungefähr mit *Lieblich-Dame Mutter-Präsident Vilvilu* übersetzen läßt) rund sechzig Kilometer über dem Stadtzentrum von New Haven. Die männlichen Besatzungsmitglieder schrubbten die Decks, schwatzten miteinander und gaben sich den Anschein, Messingknöpfe zu polieren. Madame-Kapitän Groolu Hah, der es gerade gelungen war, das optische Signal des Intellektometers in Raumzeit-Koordinaten umzurechnen, rief ihren aufgeregten Offizieren mit einer wunderbar rauchigen Stimme Anweisungen zu. Und Papa Schimmelhorn, der sich in seiner völlig chaotischen Kellerwerkstatt aufhielt, betrachtete sein gerade vollendetes Meisterwerk.

Direkt über der Werkbank hing ein farbenprächtiges Poster, das soviel wie möglich von einer Dame zeigte, die allgemein als Miß Prudence Pilgrim bekannt war. Sie trug nichts weiter als einen weißen Federhut und war die Startänzerin eines Oben-ohne-Unten-ohne-Etablissements namens *Beim Knalligen Joe*.

Papa Schimmelhorn trat zurück, bedachte das Poster mit einem melancholischen Blick und deutete dann auf die perfekte Kuckucksuhr daneben.

»Sieh nur, Guschtav-Adolf!« rief er. »Genau wie mir Härr Doktor Jung in Gänf sagte: Im Unterbewußtsain bin ich ain Dschänie!«

Gustav-Adolf hockte auf der Werkbank, streckte eine gestreifte Pfote nach der Spielzeugmaus aus, die er bereits zum Teil zerlegt hatte, warf einen geringschätzigen Blick auf die Superuhr und verkündete mit einem leisen »Miau!«, daß er sie für ungenießbar hielt.

Papa Schimmelhorn schenkte dieser Kritik nicht die geringste Beachtung und betrachtete das hervorragende Ergebnis seines Schaffens. Die Uhr war etwa hundertzwanzig Zentimeter hoch und einen knappen Meter breit, und ihre Grundstruktur war ganz der Tradition aus der Schweiz stammender Pfefferkuchenhäuschen nachempfunden. Außer dem großen Zifferblatt wies sie auch noch einen Niederschlagsmesser auf, einen immerwährenden Kalender, zwei Barometer und eine Apparatur, die den Interessierten nicht nur auf die aktuelle Mondphase hinwies, sondern auch den geeigneten Zeitpunkt, Forellen zu fangen. Blätter und Ranken säumten die geschnitzte Einfassung, und geschmückt war die wundervolle Kuckucksuhr außerdem noch mit den Bildnissen zahlreicher anmutiger junger Frauen. Der Bildhauer in Papa Schimmelhorn hatte Wert darauf gelegt, sie so darzustellen, daß sie betont ungezwungen wirkten, und als Vorlage bei seinem diesbezüglichen kreativen Schaffen hatte ihm Miß Prudence Pilgrim in ihrer entzückenden Arbeitskleidung gedient.

»Wirklich wunderschön!« seufzte Papa Schimmelhorn. »Und im Innern – so viele Zahnräder und Geschtänge und klaine Apparate. Ach – ach! Es ischt fascht Mitternacht. Paß jätzt gut auf, Guschtav-Adolf!«

Unmittelbar im Anschluß an diese Worte rückte der Minutenzeiger um den letzten Bruchteil eines Zentimeters vor und ruhte auf der Zwölf. Ein ganz leises Klicken ertönte. Mehrere Türchen öffneten sich, und

ein ganzer Kuckuckschor stimmte ein fröhliches Lied an.
Die Vögelchen zirpten und trillerten und zogen sich dann wieder ins Innere der Uhr zurück. Gleich darauf kamen sie erneut zum Vorschein. Insgesamt zwölfmal wiederholte sich diese Vorstellung, wobei sich die Melodie des Gesangs jedesmal ein wenig veränderte und zudem noch von einem bezaubernden Glockenspiel untermalt wurde. Papa Schimmelhorn zwinkerte Gustav-Adolf zu. »Und jetzt«, hauchte er, »kommt der wirkliche Klu.«
Der Kuckuckschor verschwand. Mit einem gedämpften *Brrr-r-t* öffnete sich die obere und größere Klappe und offenbarte eine Waldlandschaft in Miniatur. Der Hintergrund bestand aus Fichten und Kiefern und schneebedeckten Berggipfeln, und über einem altertümlich wirkenden Brunnen war eine hölzerne Winde angebracht. Ein molliges Alpenmädchen griff nach der Kurbel. Und von der anderen Seite des Brunnens schlich sich ein grinsender junger Mann an sie heran.
Auf Zehenspitzen näherte er sich ihr, streckte die eine Hand aus und zwickte das Alpenmädchen in den Po. Die junge Frau quiekte und errötete kurz. Dann umfaßte sie die Kurbel fester und drehte sie entschlossen. Und die Gewichte, die das Uhrwerk der wunderschönen Kuckucksuhr betrieben, hoben sich um einige Zentimeter an den rasselnden Ketten.
»Ainfach härrlich!« kicherte Papa Schimmelhorn. »Die Uhr zieht sich jedesmal dann sälbscht auf, wänn der Kärl das Mädchen zwickt. Ich habe ain Perpetuum mobile erfunden, und das hat vor mir noch niemand geschafft. Für dän alten Hainrich ischt das beschtimmt aine nätte Überraschung.«
Er stellte die Zeiger der Uhr um eine Stunde zurück und hüllte die ganze Vorrichtung, mit Ketten, Gewichten und allem anderen, in eine dicke Wolldecke. »Aber

där alte Hainrich muß sich noch ainen Tag gedulden«, bemerkte er glücklich. »Heute nacht zaigen wir Prudie die süßen Mädchen auf där Ainfassung, die ihr so sähr ähneln.«

Froh lächelte Papa Schimmelhorn vor sich hin und stellte sich die Art der Reaktion Miß Pilgrims auf diese Art von Kompliment vor. Für den Fall jedoch, daß dies nicht ausreichen sollte, steckte er sich noch einige Pralinen in die Tasche seiner hellblauen Sportjacke. Anschließend griff er nach den Überresten der Spielzeugmaus und stemmte den zwanzig Pfund schweren Kater in Richtung seiner Schulter in die Höhe.

»Wir müssen mucksmäuschenschtill sain«, warnte er Gustav-Adolf und warf einen bedauernden Blick auf seinen 1922er Stanley-Dampfwagen, der in schreiendem Giftgrün lackiert war und den er gerade demontiert hatte, um ihn mit einem Antigravitationsapparat auszustatten. »Wänn wir dän Wagen nähmen, kann uns Mama hören. Sie ischt aine gute Frau, Guschtav-Adolf – aber sie hält halt noch immer an altmodischen Vorschtellungen fäscht.«

In diesem Punkt hatte er vollkommen recht. Die Vorstellungen seiner Frau, die ihn direkt betrafen, waren in der Tat ziemlich altmodisch und hatten sich auch im Verlaufe der vergangenen sechs Jahrzehnte, während derer es immer wieder zu nächtlichen Ausflügen ihres Gatten gekommen war, nicht geändert. Mama Schimmelhorn argwöhnte, daß Papa ein neues Abenteuer im Sinn hatte, und dieser Verdacht war durch einen Anruf ihrer Freundin Mrs. Hundhammer, der Frau des Pastors, bestärkt worden, die von Mrs. Heinrich Lüdesing von Prudence Pilgrim erfahren hatte. Um genau 00.06 Uhr, als sich die Kellertür hinter Papa schloß, erhob sich Mama Schimmelhorn aus dem Sessel im Wohnzimmer, wo sie die ganze Zeit über gewartet hatte.

Der steife Stoff ihres schwarzen Kleides knisterte und knarrte bedrohlich, als sie nach ihrem schwarzen Regenschirm griff und ihn wie eine Waffe hob. »Schon wieder ain nacktes Tanzmädchen!« zischte sie. »Genau wie bai där Wältausschtällung von 1915! Jätzt raichts! Ich muß däm ain Ände machen!«

In gerechter Empörung holte sie tief Luft und verließ das Haus. Sie hielt sich im Schatten verborgen, als sie ihrem eigensinnigen Gatten so geschickt folgte wie ein erfahrener Privatdetektiv.

Um 00.09 Uhr, gut fünfunddreißig Kilometer über der Stadt, starrte Madame-Kapitän Groolu Hah ungläubig auf die Anzeige des Intellektometers. »Das ist doch unmöglich!« brummte sie und zupfte an einer Strähne ihres erdnußbutterfarbenen Haars, einem Zeichen ihres hohen Ranges. »Sechs null null vierzehn auf der Thil-Skala – noch niemals zuvor ist ein solcher Verstand gemessen worden!« Sie warf der jüngeren Frau an dem Instrumentenpult einen mißtrauischen Blick zu. »Sind Sie sicher, Leutnant, daß Sie nicht irgendwo eine Masche fallengelassen haben?«

Die jüngere Frau hatte die Vertäfelung abgeschraubt, griff in ein Gewirr aus Drähten und Kabeln und holte eine Vorrichtung hervor, die aussah wie ein aus Kunststoff bestehender Stiefelzuknöpfer. Sie salutierte, indem sie kurz ihre eine möhrenrote Locke berührte. »Herzallerliebste Dame«, erwiderte sie respektvoll. »Ich habe alle Widerstände mehrmals überprüft, und außerdem befinden wir uns genau in der richtigen Höhe für die erforderliche Meßgenauigkeit. Darüber hinaus ist dies ein Planet mit großem Ähnlichkeitsfaktor, und aus diesem Grund sind Gwip-Störungen bei der Erfassung sehr unwahrscheinlich.«

»Das weiß ich«, hielt ihr Groolu Hah scharf entgegen. »Die Einheimischen sind zweifellos humanoid. Das macht die Sache nur noch rätselhafter. Ihnen ist doch klar, daß das höchste Meßergebnis bisher *zwei*-fünf-fünf-elf lautete – und zwar bei uns zu Hause?«

»K-könnte es sich vielleicht um eine dieser komischen Welten handeln, auf denen *Männer* dominieren, Herzallerliebste Dame?«

»Ausgeschlossen! Wir kennen nur zwei, und beide Planeten waren, wie erwartet, von Wilden bewohnt. Nein, ich glaube, wir haben es nur mit einem einzigen Superintellekt zu tun – einem Individuum, das durchaus dazu in der Lage sein könnte, unser Problem zu lösen. Und gerade das gibt mir so zu denken. Vielleicht wird es böse und greift uns an – und mir graust bei der Vorstellung der Waffen, die es möglicherweise besitzt. Wir müssen landen und *ganz rasch* wieder verschwinden. Ich hoffe nur, wir erwischen die Person im Freien und brauchen keine Häuser nach ihr abzusuchen.«

Entschlossen legte die Madame-Kapitän den Büstenhalter an und band sich die Halbschürze um. »Ist das Landesegment vorbereitet, Kommandeuse?«

»Vorbereitet und befraut, Herzallerliebste Dame«, knurrte eine untersetzte Brünette, die neben einer großen offenen Luke stand. »Das *Ifk* wurde schon transferiert. Wir können jederzeit ablegen.«

»Und das Schnappnetz?«

»Gespannt und fertig, Herzallerliebste Dame.«

»Gut – *bereitmachen für die Ausschleusung!*«

Die Brünette nahm Haltung an und salutierte, indem sie den dünnen Zopf berührte, der ihr übers linke Ohr baumelte. Dann drehte sie sich ruckartig um und duckte sich durch die Luke.

Von einem Augenblick zum anderen herrschte überall rege Aktivität. Jüngere Offiziere wiederholten den Befehl der Madame-Kapitän, und die Männer der Besatzung kicherten aufgeregt und kamen rasch den Anweisungen einer kräftig gebauten Bootsfrau nach. Sechs von ihnen schleppten einen riesigen Deckel herbei, der aus dem gleichen stumpfen gelben Kunststoff bestand wie die Hülle des Raumschiffs. Vier andere trugen Dinge, die aussahen wie gewaltige Zahnpastatuben. Zwei weitere standen an einem großen dampfenden Kessel.

Die Bootsfrau brüllte. Die Burschen mit den Zahnpastatuben preßten daraufhin hastig eine klebrige braune Masse in die breite Mulde, die die Luke säumte. Die sechs anderen Männer drückten rasch den Deckel in die Fuge. Eine zweite Bootsfrau zählte laut bis zwanzig. Dann wurde der Inhalt des großen Kessels in einen Ausguß der Luke entleert. Anschließend preßte man noch ein wenig von dem braunen Klebstoff in die Deckelöffnung, und mit einem großen Pfropfen wurde alles versiegelt. Eine Zeitlang hörten die Anwesenden noch, wie die heiße Flüssigkeit aus dem Kessel im Innern der Schleuse gurgelte und zischte.

»Meldung!« schnappte die Madame-Kapitän.

»Schleuse abgedichtet«, antwortete eine der Bootsfrauen.

»Landesegment – Bericht!«

»Segment abgekoppelt«, erklang die melodische Stimme der Kommandeuse.

Die Madame-Kapitän zögerte kurz. Dann zuckte sie mit den Schultern. »Hoffentlich schießen sie das Ding nicht wie einen räudigen *Ooth* über den *Sarlig*«, murmelte sie leise und fügte lauter hinzu: »*Landesegment starten!*«

Sie konnte natürlich nicht wissen, daß sie gerade eine Operation überwacht hatte, die jedem irdischen Raumschiffskonstrukteur zumindest einen Nervenzusammenbruch, wenn nicht gar einen Schlaganfall beschert hätte, und sie begann damit, das Landesegment dem Treffpunkt entgegenzusteuern.

Während das Segment in Richtung Stadt absank, setzte Papa Schimmelhorn sorglos seinen Weg fort. Er hatte nicht die geringste Ahnung, daß sein Verstand Fremden aus dem All wie ein Leuchtsignal diente – und er wußte

auch nicht, daß Mama Schimmelhorn ihm folgte und nur einen halben Häuserblock von ihm entfernt war. Aus diesem Grund hielt er den Zeitpunkt für gekommen, Gustav-Adolf mit seinem Erfahrungsschatz in Hinsicht auf das Leben im allgemeinen und die Liebe im besonderen vertraut zu machen.

»So, Guschtav-Adolf«, begann er, »soll ich dir mal erzählen, warum Prudie die jungen Kärle fürs Zuschauen bezahlen läßt und anschließend aine Verabredung mit Papa Schimmelhorn hat?«

Gustav-Adolf witterte den Geruch eines Revierrivalen in der warmen Nachtluft, und er fauchte leise.

»Das ischt die richtige Ainstellung!« lobte Papa Schimmelhorn. »Hör gut zu. Ich sage dir, warum ich noch mit achtzig Jahren voller Läbenskraft bin und nicht so schlapp wie där alte Hainrich, där kainen Mumm mähr in dän Knochen hat. Als ich zwölf Jahre alt war ...«

In aller Ausführlichkeit beschrieb Papa Schimmelhorn die frühreife Episode. Dann, Blondine für Blondine, Brünette für mollige Brünette, nannte er alle leidenschaftlichen Einzelheiten der Eroberungen während seiner Jugendzeit, kam auf die Erfolge in der Welt der Weiblichkeit als junger und ruheloser Mann zu sprechen und schilderte schließlich auch die Abenteuer, die er während seiner mittleren Jahre bestritten hatte.

Als das Landesegment bis auf eine Höhe von nurmehr knapp zehn Kilometern gesunken war, hatte Papa Schimmelhorn sowohl in zeitlicher als auch entfernungsmäßiger Hinsicht die Hälfte der Strecke zu Miß Prudence zurückgelegt und erzählte gerade von einer rothaarigen Witwe, von der seine Jahre als Hausmeister im Genfer Institut für Höhere Physik besonders vergnüglich gestaltet worden waren. Während jener Zeit hatte sich auch sein wissenschaftliches Genie ausgeprägt.

Als das Segment nur noch rund vier Kilometer über der Stadt schwebte, erklärte Papa Schimmelhorn dem geduldig zuhörenden Gustav-Adolf, wie die Beziehung zu einem weiblichen Streichquartett seine Männlichkeit im vorgerückten Alter zu voller Blüte entfaltet hatte.

Und als es weiter herabsank – auf drei Kilometer Höhe, dann anderthalb und schließlich nur noch einige hundert Meter – und Papa Schimmelhorn mit langen Schritten den Stadtteil durchmaß, der besonders bekannt war für Bars, Buchläden, in die nur Erwachsene Zutritt hatten, und Hotels mit zweifelhaftem Ruf, berichtete er dem Kater von seinen jüngsten Eroberungen.

Schließlich driftete das Landesegment nur noch einige Dutzend Meter über ihm. Papa Schimmelhorn ahnte noch immer nichts davon, daß seine Frau nun ebenso leise wie rasch zu ihm aufschloß, und er blieb auf dem dunklen Parkplatz hinter dem *Knalligen Joe* stehen.

Lautlos sank das Segment um weitere zehn Meter herab – und Mama Schimmelhorn kam ihrem abenteuerlustigen Gatten um noch einmal drei Meter näher.

»Oh, ho-ho-ho!« lachte Papa Schimmelhorn. »Guschtav-Adolf, ich gebe dir ainen guten Rat. Um auch noch in dainen alten Tagen in Höchschtform zu sain ...« – er zupfte spielerisch an dem langen gestreiften Schwanz des großen Katers – »... muscht du dauernd hinter klainen süßen Kätzchen her sain. Und jätzt ...«

»*Und jätzt was?*« fragte Mama Schimmelhorn scharf und bohrte ihrem Gatten die metallene Spitze ihres Regenschirms in die Rippen. »Du glaubscht wohl, du kämscht noch ainmal so davon, *ha?* Du wolltescht dir wohl wieder aine ganze Nacht um die Ohren schlagen, die nackte Tänzerin betatschen und Guschtav-Adolf schmutzige Tricks baibringen, wie?« Mehrmals stieß sie mit der Spitze des Regenschirms zu. »Ich ziehe dir die Ohren lang! Wir gähen jätzt sofort zurück nach ...«

Sie bekam keine Gelegenheit, diesen Satz zu beenden. Völlig lautlos fiel das Schnappnetz des Landesegmentes und stülpte sich über sie. Dann stieg es in die Höhe und verschwand mitsamt der Beute im Innern des Segments.

Im Kontrollraum der *Vilvilkuz Snar Tuhl-Y't* verblaßte der glänzende Lichtfleck auf einem der Schirme. Plötzliche Stille herrschte. Madame-Kapitän und Leutnant blickten sich besorgt an.

»Nun, ich ... ich schätze, das bedeutet, wir haben sie im Sack, ha-ha.« Das Lachen Madame-Kapitäns klang nicht sonderlich enthusiastisch.

»B-bestimmt, H-herzallerliebste Dame«, erwiderte der weibliche Leutnant mit zittriger Stimme. »J-ja, ich befürchte, Sie haben recht. Haben *Sie* gesehen, was *ich* sah, kurz bevor wir sie ... auf dem Schirm, meine ich?«

»Die Schnörkel?«

»Sie ... sie sahen nicht wie normale Schnörkel aus – jedenfalls nicht für mich. Sie wirkten eher wie reguläre S-signale. Eins davon war ziemlich hoch, selbst nach unseren Maßstäben – s-so um die zwei-vier-vier und noch etwas. Und die anderen ... nun, ich weiß natürlich, daß Sie mir nicht glauben werden, denn schließlich ist das hier ein fremder Planet, aber eins der beiden anderen Signale sah tatsächlich aus wie das einer *Katze!*«

»Unsinn!« erwiderte die Madame-Kapitän ein wenig zu scharf. »Es waren nur *Schnörkel*, weiter nichts. Und wenn nicht – macht das irgendeinen Unterschied? Ich hoffe, Sie lassen sich nicht ausgerechnet von einer Katze Angst einjagen – schließlich gibt es davon so viele in diesem Schiff wie Männer in einem Gattenladen.«

»N-natürlich nicht, Herzallerliebste Dame. Ich mache mir in erster Linie Sorge wegen des dritten Signals. Es könnte von fast *allem* stammen – vielleicht geht es von einem schrecklich haarigen Ungeheuer mit großen Tentakeln aus!«

Unwillkürlich schauderte die Madame-Kapitän – ein Abzeichen von weiblicher Schwäche, das sie ärgerte. »Verdammt, Leutnant!« rief sie. »Wollen Sie etwa, daß die Männer an Bord hysterische Anfälle erleiden? Unser Problem ist so ernst, daß *jedes* Risiko gerechtfertigt ist. Außerdem habe ich alle nur erdenklichen Vorsichtsmaßnahmen getroffen. Wenn das Netz geöffnet wird, sind die Sprühwerfer einsatzbereit. Und jetzt *seien Sie still* – das ist ein Befehl!«

Und damit machte sich Groolu Hah auf den Weg, um sich um die militärischen Aspekte des Empfangs zu kümmern.

Viel ist schon über die Art des ersten Kontaktes mit außerirdischen Wesen geschrieben worden – und vermutlich befinden sich noch einmal so viele Werke in Vorbereitung. Alles auf diese Weise Dargelegte ist natürlich voller Unfug. Denn als der erste Kontakt wirklich erfolgte, war nichts Außergewöhnlicheres daran beteiligt als Papa und Mama Schimmelhorn, Gustav-Adolf, die Besatzung des Raumschiffs *Vilvilkuz Snar Tuhl-Y't* – und eine erstaunliche Vielfalt von Emotionen.

Zwar hatte es die für das Landesegment verantwortliche Kommandeuse ziemlich eilig, an Bord des Mutterschiffs zurückzukehren, doch sie nahm keine übertriebenen Beschleunigungsmanöver vor – was angesichts des Umstandes, daß die Triebkraft von *Ifk* ausging, auch unmöglich gewesen wäre. Einschließlich der Zeit, die das Ankleben und Öffnen der Schleuse erforderte, vergingen rund zwanzig Minuten, bis das Netz auf dem Boden des Kontrollraums deponiert wurde.

An Bord des Schiffes hatte die Anspannung inzwischen sehr zugenommen. Die Männer zitterten und wimmerten leise. Die Frauen hielten die Sprühwerfer bereit und beobachteten mit grimmiger Entschlossenheit die nun wieder offene Luke. Zwölf Männer und zwei Bootsfrauen standen in unmittelbarer Nähe der Schleuse und wirkten recht unsicher.

»Netz unterwegs!« klang eine Stimme durch das Tor – und gleich darauf waren die ersten Maschen des Netzes zu sehen.

»Los geht's!« rief die Madame-Kapitän.

Angetrieben von den beiden Bootsfrauen griffen die zwölf Männer nach dem Netz. Die Maschen waren sehr dicht, und das ganze Gebilde wirkte so starr und unelastisch wie eine Hummerfalle. Einige Sekunden lang blieb die Vorrichtung auf dem Boden liegen, und sie zitterte und bebte und gab entsetzliche Geräusche von sich.

»N-neigt es zur Seite!« ordnete die Madame-Kapitän an.

Widerstrebend gehorchten die ängstlichen Männer.

»B-bereitet euch darauf vor, es zu öffnen.«

Sechs der Männer griffen mit zitternden Händen nach einem Seil, das an der einen Seite des Schnappnetzes befestigt war. Die restlichen sechs packten das andere Ende.

Die Madame-Kapitän war zwar blaß, holte aber tapfer Luft.

Bestens aufeinander abgestimmt, hoben die weiblichen Offiziere die Sprühwerfer und zielten.

»*J-jetzt!*« rief die Madame-Kapitän.

Die Männer gaben ein Seufzen der Furcht und Verzweiflung von sich und zogen gemeinsam an dem Seil. Mit einem Ruck öffnete sich das Schnappnetz. Es teilte sich in der Mitte. Und es wurde vollkommen still im Kontrollraum ...

Mama Schimmelhorn stemmte sich in die Höhe, zischte zornig und sah sich mit vor Wut funkelnden Augen um. Der steife Stoff ihres schwarzen Kleides war zerknittert, und der Transport im Netz hatte ihren Hut ziemlich ruiniert. Doch nach wie vor hielt sie den Re-

genschirm fest in der Hand. Sie war zu allem entschlossen.

Papa Schimmelhorn hinter ihr hatte die Reise nicht ganz so gut überstanden. Verwirrt blickte er sich um. Blut tropfte ihm auf den zerzausten Bart; es stammte aus verschiedenen Kratzwunden, die Gustav-Adolf ihm in dem Bemühen beigebracht hatte, die Stellung auf seinem Kopf zu behaupten. Er preßte die Decke mitsamt ihrem kostbaren Inhalt an sich und schien gar nicht zu bemerken, daß der Kater – er legte die Ohren an und fletschte die Zähne, und sein Nackenfell hatte sich warnend aufgerichtet – ihn zu einer Art Zinne machte, von der aus die Katze mit ihrem raubtierhaften Fauchen der ganzen Welt den Krieg erklärte.

Zutiefst erschrocken und blaß starrten die Besatzungsmitglieder Mama Schimmelhorn an. Einige Sekunden lang erwiderte sie diesen Blick. Dann schnaufte sie entrüstet, trat einen Schritt vor und ließ die Spitze ihres Regenschirms auf den Boden knallen.

»*Noch mehr nackte Frauen!*« empörte sie sich.

Sie hob ihre Waffe und drehte sich ruckartig zu Papa Schimmelhorn um. »Ach, du solltescht dich was schämen! Du alter Bock – raicht dir denn in dainem Alter von über achtzig Jahren jewails aine zur glaichen Zait nicht mähr aus? Ich wärd's dir zaigen ...«

Dann erst fiel ihr sein Gesichtsausdruck auf, und sie brach ihren Angriff ab. Noch einmal sah sie sich um, und diesmal musterte sie die Frauen eingehender. Nein, eigentlich sahen sie *nicht* wie Nachtclubtänzerinnen aus. Sie wirkten eher wie weibliche russische Sergeanten, die sich gerade zum gemeinsamen Bad bereitgemacht hatten. Man hätte sie für ein leibhaftig gewordenes Werk Renoirs halten können, dem es jedoch an Farbenpracht mangelte und das sich insbesondere durch einen gewissen surrealistischen Groll gegenüber Friseuren und der Textilindustrie auszeichnete. Sie trugen

Objekte bei sich, die aussahen wie Blasebälge, an denen man vorn Kaffeekannen befestigt hatte, und damit zielten sie auf sie. Hinter ihnen spähten einige ängstliche, in farbige Kutten gekleidete kleine Männer hervor, quiekten schrill und duckten sich wieder hinter die nackten Frauen.

Und die Frauen redeten nun aufgeregt durcheinander, wobei sie eine Sprache benutzten, die Mama Schimmelhorn nicht kannte – was sie zum Anlaß nahm, die ihr unverständlich bleibenden Bemerkungen einfach zu ignorieren. In Gedanken zählte sie rasch zwei und zwei zusammen ...

Eine besonders große und autoritär wirkende Frau gewann als erste die Fassung zurück. »S-seht nur!« hauchte sie. »S-sie trägt *Kleidung!*«

»Und s-schwarze noch dazu!« entfuhr es einem anderen weiblichen Offizier.

»Sie ist von *Kopf bis Fuß bedeckt!*« rief eine dritte Dame. »Und sie hat noch ihr *gesamtes* Haar!«

Allgemeine Erregung folgte. »*Sie ... sie muß mindestens Mutter-Präsidentin sein!*« »Min-*destens!*« »Und wir ... wir haben sie ... *entführt!*« »Sie einfach verschleppt, in einem Schnappnetz – wie einen *Kreth* oder so etwas!« »*Seht* euch sie nur *an!*«

Mama Schimmelhorn brachte die Informationen miteinander in Verbindung, die ihr bisher zur Verfügung standen. Sie fügte Erinnerungen an die Nachmittage hinzu, die sie in Begleitung ihres zwölfjährigen Großneffen Willie Fledermaus verbracht hatte. Und sie kam zu einer Schlußfolgerung. »Raumfahrer!« flüsterte sie. »Und äs sind nur Frauen mit Männern, bai dänen äs sich um kaum mähr als klaine Fürschtchen handelt. Ha, die Außerirdischen sähen gar nicht so gräßlich aus wie die Tentakelmonschter in den Kammikhäften!«

Ihre Wut sank auf das Niveau gerechten Zorns ab. *Viellaicht said ihr also nichts waiter als Handelsverträter vom*

Dschupiter oder Mars, überlegte sie, hob den Kopf und stand noch aufrechter als zuvor. *Nun, paßt bloß auf! Mit euren Blasebälgen und Kaffeekannen könnt ihr Mama Schimmelhorn kaine Angscht ainjagen! Außerdäm hat mir Willie alles über ...*

»*Seht sie euch nur an!*« brachte die große Frau mit unüberhörbarer Ehrfurcht hervor. »Sie ... sie wirkt so *majestätisch!* Vielleicht ist sie sogar eine Mutter-Kaiserin oder etwas in der Art. Ich meine, eine wirklich *mächtige* Frau, die über Leben und Tod gebietet – und über große Flotten von *Kriegsschiffen*, so wie auf Loog IV!«

»Sie ist nur einfach *wütend!*« wisperte einer der jüngeren weiblichen Offiziere. »Ach, Herzallerliebste Dame, was sollen wir nur mit ihr *machen?*«

Vor der Öffnung des Netzes hatte sich die Madame-Kapitän in erster Linie und voller Unbehagen Gedanken über den hervorragenden Intellekt ihrer Beute gemacht, dabei jedoch nicht die Möglichkeit einer überragenden politischen Autorität erwogen. Jetzt fühlte sie sich innerlich zwischen einigen ausgesprochen unangenehmen Alternativen hin und her gerissen: (1) der zwar notwendigen, aber auch sehr gefährlichen Durchführung ihres wichtigen Auftrages; (2) der gleichermaßen unerfreulichen Aufgabe, die beeindruckende und *bekleidete* Person wieder dorthin zurückzubringen, wo sie entführt worden war; und (3) der – wenn auch nur sehr vage ausgeprägten – Versuchung, sich zu irgendeinem Gewaltakt hinreißen zu lassen und die unwillkommenen Gäste aus dem Raumschiff zu entfernen.

Die Madame-Kapitän zögerte – und plötzlich wurde ihr die Initiative abgenommen. Wie auch die aller anderen hatte sich die Aufmerksamkeit des sehr phantasievollen weiblichen Leutnants bis zu diesem Zeitpunkt allein auf die so majestätisch wirkende Frau gerichtet. Zum erstenmal bemerkte sie nun auch Papa Schimmelhorn. Erschrocken riß sie die Augen auf. »Seht euch das

Ding an!« kreischte sie. »Ich ... ich *wußte* es ja! Ein *haariges Ungeheuer!* Und ... und es hat gerade *Blut getrunken!*«

Mehrstimmige Entsetzensschreie wurden laut.

»*Tötet es!*« quiekte der weibliche Leutnant und versuchte, mit ihrem Sprühwerfer an Mama Schimmelhorn vorbei zu zielen.

Das haarige Ungeheuer sah sie aus trüben Augen an. Gustav-Adolf hatte sich ihm inzwischen auf die Schulter gehockt, fuhr die Krallen aus und fauchte eine allgemeine Drohung. Und Mama Schimmelhorn reagierte aus einem Reflex heraus und machte von einer Technik Gebrauch, die sie schon des öfteren mit großem Erfolg gegen bellende Hunde eingesetzt hatte. Sie hob ihren Regenschirm, betätigte die Entriegelung und ließ ihn mehrmals hintereinander auf- und wieder zuklappen, wobei sie gleichzeitig mit erbarmungsloser Entschlossenheit gegen den Feind vorrückte.

»Lassen Sie sofort dän Kaffeebalg sinken!« verlangte sie scharf.

Die Offiziere wichen hastig zurück.

Der weibliche Leutnant wimmerte leise, war noch immer verzweifelt bemüht, freies Schußfeld zu bekommen und behauptete tollkühn die Stellung ...

Schließlich wurde es der Madame-Kapitän zuviel. Sie sprang, griff nach dem Sprühwerfer und warf ihn zu Boden. »Sie Närrin!« rief sie. »Wollen Sie uns denn alle umbringen? Sehen Sie sich ihre Waffe an – sie ist *mechanischer* Natur!«

Einige der anderen Frauen wiederholten dieses Wort entsetzt, und klackend fielen weitere Sprühwerfer zu Boden.

Die Madame-Kapitän wandte sich an Mama Schimmelhorn. Sie verneigte sich mehrmals und versuchte, ihre tatsächlichen Empfindungen zu verdrängen und möglichst freundlich zu lächeln. An die anderen anwesenden Frauen gerichtet sagte sie: »D-das Geschöpf in i-ihrer Begleitung – es h-hat keine Tentakel. V-vielleicht ist es gar kein U-ungeheuer, s-sondern nur ein abnorm g-großer und k-kräftiger *Mann* ...« Sie schauderte. »W-wahrscheinlich ist er ganz z-zahm und dient ihr als *Katzenträger* ...

Mama Schimmelhorn erwiderte das Lächeln nicht. Verächtlich klappte sie ihren Regenschirm zusammen. Irgendwie, so begriff sie, hatte sie die Oberhand gewonnen, und sie beabsichtigte, diesen Vorteil so gut wie möglich zu nutzen. Aus ihrer schwarzen Handtasche holte sie das Hörgerät hervor, das sie sonst praktisch nie benutzte, und sie hielt sich das Mikrofon vor die Lippen. Sie deutete zu Boden. »Sie bringen uns jätzt wieder zurück!« verlangte sie. »Oder ich alarmiere auf der Schtälle die Raumpatrullje!«

Und damit niemand sie falsch verstand, umfaßte Mama Schimmelhorn ihren Regenschirm fest in der Mitte, richtete die Spitze auf die Sterne und beschrieb damit einen schräg nach oben ragenden Bogen. »Iiieeeh-iieeh-ieh – BAMM!« rief sie und ahmte damit das Lieblings-Raketengeräusch von Willie Fledermaus nach. »BAMM! Tak-tak-tak-BOING!«

Chaos entstand. »Sie ... sie benutzt einen *Kommunikator!*« schrillten die Stimmen mehrerer Offiziere gleichzeitig. »*Sie benachrichtigt ihre Kriegsschiffe!*« riefen einige andere Frauen. »*Jetzt ... jetzt geht es uns allen an den Kragen!*« stöhnte eine üppig gebaute Bootsfrau.

Die weiblichen Offiziere liefen durcheinander. Die männlichen Besatzungsmitglieder quiekten entsetzt und erschrocken, eilten hin und her, traten sich dabei gegenseitig auf die Füße und schluchzten.

Die Madame-Kapitän sank vor Mama Schimmelhorn auf die Knie. »Oh, *bitte*, Euer Lieblichkeit!« flehte sie. »Benachrichtigt nicht Eure Flotte, auf daß wir ... wir alle desintegriert werden. Wir wußten nicht, daß Ihr eine

Mutter-Kaiserin seid. Ganz bestimmt nicht! Wäre uns das bekannt gewesen, hätten wir euch *niemals* entführt – ohne Euren Gattenharem und Euer Gefolge! So etwas wäre uns überhaupt nicht in den *Sinn* gekommen ..."

Sie fuhr mit ihrer flehentlichen Ansprache fort. Der Tumult im Kontrollraum legte sich allmählich. Mit angehaltenem Atem warteten die Offiziere auf die Antwort der Mutter-Kaiserin. Die Bootsfrauen machten sich so leise wie möglich daran, die Männer zu trösten und die Ordnung unter ihnen wiederherzustellen. Und Mama Schimmelhorn runzelte die Stirn, gab sich alle Mühe, sich ihre Verwirrung nicht anmerken zu lassen, und brummte: »Was soll das dänn? Wieso kriechschst du auf dän Knien härum und nuschelst so vor dich hin, daß dich niemand värschtäht? Glaubscht du etwa, ich sai an ainem auf dem Dschupiter härgeschtällten Schtaubsauger interässiert? Nain, für solchen Firlefanz gebe ich kain Geld aus!« Erneut deutete sie nach unten. »Bringt uns jetzt sofort zurück! Ich gäbe euch unsere Adresse.«

»Höchst Entzückende Dame! Wir bringen Euch zurück, wenn Ihr darauf besteht – selbstverständlich machen wir das!« Die Madame-Kapitän deutete ebenfalls nach unten, nickte hastig und verzog das Gesicht so, daß es auf möglichst eindrucksvolle Weise Betroffenheit und tiefe Verzweiflung zum Ausdruck brachte. »Aber *bitte* zwingt uns nicht dazu, Euer Erlauchte Reizvollheit. Wir brauchen dringend Eure Hilfe! Ich meine es ernst ..."

Sie deutete nach oben und breitete die Arme in einer Geste herzlichster Begrüßung aus. Einige Sekunden lang verblieb sie in dieser Position, gab sich dann wieder hoffnungslos und verzweifelt, blickte in Richtung der ängstlichen Männer und schluchzte leise.

Zwar verstand Mama Schimmelhorn sofort, ließ sich aber nicht erweichen. »Du hascht Schwierigkaiten mit den klainen Männern da?« fragte sie ironisch. »Was machen sie dänn? Schlaichen sie sich däs Nachts fort, um

irgendwo zu zächen und hübschen Mädchen nachzuschtällen? Und wail du zu blöd bischt, um sälbscht Disziplin durchzusätzen, hascht du mich gekittnäppt, damit ich dafür sorge, daß sie sich am Riemen reißen?«
Erneut ließ sie die metallene Spitze des Regenschirms auf den Boden knallen. »*Ich will jätzt sofort nach Hause!*«
»Sollen wir das Landesegment vorbereiten, Herzallerliebste Dame?« fragte eine verzagte Stimme. »Um ... um sie zurückzubringen?«
Die Madame-Kapitän zögerte, und es fiel ihr sehr schwer, die entsprechende Anweisung zu erteilen – doch dann plötzlich dachte sie überhaupt nicht mehr an irgendwelche Befehle. Aus der Richtung der großen blutbefleckten Gestalt Papa Schimmelhorns ertönte ein metallisches Klicken, und damit wurde er von einem Augenblick zum anderen das Zentrum der allgemeinen Aufmerksamkeit. Für einen Sekundenbruchteil herrschte völlige Stille. Dann, nur wenig gedämpft vom Stoff der wollenen Decke, erklang die Melodie des Kukkuckchors.
Papa Schimmelhorn hatte noch immer nicht ganz in die Wirklichkeit zurückgefunden, aber er reagierte aus einem instinktiven Reflex heraus, so wie jeder gute Handwerker, der feststellt, daß die Funktion seines Meisterwerks von irgendeinem fremden Faktor gestört wird. Mit einer großen, kräftigen Hand stemmte er die Uhr in die Höhe, und mit der anderen zog er die Decke davon herunter und ließ sie fallen.
Miß Prudie Pilgrim hatte noch niemals zuvor eine so nachhaltige Wirkung auf ihre Zuschauer erzielt. Das Publikum schnappte überrascht nach Luft. Wie gebannt stand es da, als das *Sssht* und *Klick-ck* das erneute Öffnen der kleinen Türen ankündigte. Es seufzte, als der Kuckuckschor ein weiteres Mal erschien, ein fröhliches Lied anstimmte und sich anschließend ins Innere der Uhr zurückzog.

Dieser Vorgang wiederholte sich noch zehnmal, und die Verblüffung des Publikums nahm immer mehr zu. Dann – *brrr-rr-t* – schwang die obere Klappe auf und zeigte die Waldlandschaft.

Die Zuschauer machten *oooohhh*, und einige der kleinen Männer fielen vor Schreck in Ohnmacht.

Grinsend kam der in eine Lederhose gekleidete Kerl näher. Das Alpenmädchen wackelte mit den Hüften. Der junge Mann streckte lüstern die eine Hand aus und zwickte ...

Und als das Mädchen quiekte und errötete und wie wild an der Kurbel drehte, schnappte die Besatzung der *Vilvilkuz Snar Tuhl-Y't* schlichtweg über. Die kleinen Männer, die noch nicht in Ohnmacht gefallen waren, seufzten entsetzt und bedeckten sich schamvoll die Augen. Schreie des Erstaunens und der Verblüffung hallten durch den Kontrollraum. War es etwa ein *Mechanismus!* Ausgeschlossen! Unmöglich! Einfach unglaublich! Und doch ... es gab keine andere Erklärung! Die kleine Gestalt des Alpenmädchens – vollständig *bekleidet!* Was hatte das zu bedeuten? Wiewowaswarumwieso ...?

»Ach, bestimmt handelt es sich um ein *Zimdzig*-Ritual!« entfuhr es der Madame-Kapitän. »Ja, ganz sicher. Das ist der Grund, warum der *Junge* das *Mädchen* zwickt, die Erklärung dafür, warum die junge Frau sich so ... so unzüchtig bedeckt hat! Wir ... wir dürfen jetzt nicht aufgeben!«

Sie hockte noch immer auf den Knien und wandte sich wieder Mama Schimmelhorn zu, und sie sah sie auf die Art und Weise an wie die frühen Mexikaner einen gewissen Herrn Quetzalcoatl. Unterwürfig griff sie nach einer der beiden kaiserlichen Hände, neigte den Kopf und hauchte einen ergebenen Kuß auf die Finger. Ihre Offiziere knieten ebenfalls und stimmten in den Bittchor ein.

Mama Schimmelhorn zog die Hand fort. Die Flamme

ihres Zorns züngelte höher. Sie rief sich all die verächtlichen Bemerkungen ins Gedächtnis zurück, die sie in vergangenen Jahren aufdringlichen Hausierern und weiblichen Nachbarn von zweifelhafter Moral entgegengeschleudert hatte.

Sie hatte keine Chance, ein weiteres Mal ihr in dieser Hinsicht sehr umfangreiches Vokabular unter Beweis zu stellen.

Die plötzliche Aktivität der Kuckucksuhr hatte Papa Schimmelhorn in die Wirklichkeit zurückgebracht. Sein Verstand begann wieder auf vollen Touren zu arbeiten und konfrontierte ihn mit der erschreckenden Tatsache seiner Entführung durch Catcherinnen, die sich einerseits durch unübertroffene Gemeinheit und andererseits ausgesprochener Häßlichkeit auszeichneten. Diese Erkenntnis ließ den dringenden Wunsch in ihm entstehen, so rasch wie möglich das Weite zu suchen. Als er jedoch keine unmittelbare Fluchtmöglichkeit erkennen konnte, erinnerte er sich statt dessen an die auf ihn wartende Prudence Pilgrim.

Das Ergebnis derart bewegender Überlegungen und Empfindungen war nicht unbedingt begrüßenswert. Papa Schimmelhorn trat einen raschen Schritt fort und zupfte an einem kaiserlichen Ärmel.

»Mama!« platzte es recht unfreundlich aus ihm heraus. »Mama, sag dainen Freundinnen, sie sollen mich sofort gähenlassen! Es ischt wichtig! Ich habe doch aine Värabrädung mit mainer süßen Prudie!«

Seine Zuhörerinnen vernahmen einen dumpfen Baß, der aus einem Körper stammte, der trotz der enormen Masse zweifellos männlicher Natur war. Sie sahen, wie nichts weiter als ein Mann mit seinen unehrenhaften Händen eine im höchsten Maße majestätische *Frau* berührte. Die Madame-Kapitän und ihre Offiziere begannen zu zischen und aufgebracht zu brummen. Die kleinen Männer der Besatzung kreischten wie irre und unternahmen den vergeblichen Versuch, aus dem Kontrollraum zu entkommen.

Bei Mama Schimmelhorn kam es zu einer weniger offenkundigen, dafür jedoch ebenso profunden Reaktion. Sie mußte sich plötzlich der Einsicht stellen, daß ihr Ehemann keineswegs von seinen unrühmlichen Absichten abgelassen hatte, und sie entsann sich an all die Missetaten, die Prudence Pilgrim auf so hervorragende Weise symbolisierte.

Von einem Augenblick zum anderen begriff sie, daß die großen Frauen sie mit einem Respekt behandelten, der nicht nur von klugem Verständnis zeugte, sondern auch von guten Manieren und besten Absichten. Trotz ihrer sonderbaren Bekleidung – beziehungsweise eines entsprechenden Mangels – erkannte sie sie nun als verantwortungsbewußte und respektable Personen. Und als die Bootsfrauen ebenso energisch wie drastisch einschritten, machte sie sich klar, daß es bei den Problemen mit den kleinen Männern sicher nicht um Fragen der Disziplin ging. Kurz: Die Lebensweise dieser Frauen schien durchaus empfehlenswert zu sein.

Gerade als sich diese Erkenntnis in ihr bildete, zupfte Papa Schimmelhorn erneut an ihrem Ärmel. »Beail dich, Mama. Sieh zu, daß wir hier fertigwärden!«

Sie drehte sich jäh um. »Sai *schtill!* Von jätzt an bin ich där Boß – und du schprichst nur, wänn du dazu aufgefordert wirst; und du haschst das zu tun, was man dir sagt!« Sie unterstrich die Bedeutung dieser Worte, indem sie bei jeder Silbe mit ihrem Regenschirm zustieß. Dann kehrte sie Papa Schimmelhorn den Rücken zu und beobachtete die Frauen, die noch immer vor ihr knieten, und die gemaßregelten kleinen Männer. Sie lächelte großzügig, deutete nach oben und nickte mehrmals. Dann legte sie die eine Hand auf den fast ganz kahlgeschorenen Schädel der Madame-Kapitän und meinte: »Ischt ja gut, Schätzchen. Mach dir kaine Sorgen; dieses aine Mal kommt Mama mit euch.«

Madame-Kapitän Groolu Hah stieß einen hallenden Jubelruf aus, und die Offiziere folgten ihrem lautstarken Beispiel. Die kleinen Männer quiekten aufgeregt, erröteten und lutschten glücklich am Daumen.

»Oh, danke, *danke*, Bezaubernde Dame!« entfuhr es der Madame-Kapitän. »Vielen Dank, Euer Großartigkeit! Ihr werdet es nicht bereuen, das verspreche ich! Wir werden uns die größte Mühe geben, es Euch so bequem wie möglich zu machen. Meine Unterkunft ist eher bescheidener Natur, doch wenn wir sie richtig herrichten, seid Ihr vielleicht damit zufrieden. Und natürlich werdet Ihr von den älteren Offizieren bedient. Und Ihr könnt unter den Gatten frei wählen. Es stehen Euch alle Ehemänner zur Verfügung, selbst die hübschesten und teuersten ...«

Von Willie Fledermaus hatte Mama Schimmelhorn eine ganze Menge über das interplanetare Protokoll gelernt. Entschlossen hob sie die Hand, brachte die Madame-Kapitän damit zum Schweigen und machte mit der Zeichensprache deutlich, daß sie zuerst eine Sitzgelegenheit wünschte und anschließend etwas zu schreiben.

Die Madame-Kapitän schlug sich mit der flachen Hand auf die Brust. »Oh, Euer Entzücken! Verzeiht mir! Wie *konnte* ich das nur vergessen!« Sie gab einem in der Nähe stehenden weiblichen Leutnant einen Klaps. »*Du* ... Was ist denn los? Willst du denn weiterhin wie ein mondsüchtiger Mann auf dem Boden hocken und die Mutter-Kaiserin so *stehen* lassen? Hol sofort meinen besten Sessel herbei! Zackzack!«

Der Leutnant eilte rasch davon. Kurz darauf betraten einige vor Anstrengung schnaufende kleine Männer den Kontrollraum und trugen einen großen Sessel herein. Ein weiterer Wicht folgte ihnen schwitzend und brachte sowohl ein Stück Pappe als auch eine Art Stift, der ganz aus Holzkohle zu bestehen schien.

Der Sessel sah so aus, als habe der Konstrukteur an Alpträumen gelitten, bei denen es vor allen Dingen um krumme Würste gegangen war, doch Mama Schimmelhorn ließ sich auf dem Thron nieder. Sie nahm das Stück Pappe, strich es einigermaßen glatt und zeichnete mit der Holzkohle einen Kreis samt Strahlenkranz. Anschließend hielt sie ihr Meisterwerk hoch, so daß es alle betrachten konnten, und mit angemessenem Stolz verkündete sie: »Die Sonne.«

»Thieh *Sssonnnä*«, wiederholten die Offiziere.

»Ihr schprächt das nicht sähr gut aus«, sagte Mama Schimmelhorn. »Aber viellaicht lärnt ihr äs noch. Und jätzt säht gut zu: Ich zaige euch die Planeten.«

Mama Schimmelhorn rief sich weitere Einzelheiten der vielen Gespräche mit Willie Fledermaus ins Gedächtnis zurück, und rasch zeichnete sie neun einigermaßen runde Umlaufbahnen, von denen sie jede einzelne mit einem kleinen Fleck versah, der den entsprechenden Planeten darstellen sollte. Während sie noch damit beschäftigt war, gab sie sich alle Mühe, die Namen der Himmelskörper möglichst genau auszusprechen. Sie stellte den großen Frauen Mars und Merkur vor, brachte auch die Umlaufbahnen von Pluto und Jupiter und Saturn ziemlich durcheinander und verlegte Trantor dorthin, wo eigentlich Neptun hätte sein müssen.

Die ganze Sache kam ihr nicht ganz geheuer vor, aber Willie hatte behauptet, so etwas sei *comme-il-faut*, wenn man Bewohnern einer fremden Welt begegnete, und deshalb machte Mama Schimmelhorn weiter. Dabei fiel ihr ein Umstand besonders auf. Als sie auf den dritten Planeten zu sprechen kam, verneigten sich alle großen Frauen und offenbarten erneut enormen Respekt. Als sie mit der Aufstellung fertig war, kam sie noch einmal auf die dritte Umlaufbahn zurück und malte neben den ersten Fleck an dieser Stelle einen zweiten, der den Mond darstellen sollte. »Erde«, wiederholte sie.

»Yurr-ruth!« Die großen Frauen verneigten sich erneut.

Mama Schimmelhorn deutete auf sich selbst – und die Offiziere verbeugten sich so tief, daß ihre Stirnen fast den Boden berührten.

Daraufhin begann Mama Schimmelhorn gründlich nachzudenken. *Die Ärde und ich – was ischt dänn damit? Viellaicht halten sie mich für jemand anders als Mama Schimmelhorn. Die Art und Waise, wie sie sich verbeugen und katzbuckeln – glauben sie etwa, ich sei die Kaiserin Dschosefine?*

Nach und nach fand Mama Schimmelhorn Gefallen an dieser Vorstellung. *Und warum auch nicht?* dachte sie. *Wär kännt dänn schon die Wahrhait? Nur Papa – und der zählt hier nicht.*

Sie schürzte die Lippen und blickte auf das Diagramm. Und Mama Schimmelhorn faßte einen Beschluß und preßte den Daumen auf den dritten Planeten-Fleck. »Das bin ich!« sagte sie.

Fast hätten sich die großen Frauen ganz zu Boden geworfen.

Sieh mal ainer an! dachte Mama Schimmelhorn. Sie war entzückt – nicht etwa deswegen, weil eine erste Verständigung mit diesen Vertretern einer fremden Kultur gelungen war, sondern weil ihr nun das ganze Ausmaß der Möglichkeiten dieser besonderen Situation klar wurde. Sie erinnerte sich an die persönliche Macht so vergleichsweise liberaler Herrscher wie Iwan des Schrecklichen, Caligula und Dschingis Khan, und sie warf dem armen Papa Schimmelhorn einen scharfen Blick zu. *So,* dachte sie, *du bischt also noch immer hinter fremden Schürzen här, was? Von jätzt an solltescht du auf där Hut sain! Ich värbanne dich nach Sibirien! Ich wärfe dich dän Löwen im Zoo vor. Runter mit där Rübe!*

In ihr Gesicht stahl sich ein Ausdruck machiavellischer Schläue. *Und ich muß äbenfalls aufpassen,* sagte sie sich. *Die großen Frauen dürfen nie ärfahren, daß ich nur ich bin, die Frau aines alten Ziegenbocks, där nicht zu Hause blaiben will. Mama, du muscht dich so värhalten, als seist du die Königin von Schpanien oder Portugal.*

Sie stampfte mit dem einen Fuß auf, und die großen Frauen sahen sie sofort an. »Na schön«, sagte Mama Schimmelhorn und streckte die Pappe und das Stück Holzkohle von sich, »und jätzt zeigt mir, wohär ihr kommt.«

Vorsichtig zog die Madame-Kapitän eine Schicht von der Pappe ab. Dann zeichnete sie ebenfalls eine Sonne und Umlaufbahnen und Planetenflecken.

Es waren insgesamt vierzehn.

Maine Güte! dachte Mama Schimmelhorn. *Ain anderes Schtärnensyschtem. Das ischt ja noch waiter entfernt als Dschupiter!* Da ihre Vorstellung von interstellaren Distanzen jedoch nur sehr vage ausgeprägt war, zeigte sie sich nicht sonderlich beeindruckt.

Die Madame-Kapitän deutete auf die Sonne. »Yar'myut«, verkündete sie stolz. »Yar'myut.« Als von Seiten Mama Schimmelhorns nach einigen Sekunden noch keine Reaktion erfolgt war, wiederholte sie etwas zaghafter: »Yar'myut?«

»Wie dumm!« entfuhr es Mama Schimmelhorn. »Den Namen der aigenen Sonne nicht zu kännen!« Sie zeigte ebenfalls auf den Stern. »*Betaigäuse*«, erklärte sie gebieterisch.

Es war natürlich nicht Beteigeuze. Tatsächlich handelte es sich um eine kleine, rot-orangefarbene Sonne, die genau in der entgegengesetzten Richtung lag. Allerdings war Beteigeuze der einzige Sternenname, an den sich Mama Schimmelhorn erinnern konnte, und daher vertrat sie die Ansicht, daß diese Bezeichnung so gut war wie jede andere.

Ergeben wiederholten die großen Frauen: »Bätteigeuse.«

»Das ischt schon bässer«, sagte Mama Schimmelhorn gutmütig, und anschließend gab sie jedem Planetenfleck eine Nummer, wobei sie mit dem begann, der der Sonne am nächsten war. Sie forderte die großen Frauen auf, die jeweiligen Zahlen zu wiederholen. Als sie bei neun angelangt waren, machten ihre Schülerinnen mit großer Begeisterung klar, daß es sich dabei um ihre Heimat handelte.

Mama Schimmelhorn reagierte mit großer Zufriedenheit auf diese Entdeckung. »Seht ihr?« meinte sie nachsichtig. »Ischt doch ganz ainfach! Jätzt wissen wir Beschaid – ihr said die Frauen von Betaigäuse Neun!«

»Bättei-geusse Näuin!« riefen die Frauen glücklich.

»Das schtimmt – aber ihr schprächt das noch immer nicht richtig aus. Viellaicht said ihr nicht geschait genug, um Änglisch zu lernen. Nun, dann lärne ich eben eure Schprache. Für mich ischt das ganz ainfach, dänn schließlich komme ich aus der Schwaiz.«

Mama Schimmelhorn unterbrach sich. Die Madame-Kapitän zog die Schicht mit dem zweiten Diagramm von der Pappe, und mit größter Bescheidenheit bat sie um die Erlaubnis, erneut malen zu dürfen. Mama Schimmelhorn nickte großmütig. »Also, klaine Äva, du willscht mir noch etwas zaigen? Nur zu!«

Mit raschen, kühnen Strichen stellte die Madame-Kapitän etwas dar, das einer Mandarine mit dickem Kern ähnelte. Geschickt fügte sie einige Linien hinzu, die ein Drittel des Kerns vom Rest trennten und jedes Außensegment in drei Abschnitte unterteilten. Anschließend versah sie das Ganze mit Schnörkeln, die offenbar Korridore und Luken darstellen sollten.

Ain Raumschiff, das innen aussieht wie aine Pampelmuse! bewunderte Mama Schimmelhorn das Gemälde. *Ach, wänn das doch nur Willie sähen könnte – er würde äs nicht glauben!*

Die Madame-Kapitän trug ihre Unterkunft in den Grundriß ein – einen recht großen Raum mit einem Strichmännchen darin, das offenbar sie selbst symbolisieren sollte, und eine daran angrenzende kleine Kammer mit einigen winzigen Männern. Sie zeigte, wie sie sich in das weniger geräumige Zimmer begab. Dann malte sie Mama Schimmelhorn, wobei sie auch nicht deren Regenschirm vergaß, und machte deutlich, wie sie die gerade geräumte Unterkunft betrat. Darüber hinaus gab sie zu verstehen, daß die neue Bewohnerin sich allen kleinen Männern zuwenden konnte, die sich noch in der entsprechenden Räumlichkeit aufhielten.

»So!« wandte sich die Madame-Kapitän ihren weiblichen Offizieren zu. »Jetzt versteht sie sicher, daß unsere Gastfreundschaft außerordentlich ehrenhaft gemeint ist.«

Doch bei Mama Schimmelhorn zeigte sich keine solche Erkenntnis. »Lächerlich!« schnappte sie. »Glaubscht du etwa, du könntescht die klainen Fürschtchen einfach zurücklassen, auf daß ich sie ins Bätt bringe und in den Schlaf wiege? Ich wärde dir zaigen, wär hier das Sagen hat!«

Sie griff nach dem Holzkohlestift und strich rasch all die Darstellungen der kleinen Männer durch. An die betreffende Stelle malte sie dann Papa Schimmelhorn und Gustav-Adolf, nicht sehr künstlerisch, aber immerhin als solche zu erkennen.

Einige der großen Frauen gaben Laute des Erstaunens von sich – angesichts der kaiserlichen Freundlichkeit, ihre Untertanen nicht einmal zeitweilig von den Ehemännern zu trennen, wegen des Mutes der Mutter-Kaiserin, ihren großen und haarigen Diener in unmittelbarer Nähe unterzubringen, und auch aufgrund der Überraschung über diese sonderbaren Traditionen, die auf dem fremden Planeten unter der *Vilvilkuz Snar Tuhl-Y't* vermutlich gar nicht so sonderbar waren.

Die Madame-Kapitän dankte der Mutter-Kaiserin überschwenglich. »*Natürlich* könnt Ihr Eure Katze in dem Zimmer meiner Ehemänner unterbringen, Höchst Verführerische Erhabenheit«, erklärte sie. »Und auch Euer ... Euer Katzenträger mag dort wohnen. Wenn irgend jemand dazu in der Lage ist, ihn unter Kontrolle zu halten, so seid Ihr das bestimmt. Außerdem bin ich dazu bereit, ihm von meinem kleinen süßen Tuptup Gesellschaft leisten zu lassen, damit er um Hil ... ich meine, nur für den Fall des *Falles* ...«

Plötzliche Unruhe entstand, und ein kurzer und abrupt abbrechender gurgelnder Schrei machte deutlich, daß gerade ein Fluchtversuch des besagten kleinen Herrn zunichte gemacht worden war.

»Tuptup ist wirklich sehr brav«, erklärte die Madame-Kapitän. »Zu Hause lasse ich ihn sogar des Nachts allein losgehen. Zu Anfang dürfte er ein wenig nervös sein, und vielleicht ist er auch vorübergehend nicht in der Lage, seinen Mageninhalt bei sich zu behalten, aber das gibt sich bestimmt rasch, und anschließend werden sie sicher gute Freunde. Und nun ... tja, da wäre auch noch etwas anderes ...«

Groolu Hah lief rot an.

»Schprächen Sie nur«, machte Mama Schimmelhorn ihr Mut. »Ich bin aine verhairatete Frau.«

Die Madame-Kapitän deutete auf Papa Schimmelhorn und gab Mama zu verstehen, daß nach betaigäusischen Sitten das Tragen einer Hose geradezu obszön war. Mit einem entsprechenden Bild zeigte sie Mama Schimmelhorn, wie Papa zuerst die Hose auszog und sich darauf in eine anständige farbige Kutte kleidete.

Mama Schimmelhorn lachte leise – diese Vorstellung war nicht ohne einen gewissen Reiz für sie. Sie gestikulierte ihr Einverständnis.

Dann rief die Madame-Kapitän Befehle. Die stämmig gebauten Bootsfrauen wandten sich ihrem Opfer zu.

Gustav-Adolf verließ die Schulter Papa Schimmelhorns, trottete auf Mama zu, sprang auf ihren Schoß, machte es sich dort gemütlich und schnurrte.

Und Papa Schimmelhorn, gewarnt von irgendeinem okkultes witternden Instinkt, versuchte vergeblich, zur Seite auszuweichen. Er brummte grimmige Geräusche in den Bart.

Die Bootsfrauen blieben stehen und sahen die Mutter-Kaiserin hilfesuchend an.

Mama Schimmelhorn lächelte ermutigend. »Ich sage ihm, är soll schtillhalten«, meinte sie. »Dann könnt ihr ihm die Hose ausziehen und ihn in ainen der nätten Mänteln klaiden. Ach, ganz süß wird är darin aussehen!«

Papa Schimmelhorn gab ein unartikuliertes Grollen von sich.

»Kaine Widerrede!« befahl Mama und deutete auf die große Kommandeuse. »So, und jetzt gib die Uhr der Frau Älefant, damit sie nicht zu Boden fällt und zerbricht, wänn sie dir die Hose runterziehen.«

»*Nain! NAIN!* Ich gäbe sie nicht aus der Hand!« Papa Schimmelhorn stampfte mit den Füßen auf und ereiferte sich, und das beeindruckte die Bootsfrauen offenbar, denn sie wichen zurück.

Mama Schimmelhorn umfaßte ihren Regenschirm fester. »Soll ich etwa böse wärden? Du Dummkopf hättescht Willie Fledermaus aufmerksamer zuhören sollen. Andere Länder, andere Sitten. Wir besuchen die Haimat der Raumfrauen, die mich für aine Königin halten. Sie kommen von Betaigäuse.« Nur das letzte Wort drang bis an die Ohren Papas, der nicht etwa glaubte, daß es sich dabei um die Bezeichnung für das Zuhause der großen Frauen handelte, sondern den Ausdruck vielmehr als Synonym für beispiellose Absonderlichkeit und Barbarei erachtete. Er gab ein froschartiges Gurgeln von sich und wehrte sich nicht, als die Kommandeuse ihm die prächtige Kuckucksuhr abnahm.

Nachdem das geschehen war und die Bootsfrauen auch das Geheimnis eines irdischen Reißverschlusses gelüftet hatten, gab es keine weiteren Schwierigkeiten bei der Zeremonie. Vielstimmige Rufe des Erstaunens und der Verwunderung wurden angesichts dessen laut, was unter der Hose zum Vorschein kam, und viele der großen Frauen murmelten einerseits enttäuscht und andererseits erleichtert, als Mama Schimmelhorn einschritt und Papa großzügig die Unterhose beließ.

Die Bootsfrauen zogen ihm sowohl die Sportjacke aus als auch das Hemd, die Socken und die Schuhe. Anschließend nahmen sie Maß. Einige kleine Männer eilten mit farbigen Stoffballen herbei, und sie schnatterten schüchtern, als sie sie ausbreiteten, damit Mama Schimmelhorn sie begutachten konnte. Mit großer Sorgfalt prüfte sie jede einzelne Farbe, und sie überlegte laut, welche ihm am besten stand und was Miß Prudence Pilgrim wohl davon gehalten hätte. Schließlich entschied sie sich für ein schreiendes Rosarot mit knallgelben Rüschen und Säumen. Der entsprechende Stoff wurde auf dem Boden ausgebreitet. Die kleinen Männer quiekten vergnügt und krochen mit Scheren und Klebstoff bewaffnet umher. Innerhalb kurzer Zeit war die Kutte fertig, und zwei Bootsfrauen stülpten sie über den ergeben geneigten Kopf Papa Schimmelhorns.

Alle wirkten recht zufrieden, und einige der großen Frauen bestätigten, er sähe nun wesentlich besser und anständiger aus. Dann rief die Madame-Kapitän glücklich einen Befehl, Mama Schimmelhorn – samt Gustav-Adolf und dem Sessel – wurde auf die breiten Schultern von sechs weiblichen Offizieren gehoben. Drei kleine Männer mit Nasenflöten bezogen unmittelbar davor Aufstellung und gingen der stolzen Kommandeuse mit der Kuckucksuhr voraus. Papa Schimmelhorn, flankiert von seiner Leibgarde, wurde in die Reihe geschoben. Die Madame-Kapitän gab ein Zeichen. Die Nasenflöten zirpten eine Melodie, bei der auch einige disharmonische Takte nicht fehlten. Und dann trug man die Mutter-Kaiserin im Triumphzug in ihr neues Quartier.

Die Art und Weise, wie sich ein Organismus an die Umwelt anpaßt, wird nicht unbedingt von Intelligenz allein bestimmt. Papa Schimmelhorn verfügte über einen Verstand, der um einige Zehnerpotenzen gescheiter war als alle bisher im bekannten Universum gemessenen Intellekte, und dennoch unternahm er während der ersten Stunden seines Aufenthalts an Bord des Raumschiffs nicht den geringsten Versuch, sich an die neue Umgebung zu gewöhnen. Mama Schimmelhorn hingegen, die intelligenzmäßig einige Stufen unter ihm stand, ging sofort daran zu überlegen, wie sie die Umwelt ihren Vorstellungen anpassen konnte. Gustav-Adolf wiederum, dessen Verstand auf dem Anzeigeschirm des Intellektometers nicht weiter als einen Schnörkel hervorgerufen hatte, sah sich kurz um, fauchte einige Male und fand sich schlicht und einfach mit den Gegebenheiten ab.

Der Kater begleitete sein Frauchen in die Unterkunft der Madame-Kapitän, deren Einrichtung aus einem Bett bestand, das aussah wie ein Riesenpfannkuchen, aus haarigen Wurstmöbeln in grellen Farben und einigen kühnen und gewagten Bildern kleiner Männer. Mit einem leisen Zischen gab Gustav-Adolf kund, wie wenig er von dem hier herrschenden Geruch hielt, und er entschied, eine Entdeckungstour zu unternehmen. Er miaute an der Tür, die ins Nebenzimmer führte, und er war nicht überrascht, als sie sich daraufhin automatisch öffnete.

Vor ihm befand sich eine wesentlich kleinere Kammer, in der es nur fünf schmale Liegen und ein großes Porträt der Madame-Kapitän gab. Vier der Liegen hatte man zusammengeschoben, so daß sie eine große Couch an der einen Wand bildeten, und darauf hockte der in die neue Kutte gekleidete Papa Schimmelhorn, hatte die Hände vors Gesicht geschlagen und stöhnte leise. Die fünfte Liege war so weit wie möglich von der Couch weggezogen worden. Darauf hockte ein kleiner Mann, der am einen Bein des Bettes festgebunden war und offenbar glaubte, einer seiner schlimmsten Alpträume sei Wirklichkeit geworden. Seine persönliche Ausstrahlung weckte in Gustav-Adolf die Assoziation von Mäusen. Die Nackenhaare des Katers richteten sich auf. Steifbeinig näherte er sich der Liege. Der kleine Mann versuchte, unter das Bett zu kriechen und sich dort in Sicherheit zu bringen. Gustav-Adolf verharrte unbeweglich und warf einen Blick über die Schulter zurück, um festzustellen, ob Papa Schimmelhorn an diesem Spielchen teilnehmen wollte. Er wartete einige Sekunden lang. Entmutigt sowohl von dem Desinteresse seines Freundes als auch der mangelnden Pfiffigkeit des Opfers wandte er sich dann verächtlich ab. Mit hoch erhobenem Schwanz hielt er auf die zweite Tür zu, miaute sie an und stolzierte auf den Korridor.

Schon seit einiger Zeit war ihm bewußt, daß er bei weitem nicht die einzige Katze an Bord war. Er schnupperte, nahm Witterung auf und folgte seinem sicheren Instinkt in Richtung des zu erwartenden Katzenspaßes. Ein bestimmter Geruch stieg ihm nun in die Nase; er mutete zwar ein wenig seltsam an, konnte jedoch nur von einem anderen Kater stammen. Gustav-Adolf legte die Ohren an, ließ den Schwanz bauschig werden und nahm seine beste Tigerpose ein.

»*Mum-um-um-blark!*« fauchte er. »*Blah-h-krch-ou-uu-UUH-RUUH!*« Was in der Katzensprache soviel bedeutete wie: »Ah, du blöder Strolch! Willst du dir eine ordentliche Abreibung holen? Ich kratze dich windelweich!«

Mit einem entschlossenen Satz sprang Gustav-Adolf

um eine Ecke herum und landete direkt vor zehn oder noch mehr kleinen Katern, die sich in einer Wandnische versammelt hatten. Sie fauchten erschrocken und sausten hoch in die Luft. Sie landeten wieder auf dem Boden und fauchten erneut. Dann miauten sie ängstlich und machten sich auf und davon. Nur zwei blieben mutig zurück. Diese beiden – ein gelber und ein dünner grauweißer Kater – verharrten notgedrungen in der Wandnische, da ihnen die Körpermasse Gustav-Adolfs den Weg versperrte.

Er musterte sie erstaunt. »Huh!« knurrte er voller Abscheu. »Junge Streuner! Zwei angeberische Halbstarke, die glauben, hier den großen Mann markieren zu können! Ach, ihr halben Portionen!« Gustav-Adolf fletschte die Zähne. »Na, wollt ihr es mit mir aufnehmen?«

Keinem der beiden Hasenfüße stand der Sinn nach einer pfotengreiflichen Auseinandersetzung. »*Miaumiau-miau-miau!*« zischte der gelbe kleine Kater. »R-rühr mich bloß nicht an. *Wag* es nur nicht, mich anzurühren!«

Gustav-Adolf fühlte sich herausgefordert. Ein rascher Hieb schleuderte den gelben Kater beiseite. Lang ausgefahrene und messerscharfe Krallen trieben die grauweiße Katze aus der Wandnische, wirbelten sie gut dreißig Zentimeter hoch in die Luft und ließen sie mit einem dumpfen Pochen auf den Boden zurückfallen. Beide Kater kreischten entsetzt und ergriffen sofort die Flucht.

Gustav-Adolf fauchte ihnen eine angemessene Verwünschung nach, leckte sich kurz das Fell und nahm die Wandnische in näheren Augenschein. Ein flacher Napf befand sich darin, gefüllt mit einem klebrigen und entfernt nach Fisch duftenden Schleim, an dem sich die Schwächlinge offenbar gütlich getan hatten. Er schnüffelte verächtlich, kam zu dem Schluß, daß es sich dabei nicht um die geeignete Diät für einen vor Vitalität strotzenden Kater wie ihn handelte, und sah sich um.

Direkt vor ihm ragte ein Hebel aus der Wand. Der Geruchssinn teilte ihm mit, daß er etwas mit seiner Spezies zu tun hatte, und so tastete er versuchsweise mit der einen Pfote danach. Unmittelbar darauf schob sich eine große und mit sauberem und feinkörnigem Sand gefüllte Schale aus einer sich bildenden Öffnung. Gustav-Adolf fühlte sich an Bedürfnisse erinnert, die er bisher außer acht gelassen hatte, und dankbar machte er es sich in der Schale gemütlich. Nachdem er die Mulde gefüllt und die Hälfte des Sandes auf dem Boden verstreut hatte, verließ er das Behältnis wieder. »Mal sehen, welche Überraschung mich jetzt erwartet«, überlegte Gustav-Adolf.

Sofort im Anschluß daran vernahm er ein dumpfes Knurren, und jäh drehte er sich um. Das Geschöpf, das sich ihm nun näherte, war die größte weibliche Katze, die er je gesehen hatte. Sie wirkte so arrogant, wie man es sich nur vorstellen konnte, und im Maul trug sie eine dicke tote Maus. Sie war eine Schildpattkatze, und für Schildpattkatzen hatte Gustav-Adolf schon immer sehr viel übrig gehabt. Er musterte sie mit dem Wohlgefallen, das sein Freund und Herrchen Papa Schimmelhorn in der Regel hübschen und gutgebauten Tänzerinnen entgegenbrachte. Hinzu kam, daß die Maus seinen Appetit anregte. Aufgeregt und nicht ohne eine gewisse Lüsternheit schob er sich an ihre Seite. »Hallo, Süße!« brummte er. »Hast du einen Bissen für mich übrig, na? Komm schon, Schätzchen – vielleicht könnten wir ein wenig zusammen schnurren ...«

Die Katze, deren betaigäusischer Name sich etwa mit »Armes Lämmchen« übersetzen ließ, war der besondere Liebling der Madame-Kapitän und daran gewöhnt, überall im Mittelpunkt zu stehen, ganz gleich, wohin sie auch ging. Sie bedachte Gustav-Adolf mit einem abschätzenden Blick und gelangte offenbar zu dem Schluß, es mit einem Burschen zu tun zu haben, dem eine ordentliche Zurechtweisung nicht schaden konnte. Vorsichtig deponierte sie daraufhin die Maus auf dem Boden und wirbelte herum.

Der plötzlich Angriff überraschte Gustav-Adolf. Er taumelte und wackelte mit den Ohren. Und Armes Lämmchen, die noch nie mehr als einen Hieb gebraucht hatte, um irgendwelchen Katern eine Lektion zu erteilen, wandte sich in aller Gemütsruhe wieder der Maus zu.

Das war jedoch ein strategischer Fehler. Gustav-Adolf spannte jeden Muskel in seinem Leib an. »*Du hast es also auf eine Rauferei abgesehen!*« fauchte er. »*Wie du willst!*«

Und damit stürzte er sich auf Armes Lämmchen, woran sich eine Auseinandersetzung auf Katzenart anschloß. Es entstand ein Durcheinander aus sich blitzschnell hin und her windenden pelzigen Körpern, langen Krallen und gefletschten Zähnen, und akustisch untermalt wurde das Chaos von lautem Zischen und Knurren. Das alles stellte für die Lieblingskatze Groolu Hahs eine völlig neue Erfahrung dar. Sie war zwar recht kräftig und zäh, doch sie konnte nicht von sich behaupten, an Bord eines norwegischen Frachters aufgewachsen zu sein, und sie war auch nicht von den Hafenkatzen Glasgows und Marseilles und den Dockratten von Port Said in besonderen Kampftechniken unterwiesen worden.

Es dauerte nur einige wenige Augenblicke, und dann hatte Gustav-Adolf seine Widersacherin zu Boden geworfen, die während des kurzen Kampfes einige Fellbüschel verloren hatte und der er nun das eine Ohr langzog. »Sag, daß du *aufgibst!*« fauchte er, grub die Zähne ein wenig tiefer in das Fell des Armen Lämmchens und stemmte ihr die Hinterbeine in den Bauch.

»Ich ... ich *gebe auf*«, erwiderte die völlig verwirrte Katze.

Gustav-Adolf beobachtete sie aufmerksam, ließ sie dann los und legte die eine Pfote besitzergreifend auf die Maus. »Mach dir nichts draus, Schätzchen«, brummte er mit ritterlicher Gemütigkeit.

Er leckte die Maus ab, und Armes Lämmchen sah still zu, wie er sie bis auf den letzten leckeren Bissen verschlang. Nach und nach erwachte in ihr ein uralter Instinkt, und das zornige Funkeln in ihren gelben Augen wurde zu einem Schimmern der Bewunderung. Als sich der Kater nach der Mahlzeit die Barthaare sauberrieb, begann Armes Lämmchen zu schnurren. Und als Gustav-Adolf aufstand und sich streckte, knurrte sie: »Meine Güte, wie groß und stark du bist! *Ich* halte dich für *wundervoll!*«

»Und da irrst du dich bestimmt nicht«, entgegnete Gustav-Adolf selbstzufrieden. »Deshalb nehme ich es auch mit jeder anderen Katze auf, selbst dann, wenn ich mir die eine Pfote hinter dem Kopf festbinde.« Er wandte sich ab. »Sei lieb und brav!« rief er dem Armen Lämmchen über die Schulter zu, als er davonstolzierte. »Dann können wir demnächst vielleicht tatsächlich einmal zusammen schnurren.«

Die bisherige Bilanz dieses Tages, so meinte er, war durchaus positiv. Er griff noch einige andere Gruppen kleiner Kater an und jagte sie in die Flucht. Er begegnete drei weiteren Katzen, die fast so groß waren wie Armes Lämmchen, und er besiegte und unterwarf sie ebenfalls, wodurch er zwei zusätzliche Mäuse in seinen Besitz brachte und auch sie mit Genuß verspeiste. Gesättigt und rundum zufrieden machte er sich anschließend auf den Rückweg zur Unterkunft der Madame-Kapitän.

Papa Schimmelhorn befand sich noch immer im Vorzimmer und hockte nach wie vor auf dem Rand des aus vier zusammengeschobenen kleinen Liegen bestehenden Bettes. Auf einem Stuhl vor ihm stand ein Napf mit dem Schleim, von dem sich Gustav-Adolf in der Wandnische so verächtlich abgewandt hatte, und während Papa den Teller anstarrte, hatte er ganz offensichtlich Mühe, sich nicht zu übergeben – obgleich Tuptup in der anderen Ecke des Zimmers seine Portion gierig in sich hineinlöffelte.

Gustav-Adolf hatte Mitleid. Er sprang auf den Schoß seines Herrchens und sagte krächzend: »Hör mal, mein Bester, diese Bude ist voller Mäuse. Und sie sind dick und fett und einfach lecker! Soll ich eine für dich fangen?«

Doch Papa Schimmelhorn hörte nur ein dumpfes *Miau-krch* und machte von dem Angebot Gustav-Adolfs keinen Gebrauch. Er starrte weiterhin auf den stinkenden Schleim, und nach einer Weile tropfte eine Kummerträne in den Napf.

Zwar sollten diese Ereignisse überaus bedeutende Konsequenzen nach sich ziehen, doch für Gustav-Adolf und die Katzenwelt, in der er sich rasch einen Namen gemacht hatte, spielten sie zunächst keine große Rolle. Papa Schimmelhorn nahm sich an dem entschlossenen Verhalten seines Katers kein Beispiel – er und die Frauen von Betaigäuse Neun begegneten sich noch immer mit einer Mischung aus Furcht und Abscheu. Seine Diät wurde etwas schmackhafter – doch nur deswegen, weil die Mutter-Kaiserin Mitleid mit ihm bekam und ihm einige Bissen von den üppigen Mahlzeiten zukommen ließ, an denen sie sich in ihrer weitaus großzügiger bemessenen Unterkunft erfreute. Manchmal gelang es ihm auch, seiner Langeweile zu entkommen, indem er kurze Gespräche mit Tuptup führte. Das jedoch war nur möglich, weil der kleine Mann inzwischen eingesehen hatte, wie erfolglos jeder Fluchtversuch bleiben mußte, und er machte sich daran, dem großen und haarigen Ungeheuer, mit dem er notgedrungen die kleine Kabine teilte, die einfache Sprache der Betaigäusianer beizubringen.

Die Erklärungen Tuptups erfolgten auf der Basis von Zusammenhängen, die seinem Zimmergenossen völlig unbekannt waren. Selbst als es ihm gelungen war, sein anfängliches Entsetzen wenigstens so weit zu überwinden, daß er seinen Mageninhalt bei sich behalten konnte, blieb die Konversation mit Papa Schimmelhorn nicht ohne gewisse Spannungen, und zu einer echten Krise kam es, als das Raumschiff seit etwas mehr als drei Wochen unterwegs war.

Seit einigen Stunden schon mußte Tuptup eine Enttäuschung nach der anderen hinnehmen. Er hatte mehrere Minuten in das Unterfangen investiert, Papa Schimmelhorn die Regeln eines Spiels zu lehren, das *Yuf* genannt wurde und bei dem es sich um eine betaigäusische Variante von Tick-Tack-Toe handelte – Papa Schimmelhorn war es, trotz einer ausgeprägten Geistesabwesenheit, gelungen, ihn mehr als fünfzigmal hintereinander zu schlagen. Er brachte das Faß gewissermaßen zum Überlaufen, als er Tuptup auch noch mit dummen Fragen über das Raumschiff belästigte und sich nach dem Triebwerksystem erkundigte. Übelgelaunt erwiderte der kleine Mann, es seien – *natürlich!* – die *Ifk*, die das Schiff durchs All fliegen ließen, das sei doch ganz klar und allen bekannt. Nein, fügte er hinzu, es gäbe keine Maschinen, denn sie wüchsen in Töpfen und zitterten die ganze Zeit über. Und außerdem, so schloß er, wolle er nicht über so triviale Dinge reden, denn immerhin habe er gerade an eine besonders aufregende neue Kutte gedacht, bei deren Anblick der schreckliche zweite Gatte der Kommandeuse vor Neid sicher einen Schlaganfall bekäme.

Papa Schimmelhorn war zu jenem Zeitpunkt nurmehr ein Schatten seiner selbst. Seine Wangen waren eingefallen, und in seinen Augen schimmerte trüber Kummer. Dennoch sah er sich außerstande, solche Bemerkungen einfach im Raum stehenzulassen. »Main

Bäschter«, sagte er und musterte den armen Tuptup mit wiedererwachtem Abscheu, »was haben euch die großen Drachen dänn nur angetan? Ihr said kaine Männer mähr, nur noch klaine, armselige Würmer.«

Tuptup schnappte schockiert nach Luft. »*Meine Güte!*« hauchte er entsetzt. »So etwas *Schreckliches* darfst du nicht sagen! Nein, ich spreche nie wieder ein Wort mit dir!«

Und eine ganze Zeitlang blieb er stumm sitzen und zupfte an den Haaren – seine Frisur sah ganz danach aus, als habe man ihm einen Topf auf den Kopf gestülpt und bis auf die Ohren alles abgeschnitten, was darunter hervorragte. Er strich sich nachdenklich über die Nasenflügel und versuchte, sich etwas einfallen zu lassen, um seinem ungehobelten Zimmergenossen eins auszuwischen.

Schließlich kam dem kleinen Tuptup eine Idee, und während er sie noch in Gedanken prüfte, zitterte er bereits in der Erwartung des sicheren Triumphes. Stolz strich er sich die Kutte glatt und sah Papa Schimmelhorn an. »*Ich* komme aus Madame Ipilus erstklassigem Geschäft«, sagte er geziert. »Ich vermute, du stammst aus einem jener billigen Läden, wo jeder nur mögliche Kram verkauft wird, nicht wahr?«

Papa Schimmelhorn runzelte gleichzeitig verwundert und argwöhnisch die Stirn. »Was mainscht du damit?« fragte er. »Ich habe noch nie in ainem billigen Laden gearbaitet. Und was soll das ärschtklassige Geschäft dieser Madame-wie-hieß-sie-doch-glaich schon sain? Etwa ain Puff voller Vogelscheuchen?«

»Madame Ipilu«, erwiderte Tuptup mit einem herablassenden Lächeln, »unterhält das teuerste und exklusivste Gattengeschäft überhaupt. Und ich habe einen höheren Preis erzielt als alle anderen Ehemänner – abgesehen von einigen wenigen, die an so hochrangige Personen wie etwa die Mutter-Präsidentin verkauft wurden. Das hat mir die liebe Madame Ipilu *selbst* gesagt.« Er bemerkte, daß Papa Schimmelhorn ihn groß anstarrte. »Oh, sie ist eine so *kluge* Geschäftsfrau, und außerdem hat sie die *allerbesten* Manieren. Aber ich schätze, das kannst du nicht ganz verstehen, denn immerhin bist du kein wirklicher Ehemann, sondern nur jemand, den man im Sommerschlußverkauf und selbst dann noch im Sonderangebot ersteht – jemand, der gerade gut genug ist, um als Katzenträger zu fungieren.«

Papa Schimmelhorn schenkte diesem Kompliment keine Beachtung. »Du ... du mainscht«, begann er entsetzt, »die Betaigäusianer värkaufen Männer so wie ... wie klaine süße Pudel?«

»Da haben wir's!« Tuptup lächelte einfältig. »Ich wußte ja, daß du mich nicht verstehen würdest. Wir werden ganz und gar nicht wie kleine süße Pudel verkauft – nicht mehr. Ein wirklich eleganter Gattenladen wie der von Madame Ipilu legt großen Wert auf besonders vornehmes Geschäftsgebaren. Wir gehen dorthin, wenn wir vier Jahre alt sind, und wir wohnen in entzückenden kleinen Drahtgehegen im Hinterzimmer. Manchmal holt man uns daraus hervor und bringt uns alle zusammen, dann dürfen wir einen Spaziergang machen oder gehen zur Schule. Weißt du ...« Tuptup errötete leicht – »... es muß sichergestellt sein, daß wir niemals ... äh ... *berührt* wurden. Ach, du kannst dir gar nicht vorstellen, wie nett das alles ist. Ja, ein erstklassiges Gattengeschäft ist das beste denkbare Zuhause. Es gibt viele Loblieder darauf, und eins davon habe ich besonders gern.« Tuptup summte einige Takte und intonierte dann:

»Ich wünschte, ich wäre wieder im Schaufenster,
Bei Madame Ipilu und den anderen Knaben.
Ich war zart und lieb und rein,
Und hatte keinen Kummer –

*Oh, ich wünschte, ich wäre wieder dort, behütet
Vor allem Schaden!«*

Tuptup schniefte sogar leise, nachdem er die letzte Zeile gesungen hatte. Dann seufzte er und fragte plötzlich: »Bist du verändert worden?«

Diese Frage ließ Papa Schimmelhorn unwillkürlich zusammenzucken. »Ob ich was bin?« brachte er hervor.

»Verändert«, wiederholte Tuptup und seufzte erneut. »Du *weißt* schon. Manchmal wünsche ich mir, bei mir wäre das der Fall. Die Leute sagen alle, es täte gar nicht weh und nachher sei man alle Sorgen los und ... nun, man soll dann eine Art häuslicher Liebling sein, und sie müssen einen *behalten*. Ja, sie können einen dann nicht einfach gegen irgend jemanden oder *etwas* eintauschen.« Zum dritten Mal seufzte der kleine Mann melancholisch. »Ach, es stimmt schon: Die Ehe bedeutet weitaus mehr als nur freundliche Worte und farbenprächtige Kutten.«

Plötzlich erinnerte sich Papa Schimmelhorn daran, welchen Enthusiasmus seine Frau dieser fremden und überaus sonderbaren Kultur entgegenbrachte. Kaltes Entsetzen entstand in ihm. »Main T-teuerschter«, krächzte er, »das ischt gägen das Gesätz! Die Polizai läßt so etwas nicht zu!« Ein schreckliches Bild formte sich vor seinem inneren Auge. Papa Schimmelhorn sah sich selbst, wie er fett und kraftlos und träge an einem häuslichen Herd hockte. *»Du mainscht, aine betaigäusische Mama könnte mich zu ainem Väterinär bringen, um mich ... um mich ...«*

»Warum sollte sich denn die Polizei für eine solche Angelegenheit interessieren, du *dummes* Ding? Natürlich würde man dich *nicht* zu einem Veterinär bringen. Du könntest statt dessen damit rechnen, zu netten und freundlichen Krankenschwestern begleitet zu werden, die dich ganz lieb und nett behandeln und sanft festhalten, während ... Nun aber, *ich* glaube, der Mutter-Kaiserin wäre das egal.« Tuptup schnaufte abfällig und warf Papa Schimmelhorn einen bedeutsamen Blick zu. »Sie würde dir nicht einmal dann erlauben, verändert zu werden, wenn du sie darum *anflehtest.*«

Papa Schimmelhorn fühlte sich von einem Augenblick zum anderen dazu veranlaßt, durch die Tür zu stürmen, die ins Quartier der Mutter-Kaiserin führte, sich Ihrer Majestätischen Erhabenheit demütigst zu Füßen zu werfen und sie untertänigst und mit allem wimmernden Nachdruck darum zu bitten, niemals und auf keinen Fall eine dermaßen entsetzliche Behandlung zuzulassen. Ruckartig erhob er sich, für den armen Tuptup so überraschend, daß er erschrocken quiekte und in Richtung Tür floh. Glücklicherweise jedoch erwies sich die gellende Stimme der Instinkte Papa Schimmelhorns als nicht ganz so laut wie das warnende Kreischen des analytischen Bereichs seines Verstandes, der ihn mit gnadenloser intellektueller Schärfe darauf hinwies, daß Mama Schimmelhorn ihre neue Macht sicher sehr genoß. Darüber hinaus war sie bestens über seine sündige Vergangenheit informiert, und ein entsprechendes Verhalten seinerseits mochte durchaus zur Katastrophe führen.

Er ließ sich wieder auf den Rand der Liege sinken. Tuptup musterte ihn furchtsam und rief: »Bei allen Heiligen! Was hat dich denn zu einem *solchen* Verhalten veranlaßt? Man könnte fast meinen, du wolltest dich *nicht* ... äh, verändern lassen.«

Papa Schimmelhorn schauderte. »Unsinn!« erwiderte er heiser. »Schon main ganzes Läben lang schtand mir nur där Sinn danach, alle Sorgen zu verlieren und mit mir sälbscht zufrieden zu sain. Ich hatte nur Angscht, man würde mich zu ainem Väterinär bringen, so wie auf der Ärde. Ach, wänn du wüßtescht, wie äs däm armen Hainrich Lüdesing ärging ...«

Und im Anschluß an diese Worte berichtete er von einer ebenso gräßlichen wie phantasievollen Episode, eine Erzählung, die er mit der gar nicht erfundenen Gebrechlichkeit seines Arbeitgebers beendete.

Tuptup war überwältigt. »Der arme, arme Kerl!« schluchzte er laut. »Himmel, bin ich froh, daß *wir* zivilisiert sind. Vielleicht können wir dafür sorgen, daß die ... äh ... Veränderung erfolgt, während du bei uns bist! Ich frage die Madame-Kapitän, wenn wir ...« – der kleine Mann lief rot an – »... im *Bett* sind. Später dann kann sie dieses Anliegen deiner Mutter-Kaiserin vortragen.« Listig schürzte er die Lippen. »Aber du mußt *sehr* freundlich zu mir sein, viel netter als bisher, denn sonst helfe ich dir *nicht*.«

Papa Schimmelhorn verschluckte eine scharfe Erwiderung und dankte Tuptup für dessen Zuvorkommenheit. Bei der nächsten *Yuf*-Partie ließ er ihn großzügigerweise gewinnen. Anschließend wies er den kleinen Mann taktvoll darauf hin, es könne sich als zu riskant erweisen, diese Angelegenheit zur Sprache zu bringen – denn die Mutter-Kaiserin, die sich durch ein bekanntermaßen energisches Wesen auszeichne, wäre vielleicht dazu imstande zu entscheiden, die betaigäusischen Traditionen zu ändern anstatt sich an sie zu halten. Diese Bemerkung jagte Tuptup einen gehörigen Schrecken ein, und erst nach zwei weiteren gewonnenen Spielen beruhigte er sich wieder einigermaßen. Dann schaffte es Papa Schimmelhorn auf überaus geschickte Art und Weise, das Thema in eine völlig andere Richtung zu lenken und auf einen noch weitaus bedeutenderen Punkt zu sprechen zu kommen: die Funktionsweise des Antriebs der *Vilvilkuz Snar Thul-Y't*.

Nach und nach gelang es ihm, all das in Erfahrung zu bringen, was Tuptup in dieser Hinsicht wußte – was allerdings nicht sonderlich viel war. Auf diese Weise erfuhr Papa Schimmelhorn, daß *Ifk* von einem Ort stammten, den Willie Fledermaus sicher als einen Asteroidengürtel im fernen Orbit Betaigäuses bezeichnet hätte. Offenbar gab es ein weibliches *Ifk*-Element, das sich irgendwie in die Richtung wandte, in die das Schiff fliegen sollte, und mehrere männliche *Ifk*-Elemente in großen Töpfen, die sich alle Mühe gaben, zu dem Weibchen zu gelangen und das Raumschiff damit antrieben.

Tuptup errötete, als er hinzufügte, die *Ifk*-Männchen seien in ihrem Bestreben, das *Ifk*-Weibchen zu erreichen, außerordentlich schamlos – schlimmer noch als der neue zweite Ehemann der Kommandeuse. Das sei auch der Grund, warum sich eine Frau namens Lali – die Tuptup als *zurückgeblieben* bezeichnete – um die *Ifk* kümmerte, zusammen mit einem kleinen Mann namens Pukpuk, den er einfach nicht *ausstehen* konnte.

»Du solltest die beiden einmal zusammen sehen.« Tuptup verzog angewidert das Gesicht. »Sie sieht einfach *gräßlich* aus – wie ein häßliches dummes *Ding*. Sie ist nicht richtig erwachsen geworden, und deshalb gestatten sie ihr nicht, sich das Haar abzuschneiden oder eine Uniform zu tragen. Und was Pukpuk angeht – *na!* Er ist wirklich und absolut *ifky* – so nennen wir Leute, die einfältig und eigentlich zu nichts zu gebrauchen sind. Ja, man könnte ihn sogar als *weibisch* bezeichnen...« Tuptup kicherte unanständig. »Er ist dick und stämmig und hat große *Muskeln*.«

Papa Schimmelhorn stimmte der Einschätzung Tuptups höflich zu und meinte, nach dieser Beschreibung bildeten die *Ifk*-Hüter tatsächlich die unterste Stufe auf der Skala aller ästhetischen und moralischen Empfindungen. Mit einigen weiteren Fragen versuchte er herauszufinden, wie die *Ifk* gesteuert wurden, mußte jedoch rasch feststellen, daß er damit einen Vorstoß ins Leere unternahm, was weitere Informationen von Tuptup anging. Klugerweise nahm er sich anschließend eine halbe Stunde Zeit, um mit dem kleinen Mann über

Gattenläden zu sprechen, und er gab diskret zu verstehen, daß er vieles darum gegeben hätte, wenn er nur dazu in der Lage gewesen wäre, ebenfalls die Vorzüge eines derart behüteten Lebens zu genießen. Er verhielt sich ganz und gar nicht wie der typische Papa Schimmelhorn. Das Ergebnis dieser Unterwürfigkeit war durchaus zufriedenstellend, denn als Tuptup schließlich ging, um zusammen mit den anderen Ehemännern das Abendessen einzunehmen, fühlte er sich seinem haarigen und einfach *riesigen* Zimmergenossen überlegen und begegnete ihm deshalb mit herablassender Gutmütigkeit.

Nachdem Tuptup gegangen war, blieb Papa Schimmelhorn rund eine Stunde lang reglos sitzen, stützte den Kopf in die Hände und seufzte ab und zu. Jenseits der Mauern seines Schwermuts jedoch arbeitete sein Verstand auf höheren Touren als jemals zuvor, und langsam entwickelte er einen Plan. Als er meinte, es sei an der Zeit, aufzustehen und sich zusammen mit Gustav-Adolf im Gemach der Mutter-Kaiserin zu präsentieren, um dort das entgegenzunehmen, was Mama Schimmelhorn in ihrem arroganten Übermut ›Fettwanstmenü‹ nannte, standen auch die letzten Einzelheiten des Plans fest. Papa Schimmelhorn hatte sich dazu entschlossen, sich in den *Ifk*-Raum zu begeben, ihn unter seine Kontrolle zu bringen, vom Rest der *Vilvilkuz Snar Thul-Y't* abzuschirmen und – im *Ifk*-Äquivalent eines irdischen Galopps – zur Erde zurückzukehren.

Während der privilegierte Gustav-Adolf in Anwesenheit Ihrer Majestät speiste, mußte Papa Schimmelhorn im Vorzimmer warten. Als man ihm das Fettwanstmenü reichte – es bestand aus einem geradezu überwältigend bedeckten Teller und einer schmackhaften Suppe –, nahm er es dankbar und demütig entgegen. Als er es später zurückbrachte, machte er der Mutter-Kaiserin zuerst Komplimente in Hinsicht auf die Qualität und Quantität des Essens und fügte dann hinzu, nur die Speisen, die Mama Schimmelhorn daheim auf der Erde zu kochen pflegte, seien noch vortrefflicher gewesen. Dabei versuchte er, so ehrlich und aufrichtig und leidenschaftlich begeistert zu klingen, wie es der Fall gewesen wäre, hätte er diese Worte an Miß Prudence Pilgrim gerichtet.

Mama Schimmelhorn musterte ihn argwöhnisch. Ihre Beweggründe für den Beginn des Programms Kulinarum waren nicht nur rein humanitärer Natur. Während der ersten Woche an Bord des Schiffes hatte sie genug Betaigäusisch gelernt, um die großen Frauen zu verstehen, als sie ihr erklärten, welche tiefe Verzweiflung die Entführung bewirkt hatte, und sie brauchte nur einige wenige Minuten, um die notwendigen Schlußfolgerungen zu ziehen. Seit fast fünf Jahren war auf Betaigäuse Neun kein einziges Kind mehr geboren worden – und auch kein Kätzchen. Ganz plötzlich waren sowohl die kleinen Männer als auch die kleinen Kater steril geworden. Und weder die Zivilisation auf dem Nachbarplaneten Betaigäuse Acht noch die Kulturen in anderen Sonnensystemen, mit denen die großen Frauen in Kontakt standen, konnten eine Lösung für dieses Problem anbieten. Deshalb die Suche nach einem Superintellekt. Mama Schimmelhorn wußte natürlich sofort, daß der vom Intellektometer angemessene außergewöhnliche Verstand nicht der ihre war und sie somit kaum dazu imstande sein würde, den großen Frauen die erwünschte Hilfe zu bringen. Bei einem entsprechenden Versagen aber mochte nicht nur ihr Status in Gefahr geraten, sondern auch ihr Leben. Darüber hinaus wurde ihr klar, daß sich, wenn es zum Schlimmsten kam, der wissenschaftliche Genius ihres Mannes als nützliche Geheimwaffe verwenden ließ. *Von jätzt an darf ich kain*

Risiko mähr aingehen, sagte sie sich. *Ich gäbe ihm das glaiche Ässen wie zu Hause, damit sain Unterbewußtsain richtig arbaitet, wänn ich ihm Befähle gäbe – aber ich nänne ihm nicht den Grund, dänn sonscht bekommt der Schürzenjäger viellaicht wieder Oberwasser!* Sie hatte bereits eine entsprechende Anweisung gegeben und angeordnet, daß die ganze Sache, was den Katzenträger betraf, unter strengster Geheimhaltung stand.

Was hat er dänn jätzt? überlegte Mama Schimmelhorn nun. *Er hat mir noch nie Komplimente über main Ässen gemacht. Will er viellaicht ain noch größeres Fättwanschtmenü?* Aber sie ließ sich ihren Zynismus nicht anmerken. Um auf die betaigäusischen Offiziere Eindruck zu machen, die sich vor ihrem Thron eingefunden hatten, blickte sie auf Papa Schimmelhorn herab und sagte: »Schtillgeschtanden! Dän Bauch rain und die Hacken zusammen. So wie in där Armee! Ha – das ischt schon bässer. Ich wärd' dir zaigen, wie man die Mutter-Kaiserin behandelt! So, was gibt's dänn?«

Papa Schimmelhorn gab sich so kriecherisch, wie es für jemanden möglich ist, der strammsteht. Er bestätigte noch einmal die zuvor gemachten Komplimente. Aber, so fügte er hinzu, auf der Erde sei er immer sehr aktiv gewesen. Er wies auf seine Arbeit bei der Lüdesing-AG, Uhren und Präzisionsinstrumente, hin, und er betonte auch, daß er für gewöhnlich selbst während der Mußestunden in seiner Kellerwerkstatt gearbeitet hatte.

»Wänn du nicht gerade hinter nackten Tanzmädchen här warscht!« rief Mama Schimmelhorn, wobei sie sich jedoch insgeheim eingestehen mußte, daß ihr Mann recht hatte.

Hier an Bord dieses Raumschiffs jedoch, beklagte sich Papa Schimmelhorn vorsichtig, bleibe ihm nichts anderes übrig, als die Hände in den Schoß zu legen. Er könne nur mit Gustav-Adolf zusammenhocken, Tuptup zuhören und dann und wann eine langweilige *Yuf*-Partie spielen. »Ich sag dir was, Mama ...« rief er schließlich aus.

»Wänn du mich anschprichst, hascht du mich *Euer Majestät* zu nännen!«

»Mama, Euer Majestät, ich sag dir was: Ich kann äs nicht aushalten, nichts zu tun! Ich bitte dich doch nur um aine klaine Arbait, um mir die Zait zu vertraiben. Ich wäre sogar zu ainer Arbait berait, die sonscht niemand machen will!« In flehentlichem Tonfall fügte er hinzu: »Sonscht roschtet mir noch das Gehirn ain. Dann wärde ich bald so wie Tuptup und bin dann nicht ainmal mähr geschaiter als Guschtav-Adolf.«

Mama Schimmelhorn kniff die Augen zusammen. Sie hielt eine solche Konsequenz eigentlich für unwahrscheinlich. Dennoch verblieb ein gewisses Risiko, ihre Geheimwaffe zu verlieren, und sie hatte sich ja gerade dazu entschlossen, keine Risiken mehr einzugehen.

»Ich dänke darüber nach«, erwiderte sie bestimmt. »Ich frage die großen Frauen, ob sie viellaicht ainen Hausmaischter brauchen. Und jätzt ...« Sie deutete zur Tür. »Raus!«

Dann, als sich ihr Mann beeilte, den Befehl zu befolgen, fügte sie rasch hinzu: »Warte!« Sie richtete einige Worte auf betaigäusisch an die Madame-Kapitän, die daraufhin ihre erdnußbutterfarbene Haarsträhne berührte und schnell das Gemach verließ. Unmittelbar darauf kehrte sie mit der Spielzeugmaus Gustav-Adolfs zurück.

»Ich kann das Ding nicht ausschtähen«, erklärte sie. »Miau, miau, miau – die ganze Nacht über, alle Katzen an Bord dieses Schiffes. Das raubt mir den Schlaf! Bässer, du nimmscht sie mit und gibscht sie Guschtav-Adolf. Viellaicht frißt är sie auf.«

Papa Schimmelhorn nahm sie demütig entgegen, schob sie in eine kleine Tasche seiner Kutte und zog sich zurück, wobei er sich mehrmals vor der Mutter-Kaiserin verneigte. Als er in das kleinere Zimmer zurückkehrte, wartete dort bereits Tuptup auf ihn und erzählte ihm einige brandneue Gerüchte über den schrecklichen neuen zweiten Ehemann der Kommandeuse. Bis es Zeit wurde, sich schlafen zu legen, spielte Papa Schimmelhorn *Yuf* mit dem kleinen Mann, wobei er ihn erneut fast jede Partie gewinnen ließ. Dann machte er es sich auf den vier zusammengeschobenen Liegen so bequem wie möglich, wälzte sich unruhig hin und her und litt an Alpträumen, in denen er immer wieder hilflos zusehen mußte, wie man ihn in einem großen Korb zur Veterinärin schleppte. Bald wurden die Türen verriegelt, und Gustav-Adolf verbrachte die Nacht auf einem Kissen neben der Mutter-Kaiserin. Diesmal lockte die Spielzeugmaus keine Störenfriede an. Als Papa Schimmelhorn von den beiden Bootsfrauen zu früher Stunde geweckt wurde, fühlte er sich noch immer benommen und nicht ausgeruht, und er brauchte einige gräßliche Sekunden, um zu begreifen, daß seine Alpträume sich noch nicht in Wirklichkeit verwandelt hatten. Wie er erfuhr, hatte die Mutter-Kaiserin in ihrer Güte ein Gespräch mit der Madame-Kapitän geführt, und Groolu Hah, eifrig bemüht, der Majestät von der Erde jeden Wunsch von den Lippen abzulesen und erst recht jeder ihrer Anweisungen nachzukommen, hatte angeordnet, man solle Papa Schimmelhorn eine Arbeit als Aufseher im *Ifk*-Raum zuweisen. Und dorthin wollten ihn die Bootsfrauen nun bringen.

Sie warteten, während er sich die Kutte überstreifte. Sie rüsteten ihn mit Mop, Eimer und Besen aus. Während Tuptup aufgeregt vor sich hin schnatterte und immer wieder fragte, was er denn *getan* habe, um eine so harte *Strafe* zu verdienen, war Papa Schimmelhorn geistesgegenwärtig genug, sein Entzücken hinter einer Maske scheinbarer Verzweiflung zu verbergen. Die beiden Bootsfrauen führten ihn ab. Und als sie durch den

Gang marschierten, wurde Gustav-Adolf von dem Geruch der Katzenminze, der der Spielzeugmaus anhaftete, angelockt, miaute laut und schloß sich ihnen an.

Der *Ifk*-Raum befand sich im untersten Segment des zentralen Pampelmusenkerns, und die acht männlichen *Ifk*, die das Raumschiff durchs All fliegen ließen, steckten in acht großen Eisentöpfen, die in der Mitte der Kammer zu einem Kreis angeordnet und der Sicherheit wegen mit dicken Bolzen im Boden verankert waren. Eine sonderbare Spannung herrschte in dieser Räumlichkeit. Die Luft vibrierte fast, und die beiden Bootsfrauen gaben sofort zu erkennen, daß sie sich in dieser Umgebung alles andere als wohl fühlten. Sie wandten sich mit einigen scharf formulierten Befehlen an Papa Schimmelhorn: Er sollte den Boden schrubben, die Außenflächen der Töpfe polieren, die Crew des *Ifk*-Raumes beaufsichtigen, sich benehmen und nicht im Wege sein. Dann eilten sie hinaus und warfen die Tür hinter sich zu.

Papa Schimmelhorn schenkte seinen neuen Begleitern nicht die geringste Beachtung. Er blieb einfach an Ort und Stelle stehen und betrachtete die zitternden *Ifk*. Von der Form her hatten sie entfernte Ähnlichkeit mit Pilzen. Sie waren mindestens sechs Meter groß und zeichneten sich zugleich durch eine kristalline, metallene und fleischige Struktur aus. Sie strahlten Kraft aus, und als das Unterbewußtsein Papa Schimmelhorns das absorbierte Wissen um Höhere Physik reaktivierte, offenbarte sich ihm eine wichtige Erkenntnis, die jedoch nicht bis in die bewußten Bereiche seines Geistes vordrang: Während die *Ifk*-Männchen mit offensichtlicher Lüsternheit bestrebt waren, das *Ifk*-Weibchen zu erreichen, das so aufreizend vor ihnen positioniert worden war, verursachten sie profunde Veränderungen im allgemeinen Raum-Zeit-Gefüge. Sein Unterbewußtsein teilte ihm nicht mit, wie sie das bewerkstelligten, aber es

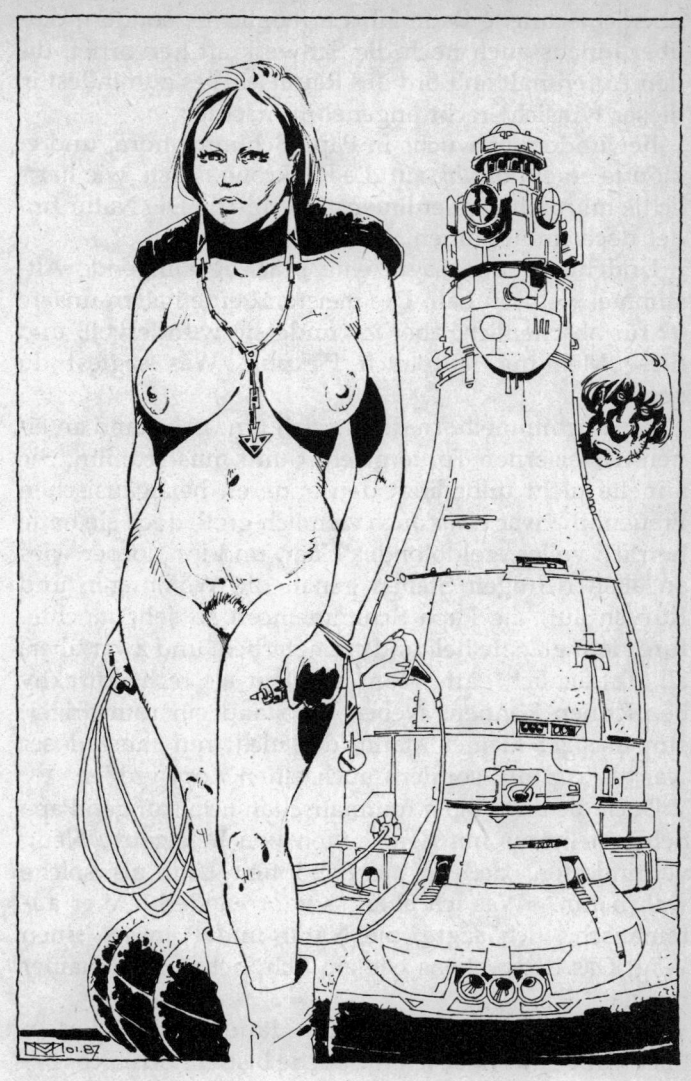

informierte ihn davon, daß das *Ifk*-Feld nicht nur eine überlichtschnelle Raumfahrt ermöglichte, sondern darüber hinaus auch noch die Schwerkraft hervorrief, die den Aufenthalt an Bord des Raumschiffes zumindest in dieser Hinsicht recht angenehm machte.

Bewunderung wuchs in Papa Schimmelhorn, und er klopfte einem der *Ifk* auf die Pilzkrone. »Ach, wie härrlich!« murmelte er sentimental berührt. »Die Natur findet doch immer ainen Wäg!«

Und hinter ihm sagte eine prächtig klingende Altstimme: »Ich bin Lali. Die meisten Leute halten unsere *Ifk* für abscheulich, aber *ich* finde sie wundervoll, und diese Meinung teilt auch Pukpuk. Was sagtest du eben?«

Papa Schimmelhorn drehte sich um. Lali stand an einen der eisernen Töpfe gelehnt und musterte ihn. Sie ähnelte nicht unbedingt den anderen betaigäusischen Frauen. Sie war zwar auch ziemlich groß, doch sie hatte herrlich volles, goldblondes Haar, und ihr Körper wies an allen richtigen Stellen genau die Wölbungen und Kurven auf, die Papa Schimmelhorn so sehr mochte. Ihre Haut glänzte hell und cremefarben, und zwar überall. Tatsächlich hätte man sie sogar als recht attraktiv bezeichnen können. Neben ihr stand ein rothaariger, stupsnasiger kleiner Mann, der nicht nur muskulöser war als Tuptup, sondern auch einen Kopf größer.

Doch die bisherigen traumatischen Erfahrungen Papa Schimmelhorns mit den Frauen von Betaigäuse Neun verhinderten, daß er die Schönheit Lalis als solche wahrnahm. »Was ich äben sagte?« wiederholte er automatisch. »Ich sagte, die Natur findet immer ainen Wäg. Das ist so etwas wie ain Schprichwort in mainer Haimat.«

Lali klatschte erfreut in die Hände. »Von diesem Blickwinkel aus habe ich die Sache bisher noch nicht betrachtet! Pukpuk und ich waren recht besorgt, als uns die Bootsfrauen von deiner bevorstehenden Mitarbeit hier berichteten. Wir dachten schon, du seiest genauso streng und energisch und schrecklich wie die Mutter-Kaiserin, aber jetzt *weiß* ich, daß wir wunderbar miteinander auskommen werden.«

Papa Schimmelhorn senkte verlegen den Blick, lächelte schüchtern und meinte, er sei froh, sie kennenzulernen, habe große Erfahrung als Hausmeister und wolle alles in bester Ordnung halten.

Die beiden *Ifk*-Hüter starrten ihn groß an, betrachteten seinen Bart, die große und athletische Statur, die Pranken von Händen. Lali musterte ihn voller Ehrfurcht, und Pukpuk brachte ihm nicht nur Ehrfurcht entgegen, sondern auch Neid. Sie erwähnten die Größe Gustav-Adolfs und seine vermutliche Wildheit. Und Pukpuk zeigte stolz seinen Bizeps, den Papa Schimmelhorn angemessen bewunderte.

Als er seinen Eimer gefüllt und sich an die einfache Arbeit gemacht hatte, kam er zu dem Schluß, bisher ganz gute Fortschritte erzielt zu haben. Zum erstenmal während des Aufenthaltes an Bord des Raumschiffs hatte er nicht mehr das Gefühl, ständig von Feinden umringt zu sein – und er war entschlossen, das Beste daraus zu machen.

Reisen im interstellaren Raum, selbst mit ein wenig höheren Geschwindigkeiten als der des Lichts – ermöglicht von gesunden und munteren *Ifk* –, sind nicht besonders aufregend, eher sogar langweilig, vergleichbar etwa mit bei besonders gutem Wetter durchgeführten Schiffsreisen nach Indien, ums Kap herum, damals, als man noch keinen Maschinen vertrauen konnte und sich auf den Wind verlassen mußte. Eigentlich gibt es überhaupt nichts zu tun; um die Leute beschäftigt zu halten, muß man irgendwelche Arbeiten erfinden (was einer der Gründe für die Anwesenheit von Bootsmännern bzw. -frauen an Bord ist), und alle fallen sich gegenseitig ganz schön auf den Wecker.

Papa Schimmelhorn erwies sich jedoch als standhaft diesen allgemeinen Tendenzen gegenüber. Er war einzig und allein darauf konzentriert, der befürchteten Aufmerksamkeit der Veterinärinnen an Bord zu entgehen, und dieser Umstand veranlaßte ihn dazu, seinen Arbeitsverpflichtungen mit solcher Hingabe nachzukommen, daß er rasch den besonderen Respekt der beiden *Ifk*-Hüter errang, und während eines jeden Augenblicks seiner freien Zeit versuchte er, soviel wie möglich über die *Ifk* in Erfahrung zu bringen.

In diesem Zusammenhang schien es jedoch nicht allzuviele Informationen zu geben. Kaum jemand an Bord des Schiffes scherte sich um die Funktionsweise der *Ifk*. Den meisten Leuten genügte es, daß sie Antriebskraft freisetzten. Die eisernen Töpfe wurden mit einer halbporösen Substanz gefüllt, die fast schwammig wirkte, und Lali und Pukpuk fügten eine tägliche Ration hinzu, die aus einer Mischung von Metall und Mineralien bestand und der sie ein wenig Wasser beigaben. Das wiederum ermöglichte einigen betaigäusischen Unkräutern ein geringes Wachstum in den großen Krügen. Seltsamerweise übten die *Ifk* keine direkte und unmittelbare Zugwirkung auf das Raumschiff aus. Statt dessen schien es von dem von den *Ifk* erzeugten Kraftfeld irgendwie umhüllt zu werden, wodurch sich sowohl das Raumschiff als auch alles, was sich darin aufhielt, in einem kleinen Eigenkosmos befand, in dem sich alle Energie auf das Erreichen des *Ifk*-Weibchens konzentrierte. Es waren insgesamt drei, und Papa Schimmelhorn mußte zu seinem großen Kummer feststellen, daß sie sich nur vom Kontrollraum aus steuern ließen. Er entwickelte einen Plan nach dem anderen und verwarf sie anschließend wieder, da er sie rasch als undurchführbar erachtete. Aber er gab trotzdem nicht auf, und nach einer Weile wurde er auf einige besondere *Ifk*-Eigenheiten aufmerksam, in denen er zwar keinen unmittelbaren praktischen Nutzen für sich erkennen konnte, die er jedoch für außerordentlich faszinierend hielt.

Zum Beispiel schienen sich die *Ifk* durchaus seiner Gegenwart bewußt zu sein. Wenn Papa Schimmelhorn einen von ihnen berührte oder sich an ihn lehnte, begann der entsprechende *Ifk* sofort stärker zu vibrieren. Außerdem weckten sie das besondere Interesse Gustav-Adolfs. Der Kater sah sie sich genauer an, trottete um jeden einzelnen Topf herum, krümmte den Rücken, schnurrte knurrend, schmiegte sich an die fleischigen Außenflächen und spritzte sie an, um auf diese Weise der ganzen Welt mitzuteilen, daß sie nun zu seinem Revier gehörten. Die *Ifk* reagierten auf diese Behandlung ebenso wie auf die Berührungen durch Papa Schimmelhorn, und sowohl Lali als auch Pukpuk meinten, die Luft im *Ifk*-Raum zittere nun geradezu vor Aufregung, die von den Wesen in den Töpfen stammte.

Gustav-Adolf besuchte die *Ifk* mehrmals täglich, und er brachte seine Mäuse mit, um sie in der Gesellschaft der Topfgeschöpfe zu verspeisen. Gelegentlich begleitete ihn auch Armes Lämmchen, und einmal empörte er Lali und Pukpuk damit, daß er die Lieblingskatze der Madame-Kapitän öffentlich verführte und es vor den Augen aller Anwesenden mit ihr in einem der *Ifk*-Töpfe trieb. Außerdem verbrachte er auch allein viel Zeit in eben jenem Topf, spielte dort mit seiner nach Katzenminze duftenden Spielzeugmaus, rollte sich auf ihr herum und brachte es schließlich fertig, sie vollkommen zu ruinieren.

Die Wochen vergingen, und Papa Schimmelhorn kam mit seinen Plänen nicht so recht weiter. Wie es jedoch der Zufall wollte, keimten einige Katzenminze-Samen in dem Topf und wuchsen rasch zu prächtigen Blüten heran. Die Pflanzen unterschieden sich sehr von denen auf der Erde, hatten auf Gustav-Adolf aber eine ebenso ausgeprägte erotisch stimulierende Wirkung. Die Blüten waren nicht etwa blau und klein, sondern groß und purpurn. Die Blätter glänzten grünlich und sahen zerknittert aus. Papa Schimmelhorn pflückte einige von ihnen und kaute sie, und Lali und Pukpuk schlossen sich seinem Beispiel an. Die kleinen Kater an Bord legten eine ungewöhnliche Tollkühnheit an den Tag und versuchten, der Wachsamkeit Gustav-Adolfs zu entgehen und an die exotische Katzenminze zu gelangen. Die drei Personen im *Ifk*-Raum kamen stillschweigend überein, die Existenz der Blüten den Offizieren zu verschweigen, die sie in der dichten Tarnung betaigäusischen Unkrauts nicht bemerkten.

Während dieser Zeit veranstaltete die Mutter-Kaiserin ihre täglichen Empfänge und unterhielt die großen Frauen mit phantasievollen Geschichten über die Art und Weise, wie sie die Erde regierte. Sie hörte sich ihre Sorgen und Probleme an und betrachtete zahllose Bilder ihres Heimatplaneten – von dem der größte Teil, wie sie sich eingestehen mußte, nicht viel besser aussah als die langweiligste Region Südkaliforniens mit ihren noch langweiligeren Kleinstädten. Hätte Mama Schimmelhorn nicht nach wie vor solchen Genuß an ihrer neuen Macht als absolutistische Monarchin gefunden, wäre sie vermutlich längst von allem angeödet gewesen. Tatsächlich begann sie bereits, den überaus gemütlichen wöchentlichen Kaffeeklatsch mit Mrs. Hundhammer und ihren anderen Freundinnen zu vermissen, deren Mitgefühl, wenn sie von den vielen Sünden Papa Schimmelhorns erzählte, ihre gelegentlichen Triumphe, wenn es ihr gelang, eine seiner Eskapaden schon im Ansatz zu vereiteln. Sie wurde immer sentimentaler und verbesserte die Qualität der abendlichen Fettwanstmenüs, und sie machte sich sogar die Mühe, einem der weiblichen betaigäusischen Offiziere zu erklären, wie man Wiener Schnitzel zubereitete, die Papa Schimmelhorn besonders gern mochte.

Nach und nach, infolge der immer schmackhafteren Abendessen und der freundlichen und gelockerten Atmosphäre im *Ifk*-Raum, verringerte sich die Besorgnis Papa Schimmelhorns. Langsam fand er sich mit seiner Unfähigkeit ab, die *Ifk* zu manipulieren, zumindest in philosophischer Hinsicht. Sein natürliches Temperament erwachte wieder. Er sang, während er den Raum fegte. Er scherzte mit Pukpuk, wenn sie gemeinsam Katzenminze-Blätter kauten. Und eines Tages kam es schließlich dazu, daß ihm auffiel, wie sehr sich Lali von den anderen betaigäusischen Frauen unterschied.

Diese Erkenntnis entstand ganz plötzlich in ihm. *Main Gott!* fuhr es ihm durch den Sinn. *Sie ist fascht so wie maine klaine süße Prudie, nur zwaimal so groß. Sollte sie etwa im Bätt auch zwaimal so gut sain?* Bei diesem Gedanken hätte er beinahe den Besen fallengelassen. Dann, fast gleichzeitig, formte sich vor seinem inneren Auge das Bild eines Weidenrutenkorbs und einer pflichtbewußten Veterinärin, und diese Vorstellung ließ ihn einmal mehr in Verzweiflung versinken. Aus einem Reflex heraus griff er nach einem Blatt der Mutanten-Katzenminze und begann darauf zu kauen. Kurz darauf trübten sich die Konturen der Entsetzensvision, auch wenn sie sich nicht ganz auflösten. Als er den Besen fester umfaßte, erschien ihm die Möglichkeit, Mama Schimmelhorn könne ihn einem so gräßlichen Schicksal ausliefern, als immer unwahrscheinlicher, und Lalis üppige Kurven wurden mit jeder verstreichenden Sekunde verlockender.

Einige Stunden lang lagen Vorfreude und Vorahnung tief in seinem Innern im Widerstreit, und schließlich setzte sich die Vorfreude durch, was nicht zuletzt auf ein gelegentliches Kauen auf den Blättern der mutierten Katzenminze zurückzuführen war.

Bevor Papa Schimmelhorn am Ende des Arbeitstages von den beiden Bootsfrauen in die Unterkunft zurückeskortiert wurde, hatte er einige Nettigkeiten in Lalis Ohr geflüstert, sie gezwickt, mindestens zweimal ihren einladend runden Po getätschelt und sich auch noch die eine oder andere weitere Frechheit erlaubt. Zu Lalis kulturellem Hintergrund gehörten keine großen, athletischen, bärtigen und lebenslustigen Männer, und jedesmal, wenn Papa Schimmelhorn zu einer seiner lüsternen Attacken ansetzte, floh sie hinter einen *Ifk*-Topf und quiekte scheinbar entsetzt. Andererseits jedoch begegnete sie seinen Annäherungsversuchen nicht mit strikter Ablehnung. Sowohl ihr Pulsschlag als auch der Atemrhythmus beschleunigten sich, und die roten Flekken in ihrem Gesicht bewiesen darüber hinaus, daß ihr recht warm geworden war, vermutlich nicht nur ums Herz.

Papa Schimmelhorn war nun wieder ganz der alte, doch er achtete darauf, sich der Mutter-Kaiserin gegenüber beim Empfang der abendlichen Mahlzeit besonders unterwürfig zu verhalten. Als er zu Bett ging, bereitete er sich mit dem Kauen einiger Katzenminze-Blätter auf die Nachtruhe vor. Seine Träume hätten einem wesentlich jüngeren Mann in einer weitaus sichereren Umgebung alle Ehre gemacht. Es ging so weit, daß Tuptup mehrmals hochschreckte und schon glaubte, die Kommandeuse mit ihrem erwiesenermaßen schlechten Geschmack habe sich in die kleine Kammer geschlichen, um ihn zu vergewaltigen.

Am nächsten Morgen setzte Papa Schimmelhorn seinen neuen Eroberungsfeldzug fort, wobei er eine besonders zurückhaltende und subtile Taktik wählte, um die entzückende junge Frau nicht zu verschrecken. Seine frühere Besorgnis bildete nurmehr einen Schatten in einem entfernten Winkel seines Bewußtseins, und selbst dieser dunkle Schemen ließ sich mit dem Kauen des einen oder anderen Katzenminze-Blattes verscheuchen. »Ach, äs ischt wunderbar!« vertraute er einmal dem geduldig zuhörenden Gustav-Adolf an. »Wie schade, daß so was nicht auf der Ärde wächst. Der arme Hainrich könnte so ain Zeug sicher gut gebrauchen!« Allerdings war er viel zu sehr mit anderen Dingen beschäftigt, um das ganze Ausmaß der Konsequenzen dessen zu überblicken, was er fahrlässig in die Wege geleitet hatte.

Es verging fast eine Woche, bevor er Lali mit all dem Geschick und der Leidenschaft küssen konnte, die eine Frau wie sie seiner Meinung nach verdiente. Und es dauerte noch einmal zehn Tage, bis es ihm gelang, Lali in eine kleine Nebenkammer zu locken, in der er in weiser Voraussicht eine hereingeschmuggelte Matratze untergebracht hatte. Er legte das Rendezvous auf die Mittagsstunde fest, denn zu dieser Zeit machte sich Pukpuk für gewöhnlich auf den Weg in die Messe der kleinen Männer. Er ließ Lali ein besonders großes Blatt Katzenminze kauen, drückte sie zärtlich an sich und sank mit ihr auf die weiche Unterlage ...

Und als Papa Schimmelhorn endlich das Ziel seiner Wünsche erreichte, geschah alles auf einmal.

Schon seit einer ganzen Weile hielt Papa Schimmelhorn Pukpuk für nichts weiter als ein unwichtiges Hindernis, das seinen Bestrebungen im Wege war, ein Problem von untergeordneter Bedeutung, das sich leicht lösen ließ. Aus diesem Grund hatte er völlig die deutlichen Hinweise auf die Eifersucht Pukpuks übersehen und auch nicht bemerkt, mit welcher wütenden Hingabe er die Katzenminze kaute und die Stirn so sehr runzelte, daß die buschigen rötlichen Augenbrauen ein unheilverkündendes V bildeten. Er wußte auch nicht, daß Lali den Fehler gemacht hatte, Pukpuk mit ihrer neuen Eroberung aufzuziehen. Aus all dem folgte, daß Pukpuk sich nicht etwa zu dem Speisesaal der kleinen Männer auf den Weg machte, sondern schnurstracks in Richtung Audienzkammer der Mutter-Kaiserin marschierte, seinen Stolz vergaß und Tuptup darum bat, ihm dabei zu helfen, an einigen Offizieren vorbeizugelangen. Sie traten zu einem ungewöhnlich günstigen Zeitpunkt ein. Mama Schimmelhorn saß wie üblich auf ihrem Thron, und sie strahlte sowohl die Madame-Kapitän als auch einige ihrer Offiziere an, die vor ihr vor Freude fast Purzelbäume schlugen. Auf dem Schoß hielt sie Armes Lämmchen. Die Madame-Kapitän hatte ihr die Katze gerade anvertraut und sie von einem besonders glücklichen Ereignis in Kenntnis gesetzt.

»Oh, danke, vielen Dank, Euer Sinnlichkeit! Ihr habt unser Problem gelöst – zumindest einen Teil davon. Seht Euch nur das liebe Arme Lämmchen an. Oh, Euer Wonnenhaftigkeit, sie ... *sie wird bald kleine Kätzchen bekommen!*«

Mama Schimmelhorn nutzte die überraschende Entwicklung zu ihrem Vorteil. »Bai uns zu Hause ischt das nichts Besonderes«, erklärte sie, »aber hier liegt där Fall anders. Nun ...« Sie lächelte gutmütig. »Värmutlich schtäckt Guschtav-Adolf dahinter, dieser böse, böse Junge! Von ihm hat Mitzi Hundhammers schwarzweißgeschtraifte Katze immer glaich sächs oder sogar sieben klaine Kätzchen bekommen. Är ischt so groß und schtark!«

Während die Mutter-Kaiserin diese Worte formulierte, flüsterte Tuptup der Madame-Kapitän etwas ins Ohr. Die Madame-Kapitän wirkte daraufhin sehr schockiert, nahm Pukpuk beiseite und hörte sich an, was er zu berichten hatte. Anschließend beriet sie sich ausführlich mit ihren Offizieren. Mama Schimmelhorn bemerkte, daß irgend etwas die ausgelassene und glückliche Stimmung der großen Frauen beeinträchtigte, und sie sah sie fragend an. Nach einer Weile dann wandte sich die Madame-Kapitän an sie und erzählte ihr zögernd und voller Abscheu, was sich zutrug.

Da man Mama Schimmelhorn versichert hatte, daß Papa es während seiner Arbeit nur mit der absolut häßlichsten Frau der ganzen Frauschaft zu tun hatte und zudem noch, gewissermaßen als Anstandsdame, der aggressive und jähzornige Pukpuk zugegen war, hatte sie keinen Grund gehabt, in dieser Hinsicht irgendeinen Verdacht zu schöpfen – und ein Besuch der Mutter-Kaiserin im *Ifk*-Raum kam natürlich nicht in Frage. Jetzt jedoch begriff sie, daß sie erneut hintergangen worden war. Eine Woge aus Zorn spülte den Damm ihres Heimwehs fort, und die sentimentalen Gefühle Papa Schimmelhorn gegenüber gehörten von einem Augenblick zum anderen der Vergangenheit an. Sie stand jäh auf, wodurch Armes Lämmchen erschrak und mit einem ängstlichen Miauen davonsauste. Noch niemals zuvor – nicht einmal nach dem Öffnen des Schnappnetzes – hatte sich der Madame-Kapitän und ihren Offizieren ein so ehrfurchteinflößender Anblick dargeboten. Mama Schimmelhorn griff nach ihrem Regenschirm und schwang ihn wie ein Schwert.

»*Zeigt mir den Wäg!*« befahl sie.

Man gehorchte ihr sofort. Ohne ein weiteres Wort marschierte die Prozession auf den Gang. Still machte sie sich auf den Weg zum *Ifk*-Raum. Als sie vor der Tür stehenblieb, schob Mama Schimmelhorn ihre Eskorte beiseite und trat ein.

Weder Papa Schimmelhorn noch Lali bemerkten die Anwesenheit der entrüsteten Mutter-Kaiserin – bis sie Papa die Spitze des Regenschirms in die Rippen bohrte.

»*Komm da sofort raus!*« ertönte ihre schreckliche Stimme. »Schon wieder aine nackte Frau! Schtäh *auf!*«

Die arme Lali gab einen schrillen und erschrockenen

Schrei von sich, und während sich Papa Schimmelhorn noch bemühte, von ihr herunterzusteigen, stach der Regenschirm immer wieder zu.

»Zieh dir daine Kutte an, zackzack!« befahl Mama Schimmelhorn gnadenlos. »Du värdammter alter Ziegenbock solltescht dich was schämen!« Zum erstenmal wurde sie richtig auf Lali aufmerksam. »Aha! Also gibt äs auch auf Betaigäuse Neun hübsche junge Dinger! Ha, diesmal bringen wir die Sache ändgültig in *Ordnung!*«

Sie stieß noch ein letztesmal zu, trat dann zurück und bedeutete den Bootsfrauen, sich um Papa Schimmelhorn zu kümmern. Dann schritt sie hocherhobenen Hauptes aus dem Zimmer. Die beiden Bootsfrauen machten sich sofort daran, der Anweisung der Mutter-Kaiserin nachzukommen, und die Offiziere halfen ihnen. Papa Schimmelhorn wurde auf ziemlich unsanfte Art und Weise gepackt und davongeschleppt. Die Madame-Kapitän verlor keine Zeit und beraumte einen Prozeß an.

Die Verhandlung war ebenso kurz wie unbarmherzig. Niemals zuvor in der Geschichte der betaigäusischen Zivilisation, führte die Madame-Kapitän aus, sei ein so gemeines und hinterhältiges Verbrechen begangen worden. Nur während des *Dzimdzig*-Rituals sei es Männern gestattet, auch nur den *Anschein* zu erwecken, die sexuelle Initiative zu ergreifen. Seit die Gesetzgeberin, Lieblichdame Mutter-Präsidentin Yeelil Huh – die auch als Erfinderin des klebrigen und entfernt nach Fisch duftenden Breis in die Geschichte eingegangen war –, vor dreihundert Jahren den Männern den ihnen zustehenden Platz in einer modernen Gesellschaft gezeigt hatte, war es nicht mehr zu einem so empörenden Ereignis gekommen. Das Vergehen des Katzenträgers der Mutter-Kaiserin, erläuterte die Madame-Kapitän, wiege um so schwerer, da sich seine unzuverlässige Lüsternheit ausgerechnet auf Lali konzentriert hatte, die doch nichts weiter sei als nur ein zurückgebliebenes und unterentwickeltes Kind.

Bei diesen Worten schnaufte die Mutter-Kaiserin, machte jedoch keinen Einwand.

Die Madame-Kapitän legte eine dramatische Kunstpause ein. Anschließend meinte sie, sie wolle nicht so vermessen sein, eine angemessene Strafe für dieses Verbrechen vorzuschlagen. Sie fügte allerdings hinzu, daß sie als reine Vorsichtsmaßnahme zumindest eine Veränderung in Betracht ziehen würde, wäre einer der kleinen Männer an Bord auch nur *geneigt*, eine derart empörende Tat zu erwägen.

Papa Schimmelhorns Wissen um die Sprache des starken Geschlechts der Betaigäusianer war noch immer nur rudimentär ausgebildet, doch der Sinn der letzten Worte offenbarte sich ihm sofort. Er gab ein drohendes Grollen von sich, und er wand sich in dem Griff der Bootsfrauen voller Entsetzen hin und her. Er ließ sich auf die Knie sinken und flehte um Gnade. Er stammelte furchtsam vor sich hin und versuchte verzweifelt, sich die richtigen Worte einfallen zu lassen, um das Wohlwollen der Mutter-Kaiserin zurückzugewinnen. Was hätte Pastor Hundhammer zu einer solchen Grausamkeit gesagt? schluchzte er. Und Mama Schimmelhorn solle sich nur einmal vorstellen, wie ihre Freundinnen hinter vorgehaltener Hand über sie herzogen, weil ihr Mann ein dicker, fauler Kerl mit piepsiger Stimme geworden war ...

Mama Schimmelhorn schenkte all dem keine Beachtung. Sie lächelte ein eiskaltes, gnadenloses Lächeln, hob zwei Finger, mit denen sie eine Schere nachahmte, und sagte laut und deutlich: »*Schnipp!*«

»Wir brauchen nicht zu warten, bis wir zu Hause sind, Euer Entzückendheit«, meinte die Madame-Kapitän. »Der Ehemann meiner Apothekerin hat die Behandlung schon viele Male an Katern durchgeführt, und ich bin sicher, er kann diese Aufgabe bewältigen. Sollen wir den Katzenträger gleich zu ihm bringen?«

Die Mutter-Kaiserin schien mit aller gebotenen Gründlichkeit über diesen Vorschlag nachzusinnen, während Papa Schimmelhorn noch immer flehend vor ihr auf den Knien rutschte und mitleiderweckend schluchzte. Schließlich kniff sie die Augen zusammen und fällte ein Urteil. »Nain«, entschied sie. »Damit warten wir ärscht noch. Er wird nicht wäggebracht. Schtatt dässen packen wir ihn ordentlich bai dän Ai ...« Sie brach ab und kicherte leise. »Wie dem auch sai: Ich habe aine andere Schtrafe für ihn ... Hör ändlich mit däm Gejammere auf!« fuhr sie Papa Schimmelhorn an. »Oder soll ich dir's wieder mit dem Schirm gäben?«

Die Bootsfrauen zogen ihm die Ohren lang, und daraufhin schwieg er.

»Schpäter können wir dich immer noch in Ordnung bringen lassen«, fuhr Mama Schimmelhorn fort. »Zuärscht aber müssen wir etwas für die Frauen von Betaigäuse tun. Sie waren nämlich sähr nätt zu mir und haben da ain Probläm ...«

Mit knappen Worten unterrichtete sie Papa Schimmelhorn von den wichtigsten Aspekten dieses Problems, wiederholte die ganze Sache noch einmal, um sicherzustellen, daß er sie auch verstanden hatte, und erklärte im Anschluß daran, daß nicht etwa sie das andere Problem gelöst habe – das mit der Sterilität der betaigäusischen Katzen –, sondern vielmehr Gustav-Adolf.

»Nun«, fuhr sie fröhlich fort, »ich sage dir jätzt, was wir machen. Äs hat dir doch immer so gefallen, dich nachts wägzuschlaichen und nackte junge Frauen abzuknutschen, nicht wahr? Und wie ich hörte, hast du ainmal zu Hainrich Lüdesing gesagt, ain klainer Saitenschprung bringe müde Knochen und auch andere

Beraiche der männlichen Anatomie wieder auf Vordermann. Das schtimmt doch, oder? Nun, Betaigäuse Neun ist ain ganzer Planet voller junger nackter Frauen, und dort kannscht du dich richtig austoben, genau wie Gustav-Adolf. Du beginnscht ganz oben, viellaicht mit där Mama-Präsidentin, und dann arbaitescht du dich nach unten vor. Dänk nur: aine Milliarde nackte junge Frauen anschtatt nur ain paar! Ich mache dich zu mainem Befriedigungskorbs. Ich nähme aine Gebühr, genau wie Vetter Alois mit dem Bullen.«

Papa Schimmelhorn brauchte eine Weile, um alle Konsequenzen dieser Erklärung zu überblicken, und die schließlich erfolgende Erkenntnis hatte eine verheerende Wirkung auf ihn. Entsetzt starrte er die großen Frauen an, und in seiner Vorstellung wurden es mehr und immer mehr – wie eine Multiplikation der Häßlichkeit. Er stöhnte voller Abscheu. Er schluchzte und vergoß weitere Tränen, gleich eimerweise. Er entschuldigte sich für alle Sünden seines langen Lebens und machte Dutzende von Versprechen, die er nie würde halten können. Er rang mit den Händen und zerrte an seinem prächtigen Bart.

Die Mutter-Kaiserin ließ sich von all dem nicht erweichen. »Ich habe maine Äntschaidung getroffen!« verkündete sie majestätisch. »Fort mit ihm. Bringt ihn wieder in das Zimmer, das er mit Tuptup tailt, und bindet ihn am Bätt fescht, so daß er nicht wäglaufen kann, der hinterhältige Kärl!«

Die Bootsfrauen schleppten ihn fort, und als sie Papa Schimmelhorn am Bett festbanden, kommentierte Tuptup das Geschehen mit schadenfrohen und gehässigen Bemerkungen.

Die nächsten sechs Wochen waren einfach grauenhaft für Papa Schimmelhorn. Jeden Tag ließ Mama Schimmelhorn ihn zu sich kommen und hielt ihm langatmige

Vorträge darüber, wie empörend und schamlos sein Verhalten sei, und sie gab ihm detaillierte Anweisungen für die ihm bevorstehende Aufgabe als Diplomat auf Betaigäuse Neun. Jeden Tag erinnerte sie ihn mit aller Unbarmherzigkeit an sein neues Schicksal. Selbst dann, wenn sie ihm das Fettwanstmenü reichte – das man jetzt beim besten Willen nicht mehr als üppig und schmackhaft bezeichnen konnte –, erklärte sie ihm, das Essen diene nur dazu, seine müden Knochen und die anderen wichtigen anatomischen Dinge nicht zu müde werden zu lassen, auf daß er ihr ›Befriedigungskorb‹ nicht in Verruf brächte.

Papa Schimmelhorns nächtliche Träume variierten zwischen gräßlichen Schreckensvisionen von einer großen, unförmigen Veterinärin mit blutigen Messern und noch schauderhafteren Vorstellungen von betaigäusischen Frauen, die mit einzelnen Haarlocken auf ansonsten völlig kahlgeschorenen Schädeln und nur fetzenhafter Bekleidung von morgens bis abends an seinem Lager Schlange standen und darauf warteten, an die Reihe zu kommen. Während der langen Tage verhöhnte ihn Tuptup pausenlos und brachte manchmal auch einige seiner kleinen Freunde mit, um sich gemeinsam mit ihnen über den armen Papa lustig zu machen. Die großen Bootsfrauen überwachten ihn ständig und bedachten ihn mit feindseligen Blicken. Selbst als Pukpuk, der die Denunziation nun ganz offensichtlich zutiefst bedauerte und sich schwere Vorwürfe machte, weil er schuld am Leiden Papa Schimmelhorns war, ihn besuchen kam, dabei als Geschenk Katzenminze-Blätter mitbrachte und Gelegenheit fand, ihm flüsternd zärtliche Grüße von Lali zu übermitteln, verbesserte sich Papas Stimmung nicht. Es verstrichen viele Tage, bevor er sich darüber klarwurde, daß seine einzige Hoffnung, einer düsteren Zukunft zu entfliehen, darin bestand, das Sterilitätsproblem der kleinen Männer zu lösen – und daß angesichts seiner Fesseln die entsprechenden Chancen gleich Null waren.

Während dieser Wochen begegnete ihm nur Pukpuk nicht mit Verachtung. Zwei- oder dreimal in der Woche schlich er sich zu Papa Schimmelhorn und versuchte, ihn mit Nachrichten aus dem *Ifk*-Raum aufzuheitern. Er schilderte, wie unzufrieden er mit dem Fischigbrei war, und er lobte Lali, die ihre Rationen mit ihm teilte. Er ließ nicht unerwähnt, welch herrlich anregende Wirkung die Katzenminze hatte. Er zeigte Papa Schimmelhorn auch, wie sehr seine Muskeln gewachsen waren – und gewissermaßen zum krönenden Abschluß wies er mit allem Stolz darauf hin, daß auf seiner Brust ebensolche Haare zu sprießen begannen wie auf der Papas (er wußte davon, weil Lali ihn entsprechend eingeweiht hatte).

Und Papa Schimmelhorn hörte ihm geduldig zu und kaute auf den Katzenminze-Blättern – wodurch er zeitweise die Hoffnungslosigkeit angesichts seiner mißlichen Lage vergaß, sich ein wenig besser und munterer fühlte und versuchte, sein geniales Unterbewußtsein darauf zu konzentrieren, eine Lösung des besagten Problems zu finden.

Die Tage verstrichen und reihten sich zu Wochen aneinander, und das Raumschiff näherte sich immer weiter seinem Ziel. Die Mutter-Kaiserin regierte einen Hofstaat, den sie immer langweiliger und uninteressanter fand – was sie sich natürlich nicht anmerken ließ. Alle paar Tage verkündete die Madame-Kapitän mit offensichtlicher Freude, daß eine weitere Bordkatze schwanger geworden war. Gustav-Adolf wurde zu einem allseits beliebten Helden, und jede Katzenschwangerschaft galt als konkreter Anschauungsunterricht für das nach wie vor recht deprimierte und wenig enthusiastische ›Befriedigungskorbs‹.

Dann, am letzten Tag der langen Reise, trat die Madame-Kapitän vor den Thron und legte dabei ungewöhnliche Aufregung an den Tag.

»Was ischt dänn jätzt?« fragte Mama Schimmelhorn, die der ganzen Sache allmählich überdrüssig wurde. »Noch mähr klaine Kätzchen?«

»O nein, Euer Wohlgefallen!« entfuhr es der Madame-Kapitän geradezu ekstatisch. »Es geht um ein viel, viel bedeutsameres Ereignis! Wir *wissen* jetzt, daß Ihr unser Problem gelöst habt – und damit meine ich nicht nur das im Hinblick auf die Katzen! Es dreht sich um Lali, dieses dumme Mädchen aus dem *Ifk*-Raum! Euer Herrlichkeit, Lali wird ... *wird ein Kind bekommen!*«

»Ain *was?*«

»Ja, sie wird ein Kind bekommen – und es ist die erste Geburt seit vielen, vielen Jahren! *Oh,* Euer Reizenddurchlaucht – das verdanken wir nur *Euch!*«

Mama Schimmelhorn stand auf und vergaß ihr ›Befriedigungskorb‹ völlig. »Aber das ischt doch nicht möglich!« hauchte sie. »Äs sind doch ärscht sächs Wochen värgangen, und außerdem ... är ischt doch am Bätt fäschtgebunden. Nain, es kann nicht sain!«

Die Madame-Kapitän lachte. »*Liebe* Mutter-Kaiserin, jetzt scherzt Ihr sicher, nicht wahr? Es kann natürlich nicht Euer Katzenträger gewesen sein. Es war dieser gräßliche Pukpuk. Sie haben es beide gestanden, und Lali will ihn heiraten. Wir müßten sie eigentlich bestrafen, aber dazu ist die Sache zu wichtig für uns alle. Ich hoffe, Ihr erklärt uns, wie Ihr das fertiggebracht habt.«

Mama Schimmelhorn setzte sich wieder. Sie versuchte sich zu beherrschen, und sie lächelte fröhlich. »Ich habe Euch noch nichts gesagt«, erwiderte sie, »wail ich nicht sicher war, ob äs auch klappen würde. Jetzt sollten wir uns noch ain wänig gedulden, und wänn wir Betaigäuse Neun erraicht haben, erleutere ich alles der Mutter-Präsidentin.« Und in Gedanken fügte sie hinzu: *Ach, wahrschainlich schtäckt das Dschänie im Unterbewußt-*

sain Papas dahinter. Wänn ich äs richtig anschtälle, bekomme ich viellaicht aus ihm häraus, was är mit Lali und däm klainen Mann gemacht hat, und dann kann ich die Frauen davon überzeugen, daß die Ähre allain mir gebührt.

Sie entließ die Madame-Kapitän und gab Anweisung, Papa Schimmelhorn zu ihr zu bringen. Man zwang ihn dazu, in aller Demut vor ihr niederzuknien.

»*So!*« sagte Mama Schimmelhorn und bedachte ihn mit einem Blick hintergründigen Triumphes. »Viellaicht hascht du die Neuigkeiten schon gehört: Die klaine dumme Lali ischt nun schwanger, und där klaine Herr Pukpuk ischt där Vater.«

Papa Schimmelhorn wußte tatsächlich bereits Bescheid, denn Pukpuk hatte es sich nicht nehmen lassen, ihm sofort die frohe Botschaft zu verkünden, wobei er einen für die betaigäusische Kultur ausgesprochen bemerkenswerten Männlichkeitsstolz an den Tag legte.

»Und du hascht viellaicht auch erraten, was das bedeutet, nicht wahr? Jätzt haben die großen Frauen kain Problem mehr mit Bäbies. Und däshalb brauchen wir auch kain Befriedigungskorbs mehr.«

Papa Schimmelhorn nickte bekümmert.

»Damit sind daine Diplomatenpflichten hinfällig geworden«, fügte Mama Schimmelhorn mit einem teuflischen Lächeln hinzu. »Was bedeutet, daß beschtimmte Aschpäkte dainer Anatomie nicht mehr gebraucht wärden. Also: Wänn wir landen, gäht's sofort ab zum Väterinär.« Sie machte erneut die Scherengeste. »*Schnipp!*«

Und ihr Ehemann geriet erneut in Panik. Wieder einmal flehte und schluchzte und winselte er und appellierte an das Mitleid Mamas – wieder einmal vergeblich.

Mama Schimmelhorn bedachte ihn mit einem durchdringenden Blick. »Nänn mir ainen Grund, warum ich dich verschonen sollte«, sagte sie. »Etwa deswegen, wail Miß Prudence Pilgrim traurig wäre? Oder wail aine andere nackte Tänzerin Tränen um dich värgießen würde?«

»Mama«, schluchzte Papa Schimmelhorn, »hör mir bitte zu! Äs gäht doch nicht nur um mich! Äs gäht auch um die großen Frauen – wir können nicht sicher sain, ob es bai ihnen allen mit den Bäbies klappt. Viellaicht wirkt die Katzenminze nur auf den klainen Pukpuk und nicht auf die anderen. Viellaicht haben die klainen Männer schon sait zu vielen Jahren dän Fischigbrai värschpeist. Viellaicht ischt äs für sie schon zu schpät!«

Aha! dachte die Mutter-Kaiserin. *Äs schtäckt also die Katzenminzemaus dahinter – das ischt das Gehaimnis!* Doch sie schwieg, während Papa Schimmelhorn in seiner Verzweiflung die ganze Geschichte erzählte und schilderte, welche Auswirkungen die *Ifk* auf die gewöhnliche Katzenminze hatte und welche Konsequenzen das Kauen der Blätter der mutierten Pflanzen im Hinblick auf die *Ifk* und Pukpuk und die kleinen Kater nach sich zog. So aufgeregt war er, daß er nicht einmal daran dachte, aus dem wissenschaftlichen Rätsel Kapital für sich selbst zu schlagen – ein Umstand, den Mama Schimmelhorn für sich auszunutzen entschlossen war.

Schließlich klatschte sie laut in die Hände, um den langatmigen Vortrag Papa Schimmelhorns zu beenden, und sie bedeutete den Bootsfrauen, ihn in sein Quartier zurückzubringen. »Morgen, wänn wir Betaigäuse erraichen, sähen wir waiter!« verkündete sie drohend. »Viellaicht erwaist sich die Mutter-Präsidentin als sähr dankbar und gibt ain Feschtässen für mich.«

Tatsächlich dauerten die Festlichkeiten zu Ehren Mama Schimmelhorns und ihres wissenschaftlichen Triumphes eine ganze Woche. Sie begannen mit einem Staatsbankett, das die Mutter-Präsidentin zum Anlaß nahm, eine lange Ansprache zu halten. Sie war eine muskulöse Dame mit tiefer und grollender Stimme und mehr als nur der Andeutung eines Oberlippenbartes. Die Madame-Kapitän, gerade zum Flaggoffizier befördert, erhielt als Zeichen der Anerkennung das Große Kreuz des Ordens Yeelil Huh, und man lobte sie dafür, den ersehnten Messias gebracht zu haben. Auch die anderen Offiziere des Raumschiffes wurden in aller Form geehrt. Vor der Mutter-Kaiserin häufte sich ein ganzer Berg aus zahllosen Geschenken und den verschiedensten Orden und Medaillen. Unter anderem erhielt sie ein großes Ölgemälde, das schüchterne kleine Männer zeigte, die im Adamskostüm an einem Strand umhertollten. (Dieses besondere Geschenk gab Mama Schimmelhorn später an die Heilsarmee weiter, und seinen Stammplatz fand es schließlich über der Tür der Männertoilette in einer Homosexuellen-Bar in der Pennsylvania Avenue.) Während einer beispiellosen öffentlichen Zeremonie wurden Lali und Pukpuk miteinander verheiratet, und man erklärte feierlich, Lali sei nun endlich eine vollwertige Frau.

Dann, sehr zum Kummer Tuptups, wurden Pukpuk, Papa Schimmelhorn und Gustav-Adolf drei Tage lang im Schaufenster des protzigen Gattenladens Madame Ipilus der Öffentlichkeit gezeigt. Pukpuk versuchte alles, um seinen großen Wohltäter aufzumuntern, und er teilte ihm mit, die Mutter-Kaiserin habe der Madame-Kapitän gegenüber die Entscheidung getroffen, ihren Katzenträger nicht ›verändern‹ zu lassen. Doch Papa Schimmelhorns diesbezügliche Befürchtungen legten sich erst, als am dritten Tag Mama selbst ihn davon informierte: Wenn er verspräche, ganz lieb und brav zu sein, könne er mit seiner vollständigen Manneskraft zur Erde zurückkehren.

Und Papa Schimmelhorn war tatsächlich ganz lieb und brav. Nicht die geringste Beachtung schenkte er den wenigen hübschen Mädchen, die er dann und wann in der Menge von großen, athletisch gebauten

Frauen und sehnsuchtsvoll seufzenden kleinen Männern sah. Das Publikum kam aus allen Regionen des Planeten, um ihn gebührend zu bewundern. Er achtete darauf, immer ein möglichst ausdrucksloses Gesicht zu machen, und er saß nachgerade auf seinen Händen, wenn Lali eintraf, um ihrem Gatten guten Tag zu sagen. Wenn jedoch der Abend kam und Madame Ipilu höchstpersönlich die Schaufenstergardinen zuzog, wenn Papa Schimmelhorn zusammen mit Pukpuk die Abendmahlzeit eingenommen hatte, die nicht etwa aus Fischigbrei bestand, sondern aus echtem Frauenessen – die Mutter-Kaiserin hatte großzügigerweise darauf bestanden –, bewies Papa Schimmelhorn, daß sein Temperament angesichts der zurückliegenden recht schrecklichen Erfahrungen keinen Schaden genommen hatte.

»Hör mir mal gut zu, main Bäschter«, wandte er sich an Pukpuk, während sie im Dunkeln die verschrumpelten Katzenminzeblätter kauten. »Äs ischt noch nicht alles vorbai. Wänn ich zur Ärde zurückkähre, verhältscht du dich genau so, wie ich äs dir gesagt habe: Kau die Katzenminze, und gib auch dainer Lali dann und wann ain Blatt. Dänk daran, die Samen zu värschtäcken und sie überall auf dem Planäten auszusäen. Äs dauert beschtimmt nur ainige Wochen, bis sich die erschten Väränderungen abzuzaichnen beginnen, und viellaicht wachsen sogar ainmal dem armen Tuptup Haare auf der Bruscht. Doch sai vorsichtig. Wänn die großen Frauen herausfinden, was wirklich vor sich gäht, und die klainen Männer wieder richtige Männer wärden, machen sie die Katzenminze värmutlich zu ainer – wie haißt das bai euch? – värschreibungspflichtigen Arznai, die ihr nur noch dann bekommt, wänn aine där großen Frauen ein Bäbie will. Und auf diese Weise hat niemand Schpaß.«

Und dann lachten Papa Schimmelhorn und Pukpuk

und träumten des Nachts von der bevorstehenden Revolution.

Nach vier Tagen war Mama Schimmelhorn von der endlosen Aufeinanderfolge festlicher Veranstaltungen gelangweilt. Am fünften glaubte sie, den Verstand zu verlieren, wenn sie auch nur noch an einer weiteren der wilden Partys teilnahm, während derer sich die kleinen Männer viele Keckheiten erlaubten, die Mama an jenen Sommer erinnerte, den sie als Herbergsmutter in einem Landheim mit mehr oder weniger kriminellen Lausbuben verbracht hatte. Am sechsten gab sie ihrem festen Willen Ausdruck, unverzüglich nach Hause zurückzukehren, was natürlich bedeutete, daß sie noch ein Bankett über sich ergehen lassen mußte (das sie zum Anlaß nahm, der Mutter-Präsidentin die perfekteste Kuckucksuhr der ganzen Welt mit ihren Glückwünschen als Geschenk zu überreichen). Und am siebten Tag schließlich gingen sie und ihr Gefolge wieder an Bord der *Vilvilkuz Snar Tuhl-Y't*.

Der Rückflug zur Erde dauerte nur die Hälfte der Zeit, die die Reise nach Betaigäuse Neun erfordert hatte. Den *Ifk* gelang eine fast unheimliche Beschleunigung, was möglicherweise nicht zuletzt dem Umstand zu verdanken war, daß jetzt in jedem Topf prächtige Mutanten-Katzenminze gedieh. Wieder kümmerten sich Lali und Pukpuk um sie. Lali war gerade zum Chefingenieur befördert worden – auf einen Vorschlag der Mutter-Kaiserin hin, die sie auf diese Weise für die ihr bevorstehenden Schwangerschaftsmühen entschädigen wollte. Und Papa Schimmelhorn, der seine Unterkunft noch immer nicht ohne ausdrückliche Erlaubnis verlassen durfte, erhielt die Genehmigung, das frisch verheiratete Paar zu unterhalten, wobei die Mutter-Kaiserin jedoch nicht auf eine gestrenge Überwachung durch die beiden Bootsfrauen verzichtete.

Schließlich kam der Tag, an dem die beiden Bootsfrauen Papa Schimmelhorn sowohl die Hose zurückbrachten als auch das Hemd und die Jacke, und sie befahlen ihm, die Sachen anzuziehen. Das Raumschiff schwebte nun über dem Stadtzentrum von New Haven, und auf Anweisung der Madame-Kapitän war nicht etwa das Schnappnetz vorbereitet worden, sondern ein Beiboot. Man verabschiedete sich voneinander, wobei so manche Träne vergossen wurde, und in aller Aufrichtigkeit bedankte man sich. Die Mutter-Kaiserin erhielt gleich mehrere Einladungen, irgendwann wieder nach Betaigäuse zu kommen.

»Wänn ihr das nächstemal Probläme mit den klainen Männern habt, dann bittet nicht erneut Mama Schimmelhorn um Hilfe!« erklärte sie, und entschlossen griff sie nach ihrem Regenschirm und schritt durch die Luke. »Dieses aine Mal hat mir völlig genügt!«

Das Beiboot sank rasch in die Tiefe. Es setzte die Schimmelhorns nur einen halben Häuserblock von ihrer Wohnung entfernt ab, und Mama winkte nicht einmal, als es wieder startete und zum Mutterschiff zurückkehrte.

»Nie wieder!« erklärte sie mit aller Entschiedenheit und stieß ihrem Mann die Spitze des Regenschirms in die Rippen. »Ich habe ändgültig genug von dainen dummen Schtraichen, was nackte junge Frauen angäht!«

Papa Schimmelhorn versicherte ihr, er sei völlig ihrer Meinung. Und brav folgten er und Gustav-Adolf ihr durch die Tür.

Papa Schimmelhorn stand noch so sehr unter den Nachwirkungen der zurückliegenden üblen Erfahrungen, daß er geschlagene drei Wochen lang das Haus nur verließ, um in der Kuckucksuhrenfabrik Heinrich Lüdesings zu arbeiten und am Sonntag am Gottesdienst in der Kirche Pastor Hundhammers teilzunehmen. Seine freie Zeit verbrachte er in der Werkstatt und entwickelte dort Teile für den Antigravitationszusatz des Stanley-Dampfwagens.

Niemand glaubte ihnen, als sie von ihren Abenteuern berichteten – niemand außer Willie Fledermaus, der jedoch leider noch zu jung war, als daß er in dieser Hinsicht eine Rolle gespielt hätte. Selbst Heinrich Lüdesing begegnete der Geschichte nicht mit dem erhofften Ernst, als Papa Schimmelhorn ihm einen Blumentopf brachte, in der ein Ableger der mutierten Katzenminze blühte, und erklärte, auf diese Weise würden nicht nur die müden Knochen alter Männer wieder munter, sondern auch noch ganz andere Dinge.

Allmählich jedoch verflüchtigten sich die Konturen der schrecklichen Erinnerungsbilder, und in Papa Schimmelhorns inzwischen so sehr der Enthaltsamkeit unterworfenem Körper erwachte erneut die Leidenschaft. Eines Abends, als er genüßlich auf einem Blatt Katzenminze kaute, fiel ihm Miß Prudence Pilgrim ein. »*Ach!*« seufzte er. »Maine klaine süße Tänzerin. Ich sollte sie wänigschtens kurz besuchen, um ihr guten Tag zu sagen. Nun ainmal ischt kainmal.«

Der Zeitpunkt erschien ihm ausgesprochen günstig. Vorsichtig öffnete er die gut geölte Garagentür. Im ersten Stock blieb alles still. Papa Schimmelhorn machte Anstalten, sich auf Zehenspitzen davonzuschleichen ...

Und über die Straße kam ein knallroter Sportwagen herangerast, aus dessen dicken Auspuffrohren ein geradezu ohrenbetäubendes maskulines Grollen ertönte. Am Lenkrad saß ein völlig verwandelter Heinrich Lüdesing, den einen Arm um die Schultern von Miß Prudence Pilgrim geschlungen, die sich seufzend an ihn schmiegte.

In diesem Augenblick kam Mama Schimmelhorn lautlos heran und trat hinter ihren Gatten. Böse packte sie sein eines Ohr und zog es ihm ordentlich lang. Die Spitze des Regenschirms bohrte sich ihm in die Rippen.

»*Ha!*« machte sie triumphierend. »Habe ich dich also wieder erwischt, du alter Ziegenbock! Wohin wolltescht du dänn, na?«

»Äh, nirgendwohin«, erwiderte Papa Schimmelhorn betreten und sah dem in der Ferne verschwindenden knallroten Sportwagen traurig nach.

»Na schön, dann wieder rain mit dir!« befahl Mama Schimmelhorn und stieß noch einmal mit dem Regenschirm zu – woraufhin Papa ihr gehorsam folgte.

Wieder im Haus, zwinkerte er jedoch Gustav-Adolf vielsagend zu. »Warte nur ab, bis wir das Antikravitationstail in dän Stänlai-Dampfwagen aingebaut haben!« flüsterte er.

Aus dem Amerikanischen übersetzt von Andreas Brandhorst

Graf von Schimmelhorn
und das Zeit-Pony

Es war Armeegeneral Powhattan Fairfax Pollard, USA (im Ruhestand), der Europa vor den Mongolen und die westliche Zivilisation vor dem Untergang rettete. Doch selbst er, der größte militärische Führer sowohl des dreizehnten als auch des zwanzigsten Jahrhunderts, hätte seine Aufgabe nicht ohne das Geburtstagsgeschenk Papa Schimmelhorns bewältigen können.

Papa Schimmelhorn nahm sich einen ganzen Tag frei, um die letzten Arbeiten an diesem Geschenk zu beenden. Voller Geberfreude sang er, als er letzte Hand anlegte, das Gestänge justierte, die Zahnräder überprüfte und einige Schrauben anzog. Als schließlich alle mechanischen Komponenten in bester Ordnung waren, machte er einen brandneuen Kunstleder-Werkzeugkasten am Sitz fest und trat zurück, um sein Werk zu bewundern.

»Ach, ja«, seufzte er und strich sich nachdenklich über den grauen Bart. »Papa, du bischt ain Dschänie! Jätzt fählt nur noch aine Sache ...«

Er griff nach einem frischgestrichenen, gesprenkelten Schaukelpferdkopf. Das Gebilde wirkte ziemlich beeindruckend und ausgefallen, und er hatte es sogar mit echtem Pferdehaar versehen. Er schraubte den Kopf über der Lenkstange fest, und hinter dem Sitz klebte er einen Ponyschweif an. Dann schließlich hob er die ganze Vorrichtung mit kräftiger Hand an und trug sie ins Wohnzimmer, wo seine Frau in steifer Haltung auf einem Stuhl mit hoher, gerader Rückenlehne saß und strickte.

»Sieh dir das nur an!« rief er, als er die Apparatur vor ihr auf den Boden setzte. »Ischt äs nicht härrlich?«

Mama Schimmelhorn, deren Miene gewisse Leute

des öfteren an die weniger erfreulichen Passagen im Buch der Offenbarung erinnerte, musterte ihn ernst. »Du hascht ain Fahrrad ruiniert«, stellte sie sachlich fest.

Papa Schimmelhorn war verletzt. »Äs ischt nicht ruiniert«, protestierte er. »Ich habe die Räder entfärnt und schtatt dässen vier Isolatorbeine angefärtigt. Äs ischt jätzt aine Zaitmaschine.«

Seine Frau erhob sich und stemmte aufgebracht die Arme in die Hüften. Der dicke Stoff ihres schwarzen Kleides knisterte, als sie auf ihn zukam. »Aine Zaitmaschine?« zischte sie. »Willscht du damit viellaicht waitere Gnurrs aus dem Holz kommen lassen, auf daß sie die Klaidung der Leute auffrässen? Und dann willscht du in dainem Alter von achtzig Jahren dich wohl des Abends fortschlaichen, um mit nackten jungen Frauen zu schmusen? Ha! Diesmal kommscht du nicht damit durch! Ich bin zu schlau für dich!«

Papa Schimmelhorn wich zurück und errötete, als seine Gattin auf so eindeutige Art und Weise auf das Abenteuer anspielte, das zu der Freundschaft mit dem General geführt hatte. »Nain, nain! Hör mich an, Mama! Ich habe diese Zaitmaschine doch nur für den armen Soldaten gebaut! Är ischt unglücklich, Mama. Sie haben ihn in den Ruhestand geschickt, weil är die Kavallerie für so wichtig hält. Ich bringe die Sache jätzt in Ordnung. Mit mainer Maschine kann är in die Äpochen der Vergangenhait raisen, in denen äs viele Pfärde gab. Faterlu. Dschulius Cäsar! Littel Big Horn! Hör mir doch nur zu ...«

Papa Schimmelhorn öffnete einen dreieckigen Kasten, der an der Lenkstange befestigt war, und er zeigte seiner Frau ein Durcheinander aus Spulen, Kabeln, Zahnrädern, einem in Rot gestrichenen hufeisenförmigen Magneten, einer großen Hemmung aus Messing und einem L-förmigen Ding, das aussah wie der Rest einer zerbrochenen Bierflasche. Er veranschaulichte

Mama, wie sich dieses Objekt drehte, wenn man in die Pedale trat.

»Maine Zaitmaschine«, verkündete er stolz, »ischt bässer als jäde andere Zaitmaschine. Bässer und billiger. Und sie ischt so ainfach, daß ain Kind damit umgähen könnte.«

Er hätte auch noch hinzufügen können, daß ihm die Konstruktion dieser Apparatur gelungen war, obwohl man erst in zweihundertsiebenundsiebzig Jahren die Prinzipien von Zeitreisen zu verstehen lernen würde – aber das wußte er natürlich nicht.

Mama Schimmelhorn war in keinster Weise beeindruckt. »Där Herr Dschäneral«, schnaubte sie verächtlich, »ischt äbenfalls ein alter Ziegenbock, genau wie du. Aber du solltescht dich trotzdem was schämen! Solch ain Plunder! Äs wäre besser gewäsen, ainen Schtänder für mainen Regenschirm zu bauen.«

»Ich zaige dir alles, Mama!« rief Papa Schimmelhorn enttäuscht. Er schwang sich auf den Sattel und trat in die Pedale. »Sieh mal, wie ich ...«

Für den Bruchteil einer Sekunde schienen die Konturen sowohl der Zeitmaschine als auch Papas zu verschwimmen. Für den Bruchteil einer Sekunde schien sich beides purpurn zu färben. Dann plötzlich drehte Papa Schimmelhorn den Kopf, lächelte einfältig und rieb sich das linke Ohr.

»Aha!« krähte Mama Schimmelhorn. »Ich hab äs ja gewußt! Das Ding funktioniert nicht, und ...«

Sie unterbrach sich plötzlich und starrte ihren Mann groß an. »Aber ... aber das ischt doch unmöglich! *Daine Haare sind ja ganz lang!*«

»Na klar. Ich bin zwai Monate wäggewäsen. In Ägypten. Habe dort bai Freunden gewohnt.«

»Du ... du warst nicht aine Säkunde fort!«

»Das liegt daran, daß ich in där Säkunde zurückgekährt bin, in där ich mich mit der Zaitmaschine auf dän Wäg gemacht habe.«

»Aber wie kannscht du nach Ägypten raisen, obwohl die Maschine hier ischt, in Nu Häffen?«

»Wail jäde Zaitmaschine glaichzaitig aine Raumzaitmaschine ischt. Man kann das aine nicht vom anderen tränneṇ. Beschtimmt wäre main alter Freund Albärt damals in Prinston dazu in der Lage gewäsen, dir das zu erklären. Ich kann äs laider nicht.«

Mama Schimmelhorn wirkte nach wie vor recht skeptisch. Sie trat auf die Zeitmaschine zu und betrachtete dann das linke Ohr ihres Mannes. Und dort, auf dem Läppchen, zeigten sich die Spuren eines zärtlichen Bisses, der – daran hatte Mama nicht den geringsten Zweifel – sicher von einer Frau stammte.

»*Ha!* Du bischt also in Ägypten gewäsen und hascht dort bei Freunden gewohnt. Und beschtimmt gab äs dort auch süße Mäuschen, die dich ins Ohr gebissen haben, als du dich wieder auf den Rückwäg gemacht hascht, was?«

Papa Schimmelhorn senkte verlegen den Blick. »Im alten Ägypten ischt das so, als würde man sich die Hände raichen. Außerdem hält mich diese Kleopatra für ainen Gott – wie dumm! Und die ganze Zait über habe ich versucht, hierhär zurückzukommen, zu mainer lieben Mama.« Er grinste. »Ach, sie ischt wunderbar, maine Zaitmaschine! Ich bin dän ganzen Wäg zurückgeradelt, so laicht, als ginge äs ainen Hügel hinunter. Das war beschtimmt die Wirkung däs Frühlings von Ägypten. Waischt du was, Mama? Wir kaufen däm armen Soldaten ainen Schtänder für sainen Rägenschirm. Und die Zaitmaschine behalte ich sälbscht.«

Mama Schimmelhorn lächelte grimmig. »Damit du dich wieder nach Ägypten davonschtählen kannscht, um dich dort in die Ohren beißen zu lassen? Nain, die Zaitmaschine ischt bai däm Pfärdenarren bässer aufgehoben. Ich schraibe aine Nachricht. Und wir schicken ihm die Maschine noch heute abend!«

Mrs. Camellia Jo Pollard war gut hundertzweiundsechzig Zentimeter groß und wog einhundertsiebenundfünfzig Pfund. Wäre sie ein Pferd gewesen, hätten diese Daten sicher auf eine ungewöhnliche Schlankheit hingewiesen. Da das jedoch nicht der Fall war, sah sie sich dazu gezwungen, Dampfbäder zu nehmen, grünen Salat zu essen und mehr oder weniger intensive gymnastische Übungen zu machen.

Am Morgen des Geburtstages des Generals war sie, bekleidet nur mit Slip und Büstenhalter, dabei, auf dem Boden des Schlafzimmers Liegestützen zu machen. Trotz der gelegentlichen Hilfe ihrer Köchin – die zwar erst gut dreißig Jahre alt war, aber bereits drei Ehen und vierzehn Jahre aktiven Dienst in Armeewäschereien hinter sich hatte – fiel ihr dieses Unterfangen alles andere als leicht. Als es an der Tür klingelte, nutzte sie diese Gelegenheit, sich dankbar auf den Boden sinken zu lassen und zu verschnaufen.

»S-sehen Sie doch bitte nach, Bluebelle, Liebste«, keuchte sie. »Und wenn jemand den General sprechen möchte ...« – sie seufzte – »... so teilen sie mit, er kehre erst zurück, wenn die gräßliche Veranstaltung drüben in Baltimore zu Ende ist.«

»Seien Sie unbesorgt, meine Beste«, knurrte Bluebelle und marschierte davon. »Es ist ein Rodeo, nicht wahr?«

Mrs. Pollard gönnte sich den Luxus, sich richtig zu entspannen und Mitleid mit sich selbst zu haben. Kurz darauf vernahm sie das Geräusch von Schritten und das leise Pochen, mit dem sich die Vordertür schloß.

»Hallo, Mistreß Pieh!« rief ihre Köchin. »Es waren zwei Typen, die eine Kiste von dem Lüstling mit dem Bart gebracht haben! Soll ich sie hochbringen?«

Vermutlich handelt es sich dabei um ein Geschenk für Powhattan, dachte Mrs. Pollard. Einige Sekunden lang zögerte sie. Dann: »Natürlich, bringen Sie die Kiste her!« erwiderte sie entschlossen. »Wir machen sie sofort auf!

Das geschieht ihm ganz recht. Warum hat er mich auch so einfach hier sitzenlassen.«

»Ich hole nur rasch einen Hammer«, antwortete die Köchin.

Drei Minuten später betrachteten sie im Schlafzimmer die Erfindung Papa Schimmelhorns.

Bluebelle deutete mit dem Hammer darauf. »Was soll das denn darstellen?« brummte sie. »Sieht aus wie eine verdammte Mischung aus Schaukelpferd und altem Fahrrad!«

»Oh, bestimmt steckt mehr dahinter!« Mrs. Pollard wanderte um die Apparatur herum, berührte sie ebenso vorsichtig wie neugierig – und hatte plötzlich eine Idee. »Oh!« rief sie begeistert. »Ist das denn nicht wirklich reizend? Glauben Sie, er hat die Maschine ganz allein gebaut? Ich habe ja immer gesagt, daß er eigentlich ein ganz netter alter Mann ist – trotz des Geredes über ihn. Bestimmt hat er gemerkt, daß der General zugenommen hat, seit man ihn in den Ruhestand versetzte. Ach, Bluebelle, dies hier ist eine Abmagerungsmaschine – ja, daran kann gar kein Zweifel bestehen! Aus diesem Grund hat sie keine Räder. Und er hat die Vorrichtung deshalb mit einem Pferdekopf und -schweif versehen, weil er weiß, daß Powhattan sich dann viel lieber in den Sattel schwingt.«

Bluebelle betrachtete die Vorrichtung argwöhnisch, trat dann einen Schritt zurück und meinte: »Ich an Ihrer Stelle würde einen großen Bogen um das Ding machen.«

»Unsinn! Das reiten auf dem Fahrradpony macht bestimmt viel mehr Spaß als die dummen Liegestützen auf dem Boden!« Mrs. Pollard griff zur Lenkstange und stieg auf. »Sehen Sie nur ...« Verschiedene Hebel ragten aus dem hölzernen Kasten, und sie betätigte sie aufs Geratewohl. »Hiermit kann man bestimmt den Kurbelwiderstand und auch ... alles andere regulieren.« Sie lächelte erfreut, beugte sich vor und trat in die Pedale. Die Konturen ihrer Gestalt verschwammen. Sowohl Mrs. Pollard als auch die Maschine färbten sich ein wenig purpurn und ...

»He, *warten Sie!*« schnaufte Bluebelle.

Doch Mrs. Pollard und die Zeitmaschine waren bereits verschwunden.

Dieser seltsame Vorgang hatte eine nachhaltige Wirkung auf die Köchin. Eine Zeitlang starrte Bluebelle einfach nur auf die Stelle, wo sich zuvor Mrs. Pollard und das Fahrradpony befunden hatten. Dann sah sie sich den Boden sorgfältig an, als hoffte sie, dort einen Ölfleck oder irgendeinen anderen Hinweis zu finden. Im Anschluß daran durchsuchte sie die Schränke und spähte mißtrauisch hinter die anderen Möbelstücke. Nach einer Weile dann gab sie ein schrilles Quieken von sich und griff zum Telefon, um den General zu benachrichtigen.

»I-ich bin's, G-general, S-sir!« schluchzte Bluebelle. »*Ich!* B-bluebelle Bottomley, Ihre Köchin. S-sie ist *weg*, S-sir. Das a-arme kleine D-ding!«

»Mistreß Bottomley, reißen Sie sich zusammen! Werden Sie nicht hysterisch!«

Irgendwie gelang es Bluebelle, den General davon zu informieren, das seine werte Gattin verschwunden war, sie sich auf einem dreimal verfluchten Fahrradpony buchstäblich in Luft aufgelöst hatte und Papa Schimmelhorn für alles die Verantwortung trug.

»Haben Sie das Haus durchsucht?« Die Stimme des Generals klang besorgt. »Ach, das haben Sie bereits? Ts-ts, Mistreß Bottomley, diese Angelegenheit scheint mir sehr ernst zu sein! Ich bin ausgesprochen besorgt. Und ich werde sofort etwas unternehmen!«

Bluebelle schluchzte erleichtert.

»Ich rufe Papa Schimmelhorn an«, versprach der General. »Ich wünschte, ich könnte selbst kommen, aber hier beginnt jetzt gerade die Zuchthengstschau, und ...«

In diesem Augenblick ließ Bluebelle den Telefonhörer fallen und gab einen gellenden Schrei von sich.

Die Zeitmaschine war wieder zurück.

Bluebelle schnappte erschrocken nach Luft, und fast wären ihr die geröteten Augen aus den Höhlen getreten. »Mein Gott!« kreischte sie. »Mistreß Pieh, wie Sie sich *verändert* haben!«

Rasch griff sie zu dem hin und her baumelnden Hörer. »General, S-sir, sie ist gerade nach Hause zurückgekehrt! Und, meine Güte, o Himmel, bei allen Heiligen und zum Deibel – sie ist um mindestens vierzig Jahre jünger und um fünfzig Pfund leichter! Ich will in der Hölle schmoren, wenn das nicht der Wahrheit entspricht!«

Bluebelle sah genauer hin. Ihr ungläubiger Blick fiel auf ein langes, glänzendes Gewand aus grünem und goldenem Stoff, das einen gewagten Ausschnitt aufwies. Die Ärmel waren mit aufregender Spitze gesäumt. Die Figur der Frau hätte jedes Männerherz höherschlagen lassen, und die vollen roten Lippen, das dichte schwarze Haar und die herrlichen grünen Augen ...«

»*Oh-oh-oh-oh!* Mistreß Traumfrau höchstpersönlich!« Plötzlich keuchte Bluebelle. »Aber ... aber, G-general, Sir ... es ... *es ist nicht Ihre Frau!*«

»*Was? Was meinen Sie?*«

»Es ist nicht Mistreß Pieh. Allem Anschein nach handelt es sich um ein wesentlich neueres Modell!«

Die junge Frau stieg von der Zeitmaschine herunter, richtete mit zitternder Hand ein Kruzifix auf Bluebelle, sprach einige undeutliche Worte, die irgendwie teutonisch klangen, und wich langsam zurück.

Aus dem Telefon klang nun eine militärisch exakte Exerzierplatzstimme. »Halten Sie sie fest, Mistreß Bottomley! Ich mache mich sofort auf den Weg! Lassen Sie

die Frau nicht aus den Augen! Haben Sie mich verstanden?«

»Ja, Sir!« rief Bluebelle.

Sie legte auf, griff zum Hammer und deutete damit auf ein Sofa in der einen Ecke des Zimmers. »So, du kleines süßes Schätzchen«, brummte sie. »Setz dich dorthin und verhalt dich ganz ruhig!«

Sie selbst ließ sich auf die Kante des Bettes von Mrs. Pollard sinken, von wo aus sie ihr neues Mündel ständig im Auge hatte. Die junge Frau bedachte sie mit ganz offensichtlich furchtsamen Blicken und zwinkerte mehrmals in Richtung der Erfindung Papa Schimmelhorns. Kurz darauf schrillte das Telefon, und Bluebelle nahm ab.

»Hören Sie gut zu, Mistreß Bottomley!« donnerte die Stimme des Generals. »Ich habe mich mit Papa in Verbindung gesetzt, ich meine Mister Schimmelhorn. Er fährt sofort los und kommt zu uns. Er sagte, Sie dürfen auf keinen Fall die ... die Kontrollen seiner Zeitmaschine berühren. Habe ich mich klar genug ausgedrückt?«

»H-himmel, General, S-sir! Ich würde mich nicht einmal mit einer fünf Meter langen Stange daranwagen!«

»Er meinte, Sie sollen die Maschine ganz vorsichtig *am Rahmen* anheben, verstanden? Und sie im Schrank verschließen, bis er bei Ihnen eintrifft.«

»S-sir, ich ... ich möchte nicht einmal in ihre Nähe kommen! Ist ... ist das denn wirklich n-nötig?«

»Das ist ein *Befehl*, Mistreß Bottomley. Und rühren Sie bloß nicht die Kontrollen an!«

Damit unterbrach der General die Verbindung. Bluebelle murmelte besorgt vor sich hin, schob die Zeitmaschine in den Schrank, schloß die Tür und ließ den Schlüssel in ihrer Tasche verschwinden. »Meine Güte!« wandte sie sich an die ganze Welt. »Jetzt könnte ich wirklich ein Bier gebrauchen!« Sie musterte ihren uneingeladenen Gast: Seit das Telefon geklingelt hatte, schluchzte die junge Frau hysterisch. »Tja, Süße«, meinte Bluebelle, »sieht ganz danach aus, als sei ich nicht die einzige, die jetzt einen guten Schluck vertragen könnte.« Sie vollführte eine entsprechende Geste, deutete auf sich selbst und brachte es fertig, der jungen Frau auf diese Weise verständlich zu machen, sie wolle nach unten gehen und käme sofort zurück – was die junge Frau aber nicht zum Anlaß nehmen dürfe, sich dünne zu machen, nein, auf *gar keinen Fall*.

Das Mädchen schluchzte ein wenig lauter, rührte sich aber nicht vom Fleck. Bluebelle ging nach unten, entdeckte in der Küche einen Zwölferkarton Bier, nahm zwei Krüge zur Hand und kehrte ins Schlafzimmer zurück. Sie öffnete zwei Flaschen, schenkte die beiden Krüge voll und bot ihrer Gefangenen einen davon an.

Das Mädchen wich furchtsam zurück, und Bluebelle kam zu dem Schluß, daß es unbedingt erforderlich war, eine Kommunikationsbasis zu schaffen. Sie trank ihren Krug halb leer, machte übertriebene Gesten des Vergnügens und Wohlbefindens und sprach einige Worte in Pennsylvania-Deutsch, die sie als Kind von einem älteren Verwandten gelernt hatte. Es handelte sich dabei um eine recht lückenhafte Erinnerung an eine Art Gedicht, in dem es um eine betagte Dame ging, die bei irgendwelchen fremden Leuten über den Zaun hüpfte, doch es klang ziemlich ausländisch, und sie glaubte auch feststellen zu können, daß sich die junge Frau daraufhin ein wenig entspannte. Im Anschluß daran sang Bluebelle auf besatzerdeutsch einige Strophen des Liedes *Lili Marlene*, trank ihren Krug leer und freute sich darüber, daß die junge Frau nun endlich Interesse entwickelte und sich bereit zeigte, zumindest einmal an ihrem Bier zu schnuppern.

Sie füllte sich ihren Krug wieder, lächelte, schlug sich auf den voluminösen Busen und sagte: »Ich Bluebelle. Kapiert, Schätzchen? *Bluebelle.*«

Zitternd deutete das Mädchen auf sich selbst und hauchte schüchtern: »Irmintrude.« Dann nahm es all seinen Mut zusammen und probierte das Bier. Es setzte sofort eine ausgesprochen therapeutische Wirkung ein. Sie nahm einen ersten und noch vorsichtigen Schluck, dann einen größeren und zuversichtlicheren.

»Das ist die richtige Einstellung, Trudie!« wurde sie von Bluebelle ermutigt. »Runter mit dem Zeug!«

Als Papa Schimmelhorn eintraf – rund zwei Stunden und einige Flaschen später –, waren die beiden Frauen schon recht guter Dinge, und Irmintrude, verwirrt nicht nur vom Bier des zwanzigsten Jahrhunderts, sondern auch von den Vorzügen moderner Wasserclosetts, weinte nicht mehr. Sie wischte sich nur noch verstohlen die eine oder andere Träne aus dem Augenwinkel, wenn es bei den Balladen, die Bluebelle oder sie selbst in Ermangelung einer besseren Verständigungsmöglichkeit sangen, um besonders traurige Dinge ging.

Papa Schimmelhorn hatte sich nicht etwa in seinem trauten Heim in New Haven befunden, sondern seine Großnichte Fifi Fledermaus besucht. Fifi hatte ihre berufliche Laufbahn als Catcherin aufgegeben und statt dessen eine lukrativere Arbeit in einem Oben-ohne-unten-ohne-Etablissement in Alexandria angenommen – in genau jener Art von Nachtclub, von der Mama Schimmelhorn noch weniger als nichts hielt. Baltimore und Alexandria waren vom Wohnort der Pollards zwar ungefähr gleich weit entfernt, doch der mit fünf Sternen geschmückte Armeecadillac des Generals war in einen Verkehrsstau geraten, den Papa Schimmelhorn mit seinem 1922er Stanley-Dampfwagen hatte meiden können. Er kam eine halbe Stunde vor seinem Freund an, und kaum war der interessierte Blick seiner hellblauen

Augen auf Irmintrude gefallen, begriff er, um was für einen Glücksfall es sich dabei handelte.

»Ach!« seufzte er, als Bluebelle ihm die Tür öffnete. »Wie nett! Was gab es in der guten alten Zeit doch für süße Miezen!«

Bluebelle musterte ihn argwöhnisch. Na Väterchen, dachte sie. Ich kann deine Gedanken so gut lesen, als handele es sich dabei um die Bilder einer Broschüre aus einem Sexshop. Nun, *dieses* kleine Küken ist tabu für dich, das steht fest.

Papa Schimmelhorn zeichnete sich durch ein gewisses Taktgefühl aus. Als er eintrat, lächelte er Bluebelle an, tippte ihr zärtlich unter das mollige Kinn und murmelte: »Aber natürlich nicht so hübsch und nätt wie maine klaine Blubäll.« Er seufzte. »Ach, wänn ich doch nur vierzig Jahre jünger wäre. Aber jätzt ischt äs zu schpät!«

Verdammter alter Schmeichler, dachte Bluebelle. Aber sie erwiderte das Lächeln Papa Schimmelhorns und mußte sich eingestehen, daß er wirklich ein prächtiger Mann war. Sie musterte ihn, betrachtete seinen dichten weißen Bart und das modische und ein wenig struppige Haar. Seine Schultern waren so breit, daß sich der Stoff der karierten Jacke spannte, die er über dem orangefarbenen Hemd trug. Die weinfarbene Hose – er hatte gerade sie gewählt, weil dieser Farbton in einem guten Kontrast stand zu der giftgrünen Lackierung des Stanley-Dampfwagens – betonte seine starken, muskulösen Oberschenkel. »Das hier ist Irmintrude«, stellte Bluebelle die junge Frau vor, und in ihrer Stimme war dabei nur ein ganz sanfter schmollender Unterton zu vernehmen. »Sie ist ... d-das Mädchen, das sie gegen Mistreß Pieh eintauschten, als sie sie sich schnappten.«

Papa Schimmelhorn gab Irmintrude einen so großväterlichen Klaps, wie es seine erzwungene Selbstbeherrschung zuließ. »Ja, ain entzückendes klaines Mädchen«, sagte er scheinheilig. »Und viellaicht gelingt äs uns bald, äs sicher nach Hause zurückzuschicken.« Dann wurde er ernst. »Frau Blubäll«, wandte er sich an die Köchin, »sagen Sie bitte: Haben Sie die Häbel auf der Kontrollainhait der Zaitmaschine angefaßt?«

Bluebelle versicherte ihm, so etwas wäre ihr nicht einmal im Traum eingefallen.

»Und Irmintrude?«

Bluebelle gestand stotternd ein, in diesem Fall sei sie nicht ganz sicher.

»Na schön«, erklärte Papa Schimmelhorn, »am bäschten, wir gähen jätzt nach oben und sähen uns die Sache ainmal an.« Bluebelle ging voraus, und kurz darauf betraten sie das Schlafzimmer von Mrs. Pollard. Sie holten die Zeitmaschine aus dem Schrank und untersuchten sie. Papa Schimmelhorn erklärte, wie er zwei japanische Armbanduhren mit Kalenderanzeige und den Kilometerzähler eines alten Chevrolet dazu benutzt hatte, um das Jahrhundert, Jahr, Tag und Stunde der Abreise und der Ankunft anzuzeigen. Darüber hinaus schilderte er Bluebelle, wie man einen geschickt gestalteten Mechanismus dazu einsetzen konnte, um Längen- und Breitengrad zu bestimmen. »Ach!« entfuhr es ihm dann. »Unsere liebe klaine Irmintrude hat den ganzen waiten Wäg von Öschterraich hierhär zurückgelägt und ihre Haimat am achten Auguscht däs Jahres aintausendzwaihundertainundvierzig um genau älf Uhr draiundzwanzig värlassen! Ja, sie ischt wirklich wait von zu Hause wäg!«

Dann, nachdem Bluebelle wieder das Bier hervorgeholt hatte, vertraute Papa Schimmelhorn ihr das Geheimnis an, daß sein Genius sich keineswegs nur auf mechanische Aspekte beschränkte. Der Umstand, daß Irmintrude eine Art von Deutsch sprach, die mehr als siebenhundert Jahre älter war als die Form, mit der sich Papa zu verständigen pflegte, machte ihm überhaupt keine Sorgen. »Äs mag zwar schwierig wärden«, wandte er sich an Bluebelle, »aber Probläme sind ja dazu da, um gelöst zu wärden. Na schön, värsuchen wir äs erneut. Ich bin Schwaizer – ich schpräche alle möglichen Schprachen und Dialekte.«

Innerhalb von zehn Minuten wurde deutlich, daß sich Papa Schimmelhorn und Irmintrude zumindest in den grundlegenden Dingen prächtig verstanden. Nach weiteren fünf Minuten erfuhr er, daß sich die junge Frau dazu hatte hinreißen lassen, sich auf den Sattel des magischen Pferdes zu schwingen, mit dem die Hexe so überraschend im großen Saal des Schlosses ihres Vaters aufgetaucht war, und sie versicherte, nur in die Pedale getreten und die Kontrollen nicht berührt zu haben. Als es für Bluebelle an der Zeit war, dem eingetroffenen General die Vordertür zu öffnen, saß Papa Schimmelhorn auf dem gemütlichen Sofa, die reizende Irmintrude auf dem Schoß. Ihre zarten Finger zupften an seinem Bart, und ihr liebliches Lachen hallte im ganzen Haus wider.

Als Bluebelle ihrem Arbeitgeber über die Treppe in den ersten Stock folgte, versuchte sie hastig, ihn auf das Schauspiel vorzubereiten, das ihn oben erwartete. »He, Sir«, meinte sie, »Ihr Papa-Kumpel ist wirklich ein verdammt fixer Bursche – Sie sollten mal sehen, wie er das Mäuschen eingewickelt hat, das man uns im Austausch für Mistreß Pieh schickte. Ja, er ist ein echter Mann und ganzer Kerl, Himmelherje! Haben Sie jemals seine Muskeln gefühlt?«

»Für sein Alter«, erwiderte der General kühl, »hat sich Mister Schimmelhorn recht gut gehalten.«

»*Gut gehalten?*« brummte Bluebelle leise. »Sir, wenn Sie auch nur halb so gut zugange wären wie er, würden Sie in Fort Bliss vermutlich noch den Majorsfrauen nachstellen.« Bluebelle zögerte und kam zu dem Schluß, daß es wahrscheinlich nicht sonderlich ratsam war, dem General mitzuteilen, daß es sich bei diesen Worten um ein Zitat Mrs. Pollards handelte, und ein wenig verlegen fügte sie hinzu: »En'schuldigen Sie bitte die Vertrau'ichkeit.«

Glücklicherweise hörte General Pollard sie schon gar nicht mehr, denn in diesem Augenblick erreichte er die Schlafzimmertür.

»Hallo *Soldat!*« donnerte die Stimme Papa Schimmelhorns erfreut, als Pollard eintrat. »Willkommen zu Hause! Dänk nur, was ich färtiggebracht habe. Zuärscht konschtruierte ich dir ain magisches Pony, mit däm du in die Värgangenhait raiten kannscht, dorthin, wo äs viele Pferde gibt! Und dann ischt daine wärte Gattin damit värschwunden – und im Austausch mit ihr kam diese entzückende klaine Mieze, die liebe Irmintrude aus dem draizähnten Jahrhundert.« Dann räusperte er sich und sang aus voller Kehle: »Häppi Börsdai to jou! Häppi Börsdai to jou! Häppi Börsdai lieber Soldat-Dschäneral! Häppi Börsdai *to jou!*«

Bluebelle stimmte begeistert mit ein, wobei sie die Stelle ›Soldat-General‹ durch ein etwas respektvolleres ›Gen'ral, Sir‹ ersetzte. Irmintrude starrte Pollard aus großen Augen an und begann leise zu kichern.

Black Jack Pershing, ein Kollege von der Kavallerie, der ebenfalls den hohen Rang eines Fünf-Sterne-Generals errungen hatte, war einmal so freundlich gewesen zu bemerken, daß Leutnant Powhattan Fairfax Pollard einem Pferd mehr ähnelte als alle anderen Menschen, deren Bekanntschaft er hatte machen können. Diese fachmännische Einschätzung war nach wie vor recht stichhaltig. Die aristokratischen Flächen im Gesicht General Pollards, die Arroganz seiner ein wenig römisch wirkenden Nase, die Art und Weise, wie er die Mähne aus grauem Haar schüttelte und sich seine Nasenlöcher weiteten, während er Irmintrude musterte – all dies verlieh ihm durchaus etwas Roßhaftes, ein Effekt, der in keinster Weise beeinträchtigt wurde von den auf Hochglanz polierten Peale-Stiefeln, den maßgeschneiderten Kniehosen und einer Jacke, für die er mindestens ebensoviel Geld ausgegeben hatte.

Irmintrude kicherte erneut und flüsterte Papa Schimmelhorn etwas ins Ohr. Der erwiderte das Lachen daraufhin und hauchte einige Worte zurück. Dann lachten sie gemeinsam.

General Pollard blickte auf die Zeitmaschine, schüttelte den Kopf, als wolle er auf diese Weise Klarheit hinter seiner Stirn schaffen, und nahm auf dem Stuhl Platz, den Bluebelle ihm anbot.

»Sie hat mich gefragt, wär du bischt«, erklärte Papa Schimmelhorn. »Und ich habe ihr geantwortet, du säiescht der Ähemann der Hexe – der Frau, die gefangengenommen wurde, nachdem die Zaitmaschine im Schloßsaal ärschien. Äs ischt für aine junge Frau doch immer bässer zu ärfahren, ob ain älterer Mann verhairatet ischt oder nicht.«

»Hast du ihr von Mama Schimmelhorn erzählt?« fragte der General eisig.

»Natürlich«, erwiderte Papa Schimmelhorn galant und zwickte Irmintrude. »Ich habe äs wänigschtens värsucht, aber Irmintrude will mir nicht glauben. Sie maint, ich sähe nicht so aus wie ain Ähemann – schtäll dir das nur vor, nach mähr als sächzig Jahren! Ihr Gatte war ain Graf in Öschterraich, doch är wurde vor zwai Jahren während ainer großen Schlacht mit dän Türken getötet – wirklich schade! Ihr Papa ischt äbenfalls ain Graf, mit ainem großen Schloß in der Nähe von Wien. Deshalb habe ich ihr erzählt, ich sai äbenfalls ain Adliger – där Graf von Schimmelhorn –, denn so etwas war damals im Jahre däs Herrn zwölfhundertainundvierzig sähr wichtig. Laider will sie mir auch das nicht glauben ...« Er deutete auf die Zeitmaschine. »Sie hält mich für ainen großen Magier und wär-weiß-was noch alles. Aber viellaicht erwaist äs sich als nützlich, mich als Graf auszugeben, wänn ich unsere klaine Freundin bald nach Hause schaffe und dir Mistreß Pollard zurückbringe.«

»Hm-m-m«, machte der General nachdenklich. »Ich bin nur ein einfacher Soldat, wie du sehr wohl weißt, Papa. Ich bin dir zwar sehr dankbar für dein herrliches Geburtstagsgeschenk – ich freue mich schon darauf, in die Vergangenheit zu reisen und alle historisch wichtigen Kavallerie-Einsätze selbst mitzuerleben –, doch ich glaube, ich brauche noch eine Weile, bevor ich mich an diese Vorstellung gewöhnt habe. Vielleicht wäre es klüger, nichts zu übereilen. Camellia war schon immer sehr an Geschichte interessiert. Vermutlich hält sie diesen ... äh ... Ausflug für gleichermaßen unterhaltsam wie lehrreich. Ich möchte ihr nicht die Möglichkeit rauben, allen Nutzen daraus zu ziehen. Der Graf, der Vater dieser jungen Dame, kümmert sich bestimmt voller Hingabe um sie, und was seine entzückende Tochter hier angeht, sollten wir seinem Beispiel folgen, meinst du nicht auch?«

Papa Schimmelhorn wechselte einige Worte mit Irmintrude. »Sie maint, ihr Vater könne zu der Ansicht gelangen, bai Mistreß Pollard handele äs sich viellaicht um aine Schpionin der Tataren. Aber värmutlich wird är sie nicht foltern, weil är möchte, daß das magische Pfärd saine Irmintrude zurückbringt.«

»Sie *foltern!*« rief der General erschrocken. »Das ... das ist ja unglaublich!«

»Nicht, wänn äs um tatarische Schpione des Jahres zwölfhundertainundvierzig gäht«, warf Papa Schimmelhorn ein. »Aber mach dir kaine Sorgen, klainer Soldat. Viellaicht ischt ihr ja überhaupt nichts passiert. Wie ich schon Mama sagte: Maine Zaitmaschine unterschaidet sich von allen anderen. Wir können ruhig aine Woche hierblaiben – und Irmintrude trotzdem in genau dem Augenblick zurückbringen, in dem sie hierhärkam.

Mistreß Pollard wird nicht ainmal wissen, daß sie überhaupt fort war.«

»Nun, wie dem auch sei«, sagte General Pollard, »ich bin sehr erleichtert zu hören, daß meiner Frau nichts zustoßen wird. Tja, was hältst du davon, wenn wir die Zeitmaschine wieder wegschließen und Irmintrude für einige Tage unser Gast ist? Wir könnten ihr ... äh ... alle interessanten Dinge des zwanzigsten Jahrhunderts zeigen und ...«

Er unterbrach sich, als Bluebelle ein unhöfliches Schnaufen von sich gab.

»Ach, main armer Soldat«, sagte Papa Schimmelhorn, »du hascht da nur aine klaine Sache übersähen. Daine Frau ischt jätzt zwar im draizähnten Jahrhundert, doch Mama Schimmelhorn hält sich nach wie vor in Nu Häffen auf, hier und jätzt.« Er schüttelte den Kopf. »Außerdem macht sich die arme Irmintrude Sorgen über ihren Papa und alles andere. Sie hat mich gefragt, ob ich auch die Funktion aines Püschters ausüben könnte ...«

»Eines was?«

»Äines ...« Papa Schimmelhorn zögerte und beriet sich kurz mit Irmintrude. »Ach so, sie maint Präsbüter. Sie fragte mich, ob ich viellaicht der Präsbüter namens Johannes oder so ähnlich sai – ain großer König, där auf ainem magischen Pfärd erwartet wird, um die Türken und Tataren zu värjagen, dänn außerhalb däs Schlosses hausen jätzt gerade die Tataren und plündern und brandschatzen, diese bösen Kärle ...«

Plötzlich klebte der Blick General Pollards nicht mehr an Irmintrude fest. »*Presbyter Johannes!*« entfuhr es ihm. »So nannten die Deutschen damals den mythischen Christenmonarchen des Ostens!« Mit einem jähen Ruck sprang er auf. »Millionen Europäer hofften im Mittelalter, er würde sie vor den Barbaren retten.«

Papa Schimmelhorn zwinkerte. »Nun, im draizähnten Jahrhundert könnte ich doch für aine klaine Waile ein großer König sain, oder nicht? Aber ich bin beschaiden. Viellaicht ischt äs bässer, wänn ich für die klaine Mieze nur ain großer Magier und Graf von Schimmelhorn bin.«

»*Mieze!*« Der General schnaubte abfällig und empört. »Aus welchem *Jahr* kommt die kleine Irmintrude überhaupt?«

»Zwölfhundertainundvierzig.«

»Und aus welchem *Monat?*«

»Auguscht. Fascht schon September.«

»Mein Gott!« Der General schnappte nach Luft. »Weißt du, was das bedeutet? Alle Historiker sind davon überzeugt, daß die Mongolen ihren Angriff im *Frühling* abbrachen. Ihr Großer Khan, Ogatai, war tot, und das Gesetz verpflichtete die Krieger dazu, sich sofort auf den Rückweg zu machen und einen neuen zu wählen. Subutai, der ranghöchste General, bestand darauf. Sie waren schon lange vor August abgezogen. Papa, wenn das stimmt, was Irmintrude behauptet, so ist irgend etwas ganz entschieden nicht in Ordnung! Damals, vor siebenhundert Jahren, drohte der westlichen Zivilisation große Gefahr. Frag sie doch noch einmal, ob sie sich wirklich ganz sicher ist!«

Irmintrude wurde daraufhin sehr ernst und begann erneut, leise zu schluchzen.

»Äs kann nicht der geringschte Zwaifel beschtähen«, übersetzte Papa Schimmelhorn ihre Bestätigung. »Die Mongolen belagern nicht nur Wien, sondern auch Drachendonnerfäls, das Schloß däs Papas von Irmintrude. Aus diesem Grund könnte är auch argwöhnen, bai Mistreß Pollard handele äs sich viellaicht um aine tatarische Schpionin. Und obglaich där Große Khan tot ischt, wollen die Schurken ärscht noch Italien, Burgund und Frankraich und alles erobern, bevor sie sich auf den Rückwäg machen. Irmintrude waiß davon, wail ihr Papa, der Graf Rudolf von Kroissengrau, von Thorfinn

Thorfinnson informiert wurde, der in sainer Heimat sähr berühmt und äbenfalls ain General ischt, genau wie du, nur schtärker und attraktiver, wie Irmintrude maint.«

General Pollard rollte mit den Augen. Seine Nasenlöcher weiteten sich. Und er marschierte unruhig auf und ab. »Wir können nicht einfach hier herumsitzen und ... und zusehen, wie die westliche Zivilisation dem Untergang anheimfällt. Nein, das ist völlig ausgeschlossen! Diese Leute brauchen einen Anführer, jemanden der weiß, wie man die moderne Kavallerie einsetzt. Papa, deine Zeitmaschine ist eine Gottesgabe für das dreizehnte Jahrhundert. Wir brechen sofort auf!«

»Aber maine Zaitmaschine bietet doch nur Platz für mich und die klaine Irmintrude«, wandte Papa Schimmelhorn ein.

»Dann muß *ich* sie eben siebenhundert Jahre in die Vergangenheit radeln. Irmintrude kann mit *mir* kommen.«

»Lieber Soldat-Dschäneral, du verschtähst nicht. Zunächst muscht du lärnen, *wie* man damit radelt.«

»Ich bin General Pollard«, verkündete General Pollard stolz. »Nichts ist zu schwer für einen Helden der Nation.«

»Aber Zaitmaschinen sind äben Zaitmaschinen«, stellte Papa Schimmelhorn treffend fest. »Auch wänn diese hier wie ain Pfärd aussieht. Du muscht ärscht ain bißchen üben. Viellaicht wäre äs angebracht, wänn du zuärscht nach gäschtern oder morgen radelscht ... äh ... raitescht.«

General Pollard mußte plötzlich daran denken, daß bisher noch keine Armee- bzw. Kavalleriehandbücher für die richtige Benutzung von Zeitmaschinen herausgegeben worden waren. »Nun, ganz offensichtlich bietet deine Erfindung nur für zwei Personen Platz«, gestand er widerstrebend ein. »Es sei denn natürlich, Irmintrude rutscht ein wenig zur Seite. Ja, sie könnte sich auf meinen Schoß sitzen.«

»Was ist mit mir?« warf Bluebelle aggressiv ein.

»Mit *Ihnen?*«

»Ja, genau, mit *mir.* Hören Sie, Gen'ral, Sir, Sie wollen sich aufmachen, um Europa vor den Mongolen zu retten, und das ist sicher ein ziemlich schwieriges Unterfangen. Und, ach, die arme Mistreß Pieh, die nun in der Vergangenheit festsitzt und all den Grafen und Herzögen und wem-weiß-ich-noch-alles Gesellschaft leistet – bestimmt braucht sie ein paar Slips und Büstenhalter. Sie benötigt meine Hilfe, meinen Trost und Beistand, und das ist noch nich' alles, Sir. Wie wollen Sie denn ohne Sergeant Leatherbee zurechtkommen?«

General Pollard mußte sich eingestehen, daß die Argumente Bluebelles durchaus etwas für sich hatten. Mrs. Pollard verspürte gewiß den Wunsch, in der hohen Gesellschaft vom Schloß Drachendonnerfels eine gute Figur zu machen, was dem Rang ihres Gatten ja auch nur angemessen war. Und außerdem hatte er all die Jahre über nie auf die wertvollen Dienste Leatherbees verzichtet, der nicht nur Chauffeur und Ordonnanz für ihn gewesen war, sondern auch Hufschmied und Vertrauter.

»Und vielleicht, Mistreß Bottomley«, knurrte Pollard, »können Sie mir auch verraten, wie wir all die Leute siebenhundert Jahre in der Zeit zurückbefördern, hm?«

»Klar«, antwortete Bluebelle selbstsicher. »Wenn man sie nicht alle auf ein Pferd setzen kann, muß man eben eine Kutsche nehmen.«

»Wir haben aber keine Kutsche, Mistreß Bottomley.«

»Nein, Sir, Gene'al, aber den Ponykarren, den Sie für Ihre Enkel gekauft haben. Wir machen ihn einfach an diesem komischen Zeitpony fest, und *zack!* – schon ist alles geritzt.«

Der General stellte sich die entsprechende Apparatur

vor, schloß die Augen und schauderte. Dann jedoch setzte sich sein Pflichtbewußtsein durch. »Läßt sich das machen, mein lieber Schimmelhorn?«

Papa Schimmelhorn kratzte sich am Kopf. »Viellaicht, möglicherwaise, *tja*. Im Wagen habe ich ain fascht zähn Mäter langes Kupferkabel. Wir wickeln äs um die ganze Vorrichtung, und dann – wie hätte sich main alter Freund Albärt ausgedrückt? – erwaitert sich das Zaitfäld. Ich muß nur schtärker in die Pedale träten, das ischt alles.«

»Ausgezeichnet!« Erneut gab sich der General ganz entschlossen und bestimmt. »Machen wir uns also sofort ans Werk! Mistreß Bottomley, geben Sie Sergeant Leatherbee Bescheid und sagen Sie ihm, er soll sich sofort in meinem Stall melden. Er soll den Ponykarren abstauben und ihn bereitmachen. Anschließend habe ich noch weitere Anweisungen für ihn.«

»Ja, *Sir!*« erwiderte Bluebelle begeistert und eilte in Richtung Treppe davon.

General Pollard folgte ihr ein wenig langsamer, und Papa Schimmelhorn – mit der einen Hand trug er das Zeitpony, den anderen Arm hatte er mit einer nicht mehr ganz so großväterlichen Geste um die entzückende Taille Irmintrudes geschlungen – bildete den Abschluß. Am oberen Ende der Treppe blieb er kurz stehen, um der jungen Frau einen Kuß auf den reizenden Hals zu hauchen und ihrer leise kichernden Stimme zu lauschen, und als der General ihm einen finsteren Blick zuwarf, setzte er sich rasch wieder in Bewegung.

Bluebelle fand den Sergeant in der Hütte hinter dem Stall. Er trug nach wie vor die blaue Uniform der Kavallerie, und er genehmigte sich gerade einen Krug Bier. Auf ziemlich unzusammenhängende Art und Weise berichtete sie ihm vom Zeitpony und den bisherigen Geschehnissen. Sein Gesicht ähnelte einer ausgesprochen zerklüfteten Landschaft, und noch grotesker wirkte es infolge des Umstandes, daß ihn dort einmal der wenig freundliche Huf eines Maultiers getroffen hatte. Doch die Züge Sergeant Leatherbees blieben völlig ausdruckslos, während Bluebelle ihn unterrichtete. Als sie die Mongolen erwähnte, gab er ein dumpfes »Arrh – *Schlitzaugen!*« von sich und nahm einen erneuten großen Schluck Bier. Schließlich fragte er die Köchin, ob es diesem verdammten Zivilisten tatsächlich gelungen sei, so etwas wie eine Zeitmaschine zu bauen. Und als Bluebelle ihm versicherte, das stimme wirklich, leerte er das große Glas mit einem Zug, knöpfte sich die Jacke zu, stand auf und machte sich mit einem entschlossenen Seufzen zur Verteidigung der westlichen Zivilisation bereit. »Tja, das ist ja wirklich eine reizende Geschichte«, meinte er, als sie sich auf den Weg in Richtung des Stalles machten, nachdem der Sergeant Mrs. Leatherbee verständigt und sie dazu aufgefordert hatte, während der Zeit seiner Abwesenheit die hiesigen Stellungen zu halten. »Vielleicht läßt mich der General einen Abstecher nach Ringgold im Jahre 1937 machen. Hank Hokinson – er war der Spieß der alten F-Einheit – schuldete mir fast elf Dollar, die er beim Poker an mich verlor. Der verdammte Kerl ließ sich doch glatt umbringen, bevor ich das Geld eintreiben konnte.«

Bluebelle half ihm dabei, den Ponykarren zu entstauben, und es war alles bereit, als Papa Schimmelhorn eintraf, der inzwischen das Kupferkabel aus dem Kofferraum des Stanley-Dampfwagens geholt hatte. Als er sich damit an die Arbeit machte, wandte sich General Pollard an den Sergeant und machte ihn mit präzisen militärischen Ausdrücken ein zweites Mal mit der Situation vertraut.

Sergeant Leatherbee nahm Haltung an und hörte zu.

»Rühren!« sagte der General fest. »Haben Sie alles verstanden, Sergeant?«

»Ja, Sir ...« Er zögerte und deutete auf das Zeitpony

und den Karren. Papa Schimmelhorn war gerade dabei, beides mit dem Kupferkabel zu umwickeln. »General, Sir«, platzte es schließlich aus Sergeant Leatherbee heraus. »Mit Ihrer Erlaubnis, General, Sir: Es ist einfach nicht *richtig* für einen General, auf einem solchen ... solchen *Ding* zu reiten! Das ... das ist nicht *würdevoll* genug. Sir, ich könnte Mistreß Roosevelt mit Ihrem Feldsattel bereitmachen. Sie würden sicher einen besseren Eindruck machen, wenn Sie auf ihr neben uns ritten.«

Bei der Erwähnung der rotbraunen Stute, an der dem General so viel lag, stöhnte Pollard leise. Der Ponykarren war mit einem kleinen, aus Weidengeflecht bestehenden schmalen Fahrgastraum ausgestattet, den man über zwei Metallstufen und eine Öffnung im rückwärtigen Teil erreichen konnte. Die Sitze zu beiden Seiten mochten vielleicht für Kinder bequem sein. Sergeant Leatherbee hatte zweifellos recht: Dieses Gefährt entsprach bei weitem nicht der Würde der fünf Sterne auf den Uniformklappen Pollards.

»Papa«, sagte General Pollard gequält, »ließe sich das machen? Ich meine, könnte ich auf einem richtigen Pferd, und einem besonders prächtigen noch dazu, neben euch reiten?«

»Nain, Soldat-Dschäneral«, erwiderte Papa Schimmelhorn. »Das Kupferkabel raicht nicht, und außerdem würde Mistreß Rosewält nicht schtillhalten.«

Der General straffte seine Gestalt. »Unsere Verpflichtung der westlichen Zivilisation gegenüber«, erklärte er tapfer und heldenhaft, »ist wichtiger als ein würdevolles Erscheinungsbild. Wir machen also weiter wie bisher!« Er warf einen Blick auf die Uhr. »In einer halben Stunde sollte alles zum Aufbruch bereit sein. Feldmarschmäßige Ausrüstung. Rationen für mindestens zwei Wochen, Erste-Hilfe-Pakete und Handfeuerwaffen. Stiefel und Sporen natürlich nicht zu vergessen,

Sergeant – im dreizehnten Jahrhundert könnte es durchaus erforderlich werden, daß wir auf Pferderücken in den Kampf ziehen.«

»Ja, Sir!« bestätigte Sergeant Leatherbee laut. »Ich sage meiner alten Dame Bescheid.«

»Mistreß Bottomley, bitte packen Sie all den Kram zusammen, den Mistreß Pollard Ihrer Meinung nach gebrauchen könnte. Und Papa ... äh ... Mister Schimmelhorn: Wenn Sie zusätzliche Ausrüstungsgegenstände brauchen, dann heraus mit der Sprache.« General Pollard war jetzt ganz förmlich und fühlte sich in seinem Element.

»Ich sollte viellaicht noch zwai oder drai Kuckucksuhren mitnähmen, aber die habe ich im Wagen.«

»*Kuckucksuhren?*«

»Ja.« Papa Schimmelhorn zwinkerte ihm zu. »Das ischt ainer där Gründe, warum mich Kleopatra für ainen Gott hält.«

Daraufhin machte er sich wieder an seine wichtige Arbeit und fuhr damit fort, das Zeitpony und den Karren mit dem Kupferkabel zusammenzubinden, dessen beiden Enden er mit dem Kontrollkasten an der Lenkstange verband. Er verwendete auch einige starke Lederriemen, die er um den Rahmen schlang und mit denen er all das sicherte, was jetzt noch irgendwie lose und locker wirkte. General Pollard warf dem auf diese Weise entstehenden Gebilde noch einen letzten traurigen Blick zu und ging dann, um sich angemessen auf die Rettung der westlichen Zivilisation vorzubereiten.

Eine halbe Stunde später war alles klar. Bluebelle hatte ihr bestes Sonntagskleid angezogen und zwei Koffer und eine Reisetasche gepackt. Sergeant Leatherbee – mit Stiefeln, Sporen, Helm und Handfeuerwaffen – hatte die von General Pollard genannten Vorräte in den Karren geladen, zusammen mit einigen Flaschen vom besten Bourbon des Generals und einer Kiste Bier – was offensichtlich das Mißfallen von Mrs. Leatherbee erweckte, die in der Nähe stand und ihn mit finsteren Blicken bedachte. Papa Schimmelhorn holte drei in Kartons verpackte Kuckucksuhren aus dem Kofferraum des Stanley-Dampfwagens, und eine davon zeigte er Irmintrude. Schließlich hatte der General seinen großen Auftritt. Auf dem Kopf trug er seinen aus dem zweiten Weltkrieg stammenden Helm, an dem nachträglich fünf Sterne befestigt worden waren, und er hatte sich den ledernen Feldgürtel, der noch vor dem letzten Krieg angefertigt worden war, um die Taille geschlungen. Daran war nicht nur das Halfter seiner Dienstpistole befestigt, sondern auch der prächtige Ehrendegen, den sein Großvater von den dankbaren Bürgern Frederiksburgs erhalten hatte. Der Feldstecher vervollständigte seine Ausrüstung.

General Pollard musterte seine Truppe zufrieden. »Meldung, Sergeant!«

»Alle beim Appell anwesend, Sir!«

»Sehr schön. Unter den gegebenen Umständen sollten wir von einer Inspektion absehen. Papa Schimmelhorn, du übernimmst die ... äh ... Zügel des Pferdes. Sergeant Leatherbee reitet hinter dir, und Miß Irmintrude und Mistreß Bottomley begeben sich zusammen mit mir in den Karren. Auf meinen Befehl hin ...«

An dieser Stelle wurde der General von einem plötzlichen Wortschwall Irmintrudes unterbrochen, für die Papa Schimmelhorn die Worte Pollards übersetzt hatte. Sie wollte *nicht* mit dem alten Mann in den Karren steigen – sie traute ihm nicht über den Weg. Statt dessen bat sie darum, im Damensitz hinter dem großen Magier reiten zu dürfen, der so nett und stark war ...

Der General fand sich nur widerwillig damit ab. Bluebelle hatte inzwischen bereits inmitten der Vorräte Platz genommen und kicherte anzüglich. Pollard erinnerte sich seiner Würde, stieg ebenfalls in den Karren und

nahm neben ihr Platz, die Knie fast bis zum Kinn angezogen. Der Sergeant folgte ihm. Papa Schimmelhorn und Irmintrude schwangen sich in den Sattel des Zeitponys.
»Los im Galopp!« befahl General Pollard.
»Juch-hu!« rief Bluebelle ausgelassen.
Eine der Kuckucksuhren piepte viermal.
Dann verschwammen die Konturen sowohl des Zeitponys als auch des Karrens. Alles färbte sich ein wenig purpurn – und verschwand.

Zwar war Lady Irmintrude im festen Glauben gewesen, die Wahrheit zu sagen, als sie behauptet hatte, die Kontrollen nicht angerührt zu haben. Doch in diesem Punkt irrte sie sich, denn beim Aufsteigen hatte sich der Saum ihres Gewandes an einem der Hebel verfangen und ihn bewegt. Aus diesem Grund machte Camellia Jo Pollard einige sehr schwierige Minuten durch, die ihr andernfalls erspart geblieben wären.
Als sie mit der Zeitmaschine im großen Saal des Schlosses Drachendonnerfels auftauchte, war ihre Verwirrung nicht größer als die der dort anwesenden Personen. Verwundert starrte sie auf Schwerter und Speere und Kettenhemden und bestürzte und zornige Gesichter, und sie geriet in Panik. Sie sprang von der Maschine herunter, eilte nach links und rechts, gab einen gellenden Schrei von sich, wurde von einem großen, knurrenden Hund bedroht, ging hinter einem großen, bärtigen blonden Mann in Deckung, der einen Helm mit zwei Hörnern trug, wurde auf den Befehl eines ihr – natürlich – Unbekannten hin von zwei Rittern gepackt und zu einem mit einer Mitra geschmückten Erzbischof gebracht, der sie aus zusammengekniffenen Augen musterte und versucht zu sein schien, sie zu verhören und gleichzeitig eine Teufelsaustreibung an ihr vorzunehmen. In diesem Durcheinander geschah es,

daß sich Irmintrude mit dem magischen Pferd auf und davon machte – was nicht gerade dazu angetan war, die allgemeine Lage zu verbessern. Irmintrudes Vater, Graf Rudolf, ein Mann mit rötlichem Gesicht, Schnurrbart und einer Statur, die auf erstaunliche Weise einem Bierfaß ähnelte, verließ seinen erhöhten Platz, bahnte sich einen Weg durch die Menge und verlangte zu wissen, was mit seiner geliebten Tochter geschehen sei. Der Erzbischof nahm diese Bemerkung sofort zum Anlaß, ihn zu warnen und aufzufordern, höflicher zu einer Hexe zu sein, die ganz offensichtlich über unbekannte und schreckliche Kräfte verfügte. Und Mrs. Pollard, die von all dem überhaupt nichts verstand und den Erzbischof als einen Mann Gottes erkannte, sank vor ihm auf die Knie, flehte ihn an, sie zu retten, und küßte sein Kruzifix. Eine geschicktere Verhaltensweise hätte ihr gar nicht einfallen können, denn die Anwesenden teilten sich daraufhin in zwei Lager. Die eine Fraktion war nach wie vor davon überzeugt, sie sei eine böse Hexe und zweifellos eine Spionin der Tataren, und die andere glaubte, es mit einer guten Hexe zu tun zu haben, die von Gott geschickt sei, auf daß sie ihnen im Kampf gegen den Feind beistehe. Neuerliches Durcheinander entstand. Einige laute Stimmen forderten, man dürfe keine Zeit verlieren, sie aufs Streckbrett zu spannen und zu foltern, während andere rieten, man solle ihr Geschenke überreichen und erlesene Delikatessen vorsetzen und auch noch auf andere Art und Weise versuchen, ihr Wohlwollen zu gewinnen. Einige Frauen schrien hysterisch. Dann legte der Erzbischof schützend die eine Hand auf den Kopf Mrs. Pollards und wies darauf hin, böse Hexen hätten eigentlich nicht die Angewohnheit, Kruzifixe zu küssen. Sehr klug und treffend stellte er fest, durch eine übereilte Entscheidung in Hinsicht auf das Schicksal der Hexe könnten sie nicht nur eine wertvolle Verbündete verlieren, sondern auch noch die verschwundene Irmintrude in Gefahr bringen.

Und genau zu diesem Zeitpunkt wurde das magische Pferd wieder sichtbar.

Seine Rückkehr war ziemlich dramatisch. In jenem perlmutten Schimmern, das man bei jeder Zeitreise beobachten kann, in den Augenblicken, in denen das ganze Universum nur aus den Reisenden und ihrer Zeitmaschine zu bestehen scheint, fiel General Pollard plötzlich etwas ein, das ihm offensichtliches Unbehagen bereitete. »Papa!« rief er besorgt. »Woher wollen wir denn wissen, ob es da nicht noch andere Leute gibt? Oder Dinge? In dem großen Saal, meine ich, genau an der Stelle, an der wir erscheinen?«

»Ach, mach dir kaine Sorgen, Soldat-Dschäneral!« erwiderte Papa Schimmelhorn laut. »Das ischt unmöglich. Und außerdäm erzeugt där Krischtall dort im Kaschten aine Fibration, die alle Leute verjagt! Aber viellaicht wäre äs doch bässer, wänn wir diesmal – wie sagt man? – ain wänig langsamer *Geschtalt annähmen*, und unmittelbar bevor sie uns sähen, könntescht du ain- oder zwaimal daine Pischtole abfeuern.«

»Übernehmen Sie das, Sergeant Leatherbee«, sagte der General.

»Ja, Sir.« Der Sergeant zog seine Pistole. »Sobald mir der Typ da das Zeichen gibt.«

Um sie herum formten sich in dem Schimmern die noch undeutlichen Konturen des großen Saals von Drachendonnerfels. Instinktiv machte ihnen ein Teil der Menge Platz.

»Wir können sie beraits sähen, und glaich wärden sie uns äbenfalls erkännen«, sagte Papa Schimmelhorn. »Achtung jätzt mit der Pistole ...«

Sergeant Leatherbee legte den Sicherheitsbügel um.

»*Schießen Sie!*«

Die 45er krachte dreimal.

Und dann waren sie im dreizehnten Jahrhundert.

Um sie herum herrschte Chaos. Männer brüllten, Frauen schrien, Hunde knurrten, Ketten und Stahl rasselten.

Lady Irmintrude sprang sofort aus dem Sattel des Zeitponys und griff nach der großen Hand Papa Schimmelhorns, um ihn mit sich zu ziehen. Sie eilte auf ihren Vater zu, der sie groß anstarrte und Anstalten machte, das Schwert aus der Scheide zu reißen.

»*Irmintrude!*« rief er glücklich und umarmte seine Tochter. »Ist alles in Ordnung mit dir?«

Und Irmintrude versicherte ihm, ihr sei überhaupt nichts geschehen und man habe sie wie eine Königin behandelt, was insbesondere dem netten Magier zu verdanken sei, an den sie sich jetzt schmiegte und den sie zuerst für den Presbyter Johannes gehalten hatte, der aber darauf bestand, nur der Graf von Schimmelhorn zu sein. Sie fügte hinzu, er habe jedoch ein magisches Schloß in einem fernen, fernen Land, wo man sauberes Wasser für die sonderbarsten Zwecke verwende, und sie meinte, er sei entschlossen, sie vor den Tataren und allem anderen zu retten ...

Rudolf, Graf von Kroissengrau, war einerseits ein hingebungsvoller Vater, andererseits natürlich ein Kind seiner Zeit und Kultur. Er zeichnete sich jedoch auch durch eine gewisse Aufnahmebereitschaft aus, und mit der für ihn typischen Ruhe und ausgeprägten Intelligenz war es ihm gelungen, Drachendonnerfels in diesen besonders gefährlichen Tagen und Wochen und Monaten zu schützen. Im Gegensatz zu den Menschen des zwanzigsten Jahrhunderts ließ er sich nicht schon allein vom ersten Hinweis auf magische Kräfte einschüchtern. Wenn er zu dem Schluß gelangte, daß sie positiver Natur waren, zögerte er nicht, sie zu seinem Vorteil zu nutzen. Er forderte die anderen Anwesenden auf zu schweigen, und sogar seine Tochter blieb daraufhin still. Dann, in aller Förmlichkeit, stellte er sich Papa Schimmelhorn vor und nannte dabei sowohl alle seine Titel als auch die wichtigsten Einzelheiten seines Stammbaums.

Papa Schimmelhorn gab freundlich Antwort, erfand ein Schloß in den Alpen, eine Armee mit tausend Bewaffneten, einen an der Universität von Princeton erworbenen Doktorgrad in Geheimwissenschaften und zahlreiche adlige und sehr vornehme Vorfahren und Verwandte, wobei er selbst Fifi Fledermaus nicht unerwähnt ließ, die er in den Rang einer Baronin versetzte. Anschließend machte er ein großartiges Schauspiel daraus, dem Grafen von Kroissengrau den General und Mrs. Pollard als Prinzen und Prinzessin Palatine von Washington und dem Potomac vorzustellen, und er fügte wortgewaltig hinzu, der General vereine in sich die Fähigkeiten von Alexander dem Großen, Scipio, Hannibal und Cäsar. Er sei genau der richtige Mann, um die Mongolen in die Flucht zu schlagen.

General Pollard stieg von dem Ponykarren herunter und salutierte. Sergeant Leatherbee folgte seinem Beispiel. Bluebelle, die Papa Schimmelhorn Mrs. Pollard als Hofdame zugewiesen hatte, bildete den Abschluß und machte einen etwas unbeholfen wirkenden Knicks.

Nicht zuletzt aufgrund der offensichtlichen Begeisterung Irmintrudes zeigte sich Graf Rudolf angemessen beeindruckt. Er erklärte, es sei eine Ehre für ihn, so hochrangige Gäste in seinem Schloß Drachendonnerfels begrüßen zu dürfen, und er meinte, er freue sich sehr über die angebotene Hilfe im Kampf gegen den Feind. »Ich habe nicht den geringsten Zweifel daran«, fügte er seufzend hinzu, »daß der Prinz in seiner Heimat ein berühmter Ritter ist. Unglücklicherweise halten sich derzeit in meinem Schloß viele große militärische Führer auf, die jedoch keine Armeen haben. Die teuflischen Tataren haben Hackfleisch aus ihnen gemacht. Nein, ich fürchte, wir können einen Magier hier viel besser gebrauchen als noch einen weiteren berühmten General. Aber über all diese Dinge sollten wir uns später unterhalten. Zuerst feiern wir. Dann zeige ich Euch Drachendonnerfels und unsere Verteidigungsanlagen. Anschließend halten wir dann Kriegsrat. Nun, nachdem ich Euch die Männer vorgestellt habe, die bisher unsere Sicherheit gewährleisteten, werde ich Euch sofort von den Herolden ausrufen lassen ...«

Irmintrude unterbrach ihn, indem sie ihm etwas ins Ohr flüsterte.

»Natürlich!« antwortete Graf Rudolf. »Ich bin beschämt, daß ich nicht sofort daran dachte. Begleite die Prinzessin und ihre Zofe in eine ihrem Stand angemessene Kammer, wo sie sich dann auf eine Weise kleiden kann, die ihrer Würde entspricht.« Er verneigte sich galant vor Mrs. Pollard, als sie weggeführt wurde. Bluebelle griff nach den Koffern und der Reisetasche und folgte ihr.

Im Anschluß daran stellte man Papa Schimmelhorn und den General einigen anderen Anwesenden vor: dem Erzbischof, der Alberic hieß und ein Vetter des Königs von Böhmen war, einigen Grafen und Baronen, dem Prior der Tempelritter, verschiedenen temperamentvollen ungarischen Großgrundbesitzern, einem recht dunkelhäutigen Mann aus den Karpaten, dessen Gesicht seltsam zernarbt war, und schließlich, mit besonderem Stolz, dem blonden Hünen mit dem Wikingerhelm, der, wie Papa Schimmelhorn bereits bemerkt hatte, zuvor den Blick nicht von Bluebelle abwenden konnte und noch immer in die Richtung starrte, in der sie verschwunden war.

»Dies«, erklärte Graf Rudolf, »ist Thorfinn Thorfinnson, der nun unsere Truppen befehligt. Er ist ein mächtiger Krieger aus einem fernen Lande, und der Kaiser hat ihn zum Baron ernannt. Er diente dem Hohenprinz

Wladimir – bis besagter Hohenprinz den Tataren unterlag und ihnen Lehenstreue schwor. Er kennt die Tataren genau und weiß am besten, wie man sie bekämpfen kann. Ja, er beherrscht sogar ihre barbarische Sprache.«

Ein wenig widerstrebend und bedauernd richtete Thorfinn Thorfinnson seine Aufmerksamkeit auf Papa Schimmelhorn. »Herr Graf und Magier«, sagte er, als sie sich die Hände schüttelten, »während meiner langen Reisen habe ich viele Wunder gesehen. Listigen Finnen begegnete ich, die Luft in Säcken verkaufen wollten, und ich lernte auch Männer kennen, die behaupteten, aus Blei Gold machen zu können. Euer magisches Pferd jedoch ist nicht nur das prächtigste thaumaturgische Artefakt, das mir jemals zu Gesicht kam, sondern auch das bei weitem nützlichste.« Sein dröhnendes Gelächter hallte durch den ganzen Saal. »Vielleicht ist es sogar schneller als die Rösser der Tataren – und Gott weiß, daß normale Pferde es nicht mit ihnen aufnehmen können!«

Plötzlich fügten sich der Name Thorfinns und sein Akzent und Aussehen zu einem einheitlichen Bild zusammen, und der Graf von Schimmelhorn erinnerte sich an eine Episode während seiner sehr bewegten Jugendzeit. Damals war er einer hübschen Schmusemieze namens Raghild in ihre Heimat Island gefolgt, wo sie einige Monate lang im Dorf für Skandale gesorgt hatten, bis Raghild schließlich einen einheimischen Fischer heiratete und den jungen Papa Schimmelhorn verabschiedete. Natürlich hatte er ihre Sprache gelernt, und nun entsann er sich, daß sich das moderne Isländisch nicht sehr vom Altnorwegischen unterschied.

Zu Thorfinns großer Überraschung antwortete ihm Papa Schimmelhorn in seiner Muttersprache. Er wich verblüfft einen Schritt zurück. Dann trat er rasch wieder vor und umarmte Papa Schimmelhorn erfreut. »Gepriesen sei Gott!« donnerte er. »Er hat uns einen wirklichen Magier geschickt, einen, der auf meiner Heimatinsel lebte! Herr Graf, sagt mir bitte: Wenigstens Eure Mutter war doch gewiß eine Landsmännin von mir, oder? Ja, ich bin ganz sicher! Jetzt brauchen wir die Tataren nicht mehr zu fürchten! Ihr und ich – wir beide sind Kampfgenossen; ich schwöre Euch brüderliche Freundschaft, bei diesem Helm, der meinem Urgroßvater gehörte, dem berühmten Halvar Bärbeißer! Wir beide zusammen verjagen die Tataren aus diesem Land!«

Papa Schimmelhorn klopfte ihm auf den Rücken und grölte ebenso begeistert. Das Unterfangen, Graf Rudolf zu verstehen und sich ihm seinerseits verständlich zu machen, war schwieriger gewesen, als eine Kommunikationsbasis mit Irmintrude zu schaffen. Thorfinn, so begriff er, war eine große Hilfe, um die Sprachbarriere endgültig zu überwinden.

Man erklärte dem Grafen und dem General die ganze Sache, und Papa Schimmelhorn übersetzte pflichtbewußt eine kurze Ansprache Pollards, in der es vor allen Dingen um die Gefahr ging, die die Mongolen gegenüber der westlichen Zivilisation darstellten, und auch die Wichtigkeit, einen Mann zu haben, der es verstand, die Kavallerie richtig einzusetzen. Er, so fügte der General hinzu, sei genau dieser Mann. Alle Anwesenden hörten sich seine Rede mit allem gebotenen Ernst an, doch sie stieß auf wenig Begeisterung. Graf Rudolf dankte Seiner Hoheit höflich dafür, Hilfe angeboten und Mitgefühl bewiesen zu haben, aber er sah sich gezwungen darauf hinzuweisen, daß Schloß Drachendonnerfels nichts weiter sei als ein einzelner Fels in einem Meer aus Reitern, und er erklärte, die tatarische Kavallerie sei leider die einzige zur Verfügung stehende Kavallerie überhaupt.

Anschließend führte er sie an die Tafel und befahl den Dienern, Bier und Wein zu bringen. Er nahm eine Flasche des Bourbons von General Pollard als Geschenk an, die Papa Schimmelhorn ihm reichte. Sergeant Leatherbee schwang sich auf den Sattel des Zeitponys, um es mitsamt dem Karren zu bewachen, und dann und wann beäugte er die vier Ritter mißtrauisch, die Thorfinn angewiesen hatte, ihn bei dieser wichtigen Aufgabe zu unterstützen. Kurz darauf kam Mrs. Pollard in den Saal zurück. In ihrer neuen Aufmachung war sie fast nicht wiederzuerkennen. Sie trug das Abendkleid, das sie sich aus Anlaß des Sieges ihres Mannes über die Gnurrs hatte anfertigen lassen, und darüber hinaus hatte sie ihr Schmuckkästchen geplündert. Ringe und Ketten und Armbänder glänzten und glitzerten, und die Krönung war ein prächtiger Stirnreif, den das dreizehnte Jahrhundert ebensowenig als Modeschmuck zu erkennen vermochte wie die anderen angeblichen Kleinode. Irmintrude führte sie an die Tafel, und dort nahm Mrs. Pollard neben Prinz und Armeegeneral Palatine Platz. Irmintrude setzte sich zwischen ihren Vater und den Grafen von Schimmelhorn, dem sie unter dem Tisch verlockend die Hand aufs Knie legte. Auf ein Zeichen Graf Rudolfs hin hatten die Herolde endlich ihren großen Auftritt, und Papa Schimmelhorn beeindruckte die Anwesenden in höchstem Maße, als er Irmintrude eine Kuckucksuhr schenkte und sie mehrmals vorführte. Dann speisten sie, nachdem sich Graf Rudolf bei seinen Gästen mit dem Hinweis auf die Unberechenbarkeit des Kriegsverlaufs für das karge Mahl entschuldigte. Bedienstete eilten mit dampfenden Schüsseln hin und her, und aufgetragen wurden saftige Schinken, gebratenes Geflügel, Schweinsköpfe, Wein und Bier. All das fand statt in der besonders prickelnden Atmosphäre eines Schlosses im dreizehnten Jahrhundert, zu einer Zeit also, in der man die Prinzipien auch militärisch wichtiger Hygiene noch nicht im ganzen Ausmaß begriffen hatte.

General Pollard rümpfte die Nase und machte seiner Frau gegenüber eine entsprechende Bemerkung. »Die Leute hier haben offenbar nicht die geringste Ahnung, wie man eine Offiziersmesse richtig organisiert«, sagte er. »Und ich schätze, sie würden auch nichts davon halten, wenn ich versuchte, diese Wissenslücken zu schließen.«

Mrs. Pollard kaute an einem Schwanenschlegel, der ihr vom Grafen Rudolf höchstpersönlich serviert worden war, und sie bestätigte ihrem Mann, es sei in dieser Hinsicht wohl besser zu schweigen. »Aber wie dem auch sei«, fügte sie flüsternd hinzu, »ich bin sicher, daß diese Sachen hier keine Konservierungsstoffe oder andere Chemikalien enthalten, und deshalb brauchst du dir in *diesem* Punkt wohl keine Sorgen zu machen. Ach, heute will ich einmal nicht an meine Diät denken.«

Papa Schimmelhorn unterhielt sich mit Irmintrude, ihrem Vater und auch dem neben ihm sitzenden Thorfinn Thorfinnson. Er erzählte ihnen von dem Krieg gegen die Gnurrs, und Thorfinnson versprach, daraus eine glorreiche Saga zu machen. Klugerweise erwähnte er nicht, daß sie aus der Zukunft kamen, und er erklärte, die Heimat des Prinzen Palatine läge weit im Westen, jenseits des Ozeans. Daraufhin bemerkte Thorfinn beeindruckt, wenn jenes Land sich auf der anderen Seite des großen Meeres erstrecke, können er auch noch nichts davon gehört haben – und auf diese Weise waren weitere Erläuterungen nicht mehr notwendig.

General Pollard entdeckte inzwischen zu seiner großen Freude, daß er in sprachlicher Hinsicht nicht annähernd so isoliert war, wie er bisher befürchtet hatte. Vor dem Besuch der Militärakademie hat er eine ebenso strenge wie berühmte Knabenschule besucht und sich dort sechs lange Jahre mit Latein beschäftigen müssen. Damals hatte er sich insbesondere durch seine hervorragenden Kenntnisse über Cäsar, Titius Livius, Polybios und andere Werke von militärischem Interesse ausgezeichnet. Als der neben ihm sitzende Erzbischof Alberic diese Sprache benutzte, als er sich an ihn wandte, hätte er vor Glück fast gewiehert und begann sofort mit einem längeren Vortrag darüber, wie man Pferde bei kriegerischen Auseinandersetzungen am besten einsetze. Das beeindruckte den Geistlichen sehr, der sich daraufhin insgeheim fragte, ob durch irgendein Wunder nicht etwa der Schutzheilige aller Rösser und Maulesel auf die Erde geschickt worden war.

Der Erzbischof schnitt andere Themen an und fragte, ob es sich bei den Tataren wohl um die Geißel Gottes handeln könne, die die Christen wegen ihrer vielen Sünden strafen solle, oder ob es einfach nur Diener des Satans seien. Der General meinte, die Beantwortung dieser Fragen falle nicht in seinen Zuständigkeitsbereich, und er beschränkte sich thematisch auf die Tataren und ihre Pferde – und wie man Pferde einsetzen sollte, um den Feind in die Flucht zu schlagen. Die beiden Männer kamen recht gut miteinander aus, und als das letzte Rülpsen Graf Rudolfs das Ende des Festmahls bedeutete, waren General Pollard und der Erzbischof Alberic zwar keine aufeinander eingeschworenen Kampfgenossen, aber doch ziemlich gute Freunde.

Nach dem Essen führte der Graf sie durch das Schloß Drachendonnerfels und zeigte ihnen auch die Verteidigungsanlagen. Es handelte sich um ein mächtiges Bauwerk aus grauem Stein, und es erhob sich auf einer schmalen Halbinsel, die in einen breiten Fluß hineinreichte. Auf drei Seiten erhoben sich die hohen Mauern und Zinnen direkt an Klippen, und jenseits davon erstreckte sich ein bewaldeter Hang. Dort kampierten die Flüchtlinge in einem Lager. Die meisten von ihnen hatten nur einen Teil ihrer Habe in Sicherheit bringen können. Es handelte sich um die Personen, für die im Schloß selbst kein Platz mehr war, und sie kamen von

nah und fern: Deutsche und Madjaren und Böhmen und seltsame Menschen aus noch seltsameren Stämmen aus dem christlichen Westen. Ihre Stimmen wehten an den Wällen empor, und die Gerüche verschiedenster Speisen erfüllten die Luft. Hier und dort in der Ferne stiegen dichte Rauchschwaden in die Höhe: sie sahen auch einen mongolischen *Tuman* in vollem Galopp – mit vielen Dutzend disziplinierten Kriegern, die im Wind wehenden Banner hoch erhoben.

»Da sind sie!« Graf Rudolf deutete in die entsprechende Richtung. »Sie kennen keine Gnade. Sie werden niemals müde. Sie plündern, während sie reiten, und an einem einzigen Tag legen sie eine Strecke zurück, für die wir eine Woche brauchen. Wenn sie ihr Ziel erreichen, ziehen sie sofort in die Schlacht. Wenn wir ihnen eine Falle stellen, verschwinden sie einfach. Und wenn wir schon glauben, wir hätten es geschafft, tauchen sie wie aus dem Nichts auf. Es sind keine Dämonen, denn sie sterben wie andere Menschen auch. Aber bestimmt gehören Dämonen zu ihren Helfern.« Er schauderte. »Kommt, auf daß wir Kriegsrat halten.«

Als sie sich von den Frauen trennten, blieb Thorfinn Thorfinnson ein wenig mit seinem Kampfgenossen und eingeschworenen Waffenbruder zurück und flüsterte ihm etwas ins Ohr. »Die Lady Bluebelle«, fragte er leise. »Ist sie verheiratet?«

Papa Schimmelhorn versicherte ihm, das sei derzeit nicht der Fall.

»*Ah-ha!*« entfuhr es Thorfinn. »Das ist ja ausgezeichnet! Seht sie Euch nur an – die herrlich weiße Haut, das dichte Haar, die prächtigen Zähne. Und dann ihre Schenkel! Noch nie zuvor habe ich eine Frau mit so wunderbar dicken Oberschenkeln gesehen. Ich sage Euch: Sie könnte mir die denkbar besten Söhne zur Welt bringen! Nun, ich warte noch ein wenig. Wenn es uns gelungen ist, die Tataren in die Flucht zu schlagen –

wollt Ihr dann vielleicht bei ihr ein gutes Wort für mich einlegen?«

Und Papa Schimmelhorn, der Bluebelle nicht unbedingt für eine niedliche Schmusemieze hielt, versprach großzügig, ihm diesen Wunsch zu erfüllen und sich alle Mühe zu geben.

Rudolf von Kroissengrau hielt seinen Kriegsrat in einer Gefechtskammer ab, von der aus man einen guten Blick auf sein von den Mongolen besetztes Land hatte. Anwesend waren der Prinz Palatine von Washington und dem Potomac, Thorfinn Thorfinnson, der Erzbischof Alberic, der Prior des Ordens der Tempelritter, der dunkelhäutige Mann, der aus den Karpaten kam und ein sonderbar zernarbtes Gesicht hatte, verschiedene Angehörige des höheren und niederen Adels, deren Streitkräfte von den Mongolen aufgerieben worden waren und die somit einen Großteil ihres einstigen Status' eingebüßt hatten, und Papa Schimmelhorn, der sich eigentlich ein wenig fehl am Platze fühlte, weil er ja kein Militärexperte war und sich außerdem viel lieber mit Irmintrude vergnügt hätte.

Graf Rudolf eröffnete die Sitzung, indem er den Prinzen als ranghöchsten Adligen und darüber hinaus fähigsten und berühmtesten Kommandeur darum bat, seinen Plan zu erläutern. Der General erhob sich, meinte bescheiden, er sei nur ein einfacher, wenn auch sehr pflichtbewußter Soldat, und dankte dem Grafen mit einem ausführlichen und detailreichen Vortrag. Manchmal sprach er englisch, was von Papa Schimmelhorn übersetzt wurde, dann wieder in volltönendem Latein, was der Erzbischof zum Anlaß nahm, seine Ausführungen den anderen Anwesenden zu erklären.

»Aber es sind nicht nur meine in langen Jahren erworbenen Erfahrungen oder meine Kenntnisse über die modernsten Strategien und Taktiken des Einsatzes der

Kavallerie, die mich davon überzeugen, der richtige Mann dafür zu sein, den tatarischen Feind in die Flucht zu schlagen. Nein, meine Freunde! Denkt nur: Meine ehrenwerte Gattin, angetrieben von typisch weiblicher Neugier und jener Art von Leichtsinn, die wir alle so gut kennen, schwang sich auf das magische Pferd – das mir der Graf von Schimmelhorn zum Geschenk machte – und ritt damit hierher nach Drachendonnerfels! Und gleich darauf nahm Lady Irmintrude, vielleicht aufgrund der gleichen Beweggründe, ihren Platz ein und brachte mir das thaumaturgische Roß sofort zurück. Wer kann angesichts dieser Umstände noch daran zweifeln, daß mich ein Wink des Schicksals – die Hand Gottes gewissermaßen – an einen Ort führte, wo ich so dringend gebraucht werde?«

Die anderen hatten ihm schweigend und interessiert zugehört. Jetzt stand der alte Mann aus den Karpaten auf und bat den Grafen ums Wort. Er lehnte sich schwer auf seinen großen Zweihänder, und als er sprach, klang seine Stimme so kratzig, als rieben die harten Schuppen eines Drachen übereinander.

»Großer Prinz«, sagte er, »ich bin absolut davon überzeugt, daß Euer Erscheinen hier tatsächlich einem Wunder gleichkommt...«

Alle Männer am Tisch nickten.

»... aber wir dürfen den Willen Gottes nicht zu bereitwillig zu interpretieren versuchen, denn dann könnte es geschehen, daß wir den Herrn falsch verstehen. Angesichts dessen, was Ihr uns über die Kavallerie Eures Heimatlandes erzählt habt, bin ich sicher, daß Ihr innerhalb einer gewissen Zeit eine Streitmacht zusammenstellen könntet, die dazu in der Lage wäre, es wirklich mit den Tataren aufzunehmen. Aber Ihr habt uns auch darauf hingewiesen, daß sich die Könige und Prinzen des Westens, Nordens und Südens zusammenschließen müssen. Laßt mich Euch darauf hinweisen, daß sich trotz der Bedrohung durch die Tataren die meisten dieser edlen Herren nach wie vor befehden. Hoheit, selbst wenn Ihr jeden einzelnen von ihnen mit Eurem magischen Roß aufsuchen würdet – selbst dann würden sich nur wenige von ihnen dem Gebot der Stunde fügen. Oder es vergingen viele Monate mit Diskussionen, wonach es vielleicht zu spät wäre. Ich möchte Euch sagen, was die Tataren darstellen!« Das vernarbte Gesicht des dunkelhäutigen Mannes verzog sich. »Meine Feste in den Karpaten war uneinnehmbar. Mehr als hundertfünfzig Jahre lang erklomm kein Feind ihre Mauern. Den *Tataren* aber gelang es, sie innerhalb von acht Stunden zu erobern. Als sie ihren Angriff vorbereiteten, gehorchte ich dem Befehl des Königs und schickte meine Kuriere mit den schnellsten Pferden aus, um ihn zu warnen. Ja, sie trafen auch in Budapest ein und warnten König Bela – *aber als sie dort ankamen, erreichten auch die ersten tatarischen Patrouillen den Stadtrand*. Meine Kuriere brauchten nur zu reiten. Die vielen tausend Tataren jedoch ritten nicht nur, sondern plünderten und brandschatzten und mordeten auch – und trotzdem kamen sie nicht später nach Budapest. Nein, Euer Hoheit, in der Zeit, die erforderlich wäre, um die Könige der Christenheit zu vereinen, eine gemeinsame Streitmacht zusammenzustellen und sie auf den Kampf vorzubereiten, gäbe es bereits gar keine Christenheit mehr, und die Herrschaft der gräßlichen Tataren würde sich bis zum westlichen Meer erstrecken. Euer Heimatland, gelobter Prinz – Baron Thorfinn erklärte mir, es sei weit, weit entfernt, noch viel weiter als alle anderen Länder, von denen wir jemals etwas gehört haben – bringt es möglicherweise fertig, dem Ansturm des Feindes standzuhalten. Aber verfügt Ihr über genügend magische Pferde, um uns ebenfalls so mächtig zu machen? Ich bin der Ansicht, wir müssen sehr sorgfältig nachdenken und in Erfahrung zu bringen versuchen, ob Gott nicht vielleicht ganz etwas anderes im Sinn hatte, als Er Euch und den großen Magier schickte, um uns zu helfen, wofür ich Ihm ...« – er neigte den Kopf – »... demütig danke.«

Zustimmendes Gemurmel erklang, und der Erzbischof meinte niedergeschlagen: »Hoheit, mehr als nur einmal haben wir Botschafter ausgeschickt und die Könige und Prinzen gebeten, sich mit uns zusammenzuschließen – und sie haben immer erst dann auf uns gehört, wenn die Tataren bereits vor ihren Toren standen. Lord Koloman hat recht. Wenn es nicht möglich ist, eine große Armee rasch über das weite Meer zu bringen, müssen wir uns etwas anderes einfallen lassen.«

General Pollard wollte widersprechen, begriff dann jedoch, daß das Versagen der Christenheit, sich gegenüber den Mongolen zu vereinen, nicht auf einen Mangel an entschlossenen und weitsichtigen Männern zurückzuführen war. Er seufzte, und zumindest vorübergehend nahm er innerlich Abstand von der Vorstellung, die er sich von sich selbst gemacht hatte und die ihn dabei zeigte, wie er mit gezücktem Schwert eine Kavallerie anführte, die noch viel größer war als die, die er während des Krieges gegen die Gnurrs befehligt hatte.

»Lord Koloman«, fragte Graf Rudolf, »auf welche andere Weise können wir den Feind verjagen, wenn nicht mit unseren Schwertern? Ihr seid sehr erfahren in Hinsicht auf den Krieg, und Ihr wißt viel über die Tataren. Was könnt Ihr uns vorschlagen?«

»Ich weiß es nicht«, erwiderte Lord Koloman gedehnt. »Aber wenn wir nicht die Möglichkeit haben, die Tataren militärisch zu schlagen, so fällt mir nur eine Alternative ein: Wir müssen sie überlisten. Das dürfte jedoch sehr schwierig werden, denn sie sind Meister der Schläue. Ihre Spione sind überall, und sie lauern darauf, uns an den Feind zu verraten.«

Eine Weile herrschte im Besprechungsraum eine Stimmung der Verzagtheit. Dann lachte Thorfinn Thorfinnson dröhnend. »Freund Koloman, all das war gestern! Heute jedoch haben wir einen großen Magier bei uns, der inzwischen zu meinem eingeschworenen Waffenbruder wurde, und er hat auch noch einen mächtigen Kommandeur mitgebracht. Ja, es gibt überall Spione und Verräter, und bestimmt wird die Nachricht von der Ankunft unserer Freunde rasch Prinz Batu und Subutai erreichen. Gewiß versuchen sie dann, mehr in Erfahrung zu bringen – schließlich wissen wir ja, daß der Feind nicht ohne genaue Kenntnis der jeweiligen Situation zuschlägt.«

»Und was geschieht dann?« fragte Graf Rudolf.

Zwei oder drei der von den Tataren beraubten Adligen im Zimmer rutschten unruhig hin und her, und einer von ihnen räusperte sich und meinte: »D-dann ziehen die Tataren ihre Truppen zusammen und s-stürmen dieses Schloß, ganz gleich, welche Verluste ihnen das auch einbringen m-mag! Ja, *das* wird geschehen!«

Thorfinn Thorfinnson sprang mit einem Satz auf. »Und in einem solchen Fall bringen sie Euch um!« grollte er. »Fürchtet Ihr Euch vor dem Tod?«

Die Adligen duckten sich unwillkürlich, und erneut lachte der hünenhafte Wikinger. »Einer der Gründe dafür, warum Ihr geschlagen wurdet und nun hier seid, besteht darin, daß Ihr den Feind nicht versteht. Haltet Ihr Subutai etwa für dumm? Er wird natürlich sofort begreifen, daß ein Magier, der von einem Augenblick zum anderen mit einem prächtigen magischen Pferd erscheint, auch ebenso rasch wieder verschwinden kann! Selbst wenn es ihm gelänge, dieses Schloß zu nehmen – sein Erfolg brächte ihm nichts ein. Nein, bestimmt versucht er, indirekt ans Ziel zu gelangen – und das müssen wir ausnutzen.«

Er setzte sich wieder, und Graf Rudolf ergriff das Wort. Inzwischen waren alle Anwesenden erneut recht guter Dinge, abgesehen vielleicht von General Pollard, und es begann eine Diskussion darüber, was unternommen werden sollte. Zwanzig Minuten lang berieten sich die Männer, ohne ein konkretes Ergebnis zu erzielen. Dann, als sie schon aufgeben wollten, sandte der Erzbischof ein Bittgebet gen Himmel – und es wurde erhört.

»Ehrenwerte Herren«, sagte er. »In unserem Stolz haben wir ganz unsere wichtigste Pflicht vergessen. Wir haben versäumt, den großen Magier um Rat zu fragen, den Gott uns sandte.« Er wandte sich an Papa Schimmelhorn. »Herr Graf, verzeiht bitte. Wir erflehen Eure Hilfe.«

Papa Schimmelhorn hatte seit einer ganzen Weile schon nicht mehr richtig zugehört und statt dessen überlegt, wie er sich möglichst taktvoll entschuldigen und zu Irmintrude zurückkehren konnte, um ein wenig mit ihr zu schmusen. Jetzt schüttelte er den Kopf, wie um seine Gedanken zu ordnen, runzelte nachdenklich die Stirn, sah den General an und formulierte die erste Idee, die ihm in den Sinn kam. »Soldat-Dschäneral«, sagte er, »wir könnten uns doch ainige där Mongolen schnappen und mit ihnen ainen Ausflug mit dem Zaitpony machen. Sie haben kaine Ahnung von Zaitraisen, und wir zaigen ihnen daine Kafallerie. Viellaicht sind sie dann so erschrocken, daß sie die Flucht ergraifen und nach Hause zu ihren Mamas rännen.«

Der General starrte ihn groß an und versuchte, diesen Rat gedanklich zu verarbeiten, und Papa Schimmelhorn erklärte seinen Vorschlag den anderen Anwesenden, wobei er die Sache mit der Zeitreise vorsichtigerweise der Zensur unterwarf.

Ein verblüfftes Schweigen folgte seinen Worten – und daran schloß sich der stürmische Protest des Priors der Tempelritter an.

»Die Tataren sind ehrlose Gesellen!« rief er. »Sie können nicht zusammen mit Christen in einem magischen

Karren untergebracht werden. Außerdem sind sie auch noch Diener des Satans, und deshalb kennen sie keine Furcht. Wie also sollen wir ihnen mit dem Anblick der riesigen Armee des Prinzen Angst einjagen?«

Thorfinn Thorfinnson machte ein finsteres Gesicht, hob die Hand und forderte die anderen zum Schweigen auf. »Es stimmt schon, Herr Prior, soweit wir wissen, sind die Tataren wirklich ehrlos. Und es stimmt auch, daß sie sehr tapfer sind. Das bedeutet jedoch nicht, daß sie sich zu Leichtsinnigkeiten hinreißen lassen und Vorsicht für unnötig halten. Denkt nur daran, mit welcher Achtsamkeit sie die ihnen von uns gestellten Fallen vermeiden und versuchen, unsere schwachen Stellen auszunutzen! Der von meinem Waffenbruder vorgeschlagene Plan ist sehr gefährlich, aber wenn die Armeen des Prinzen tatsächlich so riesig und ehrfurchtgebietend sind, wie wir gehört haben, so könnten Subutai zu dem Schluß gelangen, daß es besser für ihn ist, zum Rückzug zu blasen, anstatt den Feldzug fortzusetzen. Außerdem: Bleibt uns denn eine andere Wahl?«

Der Erzbischof sah General Pollard an. »Hoheit«, sagte er, »was haltet Ihr von einem solchen Unterfangen?«

In den Augen des Generals blitzte es wieder auf. Zwar sah er sich nun nicht an der Spitze einer gewaltigen Reiterschar, aber zumindest in der ihn sehr zufriedenstellenden Position, eine wichtige historische Entscheidung zu treffen. Nicht ohne einen gewissen Enthusiasmus erhob er sich und straffte stolz die Gestalt. »Hört mich an!« verkündete er mit bedeutungsschwangerer Stimme. »Dies soll meine Botschaft an die Tataren sein: Wenn sie der Kavallerie meiner Heimat und der angrenzenden Länder ansichtig werden, so geraten sie in Panik und fliehen! Als Prinz Palatine von Washington und dem Potomac teile ich ihnen mit, daß ich meinen Vasallen und Verbündeten sowohl die Mühe als auch die Kosten ersparen möchte, unsere gewaltige Streitmacht über das westliche Meer zu bringen. Aber wenn sich die Mongolen nicht sofort nach Asien zurückziehen, so werde ich meine Armeen mit aller Entschlossenheit gegen sie ins Felde führen – denn wir sind ebenfalls Christen und somit Eure Freunde! Wenn die Tataren weiterhin hier verharren wollen, so werde ich sie vernichtend schlagen. Das ist meine Botschaft! Bringt sie dem Feind! Und Papa ... ich meine, *Graf* von Schimmelhorn ... und ich zeige ihnen, daß es sich bei meinen Worten nicht um eine leere Drohung handelt!«

Lateinisch ist eine prächtige Sprache für solche Verkündigungen, und der General war außerordentlich beeindruckend. Einige schüchterne Stimmen machten zaghafte Einwände, verstummten aber rasch. Plötzlich herrschte eine ganz andere Stimmung in dem Zimmer. Insbesondere die anwesenden Ungarn jubelten, und Waffen klirrten laut.

»Gut!« knurrte Lord Koloman. »Es ist besser, irgendeinen Plan zu haben, als gar keinen. Und es ist auch besser, etwas gegen die Tataren zu unternehmen, anstatt darauf zu warten, daß sie uns alle niedermachen! Hoheit, laßt *mich* dem Feind Eure Botschaft übermitteln.«

»Lord Koloman«, wandte Thorfinn ein, »wir sollten bis morgen warten. Prinz Batu und Subutai erfahren ohnehin in kurzer Zeit davon, da könnt Ihr ganz sicher sein! Wir alle haben bereits gesehen, wie das magische Pferd in unserer Mitte erschien, mit Lady Irmintrude verschwand und kurz darauf mit dem Karren, meinem eingeschworenen Waffenbruder, dem Prinzenpaar, dem Offizier Seiner Hoheit und Lady Bluebelle zurückkehrte. Diese Wunder sind ohne Zweifel bereits dem Feind berichtet worden. Jetzt brauchen wir nur noch mit den Armeen zu prahlen, die uns der Prinz demnächst zu Hilfe schicken wird. Wenn ich mich nicht sehr irre, können wir bald mit der Ankunft tatarischer Gesandter rechnen. Was glaubt Ihr, Graf Rudolf?«

Der Graf nickte. »Ich bin ganz Eurer Meinung«, bestätigte er. »Und es wäre besser, wenn wir hier oder im offenen Gelände mit ihnen verhandelten, anstatt in ihrem Lager, wo sie alle möglichen Fallen für uns vorbereiten könnten. Warten wir also ab. Und nun ...« Er klatschte in die Hände, um den Dienern Bescheid zu geben. »Laßt uns etwas trinken und über weniger bedeutsame Dinge sprechen.«

Man führte die Damen herein. Camellia Jo Pollard platzte fast vor Begeisterung darüber, wie die Prinzessin Palatine behandelt zu werden. Irmintrude war ganz versessen darauf, sich wieder an ihren großen Magier schmiegen zu können. Und Lady Bluebelle, die nun eins der prächtigsten Flittergewänder Mrs. Pollards trug, glühte infolge ihres natürlichen Temperamentes, was Thorfinn Thorfinnson sogleich zu einem bewundernden Seufzen veranlaßte.

Bluebelle stieß Papa Schimmelhorn freundlich in die Rippen. »He«, meinte sie, »der große Skandinavier dort drüben ist ein echter Kerl, was, Väterchen? Man braucht sich bloß mal seine Muskeln anzusehen. Wie hieß der Typ doch noch gleich?«

»Thorfinn Thorfinnson«, erwiderte Papa Schimmelhorn. »Är ischt ain Baron.«

Thorfinn wandte den Blick nicht von Bluebelle ab, als er einige aufgeregte Worte auf altnorwegisch über die vor Leidenschaft zitternden Lippen brachte.

»Hm, was hat *das* denn zu bedeuten?« fragte die Köchin von Mrs. Pieh.

»Ho-ho-ho! Är schpricht über Sie, Frau Blubäll. Är maint, är mag Sie sähr, wail Sie so ainen dicken Allerwärteschten haben, und är glaubt, Sie und är würden sicher besonders schtarke und prächtige Söhne zeugen.«

Bluebelle lächelte bescheiden. »Sagen Sie doch diesem netten Kerl, mit einem so großen Schweden wie ihm wäre das sicherlich ein recht lustiges Unterfangen«, wandte sie sich an Papa Schimmelhorn und errötete, wodurch ihre Wangen einen für sie nicht unvorteilhaften rosaroten Ton annahmen.

Und als Papa Schimmelhorn ihre Antwort für den Wikinger übersetzte, brummte Thorfinn glücklich, und seine Brust schwoll so stark an, daß fast seine Jacke geplatzt wäre. Im Anschluß daran machte er sich zusammen mit Bluebelle – begleitet natürlich von einer Anstandsdame – auf den Weg zu den Zinnen. Irmintrude dirigierte ihren großen Magier in einen entlegenen Winkel, schmuste dort mit ihm und bat ihn darum, ihr einerseits von allen neuen Überlegungen zu berichten und andererseits mitzuteilen, wann er die Tataren zu verjagen gedenke.

Bis zum Einbruch der Nacht wurden noch viele sehr ernste Diskussionen geführt, denn Graf Rudolf, Thorfinn, der Erzbischof und Lord Koloman vertraten die Ansicht, es ginge darum, alle Eventualitäten zu berücksichtigen. Der General zeigte ihnen seinen Feldstecher und vertraute ihn anschließend einem Soldaten an, der den Auftrag erhielt, damit alle Truppenbewegungen des Feindes zu überwachen. Sergeant Leatherbee meldete, niemand habe den Versuch unternommen, sich dem Zeitpony oder dem Karren zu nähern, und er führte aus, die Ritter, die von Thorfinn angewiesen worden waren, das magische Roß zu bewachen, seien nach wie vor auf ihren Posten. Dann, auf die Instruktionen Papa Schimmelhorns hin, brachte man das Pony, den Wagen und auch alles andere feierlich nach oben, in die große Kammer, die dem Magier zugewiesen worden war und die an das Zimmer angrenzte, mit dem man die Pollards geehrt hatte. Es handelte sich dabei um Räumlichkeiten, in denen der Graf für gewöhnlich königliche Gäste unterbrachte.

Auf die höfliche Bitte des Generals hin – übersetzt wurde sie vom Erzbischof –, ließ man ihn mit Papa Schimmelhorn allein. »Papa«, sagte Pollard, »ich hätte nie gedacht, daß für die Rettung Europas vor den Mongolen so viele Probleme gelöst werden müssen.«

»Mach dir kaine Sorgen, Soldat-Dschäneral«, lachte Papa Schimmelhorn. »Thorfinn Thorfinnson waiß alles über die Mongolen, und jätzt hat är sich in Blubäll värliebt. Äs wird also beschtimmt alles in Ordnung kommen.«

»Bluebelle Bottomley und ihre Liebhaber«, erwiderte der General steif, »haben nichts mit den militärischen Problemen zu tun, mit denen wir uns konfrontiert sehen. Wenn wir tatsächlich beabsichtigen, mit Gesandten der Tataren eine Zeitreise zu machen und ihnen die besten Kavallerien der Weltgeschichte zu zeigen, so muß die Tour sorgfältig geplant werden. Wir müssen dem Feind die beste westliche Kavallerie im Kampfeinsatz zeigen, und nicht etwa bei Paraden.«

»Wie wär's mit Littel Big Horn und Dschäneral Kaster?« schlug Papa Schimmelhorn vor.

»Nun, ausgerechnet *das* hatte ich nicht unbedingt im Sinn.« Pollard schaubte. »Wir müssen den Feind so sehr beeindrucken, daß er sofort von unserer absoluten Überlegenheit überzeugt ist! Ich denke in diesem Zusammenhang an einige bestimmte Schlachten, die mir dafür geeignet erscheinen, aber du sagtest ja, du brauchst die exakten Koordinaten, was den Längen- und Breitengrad angeht, ganz zu schweigen von einer genauen Zeitangabe und Karten des entsprechenden Geländes. Ach, es ist einfach so, daß es mir an genügend Daten mangelt.«

»Macht nichts. Wir schwingen uns ainfach in dän Sattel däs Zaitponys und raiten nach Hause, und dort kannscht du in dainen Unterlagen nachgucken. Anschließend kähren wir hierher zurück, zu genau dem Zaitpunkt, an däm wir aufgebrochen sind. Niemand wird etwas davon erfahren, abgesähen viellaicht von däm Sardschänt und där klainen Irmintrude. Ich frage sie, ob sie Luscht zu einem Ausflug hat. Es ischt an där Zait, daß du lärnscht, mit däm Pony umzugähen. Ich zaige dir alles. Irmintrude und ich hocken uns in dän Karren.«

Er machte sich davon, und schon nach einigen wenigen Minuten kehrte er mit Lady Irmintrude zurück, die die Idee von dem Ausflug offenbar sehr begrüßte. Papa Schimmelhorn warnte den General davor, die Kontrollen des Zeitponys anzurühren. Er befestigte eine Zusatzeinrichtung an dem Bedienungskasten – eine Apparatur, die böse Überraschungen verhindern sollte –, und dann machten sie sich sofort auf den Weg. Zwar ist es recht schwierig, die Zeit abzuschätzen, die während einer Zeitreise verstreicht, doch sie reichte aus, um dem Paar im Karren die Möglichkeit zu geben, sich noch besser als bisher kennenzulernen, und der General nahm die gute Gelegenheit wahr, Gefallen am Zeitreiten zu finden. Als sie im Innern des Stalles rematerialisierten, hatte sich seine mürrische Stimmung vollkommen verflüchtigt. Er führte sie rasch ins Haus und bat sie darum, sich keinen Zwang anzutun und selbst zu bedienen. Dann verschwand er in seinem Arbeitszimmer und pfiff dabei ein zackiges Marschlied. Papa Schimmelhorn wandte sich dankbar Lady Irmintrude zu, nahm sie in seine starken Arme, ließ sie geschickt einen Karton Bier auf der Schulter balancieren und begab sich mit ihr in die Gemütlichkeit des Schlafzimmers im ersten Stock.

Der General brauchte eine gute Stunde für seine historischen Recherchen, und weitere zwanzig Minuten verbrachte er damit, per Telefon mit dem Pentagon zu sprechen und die genauen Details in Erfahrung zu bringen. Als alles geklärt war, enthielt seine Liste vier Eintragungen: 18. Juni 1815 – *Waterloo;* 25. Oktober 1854 – *Balaklawa;* 9. Juni 1863 – *Brandy Station, Virginia;* 2. September 1898 – *Omdurman, Sudan.* Darüber hinaus verfügte er über sehr genaue Karten jedes betreffenden Geländes und außerdem Diagramme mit den einzelnen historischen Aktionen und Vorstößen.

Irmintrude machte einen recht zerzausten Eindruck, und ihre Wangen glühten. Papa Schimmelhorn sah ebenfalls so aus, als sei er gerade dem Weihnachtsmann höchstpersönlich begegnet. Doch General Pollard schenkte dem kaum Beachtung. »Ich muß öfters auf diesem Pferd reiten, Papa!« rief er begeistert aus, als er sich auf den Rücken des Zeitponys schwang. »Es ist einfach herrlich! Macht noch mehr Spaß als die beste Fuchsjagd!«

»Faß nur nicht die Kontrollen an«, warnte Papa Schimmelhorn. »Gib dich damit zufrieden, in die Pedale zu träten.«

Sie kehrten nach Drachendonnerfels zurück und trafen nur wenige Sekunden nach ihrem Aufbruch ein. Irmintrude gab ihrem großen Magier einen Kuß und eilte davon, um ihr Äußeres in Ordnung zu bringen. Der General warf sich in Positur. »Ich hoffe nur, die Mongolen schicken uns jemanden, der wirklich etwas von der Kriegskunst *versteht!*« sagte er. Dann machte er sich daran, Papa Schimmelhorn ganz genau zu erklären, an welchen Ort und in welche Zeit sie am nächsten Tag reisen mußten. Er fertigte einige Skizzen an und erläuterte, er wolle es vermeiden, in zu großer Nähe des Schlachtgetümmels zu rematerialisieren. Darüber hinaus schwelgte er bereits in Vorstellungen des psychologischen Schocks, den die mongolischen Gesandten sicher erleiden würden.

Kurz nach dem Einbruch der Dunkelheit zogen sie sich zur Nachtruhe zurück. Papa Schimmelhorn träumte angenehm von süßen Schmusemiezen und General Pollard von phantastischen Ritten auf Phantasiegeschöpfen, die noch nicht einmal einen Namen hatten und auf deren Rücken er die heroischsten Kämpfe gegen die gräßlichsten Feinde bestritt, wodurch er endgültig und für alle Zeiten in die Geschichte einging. Kurz nach dem Morgengrauen wurden sie beide von Thorfinn Thorfinnson und Sergeant Leatherbee geweckt.

»Die Tataren sind eingetroffen!« sagte der Winkinger.

»Die dreimal verfluchten Schlitzaugen sind da!« meldete der Sergeant.

Die Mongolen waren tatsächlich angekommen. Zwar wahrten sie respektvolle Distanz zu den äußeren Verteidigungsanlagen von Drachendonnerfels, die die Halbinsel vor Angriffen vom Land her schützten, doch ihre Streitmacht war so groß, daß selbst General Pollard bei ihrem Anblick ehrfürchtig staunte. Jeder *Tuman* bestand aus zehntausend Kriegern, und insgesamt mußten es rund ein Dutzend *Tumane* sein. Außerdem war in einiger Entfernung auch noch ein Heereslager zu sehen, mit großen Wagen und noch größeren Zelten, mit Lagerfeuern, Gefechtsstellungen und Schmieden.

»Was haben sie jetzt vor?« fragte der General.

»Baron Thorfinn meint, sie werden noch abwarten«, erwiderte der Erzbischof. »Und im Anschluß daran geben sie sich bestimmt die größte Mühe, uns einen ordentlichen Schrecken einzujagen. Was mich angeht: Ich muß zugeben, daß ihnen das bereits gelungen ist.«

Die Mongolen warteten. Sie veranstalteten Kampfübungen und zeigten, wie meisterhaft sie zu reiten verstanden. Erst gegen Mittag kamen ihre Gesandten. Eine Gruppe von drei Männern näherte sich langsam und würdevoll dem Schloß.

Graf Rudolf, der Prior der Tempelritter und ein Madjare, der die Sprache der Tataren beherrschte, machten sich auf, um die Botschafter zu empfangen.

Der Sprecher der Mongolen verlangte die sofortige Kapitulation des Schlosses und aller seiner Bewohner, wozu auch der Magier mit dem magischen Roß gehörte.

Graf Rudolf lehnte es schlichtweg ab, ihn auch nur anzuhören, und er wies darauf hin, er sei nichts weiter als ein Regimentskommandeur und habe daher nicht den Status, von Prinzen als gleichwertiger Gesprächspartner akzeptiert zu werden.

Somit wurden die Verhandlungen schon nach kurzer Zeit abgebrochen, und die Mongolen zeigten weitere Kriegsspiele. Nach einer Weile machte sich eine zweite Abordnung auf den Weg zum Schloß. Diesmal wurde sie angeführt von einem *Tuman*-Kommandeur, und der Gruppe gehörte außerdem ein Neffe Prinz Batus an. Graf Rudolf teilte ihnen herablassend und arrogant die warnende Botschaft des Prinzen Palatine von Washington und dem Potomac mit, und daraufhin kehrte die Abordnung zu den Tataren zurück.

Eine Stunde später traf der Neffe Prinz Batus allein am Schloß ein. Sein Onkel, so erklärte er, wolle eine aus drei Männern bestehende Gruppe schicken, die mit dem magischen Roß den fernen Ländern des sonderbaren Prinzen einen Besuch abstatten und feststellen sollte, ob er die Wahrheit sprach oder nicht. Sie vereinbarten einen Treffpunkt auf halbem Wege zwischen Drachendonnerfels und der Streitmacht der Mongolen. Für den Fall, daß die Abgesandten nicht sicher zurückkehrten oder nach ihrer Rückkehr berichteten, der fremde Prinz habe gelogen, drohte der Feind damit, Drachendonnerfels zu stürmen, das Schloß dem Erdboden gleichzumachen und jedes lebende Wesen darin umzubringen.

Diese Worte stimmten Papa Schimmelhorn alles andere als froh. Er erklärte dem General, er zöge es vor, dorthin zurückzukehren, woher sie gekommen waren, in eine Zeit und an einen Ort, wo ein Mann seine Tage – und Nächte – damit verbringen konnte, in Ruhe und

Frieden süßen Schmusekätzchen nachzustellen. Das Argument, damit ließ er die westliche Zivilisation im Stich, berührte ihn nicht weiter. Erst als Irmintrude sich zu einem physischen Eingreifen entschloß, erklärte er sich einverstanden.

General Pollard und Sergeant Leatherbee legten sich die Waffen an. Thorfinn Thorfinnson folgte ihrem Beispiel, nachdem er sich auf sehr temperamentvolle Art und Weise von Bluebelle verabschiedet hatte. In der Ferne konnten sie sehen, daß sich die mongolischen Zeitreiter bereits auf den Weg machten. Fanfarenklänge erschollen, und das Ausfalltor des Schlosses öffnete sich. Eine Reiterschar der Garnison von Drachendonnerfels war dazu bereit, nötigenfalls einzugreifen und sie zu retten.

»Warte so lange, bis uns noch ein paar Meter trennen«, wies der General Papa Schimmelhorn an. »Dann erscheine mit dem Pony und dem Karren genau zwischen uns.«

»Alles klar, Soldat-Dschäneral«, erwiderte Papa Schimmelhorn, der sich jetzt nicht mehr ganz wohl in seiner Haut zu fühlen schien.

General Pollard und Thorfinn Thorfinnson ritten entschlossen los. Sergeant Leatherbee hielt sich eine Pferdelänge hinter ihnen und wurde von einem Ritter begleitet, der als Roßhüter fungieren sollte. Die vier Mongolen brachen in der gleichen Formation auf. Die beiden Gruppen näherten sich einander, und niemand unternahm den Versuch, sie anzugreifen.

Der General sah, daß der Mann, der die Gesandten der Tataren anführte, gut sechzig Jahre alt sein mochte. Er war größer als der Durchschnitt seiner Landsleute, noch immer schlank und hager. Er trug einen Helm samt Kettenhemd und gefirntem Leder. Die Kleidung war so schlicht und einfach wie die der anderen Mongolen, doch Pollard beobachtete auch, daß sich dieser besondere Tatar mit einem vergoldeten und mit Edelsteinen besetzten Säbel geschmückt hatte, der offenbar aus Persien stammte.

In diesem Augenblick packte ihn Thorfinn am Arm. *»Seht nur!«* zischte er leise. *»Es ist Subutai höchstpersönlich!«*

General Pollard verstand zwar die Sprache des Wikingers nicht, aber der Name war ihm durchaus vertraut. Er schauderte vor Aufregung, als er daran dachte, daß er nun einem Kommandeur begegnete, der seine Eroberungsfeldzüge von den Wüsten der Mongolei aus bis an die Donau befehligt hatte, von Indien bis ins nördlichste Moskowiterreich – eine Aufregung, die sich gleich darauf mit einer gewissen Besorgnis vermischte. Mit einem Anflug von Furcht begriff er, daß wirklich eine *sehr* große Kavallerie nötig war, um diesen Mann zu beeindrucken, dessen entschlossen blickende basaltfarbene Augen bereits so viel gesehen hatten.

Subutais Begleiter war sehr viel jünger und ähnlich ausgestattet. Zusätzlich jedoch trug er einen Bogen und zwei Köcher mit Pfeilen bei sich. Gefolgt wurde er von einem breitschultrigen Mann mit orientalischen Augen und assyrischer Nase, an dessen Seite wiederum ein gewöhnlicher Soldat ritt.

Dann plötzlich materialisierte Papa Schimmelhorn mit seinem Zeitpony und dem Karren. »Da bin ich, Soldat-Dschäneral!« rief er und winkte Subutai betont freundlich zu. Der Mongole erwiderte diese Geste jedoch nicht.

Die Mongolen näherten sich nun vorsichtiger. Sie ritten um das Zeitpony herum. Mit steinernen Blicken musterten sie ihre Reisegefährten. Dann stellten sie sich kühl vor. Der jüngere Tatar war ein weiterer Verwandter Batus, und bei dem Mann mit der assyrischen Nase handelte es sich um einen Offizier von ungewisser Herkunft, der einige Lateinkenntnisse besaß.

»Es ist uns eine Ehre«, sagte General Pollard, »daß der berühmte *Orlok* Subutai so viel Vertrauen zu uns beweist, um persönlich unsere Heeresmacht zu besichtigen.«

Subutai erwiderte knapp, sein Kommen habe nichts mit Vertrauen zu tun, denn die Welt wisse, was mit denen geschähe, die dumm genug seien, die Mongolen zu verraten zu versuchen. »Wenn Eure Armeen wirklich so mächtig sind, wie Ihr behauptet«, erklärte er, »so sollte ich sie mir persönlich ansehen und nicht etwa ein Offizier mit geringerer Erfahrung. Wenn Ihr hingegen danach trachtet, uns etwas vorzumachen ...« Er deutete auf die gewaltige Streitmacht weiter hinten.

Im Anschluß an diesen ersten Wortwechsel stiegen die Reiter nacheinander ab und überließen die Zügel den jeweiligen Roßhütern. Höflich verbeugte sich der General vor Subutai und bot ihm an, als erster in den Ponykarren zu klettern. Er folgte dem tatarischen Oberbefehlshaber, und sie nahmen nebeneinander Platz. Thorfinn und der jüngere Mongole gesellten sich zu ihnen, und schließlich zwängte sich auch noch der Mann mit der assyrischen Nase zusammen mit Sergeant Leatherbee hinein. Es wurde ziemlich eng, und die Federung des Karrens protestierte knarrend.

»Nach Waterloo!« rief der General.

»Ab gäht's!« erwiderte Papa Schimmelhorn, beugte sich vor und trat kräftig in die Pedale.

Ihre Konturen verschwammen. Perlmuttenes Schimmern hüllte sie ein. Ihre mongolischen Mitreisenden waren viel zu diszipliniert, um Anzeichen von Furcht erkennen zu lassen, und sie blickten sich nur verwundert um.

Dann nahm die Welt um sie herum wieder Gestalt an. Eine grüne Welt war es, die nach frischgefallenem Regen duftete – und nach Rauch. In der Ferne grollte es, und in der Nähe donnerten die vielen Kanonen zweier großer Armeen, die im südlichen Tal gegeneinander antraten.

General Pollard hatte sowohl den Ort als auch den Zeitpunkt mit aller Sorgfalt gewählt. Es war ungefähr zwei Uhr nachmittags, und d'Erlons Infanteriedivisionen, die in massierten Gruppen vorgerückt waren, hatten die Verteidigungslinien Papelottes und LeHayes durchbrochen, eine holländisch-belgische Brigade aufgerieben und rückten gerade in Richtung der Hügelstellungen vor, wo Pictons Infanterie auf den Einsatzbefehl wartete.

Subutai war nun aufrichtig interessiert. »Bei Kaifeng-fu haben wir ebenfalls solche Donnerrohre eingesetzt«, bemerkte er, »aber nicht so viele und nicht mit solcher Wirkung.«

Durch den Feldstecher beobachtete der General den Gegenangriff Pictons, und er sah, wie Picton fiel. Dann geschah das, weswegen er hierher gekommen war: die Attacke der beiden großen Kavallerie-Abteilungen – der Union Brigade, bestehend aus den Königlichen Dragonern, der Iniskillings und der Royal Scot Greys sowie der Gardetruppen, bestehend aus den Ersten und Zweiten Life Guards, den Royal Horse Guards und den Blauen. In vollem Galopp hielten sie auf die Infanterie zu und zogen gegen die französische Kavallerie in den Kampf, die d'Erlons Soldaten unterstützte. Sie jagten alles vor sich her. Und sie ignorierten den Fanfarenbefehl zum Rückzug, sausten durch das ganze Tal und griffen die Hauptstreitmacht Napoleons an – wo sie niedergemetzelt wurden.

General Pollard hatte seinen Feldstecher auch Subutai zur Verfügung gestellt. »Na, mein Herr?« rief er begeistert aus. »Was haltet Ihr *davon?*«

»Zuerst«, erwiderte der Eroberer des Moskowiterreichs, »dachte ich, der Vorstoß habe großen Erfolg. Doch man scheint hier nur wenig von Disziplin zu halten. Die Reiter hätten sich neu formieren und sofort zurückziehen sollen, denn auf diese Weise wäre es zu keinen Verlusten gekommen, was weitere Einsätze dieser Art ermöglicht hätte. Außerdem sind ihre Pferde sehr groß und dick. Vermutlich können sie nicht sich selbst überlassen, sondern müssen wie kleine Kinder gefüttert werden. Ich bezweifle, ob sie größere Belastungen und Entbehrungen längere Zeit durchhalten und besser sind als die Rösser der Teutonen und Polen.«

Diese kurze Kritik wurde von der Übersetzung korrekt übermittelt, sie konnte den General jedoch nicht betrüben. Er verkündete, sie würden nun einen Abstecher an einen anderen Ort unternehmen, um das Geschehen aus einer besseren Perspektive zu beobachten, und er wies Papa Schimmelhorn an, rund eine Stunde in die Zukunft zu radeln. Als sie rematerialisierten, hatte Marschall Ney gerade seine großen Schwadronen gegen die Briten in den Kampf geschickt. Sie galoppierten über schlammigen Boden, und unverzagt ritten sie auch dann weiter, als der Feind seine Kanonen abfeuerte. Sie beobachteten, wie die Schwadronen immer wieder gegen die Briten vorgingen – und schließlich aufgerieben wurden. Der General wieherte fast vor Aufregung und meinte, wenn *er* das Kommando gehabt hätte, wäre der Ausgang der Schlacht ein völlig anderer gewesen!

Subutais Meinung von dem armen Ney war alles andere als hoch. »Noch nie zuvor«, bemerkte er abfällig, »habe ich einen Kommandeur gesehen, der eine derartige Genialität an den Tag legte, seine eigenen Leute abschlachten zu lassen. Prinz aus dem Westen, Ihr müßt mir schon Besseres als dies hier zeigen, um mich zu beeindrucken. Bisher haben meine Augen trotz der vielen Donnerrohre nichts erblickt, was mir zu denken geben könnte – keine Streitmacht, mit der wir Mongolen es mit unserer Art der Kriegsführung nicht aufzunehmen in der Lage wären.«

In diesem Augenblick konnten sie sich nicht länger auf die Rolle von Beobachtern beschränken, denn sie wurden von einigen berittenen Versprengten angegriffen, bei denen es sich um nicht sonderlich gut ausgebildete Braunschweiger handeln mochte und die angesichts zweier von dem jüngeren Mongolen abgefeuerter Pfeile, einigen wohlgezielten Schüssen aus der 45er des Sergeants und eines raschen Schwerthiebs Thorfinns schnell den Mut verloren. Vier von ihnen blieben am Boden zurück, und die anderen ritten kreischend davon. Sergeant Leatherbee erbeutete einen prächtigen langen Säbel und einen Dragonerhelm als Souvenir.

Dieser Zwischenfall hob die Stimmung Subutais ein wenig, und als sie mit dem Zeitpony nach Balaklawa ritten-radelten, beobachtete er den Angriff der Heavy Brigade von Sir James Scarlett – sie bestand aus den gleichen Regimentern wie zuvor die Union Brigade bei Waterloo. Anerkennend meinte er, dieser Kommandeur sei wenigstens ein entschlossener Mann und kein Idiot. Die Attacke der Light Brigade aber machte alles wieder zunichte, und Subutai erklärte, daß, wäre Lord Cardigan ein Mongole gewesen, er mit einem recht jähen Ende hätte rechnen müssen.

General Pollard war enttäuscht. Er erklärte Subutai, daß die armselige Qualität des militärischen Führungsstabes in keinster Weise den hervorragenden Zustand der betreffenden Truppen beeinträchtige, die unter dem Befehl eines befähigteren Kommandeurs – wobei Pollard so bescheiden war, auf sich selbst zu deuten – alle nur vorstellbaren militärischen Wunder bewerkstelligen könnten.

Subutai meldete in aller Freundlichkeit Zweifel an.

Der nächste Abstecher führte sie nach Brandy Station, wo die größte Kavallerieschlacht des Bürgerkrieges stattgefunden hatte, und eine Zeitlang glaubte der General, daß es ihm tatsächlich gelang, in Subutai die gewünschte Ehrfurcht zu wecken, als der Mongole die Offensiven und Gegenangriffe mit offensichtlichem Interesse beobachtete. Dann jedoch, als es der Kavallerie der Föderierten nicht gelang, bis zum Hauptquartier Stuarts vorzustoßen, zogen sich die Berittenen zurück. Die nachfolgende Kritik des *Orlok* machte den Optimismus Pollards zunichte. Subutai verkündete, er sei vor allen Dingen an den kleinen Donnerrohren interessiert, mit denen so viele Soldaten ausgerüstet seien, und er wies dabei auch auf die 45er Sergeant Leatherbees. Dem westlichen Prinzen erschienen die Erfolgsaussichten seines Unterfangens, die Zivilisation vor den Mongolen zu retten, immer trüber.

Diskret suchte er den Rat des Grafen von Schimmelhorn. »Ich verstehe diesen Mann einfach nicht«, sagte er. »Ich habe ihm einige der besten westlichen Kavallerien beim Einsatz gezeigt, und er ist überhaupt nicht beeindruckt. Wir begeben uns jetzt nach Omdurman, wo er den Briten dabei zusehen kann, wie sie die ganze Derwisch-Armee fertigmachen. Ich muß allerdings eingestehen, daß ich keine Lust habe, mir seine Bemerkungen anzuhören, während wir unterwegs sind. Papa, wenn du nichts dagegen hast, würde ich diesmal gern selbst das Pony reiten.«

»Na schön, Soldat-Dschäneral«, erwiderte Papa Schimmelhorn, der aufrichtiges Mitleid mit seinem Freund hatte. »Dänk aber daran: Tritt nur in die Pedale und rühr die Apparate nich' an.«

Er wartete, bis sich der General in den Sattel geschwungen hatte, dann stieg er zu den anderen in den Pony-Karren. Er schaffte es gerade eben, sich neben seinen eingeschworenen Waffenbruder zu zwängen, der, erfüllt von Kampfeseifer, dumpf vor sich hinbrummte, weil so viele gute Gelegenheiten ungenutzt verstrichen waren. Papa Schimmelhorn zwinkerte Subutai zu. »Sähr bald, Herr Mongole«, versprach er,

»wärden Sie etwäs zu sähen bekommen, was Sie beschtimmt niemals värgässen.«

Der General trat in die Pedale. Das perlmuttene Schimmern hüllte sie ein, und es verstrichen einige Augenblicke. Dann plötzlich glühte heißer Sonnenschein auf sie herab. Es wehte ein Wind, der direkt aus einem Schmelzofen zu kommen schien. Sie hatten Omdurman erreicht, und um sie herum ertönten das Knallen von Schüssen, laute Rufe und gellende Schreie.

Die Karten des Generals waren durchaus exakt, und Papa Schimmelhorn hatte die Instrumente des Zeitponys mit aller Sorgfalt justiert – doch die Schlacht von Omdurman war außergewöhnlich und hielt sich nicht unbedingt an die Regeln. Wo sich nach den historischen Aufzeichnungen niemand hätte aufhalten dürfen, wimmelte es geradezu von Derwischen. Zwei von ihnen verloren keine Zeit, zückten die Schwerter und gingen sofort gegen den General vor. Zwei oder drei andere gaben sich die größte Mühe, ihn mit Speeren aufzuspießen. Und General Pollard reagierte aus einem Reflex heraus. Er bohrte die Sporen in die Flanken des Zeitponys und riß die Zügel ruckartig nach links – oder versuchte es zumindest. Statt dessen verflüchtigte sich das Bild der Schlacht vor ihnen. Das perlmuttene Schimmern stülpte sich über sie, flackerte einige Male und stabilisierte sich dann. Das Zeitpony gab ein kratziges Wiehern von sich.

»Gott im Himmel!« entfuhr es Papa Schimmelhorn. *»Soldat-Dschäneral – was hascht du gemacht?«*

Plötzlich befanden sie sich an einem anderen Ort in einer anderen Zeit. Es war kurz vor Einbruch der Nacht. Keine Sonne leuchtete am grauschwarzen Firmament, und eiskalte Regentropfen fielen. Ganz offensichtlich fand in dieser Epoche ebenfalls ein Krieg statt, aber es war ein Krieg, der sich überhaupt nicht mit dem im Sudan vergleichen ließ. In der Ferne erklangen das Grollen von Artillerie und das dumpfe Krachen explodierender Bomben. Sie vernahmen das bedrohliche Brummen von Propellerflugzeugen.

Das Zeitpony und der Karren standen auf einem Untergrund, der aus aufgewühltem Schlamm bestand. Eine dicke Hecke schirmte beides von der nahen Straße ab. In der Nähe lagen einige tote deutsche Soldaten. Ein wenig weiter entfernt hatten Amerikaner ihr Leben ausgehaucht, und nach den Helmen zu urteilen waren auch einige Briten und Kanadier gefallen.

Die jüngeren Mongolen hatten die Schwerter halb aus den Scheiden gezogen, ebenso wie Thorfinn Thorfinnson. Subutai begriff, daß etwas Unvorhergesehenes geschehen war, und er saß kerzengerade und blickte sich aufmerksam um.

»He, General, Sir!« rief Sergeant Leatherbee. »Es sieht ganz danach aus, als seien wir wieder in Frankreich, so um das Jahr 1944 herum.«

Der General war inzwischen abgestiegen, und in höchstem Maße besorgt starrte er auf die hölzernen Flanken des Zeitponys. Die Spitzen seiner Sporen hatten sie zerkratzt und waren bis zu dem inneren Mechanismus durchgedrungen. Nach und nach begann er die Situation zu begreifen, und die in ihm aufkeimenden Erkenntnisse waren keineswegs besonders erfreulicher Natur. Hier stand er nun, ein Fünf-Sterne-General, der zu dieser Zeit nichts weiter war als ein Oberstleutnant. Darüber hinaus befand er sich auch noch in einer Kampfzone, in Begleitung einiger sehr ausgefallener Personen. Er glaubte sich daran zu erinnern, daß man den anderen, den jüngeren Pollard, gerade aus Beförderungsgründen nach Fort Kit Carson in Oklahoma versetzt hatte, wo er als Kommandeur der Feldgendarmerie tätig war. Außerdem gab es hier keine Kavallerie, mit der er Subutai hätte beeindrucken können. Und was noch schlimmer war: Es bestand die Möglichkeit, daß

Subutai, er selbst und alle anderen für immer im zwanzigsten Jahrhundert festsaßen, während im dreizehnten niemand die Mongolen daran hindern konnte, ganz Europa zu erobern und die westliche Zivilisation zu zerschlagen. Mit einer gewissen Niedergeschlagenheit machte sich General Pollard klar, daß die Herren des Kriegsministeriums allen Grund dazu hatten, nicht sonderlich glücklich in die Zukunft zu blicken.

»Papa«, sagte er, und in seiner Stimme ließ sich dabei ein leichtes Vibrieren der Verzweiflung vernehmen, »du ... du *kannst* das doch reparieren, nicht wahr?«

Papa Schimmelhorn schüttelte traurig den Kopf. »Das waiß ich ärscht, wänn ich mir den Schaden gründlich angesähen habe, Soldat-Dschäneral.« Er öffnete den Werkzeugkasten und holte einen Schraubenzieher und eine Zange hervor. »Ich will äs zumindescht värsuchen.«

Als er sich an die Arbeit machte, riß General Pollard sich zusammen und sah sich um. Aus nicht allzu weiter Ferne kam das unheilvolle Brummen leistungsstarker Verbrennungsmotoren und das Rasseln von schweren Gleisketten. Pollard kam zu dem Schluß, daß die Situation sofortiges und entschlossenes Handeln erforderte, und auf der Prioritätenliste stand das Problem der Tarnung an erster Stelle.

»Sergeant«, wandte er sich an Leatherbee, »begeben Sie sich zu den Gefallenen und nehmen Sie so viele Helme, wie wir brauchen. Sorgen Sie dafür, daß uns auch ein oder zwei britische zur Verfügung stehen.« Dann konzentrierte er sich auf seine Lateinkenntnisse und erklärte den anderen, an diesem Ort kämpften seine eigenen Landsleute gegen einen starken Feind. Hinter ihren Linien, so führte er aus, lauerten ziemlich intolerante Fremde, die vielleicht nicht in der Stimmung seien, auf Erklärungen zu warten. Aus diesem Grund sei es besser, äußerste Vorsicht walten zu lassen und sich so unverdächtig wie nur möglich zu geben.

Mit Thorfinns Hilfe sammelte der Sergeant die Helme ein und gab sie an die anderen weiter. Er rüstete sie auch mit zwei Gewehren und Pistolengürteln aus. Das Ergebnis stellte zwar eine Verbesserung dar, wirkte jedoch nach wie vor nicht sonderlich überzeugend. Unterdessen wurde das Motorengeräusch lauter, und einige leichte Panzer rumpelten über die nahe Straße. Niemand bemerkte sie.

»Kommst du voran, Papa?« fragte General Pollard besorgt.

»Ich habe das Tail gefunden, das du kaputtgemacht hascht«, gab Papa Schimmelhorn zurück, »und viellaicht kann ich dän Schaden wirklich behäben. Dazu brauche ich aber ainen längeren Schraubenzieher und ain wänig Schmirgelpapier.«

Einige Jagdbomber rasten in der Schwärze über ihnen dahin, in die Richtung, in die auch die Panzer gefahren waren.

»Sergeant Leatherbee!« rief der General. »Wir brauchen einen langen Schraubenzieher und ein wenig Schmirgelpapier! Wo können wir uns das besorgen?«

Sie vernahmen das dumpfe Grollen noch leistungsstärkerer Motoren. Ganz offensichtlich näherten sich ihnen schwerere Panzer.

»Keine Ahnung, Sir!« erwiderte der Sergeant. »Sollen wir die Besatzung eines Panzers fragen, ob sie uns ihren Werkzeugkasten ausleiht?«

General Pollard hielt absolut nichts von Panzern und ihren Besatzungen, und er verabscheute die Vorstellung, sich Werkzeuge von solchen Leuten auszuleihen. Andererseits jedoch war er viel zu pflichtbewußt, als daß er sich in einer Situation wie der derzeitigen irgendwelchen Vorurteilen hingegeben hätte.

»Na schön«, sagte er. »Gehen wir also auf die Straße.«

Es war nicht ganz leicht, sich einen Weg durch die

feuchte Hecke zu bahnen, und als sie schließlich die Straße erreichten, sahen sie eine weitere Panzer-Kolonne. Sie näherte sich ihnen so rasch, daß dem General nicht einmal Zeit genug blieb zu bemerken, daß Subutai und Thorfinn Thorfinnson ihm gefolgt waren.

Tapfer trat Pollard auf die Straße und hob die rechte Hand. Zunächst hatte es ganz den Anschein, als wolle der erste Panzer ungerührt seine Fahrt fortsetzen und ihn plattwalzen. Dann jedoch ruckte das schwere Fahrzeug mehrmals, und das Motorengeräusch veränderte sich, als der Panzer hielt. Im Geschützturm stand ein fürchterlich aufgebrachter und wütender Offizier.

»DU GOTTVERDAMMTER IDIOT!« brüllte der Mann. »Wer, zum Teufel auch, glaubst du, daß du bist, du ...« Er unterbrach sich plötzlich, zwinkerte mehrmals, starrte durch das Halbdunkel den Mann auf der Straße an, bemerkte sein pferdeähnliches Erscheinungsbild und sah auch die fünf Sterne am Helm.

»POLLY!« entfuhr es George S. Patton jr. »Himmel und zum Donnerwetter, was soll man denn davon halten? Ich hätte nie gedacht, den Tag zu erleben, an dem du einen höheren Rang einnimmst als ich!«

Er nahm Haltung an, und General Pollard salutierte ebenfalls, wenn auch ziemlich lässig.

»Was, zum Teufel, machst du hier, Polly?« fragte Patton, schüttelte ungläubig den Kopf und starrte Subutai an, der nun einen US-Helm samt Pistolengürtel trug. »Wer ist das denn da – Dschingis Khan?«

Vor General Pollards innerem Auge entstand plötzlich eine Schreckensvision: Er sah, wie George S. Patton das Zeitpony und den Karren mit dem Weidengeflecht sah, wie er Papa Schimmelhorn begegnete. »Ich bin in einer Geheimmission unterwegs, George!« erwiderte er rasch. »In einer Mission von höchster Wichtigkeit. Zusammen mit ... mit Verbündeten. Unser Fahrzeug hat leider eine Panne, und wir brauchen einen langen

Schraubenzieher und etwas Schmirgelpapier, um den Schaden zu beheben.«

Patton musterte ihn argwöhnisch. »Na, die ganze Sache kommt mir ziemlich komisch vor«, sagte er und zögerte. Und dann: »Da soll mich doch der Deibel holen – ist das nicht Leatherbee?«

Sergeant Leatherbee stand stramm. »Freut mich sehr, Sie zu sehen, Sir. Die drei Sterne stehen Ihnen gut.«

»Und ich freue mich für Sie, daß Sie es doch noch zu etwas gebracht haben.« Patton lachte und deutete auf die Uniformstreifen Leatherbees. »Wenn ich da an gewisse Eskapaden Ihrerseits denke ... Na, da Sie ebenfalls zu der Geheimkommission gehören, dürfte wohl alles in Ordnung sein. Geben Sie gut auf Ihren General acht, Sergeant!«

Jemand im Innern des Panzers reichte Patton sowohl einen langen Schraubenzieher als auch ein wenig Schmirgelpapier, und General Patton gab die Dinge an den Sergeant weiter. Er grüßte General Pollard noch einmal. Dann dröhnte der Motor des Panzers auf, und sie wichen zur Seite.

Als die lange Kolonne an ihnen vorbeifuhr, stand Subutai reglos da und beobachtete sie schweigend. Erst als der letzte Panzer in der Dunkelheit verschwunden war, wandte er sich um und folgte Sergeant Leatherbee zum Zeitpony zurück.

Sie warteten im Regen, während Papa Schimmelhorn die Reparatur durchführte, und Subutai stellte General Pollard einige Fragen, wobei seine Stimme respektvoller klang als zuvor. Bestanden die großen Wagen aus massivem Stahl? Er erhielt die Antwort, das sei tatsächlich der Fall. Und waren die großen Wagen mit Donnerrohren ausgerüstet? Ja. Und konnten sie sich bewegen, ohne von Menschen oder Pferden gezogen zu werden? Und ob. Und verfügte die Armee des Prinzen über viele solche Wagen? Die Armee des Prinzen hatte Tausende davon.

Daraufhin sagte Subutai etwas, das General Pollard zutiefst erschütterte. »Wenn wir solche Wagen hätten«, meinte der Mongole, »brauchten wir keine Pferde.«

Subutai erkundigte sich auch, ob der Umstand, daß der Helm des Offiziers, mit dem der Prinz eben gesprochen hatte, nur drei Sterne und damit zwei weniger aufwies als der Pollards, darauf hindeutete, daß er einen niedrigeren Rang einnahm, und das wurde bestätigt. Subutai schloß die Augen, und eine ganze Zeitlang dachte er schweigend nach. Dann sagte er ganz ruhig: »Prinz aus dem Westen, Ihr habt gewonnen. Wir Mongolen ziehen uns nach Asien zurück, und wir kommen nicht wieder.«

»Ein kluger Entschluß«, erwiderte General Pollard stolz, und es fiel ihm sehr schwer, einer bestimmten Versuchung zu widerstehen: Er wollte Subutai sagen, daß Panzer nichts taugten, daß sie einfach nur schwerfällige Apparate ohne Verstand waren, daß sie sich nicht vermehren konnten und sich auch nicht zu einem so angenehmen Zeitvertreib wie dem Polospiel oder der Fuchsjagd eigneten.

Da auf diese Weise fast alle Probleme aus der Welt geschafft waren, holte Sergeant Leatherbee eine Flasche Bourbon aus dem Vorrat des Generals hervor, und als Papa Schimmelhorn die Reparatur des Zeitponys beendet hatte, herrschte eine recht lockere Atmosphäre. Auf der Rückreise allerdings war es der Magier und nicht der Prinz, der das Zeitpony ritt, und er stellte die Kontrollen so ein, daß sie nicht unmittelbar nach ihrer Abreise ins dreizehnte Jahrhundert zurückkehrten – was die Mongolen vielleicht zu dem Schluß verleitet hätte, bei der ganzen Sache handele es sich nur um irgendeinen Trick –, sondern mindestens zehn Stunden später.

Sie materialisierten an der Stelle, von der aus sie ihre Zeitreise begonnen hatten, und die beiden Delegationen warteten dort geduldig auf sie. Subutais Entscheidung wurde offiziell verkündet, und anschließend verabschiedete man sich – wenn nicht gerade als Freunde, so doch als Personen, die sich gegenseitig respektierten. Als Zeichen seiner Wertschätzung schenkte Subutai General Pollard seinen edelsteinbesetzten Säbel. Als Gegenleistung gab Pollard dem Mongolen seinen Feldstecher (der einige Jahrhunderte später einen sowjetischen Archäologen, der in einem Hügelgebiet in Zentralasien Ausgrabungen leitete, an den Rand eines Herzinfarkts bringen sollte). Papa Schimmelhorn gab der tatarischen Abordnung eine Kuckucksuhr für Prinz Batu mit, die noch mehr beeindruckte, als es bei dem magischen Roß der Fall gewesen war.

Innerhalb einiger weniger Stunden war weit und breit nichts mehr von der gewaltigen Streitmacht der Mongolen zu sehen. Graf Rudolf mahnte angesichts der langen Geschichte tatarischer Hinterlist zwar zu allgemeiner Vorsicht, gab aber bekannt, man wolle am nächsten Tag mit den Festlichkeiten beginnen. Er bat seine Gäste darum, wenigstens noch ein paar Tage zu bleiben, bis die Rettung der Christenheit mit letzter Sicherheit bestätigt werden konnte.

An jenem Abend speisten sie fürstlich und ausgelassen, und Mrs. Pollard, die sich ernsthafte Sorgen um ihren Mann gemacht hatte, wurde ihrer Rolle als stolze Prinzessin angemessen gerecht – obgleich sie dem General anvertraute, daß sie den für das dreizehnte Jahrhundert charakteristischen Mangel an sanitärer Einrichtung allmählich als ausgesprochen störend empfand. Thorfinn Thorfinnson erhob sich, stemmte seinen Bierkrug in die Höhe und hielt einen mitreißenden Vortrag über die Schläue seines eingeschworenen Waffenbruders und den Heldenmut Prinz Palatines. Er pries sie nicht nur dafür, die Christenheit gerettet, sondern auch die herrlichste Blume überhaupt nach Drachendonnerfels gebracht zu haben, woraufhin Bluebelle taktvoll errötete. Er fügte sein Versprechen hinzu, aus all den Ereignissen eine wirkliche Heldensaga zu machen, um der Nachwelt die Kunde von solcher Tapferkeit zu übermitteln, alle ausgefochtenen Schlachten minuziös zu schildern und nicht einmal das großzügige Whiskygeschenk Sergeant Leatherbees außer acht zu lassen.

Schließlich gingen sie zu Bett. Papa Schimmelhorn hatte kaum sein Zimmer betreten, als sich auch schon eine nette Zofe auf Zehenspitzen zu ihm schlich, ihm zuflüsterte, er solle mucksmäuschenstill sein – und ihn durch einen Geheimgang in das Gemach Irmintrudes führte.

Auf das Beharren des Grafen hin (und das Irmintrudes) blieben sie fünf Tage in Drachendonnerfels, und Kuriere überbrachten Botschaften, die besagten, daß sich die Mongolen rasch aus all den europäischen Ländern zurückzogen, die sie erobert und besetzt hatten. Mit jedem Tag trafen weitere staatliche und kirchliche Würdenträger ein, um den Rettern der westlichen Zivilisation die Ehre zu erweisen. Und jeden Abend schlich sich die Zofe auf Zehenspitzen in das Schlafzimmer Papa Schimmelhorns, um ihn zu seiner süßen kleinen Schmusemieze zu geleiten.

Tatsächlich hätten die Feiern bis in alle Ewigkeit dauern können, hätte sich der große Magier nicht dazu hinreißen lassen, sich Prinz Palatine gegenüber des besonderen Dankes zu rühmen, der ihm von seiten der Lady Irmintrude zuteil wurde – was insbesondere deswegen sehr taktlos und unklug war, weil Mrs. Pollard den Prinzen von Washington und dem Potomac nicht aus den Augen ließ. Sie war inzwischen ein wenig reizbar geworden. Am dritten Tag hatte Thorfinn Thorfinnson den Prinzen in aller Form um die Hand Bluebelles gebeten, und der Prinz überließ die schwierige Entscheidung seiner werten Gemahlin – die daraufhin natürlich Bluebelle gefragt hatte, deren Antwort ungefähr so lautete: »Ach, wissen Sie, Mistreß Pieh, es ist nicht etwa so, daß ich nicht mehr für Sie kochen will, bestimmt nicht. Sie und der General waren wirklich immer gut zu mir. Aber wenn ich hierbleibe und den großen Schweden heirate – himmelherrje, dann bin ich nicht mehr niemand, sondern eine Baronessin. Dann sage ich dem Personal, wie der Hase läuft. Außerdem stimmt das, was mein lieber Wikinger sagt: Ich habe gute Zähne, und es müßte doch mit dem Teufel zugehen, wenn wir beide nicht prächtige stramme Burschen zeugen, wenn wir uns echte Mühe geben – und dazu bin ich entschlossen.« Mrs. Bottomley errötete. »Außerdem haben wir eines Tages sicher ein eigenes Schloß, und ... ach, verflixt, Mistreß Pieh, so schlimm ist das doch alles gar nicht. Ich habe drei Ehemänner überstanden, und einen vierten schaffe ich auch noch, wär' doch gelacht!«

Mrs. Pollard brach in Tränen aus, umarmte sie und versuchte krampfhaft zu vergessen, wie schwierig es für sie sein würde, eine andere Köchin zu finden. Sie gab ihr ihren gesamten Modeschmuck als Hochzeitsgeschenk und fügte sogar einen echten kleinen Saphir hinzu.

Am nächsten Tag wurde die Trauungszeremonie mit ernster Feierlichkeit von Erzbischof Alberic geleitet, der angesichts des hohen Ranges der zukünftigen Eheleute großzügig über die Notwendigkeit eines Aufgebotes hinwegsah. Und Papa Schimmelhorn, der ja der eingeschworene Waffenbruder des Bräutigams war und deshalb als Brautführer fungierte, schenkte ihnen die letzte noch verbliebene Kuckucksuhr, die, wie er meinte, im ehelichen Schlafzimmer den richtigen Platz fände.

Mrs. Pollard bestand darauf, daß sie sich am nächsten Tag auf die Rückreise machten – sie wies den General darauf hin, es müsse dringend etwas gegen seine *Flöhe* unternommen werden. Papa Schimmelhorn versprach

Irmintrude, er wolle so rasch wie möglich zurückkehren. Bevor sie jedoch aufbrechen konnten, wurden erneut viele Reden und Ansprachen gehalten, viele Toasts ausgebracht und zahllose Geschenke ausgetauscht.

Dann verabschiedeten sie sich in dem großen Saal, in dem Mrs. Pollard zuvor auf so überraschende Weise mit dem magischen Roß aufgetaucht war. Papa Schimmelhorn gab Irmintrude einen letzten Kuß und schwang sich in den Sattel. Mrs. Pollard winkte Bluebelle zu und vergoß einige Tränen. Der General und Sergeant Leatherbee salutierten zackig. Die vielen Anwesenden jubelten ein letztesmal und winkten ...

Und dann befanden sie sich wieder im Stall der Pollards.

»Nun«, meinte der General, »die Dinge liefen nicht unbedingt so, wie ich es mir gewünscht hätte, aber wenigstens habe ich Waterloo und Brandy Station gesehen – und anschließend konnte ich doch noch die westliche Zivilisation vor den Mongolen retten.«

»Ich muß sagen, es ist schön, wieder zu Hause zu sein«, stellte Mrs. Pollard fest. »Ach, und ich freue mich schon auf eine Dusche mit heißem Wasser und Seife!«

Mrs. Leatherbee trat ihnen am Nebeneingang entgegen. Sie bedachte sie mit skeptischen Blicken, als sie herankamen. »Wo bist du gewesen, Leatherbee?« fragte sie. »Du hast dich mit dem General auf und davon gemacht, und deshalb hoffe ich, daß du nicht in solche Schwierigkeiten geraten bist wie damals in Fort Myers. Aber du hättest mir ruhig sagen können, daß du zwei ganze Tage fortbleibst. Ich wollte schon die Polizei anrufen und eine Vermißtenmeldung aufgeben.«

»*Zwai Tage?*« fragte Papa Schimmelhorn ungläubig. »Wir waren *zwai Tage* fort?«

»In der Tat«, bestätigte Mrs. Leatherbee, »und die arme alte Frau dort wartet bereits seit dem Frühstück auf euch. Bestimmt macht sie sich die größten Sorgen, ja, das möchte ich wetten – obwohl sie sehr tapfer ist und sich nichts anmerken läßt.«

Plötzlich argwöhnte Papa Schimmelhorn, daß die improvisierte Reparatur der Zeitmaschine nicht so gründlich gewesen sein mochte, wie er bisher angenommen hatte – zumindest was Zeitreisen aus der Vergangenheit zurück in die Gegenwart anbelangte. »Und wo ischt die arme alte Frau?« fragte er kleinlaut.

»Eben saß sie noch am Fenster«, erwiderte Mrs. Leatherbee. »Ich glaube, sie hielt nach euch Ausschau. Wo sie jetzt wohl hingegangen ist?«

Papa Schimmelhorn hatte plötzlich ein komisches Gefühl in der Magengrube, und die schlimmsten Vorahnungen entstanden in ihm. »Soldat-Dschäneral«, sagte er, »ich glaube, wir sollten mal im Schtall nachsehen und festschtällen, ob mit där Zaitmaschine alles in Ordnung ischt.«

Der General nickte ernst, und zusammen machten sie sich auf den Weg.

Sie betraten den Stall.

Das Zeitpony war mitsamt dem Karren verschwunden.

Und sie sahen Mama Schimmelhorn, die gerade damit beschäftigt war, den Pferden Zuckerstücke zu geben.

»Mama!« rief Papa Schimmelhorn. »Wo ischt maine klaine Zaitmaschine?«

Mama Schimmelhorn lächelte, und dieses Lächeln kam Papa wie das einer mongolischen Eroberin vor.

»Ich habe mit den Häbeln geschpielt«, antwortete Mama, »und daraufhin värschwand die Maschine. Aber mach dir kaine Sorgen. Wir kaufen däm Dschäneral äben ainen Schtänder für sainen Rägenschirm.«

Aus dem Amerikanischen übersetzt von Andreas Brandhorst

Papa Schimmelhorns *Yang*

Es war kein Zufall, daß der Kleine Anton genau an jenem Nachmittag von Hongkong nach New Haven zurückkehrte, an dem Papa Schimmelhorn die Installation des Antigravitationsteils unter der Haube seines 1922er Stanley-Dampfwagens beendete. Vor etwa einer Woche war er ziemlich in Ungnade gefallen. Man konnte zwar nicht behaupten, daß ihn die ganze Welt mit Mißachtung strafte, aber das traf doch auf einige Personen zu, die nicht ohne einen gewissen Einfluß waren: Mama Schimmelhorn, seinen Arbeitgeber Heinrich Lüdesing, Mrs. Lüdesing, Pastor Hundhammer und zwei Diakone aus der Kirche des Pastors. Alle diese Leute hatten ihn *in flagranti*, und zwar in einer ziemlich delikaten Situation mit einer Teilzeit-Sopranistin namens Dora Großapfel in der Chorkammer erwischt, wo sie an einem warmen Dienstagnachmittag im Juni sicher nichts zu suchen gehabt hatten.

Der alte Heinrich hielt Papa Schimmelhorn einen Vortrag über Moral und Anstand, suspendierte ihn für vierzehn Tage vom Dienst und fügte hinzu, erst wenn er sich gebessert habe, könne er seine Tätigkeit als Vorarbeiter in der Kuckucksuhrenfabrik Lüdesing wiederaufnehmen. Mama Schimmelhorn war weniger förmlich gewesen, hatte ihn mit ihrem Regenschirm von der entzückenden Sopranistin heruntergestoßen und dann auf die beiden eingeschlagen. Miß Großapfel hatte sich mit ihrem mitleiderweckenden Weinen die ganze Wimperntusche ruiniert, und Mrs. Lüdesing hielt sie daraufhin irrtümlicherweise entweder für das Opfer einer Vergewaltigung oder Verführung. Papa erinnerte sich auch noch gut daran, wie Mama Schimmelhorn ihm anschließend das Ohr langgezogen und auf diese Weise nach Hause geführt hatte, wobei sie es nicht versäumte, ihm immer wieder die Spitze des Regenschirms in die Rippen zu stoßen und zu zischen: »Im Alter von mähr als achtzig Jahren – ach! Du sündiger alter Ziegenbock! Jätzt blaibscht du im Haus. Ich lasse dich nie wieder allain losgähen!«

Daraufhin zog sich Papa Schimmelhorn in seine Kellerwerkstatt zurück, in der er die angenehmere Gesellschaft seines alten gestreiften Katers Gustav-Adolf genoß, dessen Vorlieben und Instinkte seinen eigenen glichen. Mehrere Tage verbrachte er damit, das seltsame Wirrwarr aus Ventilen, Zahnrädern, Schläuchen, Kabeln, Spulen und sonderbar aussehenden keramischen Komponenten auseinanderzunehmen, eingehend zu untersuchen und anschließend wieder in und außerhalb einer Vorrichtung unterzubringen, die – allerdings nur dann, wenn man sie sich ganz genau ansah – einer durchsichtigen Flasche ähnelte und das Kernstück der neuesten Erfindung Papa Schimmelhorns darstellte.

Als er mit der Arbeit fertig war, schaltete er den Heizkessel ein und betrachtete ihn, während das Gerät den gewünschten Dampf produzierte. »Ach, Guschtav-Adolf«, seufzte er, »äs ischt doch wirklich schön, daß ich ain Dschänie bin! Schtell dir nur ainmal vor: Niemand sonscht waiß, daß man für die Antikrafitation Dampf braucht und kaine Äläktrizität, die nur schtören würde. Und ich selbscht kann das nicht ainmal erklären, wail sich ja alles in mainem Unterbewußtsain abschpielt, genau wie mir där liebe Doktor Jung in Genf gesagt hat.«

»Miau!« erwiderte Gustav-Adolf. Er hockte auf der alles andere als aufgeräumten Werkbank Papa Schimmelhorns und schlürfte gerade Dunkelbier aus seinem Napf.

»Du haschst ganz rächt, und sähr bald wärden wir feschtschtällen, ob das Ding funktioniert.« Papa Schimmelhorn nahm einige letzte Einstellungen vor und blickte auf die Druckanzeige des Armaturenbretts. Dann klappte er die Motorhaube zu. »So, wir sind färtig!« sagte er erfreut. Er dachte an Dora Großapfels hübsch gerundeten Allerwertesten unter der so leicht zu entfernenden Strumpfhose, und er ließ sich im Fahrersitz nieder. »Ach, äs ischt wirklich schade, Guschtav-Adolf! Schtäll dir maine süße Dora nur mit mir zusammen inmitten där Wolken vor!« Er seufzte schwer und zog vorsichtig einen kleinen Steuerknüppel zurück, den er dort angebracht hatte, wo sich in einem normalen Wagen die Gangschaltung befand. Langsam und völlig lautlos stieg der Stanley-Dampfwagen in die Höhe, erst einige wenige Zentimeter, dann fast einen ganzen Meter. Er neigte den Steuerknüppel nach rechts und links, und das umgebaute Fahrzeug reagierte sofort. »Prächtig. Wie haißt äs doch glaich bai dän dummen Rakäten? Alle Syschtäme grün. Und jätzt, Papa, brauchscht du nur noch darauf zu warten, daß sich Mama abrägt. Dann können wir uns aine neue klaine Schmusemieze suchen ...«

In einem anderen Bereich der Kellerwerkstatt stimmte ein ganzer Chor von Kuckucksuhren seinen lauten Gesang an und verkündete rhythmisch, daß es zwölf Uhr war. Und genau in diesem Augenblick klopfte der Kleine Anton, der seinen Mercedes 300 SL um die Ecke geparkt hatte, an die Garagentür.

»Wer ischt dänn da?« Papa Schimmelhorn landete den Antigravitationswagen rasch und ließ vor seinem inneren Auge all die Frauen und jungen Damen Revue passieren, die wissen mochten, daß Mama Schimmelhorn an diesem Tag nicht im Haus weilte und das zum Anlaß zu nehmen gedachten, ihm einen überaus netten Überraschungsbesuch abzustatten.

Das Klopfen wiederholte sich, deutlich hartnäckiger diesmal. »He da!« rief der Kleine Anton. »Ich bin's, dein Großneffe! Laß mich rein!«

»Klainer Anton?« erwiderte Papa Schimmelhorn und stieg aus. »Wie schön, daß du von dän Schinäsen zurück bischt. Aber daine Schtimme, sie klingt jätzt ganz anders: Was ischt dänn geschähen?«

»Ich habe mir die Sendungen der BBC angehört, alter Knabe. Mach auf, und ich erzähl dir alles.«

»Värdammt! Die Tür ischt värschlossen, und Mama hat dän Schlüssel.«

Der Kleine Anton kicherte. »Willst du etwa behaupten, ein Genie wie du könne dieses blöde Schloß nicht knacken? Bestimmt willst du nur vermeiden, daß Mama noch böser wird. Na ja, dann übernehme ich das eben ...«

Papa Schimmelhorn stellte sich vor, wie der Kleine Anton jetzt die Augen verdrehte und um die Dimensionsecke in sein privates Universum griff, zu dem nur er Zugang hatte. Er wartete. Kurz darauf vernahm er ein Klicken, und die Tür schwang auf.

»*Klainer Anton!*« platzte es aus Papa Schimmelhorn heraus, und er umarmte seinen Großneffen und trat einen Schritt zurück. »Wie du dich värändert haschst!«

Tatsächlich war der Kleine Anton nicht mehr der unreife junge Kerl, der New Haven verlassen hatte, um sein Glück zu machen – gerade zu dem Zeitpunkt, als das plötzliche Verhalten des Wilen-Orters das staatliche Damoklesschwert dazu veranlaßt hatte, nicht mehr nur über den Köpfen der Verantwortlichen zu schweben, sondern herunterzufallen – was die Träume Woodrow Lüdesings von einem Industrie-Imperium schlagartig beendet hatte. Er mochte ein wenig dicklicher sein als vorher, aber in seinem glatten und rosafarbenen Gesicht zeigten sich nun keine Pickel mehr. Er wirkte auch nicht mehr schwerfällig und unbeholfen, und gekleidet war er nicht mehr in Schweizer Knickerbocker. Er trug nun einen cremefarbenen Anzug aus bester italienischer Seide, Schuhe, die sich für gewöhnlich nur Filmstars oder Mafiosi leisten konnten, ein helles Seidenhemd, eine teure Krawatte und einen Jadering von bester Qualität.

»Hoho!« Papa Schimmelhorn schüttelte bewundernd den Kopf. »Genau wie main aigener Sohn – jemand von där alten Schule.«

»In der Tat, Großonkel«, erwiderte der Kleine Anton. »Wie du weißt, bin ich ebenfalls ein Genie.« Er holte seine aus Seehundleder bestehende Brieftasche hervor und nahm eine Visitenkarte zur Hand.

Papa Schimmelhorn las sie: »Pêng-Plantagenet, Ltd.« lautete die Aufschrift in englischer und chinesischer Sprache. *Hongkong, Paris, Brüssel, Rom, New York, Singapur, Tokio und weltweit.* In der einen Ecke stand der bescheidene, und doch auffallende Zusatz: *Anton Fledermaus, Direktor der Abteilung für besondere Angelegenheiten.*

»Das«, sagte der Kleine Anton, wobei er einige Sekunden lang seinen neuen Akzent vergaß, »bedeutet, daß ich für die dunklen Geschäfte zuständig bin. Ist eine ziemlich anstrengende Arbeit, Alterchen. Wir sind die Größten in der ganzen Welt, und deshalb versuchen *alle*, uns irgendwie reinzulegen – die Kommunisten, die Araber, die Japaner, einfach alle. Ich bin der Typ, der dafür sorgt, daß wir den ersten Platz behaupten.« Er schnitt eine vielsagende Grimasse. »Ich gebe mir die größte Mühe, und bisher klappt alles.«

Er berichtete, wie er zu Pêng-Plantagenet gekommen war, wie man ihn befördert und ihm ein Penthouse im exklusivsten Stadtviertel Hongkongs zur Verfügung gestellt hatte. Er erzählte auch, daß er nun nicht nur wesentlich besser Englisch sprach, sondern auch fließend Kantonesisch und Mandarin beherrschte. »Ja«, sagte er selbstzufrieden, »*ich* habe mich verändert, aber ...« Er betrachtete die große Gestalt Papa Schimmelhorns, seine mächtigen Muskeln, den großen weißen Bart. »Du bist noch immer der alte.«

»Sälbstvärschtändlich!« donnerte Papa Schimmelhorn. »Dschunior, soll ich dir sagen, wie man auch im hohen Alter noch ain ganzer Kärl sain kann? Indem man hübschen Schmusemiezen nachschtällt!«

»*Miau!*« bestätigte Gustav-Adolf begeistert.

»Und das ischt noch nicht alles – där alte Mann hat noch immer ainige nätte Tricks auf Lager ...« Er deutete auf den Stanley-Dampfwagen. »Ich habe gerade aine völlig neue Ärfindung gemacht. Warte nur, ich zaige sie dir ...«

»Ich weiß«, sagte der Kleine Anton. »Antigravitation. Deshalb bin ich hier.«

»*Was?* Wie hascht du das härausgefunden?«

»Vor Pêng-Plantagenet kann man nichts geheimhalten.«

»Aber nur Mama waiß ...«

»Und noch rund ein Dutzend süßer Schmusemiezen«, fügte der Kleine Anton hinzu und erwähnte nicht die liebevollen und ausgesprochen informativen Briefe, die Mama Schimmelhorn ihm geschrieben hatte. »Wie dem auch sei: Pêng-Plantagenet könnte die Antigravitation gut gebrauchen. Was glaubst du wohl, wer das Kirchenfest arrangiert hat, das Mama nun besucht? Und was glaubst du wohl, wer für den vielen Wodka im Punsch gesorgt hat? Papa, du bist eingestellt. Wir machen uns sofort auf den Weg nach Hongkong.«

»Aber ... aber ich brauche doch gar kainen Dschob!« wandte Papa Schimmelhorn ein. »Ich habe gerade dän Stänlei-Dampfwagen in Ordnung gebracht, und ich möchte doch mit mainer süßen Dora ainen Ausflug machen.«

»Hör mal: Wenn du in dem Ding herumfliegst, startet die Luftwaffe ihre Abfangjäger und schießt dich ab. Außerdem stellt Pêng-Plantagenet euch beide ein – sowohl dich als auch den Wagen.«

»Aber ich habe kainen Paß!«

Der Kleine Anton lächelte ein sehr hintergründiges Lächeln. Er griff in seine Tasche und holte einen Paß hervor. »Na, was sagst du jetzt? Du bist nun ein Untertan Ihrer Majestät der Königin. Genau wie ich. Ich schätze, du hast *noch immer* nicht ganz begriffen – Pêng-Plantagenet kann einfach *alles* arrangieren.«

»Nain, ich darf nicht wäg. Mama ischt schon jätzt ziemlich sauer! Wänn ich nach Hongkong värdufte ...« Bei dieser Vorstellung schauderte Papa Schimmelhorn unwillkürlich.

Es folgte kurzes Schweigen. Dann: »Papa«, sagte der Kleine Anton, »komm mal mit nach draußen. Ich möchte dir etwas zeigen.«

Papa Schimmelhorn nickte zerknirscht. »Na schön«, brummte er. »Aber ich kann trotzdäm nicht mit dir kommen.«

Er folgte dem Kleinen Anton aus dem Keller nach draußen, und sie gingen um die Ecke. Dort stand der schnittige Mercedes. Die knallgelbe Lackierung des Wagens glänzte prächtig, und er wies Nummernschilder aus Hongkong auf.

»Pêng-Plantagenet hat ihn extra für mich eingeflogen«, erklärte der Kleine Anton stolz. »So, und jetzt paß mal gut auf ...«

Er öffnete die Tür – und unmittelbar darauf veränderte sich die Einstellung Papa Schimmelhorns auf drastische Art und Weise. Er riß die blauen Augen auf. Die Haare seines Backenbarts erzitterten, und tief in seiner Kehle brummte etwas. »*Schmusemiezen!*« rief er erfreut aus. »*Hübsche klaine Schmusemiezen!*«

»Von Pêng-Plantagenet«, bestätigte der Kleine Anton. »Nur das Beste vom Besten.« Und er stellte Miß Kittikool vor (was, wie er meinte, ihr wirklicher Name sei), eine eher schüchterne, fünfundneunzig Pfund leichte und überaus entzückende Schönheit aus Thailand, und die ein wenig größere, aber keineswegs weniger attraktive Miß MacTavish, zur einen Hälfte Schottin und zur anderen Chinesin, die ebenfalls aus Hongkong kam.

Papa Schimmelhorn verneigte sich galant vor ihnen. Er küßte ihnen die Hände. Er knurrte glücklich, während die jungen Frauen bescheiden kicherten und an seinem Bart zupften und seine Muskeln bewunderten.

»Klainer Anton«, verkündete Papa Schimmelhorn entschlossen, »ich habe maine Mainung geändert. Dieses aine Mal bin ich berait, für Päng-Plantagenet zu arbaiten. Mama würde mir nicht glauben, und däshalb wäre äs bässer, wänn du aine Nachricht für sie hinterläscht. Schraib ihr, ich wolle viel Gäld värdienen, damit sie sich neue Klaider und viellaicht noch ainen zwaiten Rägenschirm kaufen kann. Warte hier aine Minute; ich ziehe mich nur rasch um.«

»Alles klar, Papa!« Der Kleine Anton klopfte ihm zufrieden auf die Schulter. »Ich wußte ja, daß du es dir angesichts solcher Perspektiven anders überlegen würdest.« Und die süßen Schmusemiezen schnurrten vergnügt, als sie hörten, daß Papa Schimmelhorn sie zu begleiten bereit war.

Fünfzehn Minuten später gesellte er sich zu ihnen, prächtig gekleidet in einen gestreiften Blazer mit Messingknöpfen, großzügig karierter Hose, einem orangefarbenen Sporthemd und Sandalen. Nachdem ihn der Kleine Anton dann noch einmal mit allem Nachdruck davor gewarnt hatte, den Wagen in die Höhe steigen zu lassen und die Garagentür von seinem Neffen auf geheimnisvolle Weise verschlossen worden war, lenkte Papa Schimmelhorn den in schreiendem Grün lackierten Stanley-Dampfwagen hinter den Mercedes. Er hatte darauf bestanden, daß Miß Kittikool ihn begleitete.

Während des ganzen Weges zum Flughafen fuhr er brav mit allen vier Rädern auf dem Boden, und seine eine Hand erforschte – etwas wenig brav – die verlokkenden Bereiche von Miß Kittikools Oberschenkel, die ihm durch den Schlitz im meeresgrünen chinesischen Kleid zugänglich waren. Ein neuer und wundervoll anzusehender Jet wartete auf sie, im gleichen Gelb lackiert wie der Mercedes. Als sie näher herankamen, neigte sich eine Rampe dem Boden entgegen, und die Besatzung salutierte, als der Kleine Anton ohne zu zögern an Bord fuhr und seinem Großonkel mit einem Wink bedeutete, seinem Beispiel zu folgen. Papa Schimmelhorn jedoch war zu diesem Zeitpunkt bereits so guter Dinge, daß er der Versuchung nicht widerstehen konnte, den Stanley-Dampfwagen direkt durch die Luke zu fliegen – ein Anblick, der zwei der Bodentechniker dazu zwang, umgehend einen Psychiater aufzusuchen.

Als sie die luxuriöse Kabine betraten, stieß der Kleine Anton ihn verstohlen in die Seite. »Willst du wissen, warum uns Pêng-Plantagenet den ganzen Weg von Hongkong hierher zu dir schickte, Papa?« flüsterte er ihm ins Ohr. »Es geht nicht nur um deinen neuen Antigravitationsapparat, sondern auch dein großes *Yang*.«

»Main *was*? Klainer Anton, wovon schprichscht du überhaupt? Und das auch noch in Gesällschaft so hübscher junger Damen!«

»Mach dir keine Sorgen«, kicherte der Kleine Anton. »Es ist nicht das, was du denkst. Mister Pêng wird dir die ganze Sache erklären. Nach unserer Ankunft berichtet er dir von Schwarzen Löchern und Drachen und erläutert dir auch, was es mit deinem *Yang* und der Antigravitation auf sich hat.«

Während des Fluges nach Hongkong vergnügte sich Papa Schimmelhorn so sehr, daß er völlig das Interesse an Schwarzen Löchern, Drachen, seinem *Yang* und der Antigravitation verlor, und er nutzte die gute Gelegenheit, seine ganze Aufmerksamkeit Miß Kittikool und Miß MacTavish zukommen zu lassen, die beide die Ansicht vertraten, noch nie zuvor einem Mann wie ihm begegnet zu sein. Selbst am nächsten Tag, bei der ersten Unterredung mit Horace Pêng und Richard Plantagenet in ihrem im dreiunddreißigsten Stock des Pêng-Plantagenet-Gebäudes gelegenen und mit wertvollem Teak- und Sandelholz getäfelten Büro, empfand er es als recht schwierig, sich auf wissenschaftliche Dinge zu konzentrieren.

Mr. Pêng war ein majestätisch wirkender, tadellos gekleideter und gepflegter Chinese mit grauem Haar und einem Oxford-Akzent. Sein Anzug erinnerte an Saville Row, die Krawatte ans Brasenose College. Bei Mr. Plantagenet handelte es sich um einen sehr großen, ebenfalls recht vornehm und elegant wirkenden Engländer mittleren Alters mit Schnurrbart, einer geradezu kühnen normannischen Nase, einem Oxford-Akzent und einer Brasenose-Krawatte. Sie begrüßten Papa Schimmelhorn betont freundlich und zuvorkommend, entschuldigten sich dafür, daß sie ihn aufgrund dringender Geschäftsangelegenheiten nicht persönlich am Flughafen hatten in Empfang nehmen können und erkundigten sich, ob die Vorbereitungen des Kleinen Anton in Hinblick auf seine Bequemlichkeit zufriedenstellend gewesen seien.

Papa Schimmelhorn erinnerte sich daran, wie nett es gewesen war, nachts mit Miß Kittikool auf der einen und Miß MacTavish auf der anderen Seite im Bett zu ruhen – obwohl von *ruhen* eigentlich nicht die Rede sein konnte –, und er rollte mit den Augen und versicherte den beiden Herren mit großem Nachdruck, ihre Gastfreundschaft sei einfach wunderbar. »Dschäntelmän«, donnerte er, »ich sage Ihnen was: Ich fühle mich wieder wie ain junger Kärl voller Saft und Kraft.«

»Na, was habe ich Ihnen gesagt?« flüsterte der Kleine Anton Mr. Pêng zu.

Mr. Pêng nickte und wirkte äußerst zufrieden. Mr. Plantagenet brummte erfreut.

»Mister Schimmelhorn«, begann Mr. Pêng, »wir brauchen dringend Ihre Hilfe. Kosten spielen keine Rolle. Wir werden Sie fürstlich entlohnen ...«

»Äntlohnen? Ach, machen Sie sich da kaine Sorgen. Ich habe ainen guten Dschob baim alten Hainrich, in dässen Fabrik Kuckucksuhren hergeschtällt wärden, und hier hatte ich baraits viel Schpaß. Ich bin froh, Ihnen hälfen zu können. Aber nännen Sie mich ruhig Papa und nicht Mister Schimmelhorn. Für mich sind Sie dann Horäs, und Ihr Freund, dässen Namen ich schon ainmal irgendwo gehört habe, ist Dick.«

Mr. Plantagenet lachte leise, und Mr. Pêng neigte höflich den Kopf. »Papa«, sagte er, »Ihr Alter und Genie geben Ihnen das Recht zu bestimmen, wie wir uns gegenseitig ansprechen. So, und jetzt möchte ich Ihnen kurz erklären, um welche Art von Hilfe wir Sie bitten.«

»Hat Ihnen där Klaine Anton gesagt, daß ich aigentlich dumm und nur im Unterbewußtsain ain Dschänie bin?«

»Er hat uns tatsächlich darüber informiert, auf welche Art und Weise Ihr Genius funktioniert, aber das spielt derzeit keine Rolle.« Mr. Pêng beugte sich vor. »Papa, sind Sie sich über die Konsequenzen Ihrer Erfindung eines Antigravitationsapparates klar? Wirkliche Antigravitation ist keine newtonsche Kraft. Sie steht in der gleichen Wechselwirkung zu normaler Schwerkraft wie Antimaterie zu gewöhnlicher Materie.«

Zwei bezaubernde junge Frauen von Bali traten schweigend an. Sie waren auf die traditionelle Art und Weise gekleidet, und sie trugen Tabletts mit kleinen Snacks und kalten Erfrischungsgetränken in hohen Gläsern. Papa Schimmelhorns Konzentration auf das Gespräch wurde einer harten Belastungsprobe unterworfen, doch Mr. Pêng schenkte dem keine Beachtung.

»Das bedeutet«, fuhr er fort, »daß nur von einem Antimaterie-Universum *reine* Antigravitation angezapft werden kann – und daß Sie sich auf irgendeine Art und Weise einen Zugang zu jenem Kosmos verschafft haben. Nun, es gibt drei Möglichkeiten, einen Kontakt mit unseren vielen Nachbaruniversen herzustellen. Erstens durch den Einsatz parapsychologischer Kräfte, vergleichbar denen, die in Ihrem exzellenten Großneffen so stark ausgeprägt sind. Zweitens durch bisher noch nicht beherrschbare physikalische Kräfte, die intensiv genug sind, um Phänomene wie die Schwarzen Löcher zu kontrollieren, die durch den Kollaps eines Sterns oder einer ganzen Galaxis entstehen und deren Schwerkraft nicht einmal die Photonen des Lichts zu entrinnen vermögen. Schwarze Löcher stellen gewissermaßen Tore zu Antimaterie-Universen dar, in denen, wie wir glauben, die Antigravitation zu Hause ist. Können Sie mir folgen?«

»Ja«, meinte Papa Schimmelhorn. »Ich bin schließlich ain Dschänie.«

Mr. Pêng widersprach ihm nicht. »Die dritte Möglichkeit«, sagte er, »die vor vielen Jahrtausenden in Indien und China benutzt wurde, vereint die beiden ersten in sich – und ganz offensichtlich handelt es sich dabei um die, die auch von Ihnen eingesetzt wurde.«

Papa Schimmelhorn zwickte die beiden balinesischen Mädchen, als sie an ihm vorbeigingen, doch Mr. Pêng, der vom Kleinen Anton bereits auf die charakterlichen Besonderheiten seines Gastes hingewiesen worden war, sah großzügig darüber hinweg. »Um es einmal sehr vereinfacht auszudrücken«, erläuterte er. »Unser Universum entstand als ein *Yang*-Kosmos, denn sonst könnten Schwarze Löcher darin nicht existieren. Auf der anderen Seite des Tores müßten wir demnach *Yin*- oder Antimaterie-Universen finden. *Yang* und *Yin*, das männliche und das weibliche Prinzip, stellen die Basis jeder Schöpfung dar. Sie müssen immer ausbalanciert sein. Keiner der beiden Aspekte darf dem anderen gegenüber zu sehr im Übergewicht sein. Wenn sie sich nicht im Gleichgewicht befinden, gibt es Probleme, deren Spektrum von gesellschaftlichen Unruhen bis hin zu Schwarzen Löchern reicht.«

»Wie interässant!« platzte Papa Schimmelhorn begeistert dazwischen. »Ich bin jätzt also das *Yang*, und die äntzückenden klainen Oben-ohne-Miezen und Miß Kittikool sind viellaicht die *Yin*. Habe ich etwa, ohne etwas davon zu wissen, main *Yang* benutzt, um dän Apparat zu bauen?«

»Genau«, stellte Mr. Plantagenet fest. »Sie haben es erfaßt, mein Bester. Hätte es selbst nicht besser ausdrücken können.«

»Sie haben tatsächlich Ihr *Yang* benutzt, um die Vorrichtung funktionieren zu lassen«, fuhr Mr. Pêng fort. »Sie setzten es dazu ein, um ein Schwarzes Loch einzufangen – natürlich ein sehr kleines –, das sich nun in der transparenten Flasche befindet, vollkommen unter Kontrolle. Auf diese Weise bekommen wir zwar keinen absolut sicheren Zugang in ein *Yin*-Universum, doch es könnte uns in die Lage versetzen, eine Pforte zu schaffen, durch die wir Kontakt mit einem anderen Kontinuum aufzunehmen in der Lage wären – einer Dimension gewissermaßen, die vor langer Zeit in ständiger Verbindung mit unserer Welt stand. Richard und ich sind ganz versessen darauf, diese Verbindung wiederherzustellen, denn in dem Kontinuum, von dem ich spreche, befinden sich *Yang* und *Yin* völlig im Gleichgewicht. Das Tor, um dessen Konstruktion wir Sie bitten ...«

»Na schön«, sagte Papa Schimmelhorn, »ich wärd's zumindest mal värsuchen.«

»Aber bevor ich fortfahre ...« Mr. Pêng machte eine bedeutungsvolle Pause. »Ich möchte Ihre Versicherung, daß Sie kein Wort von diesem Projekt verlauten lassen. Sie dürfen mit niemandem darüber sprechen, weder mit

Ihrer Frau noch – und diesen Punkt kann ich gar nicht ausdrücklich genug betonen – mit Mistreß Plantagenet oder Mistreß Pêng, die Sie im Verlaufe Ihres Aufenthaltes hier kennenlernen werden. Sie ... nun, sie sind nicht ganz mit dem einverstanden, was Richard und ich im Sinn haben. Was ich Ihnen gleich sage, mag Ihnen sehr phantastisch erscheinen. Sie haben doch sicher schon von Drachen gehört, oder?«

»Sankt Schorsch und Fafnir und die Juwelen und das entzückende Rhainmädchen?«

Mr. Pêng unterdrückte ein Schaudern. »Äh, ja«, meinte er. »Aber das sind keine Drachen, wie wir Chinesen sie kennen. Wissen Sie, Drachen kommen aus dem besonderen Universum zu uns, von dem ich Ihnen eben schon erzählte und bei dem es sich um ein Spiegelbild des Kosmos' handelte, der unser Kontinuum einst war. Sie sind gutmütig und sehr weise, und als sie zu der Zeit des Gelben Kaisers mit uns Menschen zusammenlebten, erblühte die chinesische Kultur. Durch den Verfall der guten Sitten und die starke Anti-Drachen-Bewegung in Europa mußten sich unsere Freunde zurückziehen und verschwanden. Denken Sie nur an den Zustand der heutigen Welt – dann verstehen Sie, was das für Folgen hatte. Ich bin davon in einem besonderen Maße betroffen. Wissen Sie, Richard und ich sind nicht nur einfache Geschäftspartner. Mehr als zweitausend Jahre lang sind meine Vorfahren hochrangige Mandarine gewesen – und Erbhüter des Kaiserlichen Drachenhorts. Mehr als zweitausend Jahre lang haben wir unsere Tradition bewahrt, mit all den angemessenen Zeremonien und Opfern – in der Hoffnung, die Drachen würden eines Tages zu uns zurückkehren. Sie glauben mir doch, oder?«

»Warum denn nicht?« erwiderte Papa Schimmelhorn. »Wänn Gnurrs aus däm Holz kommen, warum dann nicht Drachen aus ainem anderen Kontinuum?«

»Gut. Nun, das erklärt mein Interesse an diesem Projekt. Was Richard angeht, den ich während meiner Zeit in Oxford kennenlernte – seine Beweggründe sind ebenso stark ausgeprägt wie die meinigen. Er stammt in direkter Linie von einem anderen Richard Plantagenet ab, bekannt als Löwenherz, und er ist der rechtmäßige König von England ...«

»Euer Majestät ...« brummte Papa Schimmelhorn höflich.

»Vielen Dank«, sagte Seine Majestät. »Ja, nachdem wir Freunde geworden waren, erklärte mir Horace den Einfluß der Drachen auf unsere Geschichte. All dieser gräßliche Blödsinn von St. George – und die anderen schrecklichen Mythen und Schauermärchen. Ich begriff natürlich sofort die entscheidende Rolle, den diese Horrorgeschichten bei der widerrechtlichen Übernahme des englischen Throns spielten. Nun, ich habe nicht etwa etwas gegen die derzeitige Königin, die eine recht anständige Frau zu sein scheint, aber ich möchte, daß die Dinge in Ordnung kommen, wenn Sie verstehen, was ich meine. Es geht mir einfach nur um Gerechtigkeit. Außerdem haben Horace und ich noch viele andere Pläne. Wir gründen erneut das Chinesische und Britische Reich. Niemand wird es wagen, etwas gegen uns zu unternehmen. Ach, lieber Papa, gemeinsam beherrschen wir die ganze Welt!«

»Und das sehr zu deren Vorteil«, warf Mr. Pêng ein. »Aber darum geht es hier nicht. Wir haben Seminare für Sie vorbereitet, die von den besten Wissenschaftlern und Gelehrten durchgeführt werden – Seminare, die, wie ich Ihnen versichern darf, Ihr ... äh ... Vergnügen in keinster Weise beeinträchtigen werden. Die entsprechenden Leute sollen mit Ihnen zusammenarbeiten, bis Ihre Intuition zu dem Schluß gelangt, das Problem gelöst zu haben. In der Zwischenzeit werden Mister Fledermaus und unser Sicherheitschef, Colonel Li, dafür sorgen, daß es Ihnen an nichts fehlt.« Mr. Pêng und Mr. Plantagenet erhoben sich, als ein hochgewachsener und sehr militärisch wirkender Chinese den Raum betrat. »Das ist er: Colonel Li.«

Der Colonel war mittleren Alters und wirkte durch und durch hart und unnachgiebig.

»Maine Güte!« entfuhr es Papa Schimmelhorn, als er dem Chinesen die Hand schüttelte. »Man könnte mainen, Sie saien ain zwaiter Dschingis Khan.«

»Nun, ich gebe mir die größte Mühe«, antwortete Colonel Li bescheiden. Und zu Papa Schimmelhorns Überraschung lächelte er dann. »Mein Freund Anton sagte mir, Sie seien ein Mann ganz nach meinem Geschmack. Auch ich liebe Katzen.«

»Das stimmt«, sagte der Klaine Anton. »Er kennt jedes süße kleine Kätzchen in Hongkong, und glaub mir, Papa: Solange er bei dir ist, ganz gleich, wo und wann, kann dir nichts geschehen.«

Während der nächsten beiden Wochen amüsierte sich Papa Schimmelhorn prächtig. Am späten Morgen und am späten Nachmittag – für gewöhnlich mit zwei hübschen Balinesinnen auf dem Schoß – ließ er die Vorträge erst eines schwedischen und dann eines brasilianischen Physikers über sich ergehen. Diesen beiden folgten: ein nervöser Nobelpreis-Träger aus einem nicht näher genannten Land des Balkans, zwei taoistische Philosophen und Historiker, ein tibetanischer Lama, ein hinduistischer Mystiker, in dessen Titel sich die Ehrensilbe *Sri* hundertachtmal wiederholte, ein berühmter britischer Archäologe, der besonders an Drachen interessiert war, und ein ziemlich verwirrt wirkender Science-Fiction-Autor, den man extra aus Südkalifornien eingeflogen hatte. Da praktisch alle Redner englisch, französisch oder deutsch sprachen, war nur selten die Hilfe eines Übersetzers nötig. Gelegentlich bat Papa Schimmelhorn um Nachschlagewerke und Bücher, die für alle anderen Leute irrelevant erschienen, zum Beispiel das *Buch der Mormonen,* die elfte Ausgabe der *Britannica,* die gesammelten Werke von Alfred North Whitehead, Herrn Doktor Jung und Mary Baker Eddy, das Blaujacken-Handbuch, Übersetzungen von Schriften, die Mahayana- und Hinayana-Buddhisten verfaßt hatten, und vieles andere mehr – und jedesmal beeilte man sich, ihm seine Wünsche zu erfüllen. Dann und wann statteten ihm Mr. Pêng und Mr. Plantagenet Besuche ab, erkundigten sich nach den Fortschritten seiner Studien und gingen ausgesprochen zufrieden, nachdem Papa Schimmelhorn ihnen versichert hatte, es sei alles in bester Ordnung. Er konnte direkt spüren, wie es im Innern seines Unterbewußtseins arbeitete. Fast jeden Tag schickte er Mama Schimmelhorn Ansichtskarten, deren Bilder den Hafen von Hongkong zeigten, die verschiedenen Museen und religiösen Bauwerke. Er war bestrebt, auf diese Weise den kulturellen Aspekt seines Besuches zu unterstreichen, dem er, wie er sich zu behaupten bemühte, die wenige Freizeit widmete, die ihm nach einem harten und sehr anstrengenden Arbeitstag bliebe, in dessen Verlauf er bestrebt sei, für die südostasiatischen Handelsniederlassungen von Pêng-Plantagenet besondere Kuckucksuhren mit orientalischem Touch herzustellen. In Wirklichkeit jedoch machte er sich jeden Abend bei Einbruch der Dunkelheit zusammen mit Colonel Li und dem Kleinen Anton daran, hübschen Schmusemiezen nachzustellen. Papa Schimmelhorn und der Colonel verstanden sich prächtig und wurden Zechkumpanen, und er war so entspannt und vergnügt, daß er derart unwichtige Zwischenfälle wie etwa das Verschwinden einiger Verfolger mit slawischen, asiatischen oder arabischen Gesichtszügen nicht bemerkte. Bei einigen solchen Gelegenheiten verdrehte der Kleine Anton einfach nur die Augen, gab den entsprechenden

Männern einen sanften Stoß – und weg waren sie. Keine Probleme, das nächste Bier, das nächste Mädchen. Um einige andere kümmerten sich Freunde von Colonel Li, die zwar weniger subtile, jedoch ebenso effektive Methoden anwendeten.

Papa Schimmelhorns *Yang* erblühte zu voller Pracht, und seine Forschungen kamen gut voran. Angesichts des in Hongkong herrschenden Überflusses an hübschen jungen Schmusekätzchen hätte er fast Miß Kittikool und Miß MacTavish vergessen, die er nachgerade schamhaft mied, bis er, Stunden nach Mitternacht, nach Hause zurückkehrte, um seine Energien mit ein wenig Schlaf aufzufrischen. Dann plötzlich verkündete er, das Problem gelöst zu haben, und die entsprechende Technik koste nur einige hundert Dollar und könne innerhalb einer Woche entwickelt werden.

Mr. Pêng und Mr. Plantagenet waren natürlich begeistert. Sie gaben bekannt, die Bewältigung einer so enormen Aufgabe solle mit einem Festbankett im Anwesen der Pêngs gefeiert werden. Der Kleine Anton und Colonel Li waren ebenfalls sehr zufrieden, zum einen Teil deswegen, weil auch sie mit Würdigungen und Belohnungen rechnen konnten, und zum anderen, weil die nächtlichen Ausflüge Papa Schimmelhorns allmählich anstrengend wurden und sie zu überfordern begannen. Nur Miß Kittikool und Miß MacTavish, die aufgrund der mangelnden Treue Papas sehr enttäuscht waren, wollten sich nicht freuen.

Fünf Tage vergingen, und Papa Schimmelhorn arbeitete hart. Zusammen mit der Unterstützung einiger überaus verwunderter Ingenieure und Wissenschaftler der Firma Pêng-Plantagenet konstruierte er eine sehr sonderbare Vorrichtung, wobei alle Arten von noch sonderbareren Dingen Verwendung fanden: das mechanische Innenleben einer ausgedienten Singer-Nähmaschine, ein seltsam miteinander verflochtenes Gebilde aus Kupferdraht und einer Angelleine aus Nylon, eine spiralförmige Neonröhre, die auf Papas Anordnung hin hergestellt und mit einer halb flüssigen, halb gasförmigen Substanz gefüllt worden war, die er selbst in den Laboratorien von Pêng-Plantagenet zusammengebraut hatte. Das Ergebnis dieser Bemühungen nahm eine gewisse Ähnlichkeit mit einem japanischen Tempeltor an, einem *Torii*, und es bestand aus Metall, glänzenden Kunststoffteilen und Ektoplasma. Als Mr. Plantagenet sich laut über die geringe Größe der Apparatur wunderte – tatsächlich war sie nur gut einen Meter groß und kaum so breit – und meinte, sie böte ja nicht einmal für ein Drachenjunges Platz, klopfte ihm Papa Schimmelhorn fröhlich auf den Rücken und erwiderte: »Ach, Dickie, Euer Majestät, machen Sie sich nur kaine Sorgen! Wir värbinden das ganze Ding mit där Antikrafitationsmaschine und mainem *Yang*, und dann – ho-ho-ho! – können Sie zusähen, wie äs wächst!«

Weitere fünf Tage vergingen, und jeden Abend machte sich Papa Schimmelhorn auf den Weg, um sein *Yang* zu stimulieren, was Miß MacTavish und Miß Kittikool zum Anlaß nahmen, ausgiebig zu schmollen. Dann, am Nachmittag des fünften Tages, wurde die Apparatur für den ersten Test aktiviert, durfte jedoch noch nicht wachsen. Papa Schimmelhorn blickte hinein und sah ein anderes China in einer anderen Welt. Überall war es herrlich grün, und in der Nähe machte er einen dichten Wald aus. Unter den schneeweißen Wolken segelten zwei hübsche scharlachrote Drachen dahin. Auf einem Stein neben einem Wasserfall saß ein alter Mann mit weißem Bart. Er trug ein seidenes Gewand und las still in einem Buch. Offenbar handelte es sich bei ihm um einen Weisen.

»Seht nur!« rief Papa Schimmelhorn.

Mr. Pêng und Mr. Plantagenet eilten herbei, und sie seufzten vor Aufregung und Entzücken.

Der Weise sah auf und erhob sich. Würdevoll lächelte er sie an. Gerade in dem Augenblick, als Papa Schimmelhorn auf den Knopf drückte und die Apparatur ausschaltete, verneigte sich der alte Mann.

»Papa, Sie haben es wirklich *geschafft!*« entfuhr es Mr. Pêng.

»Natürlich habe ich das«, erwiderte Papa Schimmelhorn. »Morgen machen wir das Ding ganz auf, und dann können Sie in das andere Schina, viellaicht mit Pfärd und Wagen.«

Nachdenklich bemerkte Mr. Pêng, die Verwendung von Roß und Karren sei möglicherweise eine sehr gute Idee, da man nicht wissen könne, ob es im anderen China irgendeine Art von moderner Technik gäbe. Mr. Plantagenet erinnerte ihn an ein elegantes Gespann, das einem wohlhabenden holländischen Gentleman aus seinem Bekanntenkreis gehörte, und er fügte hinzu, er könne es sich sicher für ein oder zwei Tage ausleihen. Die entsprechenden Vorbereitungen wurden rasch getroffen, und man verbrachte den Großteil des Nachmittags damit, angemessene Geschenke für diejenigen Autoritäten auszuwählen, denen sie auf der anderen Seite der Pforte begegnen mochten: ein Fabergé-Osterei, das der Zarin gehört hatte, eine meisterhafte Kopie der Gutenberg-Bibel, geschliffene Smaragde von Ceylon, einen original Tizian, zwei Manets, einen Gainsborough und einen Turner, ein Teeservice in Platin, geschaffen vom Hofjuwelier des Königs Farouk, eine Repetieruhr mit einer Kapazität von einer Minute, deren Gehäuse ebenfalls aus Platin bestand, und eine traditionelle Kuckucksuhr mit einem ganzen Chor aus jodelnden Kuckucken, die Papa Schimmelhorn in seiner Reisetasche mitgebracht hatte.

Mr. Pêng gab seinem Bedauern darüber Ausdruck, daß seine Gattin und Mrs. Plantagenet ein oder zwei Tage zuvor in ihrem Privatjet losgeflogen waren, um einen Einkaufsbummel in London, Rom, Paris und New York zu machen. Er und Mr. Plantagenet versprachen jedoch, daß die Abwesenheit der Gemahlinnen in keinster Weise die für diesen Abend geplanten Festlichkeiten stören dürfe. Und ganz offensichtlich war das auch nicht der Fall, denn alle Gäste des Banketts zeigten sich in bester Stimmung. Ein köstlicher chinesischer Gang folgte dem anderen, und es wurden viele Toasts auf den am nächsten Tag erhofften Erfolg ausgebracht, auf die Triumphe, die sich aus solchen Erfolgen ergeben sollten, und auf den Genius des Mannes, der das alles möglich gemacht hatte.

Das Dschänie – es hatte das Gefühl, daß sein *Yang* noch nie in besserer Form gewesen war – teilte seine Aufmerksamkeit unvoreingenommen zwischen dem Essen, den Toasts und zwei auffallend hübschen Schmusemiezen, die sich an ihn schmiegten. Colonel Li und der Kleine Anton trugen auf ihre Art und Weise zu der allgemeinen Ausgelassenheit bei, indem sie auf all die vielen ernsten Wissenschaftler und Gelehrten anstießen, die als Papa Schimmelhorns Berater fungiert hatten – bis sie ebenfalls recht fröhlich geworden waren. Selbst Miß Kittikool und Miß MacTavish, die sich ein wenig abseits des Zentrums der Aufmerksamkeit hielten, schienen wieder guter Laune zu sein, und sie kicherten und flüsterten lebhaft miteinander. Die bedauernswerte Abwesenheit von Mrs. Pêng und Mrs. Plantagenet geriet rasch in Vergessenheit – die beiden Ehemänner bildeten in dieser Beziehung keine Ausnahme –, und der Abend war einfach prächtig.

In New Haven, am Tage des Verschwindens von Papa Schimmelhorn, trug sich unterdessen folgendes zu: Mama Schimmelhorn kehrte viel später von der Kirchenfeier zurück, als es für gewöhnlich der Fall war. Sie war ziemlich angeheitert – der Wodka des Kleinen Anton hatte dieses Wunder bewirkt –, und in ihrer sanften

Gemütsverfassung hätte sie sich fast (nur fast) dazu bereitgefunden, ihrem werten Gatten zu verzeihen. Sie summte fröhlich die Melodie von *Im Wald da ischt ain Jägersmann*, und sie schloß die Tür auf. »Ich bin zurück, Papa!« rief sie.

Sie horchte. Die einzige Antwort bestand aus einem kratzigen *Miau!* aus dem Keller. *Ischt Papa etwa schon schlafengegangen?* dachte Mama, als sie die Treppe hinunterging.

Sie schloß die Tür der Werkstatt auf, und Gustav-Adolf miaute lauter, rieb sich den Rücken an ihren Beinen und versuchte ihr auf diese Weise mitzuteilen, daß er großen Hunger hatte. Mama schaltete das Licht ein. Von Papa Schimmelhorn war weit und breit nichts zu sehen. Sie runzelte böse die Stirn. Der steife schwarze Stoff ihres Kleides knisterte unheilverkündend, als sie in Richtung der Garagentür marschierte. Sie war noch immer genau so sicher verriegelt wie zuvor.

»Ha!« machte Mama Schimmelhorn erzürnt. »Du bischt also schon *wieder* wäggelaufen. Um mit nackten Frauen zu schlafen, obwohl du dir aigentlich dänken solltest, daß du dich auf diese Waise um dainen Platz im Paradies bringst! Du alter Ziegen ...«

Dann entdeckte sie die Nachricht, die der Kleine Anton an der Wand über der Werkbank befestigt hatte. Sie nahm sie zur Hand.

Liebe, liebe Großtante, (las sie)
es tut mir so leid, daß ich Dich nach meiner Rückkehr von Hongkong nicht angetroffen habe, insbesondere deswegen, weil ich Papa mitnahm.
Meine Arbeitgeber möchten, daß er ganz besondere Kuckucksuhren für sie baut. Sie wollen ihn großzügig für seine Dienste bezahlen und ihm auch einen ordentlichen Bonus geben, und er wird nicht allzulange fortbleiben. Er sagte

mir, nach seiner Rückkehr habe er die Absicht, mit Dir einkaufen zu gehen, um Dir einige neue Kleider und auch einen zweiten Regenschirm zu schenken!

*Mit herzlichen Grüßen
Dein Kleiner Anton*

Und darunter standen noch einige andere gekritzelte Worte: *Ich lib' dich, Mama!!*, gezeichnet: *Papa, xxxxxXXXX!*

Mama Schimmelhorn las die Mitteilung zweimal. »Grmpf!« machte sie dann. »So konnte also die Tür geöffnet wärden, obwohl sie noch immer värschlossen ischt. Där Klaine Anton! Ha, an dän zwaiten Regenschirm kann ich nicht so rächt glauben. Aber viellaicht ischt äs diesmal anders. Der Klaine Anton ischt jätzt ain guter Junge. Die Schinäsen haben ihn viel über Konfuzius und die Tugend gelährt, nätt zu alten Leuten zu sain. Na schön, warten wir's ab.«

Als sie sich auf diese Weise etwas beruhigt hatte, ging sie wieder nach oben, füllte den Napf Gustav-Adolfs und setzte sich, um eine Tasse Tee zu trinken und mit Mrs. Hundhammer zu telefonieren. Während der nächsten Wochen erwachte mehrmals der Argwohn Mama Schimmelhorns, doch ihre Verdächtigungen verflüchtigten sich wie Nebel in der Sonne, als fast jeden Tag kulturelle Ansichtskarten entweder von ihrem Mann oder dem Kleinen Anton eintrafen. Erst einige Tage nach der Verkündigung Papa Schimmelhorns, das Problem gelöst zu haben, wurde die Seelenruhe Mamas erneut gefährdet.

Kurz nach dem Frühstück klingelte es an der Tür, und sie öffnete rasch, da sie sich bereits auf eine anregende theologische Diskussion mit den Zeugen Jehovas freute. Statt dessen jedoch fiel ihr Blick auf die beiden elegantesten älteren Damen, die sie jemals gesehen hatte. Beide waren ausgesprochen hochgewachsen und hielten sich kerzengerade. Beide waren – trotz ihres vorgerückten Alters – überaus attraktiv. Bei der einen handelte es sich um eine Chinesin. Und nach der Art der Kleidung und Haltung zu urteilen, konnte die andere nur Engländerin sein. Am Bordstein hinter ihnen stand ein in leuchtendem Gelb lackierter Rolls Royce mit Chauffeur, uniformiertem Bediensteten und Nummernschildern aus Hongkong.

»Ich bitte um Verzeihung«, sagte die Chinesin betont sanft und freundlich. »Sind Sie Mistreß Schimmelhorn?«

Mama Schimmelhorn erfaßte die Situation sofort. »Ja«, bestätigte sie. »Ich bin Mama. Was hat är angeschtällt?« Sie wich zur Seite, so daß die beiden Frauen eintreten konnten. »Kommen Sie herain und nähmen Sie Platz. Ich bringe Ihnen sofort ainen Tee.« Ihr schwarzes Kleid knisterte, als sie hin und her eilte. »Wänn Papa sich auf und davon macht, gäht äs maischtens um irgendwälche nackten Frauen, manchmal auch nur um aine, wie zum Baischpiel bei Dora Großapfel, gelägentlich sind's aber glaich vier oder fünf. Diesmal allerdings hat där Klaine Anton ihn abgeholt, där doch über Konfuzius Beschaid waiß, und ich dachte ...«

Die älteren Damen wechselten einen kurzen Blick.

»Und ich dachte, diesmal würde är sich ordentlich betragen. Nun, man lärnt niemals aus ...«

Mama Schimmelhorn berichtete von einem Teil des langen Sündenregisters Papas, und sie schenkte Tee ein und servierte Kekse dazu. Mit Gustav-Adolf auf dem Schoß setzte sie sich, und sie bat Mrs. Pêng und Mrs. Plantagenet, ihr Anliegen vorzubringen.

Vor etwa einem Tag, erfuhr Mama Schimmelhorn, waren die beiden älteren Damen von zwei jüngeren Frauen, Angestellte der Firma ihrer Gatten, besucht worden, Miß Kittikool und Miß MacTavish, die – unter großem Bedauern, wie sie versicherten – eingestanden, von Papa Schimmelhorn mißbraucht worden zu sein. Das hatte sie so sehr erregt, daß sie die Art des Projekts verrieten, für das seine Dienste in Anspruch genommen worden waren. Mrs. Pêng gab sich die größte Mühe, die technischen Einzelheiten über Schwarze Löcher, Antigravitation und *Yang* und *Yin* zu erklären, und sie fügte hinzu, ihre Gatten beabsichtigten mit all diesen Dingen, sich Zugang in ein anderes Universum zu schaffen, in dem es Drachen gab und das chinesische Kaiserreich nach wie vor existent war.

Mama Schimmelhorn stand auf. »Ha! Das mit däm *Yang* und *Yin* värschtähe ich nicht ganz, und Schwarze Löcher sind mir äbenfalls ain Rätsel, äs sai dänn, so etwas bezieht sich auf Kalkutta. Aber Papa – das ischt etwas völlig anderes. Wänn äs nicht um nackte Frauen gäht, dann beschtimmt um Zaitraisen, Gnurrs und irgendwälche schmutzigen Kuckucksuhren. Är will sich also noch immer nicht am Riemen raißen. Na, jätzt mache ich där Sache ain Änd!«

»Wir hofften, Ihnen könnte das gelingen«, warf Mrs. Plantagenet aufgeregt ein. »Ich versichere Ihnen, daß ich nicht den geringsten Wunsch verspüre, die Königin von England zu werden. In meinem Alter könnte ich es nicht mehr mit der gräßlichen Labour Party aufnehmen. Außerdem spricht Richard immer wieder von Kreuzzügen gegen die Sarazenen, und obwohl ich eingestehe, daß sie eine Lektion gebrauchen könnten, muß ich doch andererseits sagen, daß es heutzutage ein wenig zu spät dafür zu sein scheint, nicht wahr?«

»Primula hat völlig recht«, erklärte Mrs. Pêng. »Was mich angeht, so darf ich feststellen, nicht versessen darauf zu sein, als Kaiserin von China tätig zu werden. Wissen Sie, ich halte nichts von Eunuchen und Sklavenmädchen und Schloßintrigen und all solchem Blödsinn. Horace hat mir natürlich versprochen, nicht auf den Thron zu spekulieren, aber es gibt keine anderen

Kandidaten, und ... nun ... ich brauche Ihnen sicher nicht zu sagen, wie Männer sind.«

Mama Schimmelhorn machte ein grimmiges Gesicht und nickte.

»Besonders schlimm jedoch ist der Umstand«, fuhr Mrs. Pêng fort, »daß er die Drachen hierher zurückbringen will, obgleich er ganz genau weiß, daß ich Schlangen und Eidechsen und solch schreckliches Getier nicht ausstehen kann. Wissen Sie, im alten China war seine Familie für sie verantwortlich, und seine Vorfahren fühlten sich sehr zu solchen Geschöpfen hingezogen. Können Sie sich einen Himmel voller Drachen vorstellen, Mistreß Schimmelhorn?«

»Drachen?« Mama Schimmelhorn schnaubte. »Lieber Gott, äs ischt schon schlimm genug mit den Möwen und Schtaren! Jäden Tag auf der Terrasse – ach, Sie würden äs mir nicht glauben!«

»Genau«, sagte Mrs. Plantagenet und stellte ihre Teetasse ab. »Wir sollten jetzt besser telefonieren und herauszufinden versuchen, welche Fortschritte sie gemacht haben. Ich sorge dafür, daß mein Konto mit den Gebühren belastet wird.«

»Das Tälefon schtäht im Flur«, erklärte Mama Schimmelhorn.

Fünf Minuten später kehrten ihre beiden Gäste mit ernsten Mienen zurück. »Ihr Mann hat bereits die Konstruktion seiner Apparatur beendet und unterzieht sie derzeit einem ersten Test«, berichtete Mrs. Pêng. »Nach der Auskunft Miß Kittikools will er die Verbindung zu dem anderen Universum jedoch erst morgen nachmittag herstellen. Wenn wir uns beeilen, könnte die Zeit noch reichen. Wären Sie bereit, uns nach Hongkong zu begleiten, Mistreß Schimmelhorn?«

Mama Schimmelhorns Miene hätte einem Großinquisitor bestens zu Gesicht gestanden. »Und ob ich das bin!« gab sie entschlossen zurück. »Wir trinken dän Tee aus, und sodann rufe ich Mistreß Hundhammer an und bitte sie, sich um Guschtav-Adolf zu kümmern. Anschließend machen wir uns sofort auf dän Wäg.« Sie griff nach ihrem Regenschirm. »Papa«, verkündete sie, als sie den Schirm fest zur Hand nahm, »wänn ich dich *diesmal* ärwische, sorge ich dafür, daß du dir wünschscht, ich sai ain Drache und nicht Mama Schimmelhorn!«

Fünfzehn Minuten später – den schwarzen Hut auf dem Kopf und die Hände fest über dem Griff des Regenschirms zusammengefaltet – saß Mama Schimmelhorn zwischen ihren beiden neuen Freundinnen im Fond des Pêng-Plantagenet-Rolls-Royce und war unterwegs zum Flughafen. Sie zeigte sich in keinster Weise von ihrer luxuriösen Umgebung beeindruckt. Ihre Überlegungen konzentrierten sich auf einen ganz bestimmten Punkt, und sie lächelte grimmig.

Aus Sicherheitsgründen hatte Papa Schimmelhorn sein interdimensionales Tor in einem großen, Pêng-Plantagenet gehörenden Warenlager installiert. Und dort, früh am nächsten Morgen, traf er zusammen mit dem Kleinen Anton und den beiden hübschen Balinesinnen ein. Colonel Li hatte bereits seinen Dienst angetreten, und Mr. Pêng und Mr. Plantagenet warteten in der vom Holländer ausgeliehenen Kutsche, die neben dem Stanley-Dampfwagen stand.

Als junger Mann hatte Papa Schimmelhorn in der Schweiz einmal einen herrlichen Sommer damit verbracht, ein Pferdegespann voller fröhlicher Touristinnen von einem romantischen Alpenort zum anderen zu fahren, und nachdem der Kutscher des Holländers vorsichtigerweise nach Hause geschickt worden war, bot er sogleich an, die Zügel zu übernehmen. Er vergewisserte sich, daß der Dampfdruck ausreichte, küßte die beiden Balinesinnen zum Abschied, zeigte Colonel Li den Hebel, mit dem sich das Tor vergrößern ließ, und kletterte zusammen mit dem Kleinen Anton auf den Bock.

Die Dimensionspforte wuchs in die Breite und Höhe. Vor ihnen erschien das andere China. Die Hufe der großen schwarzen Pferde mit dem glänzenden Fell scharrten über den Boden. Papa Schimmelhorn hob die Zügel und ließ sie auf den Rücken der prächtigen Rösser zurückfallen. »Ho!« rief er begeistert. »Drachen, wir kommen!«

In einem flotten Trab durchquerten sie das Tor, und in der Landschaft vor ihnen waren nun weder Felsen zu erkennen, noch ein Wasserfall oder ein weiser alter Mann. Eine breite Straße mit sehr glatter Oberfläche erschien vor ihnen. Sie sah aus, als bestünde sie aus Porzellan, doch die Hufe der Pferde verursachten nicht das geringste Geräusch darauf. Und sie verhielt sich in einer Weise, wie man es eigentlich von einer Straße nicht erwartete: Sie änderte Form und Richtung, und die Konturen des sie umgebenden Terrains waren ebenfalls diesem überraschend schnellen Wandel unterworfen. Sie kamen an Felsspitzen und Pinien vorbei, an Bambusgehölzen und Obstgärten voller blühender Bäume – und plötzlich bemerkten sie, daß sie nicht allein waren. Hinter und neben ihnen fuhren andere Fahrzeuge – Apparate, die sich sowohl durch die Eleganz eines Bugatti Royal auszeichneten als auch die Anmut der Sänften aus der Sung-Dynastie. Sie wiesen keine Räder auf und schwebten etwa einen halben Meter völlig lautlos über dem Boden. Weiter oben driftete ein halbes Dutzend diskusförmiger Flugobjekte dahin, und auch diese Gefährte verursachten keine Geräusche. Irgendwo in der Ferne erklang das melodische Läuten von Glocken ...

»Die Leute scheinen eine bemerkenswerte Technologie entwickelt zu haben!« stellte Mr. Plantagenet nicht ohne eine gewisse Besorgnis fest.

»Mit *so etwas* hätte ich nie gerechnet!« flüsterte

Mr. Pêng. »Meine Güte, ich hoffe nur, sie sind uns freundlich gesinnt!«

Papa Schimmelhorn jedoch nahm einfach nur seinen Tirolerhut ab, lächelte und winkte.

Von einem Augenblick zum anderen beschrieb die Straße eine scharfe Kurve und endete an einer Wiese, die einer Insel in einem vielfarbigen Blütenmeer glich. Am Ende dieser Wiese erhob sich ein Palast – ein Schloß aus nicht reflektierendem Glas und Porzellan, dessen Facettenstruktur zugleich höchst einfach und außerordentlich komplex wirkte. Davor hatte sich ein gewaltiger gelber Drache gemütlich ausgestreckt. Umringt war er von Würdenträgern – graubärtigen Weisen, hohen Mandarinen in bestickten Roben, eleganten Männern und Frauen, bei denen es sich – wie Mr. Pêng leise bemerkte – sicher um tributpflichtige Könige und Adlige handelte. In ihrer Mitte, in der Nähe des Drachenkopfes, stand ein leerer Thron, der aus einem einzelnen Jadeblock bestand und mit vielen künstlerischen Schnitzmustern versehen war.

Die Pferde wurden auf den Drachen aufmerksam. Sie rollten mit den Augen, legten die Ohren an und wieherten furchtsam. Sie scheuten und schnaubten. Sie reagierten überhaupt nicht, als Papa Schimmelhorn und der Kleine Anton versuchten, sie zu beruhigen. Dann plötzlich richtete der große gelbe Drache den Blick seiner goldenen Augen auf sie, und die Rösser standen still, schwitzten und rührten sich nicht mehr von der Stelle. Einige Funktionäre traten vor, um nach den Zügeln zu greifen und Mr. Pêng und Mr. Plantagenet aus der Kutsche zu helfen. Sie reichten auch Papa Schimmelhorn die Hand, der jedoch einfach fröhlich zu Boden sprang. Hinter ihnen standen andere Würdenträger, die nicht annähernd so freundlich wirkten: Sie hielten kurze Metallstäbe mit Kontrolltasten in den Händen.

»Sie haben Laser, Papa!« flüsterte der Kleine Anton.

»Ja«, erwiderte Papa Schimmelhorn. »Genau wie im Krieg der Schtärne. Aber mach dir kaine Sorgen. Ich rägle das schon irgendwie.«

Die Funktionäre wichen so bereitwillig zur Seite wie die Fluten des Roten Meeres für Moses, und durch die auf diese Weise entstehende Gasse schritt ein sehr großer Chinese. Er war prächtig gekleidet und trat dicht an Papa Schimmelhorn heran. Er stellte sich Mr. Pêng vor, der den Blick nicht von dem Drachen abwenden konnte.

»Ich, mein Herr«, erklärte er in einem sonderbar akzentuierten Mandarin, »bin Prinz Wen, der Premierminister. Ich bin erstaunt über Ihre Frechheit, hierherzukommen. Sie benutzten die ungewöhnlichen Talente und Begabungen dieses Mannes, um verbotene Grenzen zu überwinden. Wir beobachten Sie schon seit Jahrhunderten ...« – er deutete auf die diskusförmigen Flugobjekte – »... und es ist uns sogar gelungen, gewisse Kenntnisse Ihrer barbarischen Sprache zu erlangen. Die Drachen waren wirklich klug, Sie zu verlassen. In Ihrem Universum sind *Yang* und *Yin* in gefährlicher Weise aus dem Gleichgewicht. Und jetzt bedrohen Sie uns. Gäbe es keine anderslautenden Anweisungen, hätte ich sofort Sie und Ihr verderbliches Tor eliminieren lassen. Wissen Sie denn nicht, wie riskant es ist, mit Schwarzen Löchern herumzuspielen?« Der Prinz schauderte. »Doch die Tochter des Himmels ist zu barmherzig. Sie hat entschieden, sich persönlich ein Bild von Ihnen zu machen.«

Er verneigte sich dreimal in Richtung des Palastes. Glocken läuteten. Fanfaren erklangen.

»*T-tochter* des Himmels?« brachte Mr. Pêng verblüfft hervor.

»Natürlich«, erwiderte der Premierminister. »In unserem Universum sind *Yang* und *Yin* in perfektem Gleichgewicht. Heute ist Donnerstag – und deshalb werden

Sie zu der Kaiserin geführt. Wären Sie gestern oder morgen angekommen, hätte sich der *Sohn* des Himmels um Sie gekümmert. Nur sonntags regieren sie China und den Rest der Welt gemeinsam.«

»N-natürlich«, sagte Mr. Pêng.

Der Premierminister lächelte grimmig. »Eins versichere ich Ihnen: Sobald die Kaiserin festgestellt hat, wie Sie hierher gekommen sind und auf welche Weise Sie uns mit Ihrem aus dem Gleichgewicht geratenen *Yang* konfrontiert haben, wird sie Ihnen gegenüber ebenso gnadenlos sein wie ich.«

Erneut erschollen die Fanfaren. Durch die jadenen Türen des Palastes traten einige Höflinge und Hofdamen, und sie bewegten sich in einer Pavane und bezogen in einem abstrakten und wohlgeordneten Muster Aufstellung. In ihrer Mitte stolzierte eine Persönlichkeit dahin. Gekleidet war sie in üppig verzierten und doch seltsam durchscheinenden Brokat, und sie trug einen großen Kopfschmuck aus vergoldeter und mit Perlen und Jadesplittern durchsetzter Spitze. Sie mochte rund fünfzig Jahre alt sein und war noch immer recht schön. Doch ihre Augen glänzten kalt und berechnend, und ihr Gesicht brachte eiserne Entschlossenheit zum Ausdruck.

Papa Schimmelhorn hatte das Gespräch zwischen dem Premierminister und Mr. Pêng nicht verstehen können und die Zeit dazu genutzt, sich an dem Anblick der Hofdamen zu erfreuen, von denen einige wirklich entzückende Schmusemiezen waren. Jetzt richtete er den Blick auf die Kaiserin – und schnappte erschrocken nach Luft. Dieser Gesichtsausdruck war ihm nur zu vertraut. Er hatte ihn zuerst in den Zügen der jungen Mama Schimmelhorn gesehen, damals, als sie von ihm umworben worden war und er sich, geblendet von ihrer mädchenhaften Schönheit, nicht um die Konsequenzen geschert hatte. Mamas Augen waren grau – die der Kaiserin schwarz. Mama war Schweizerin und ursprünglich blond gewesen – die Kaiserin, ebenso groß wie sie, war Chinesin. Doch das spielte keine Rolle. Papa Schimmelhorn begriff instinktiv, daß die beiden Frauen viel gemeinsam hatten, und eine jähe und ausgesprochen finstere Vorahnung flüsterte ihm ein, daß es besser war, sofort die Flucht zu ergreifen. Allerdings gab es keinen Ort, an den er zu fliehen vermochte.

Trommeln dröhnten. Blasinstrumente pfiffen und zirpten, den Stimmen unbekannter Vögel gleich. Die Kaiserin wandelte durch die Pavane und stieg auf ihren Thron. Nur ein einziges Mal klatschte sie in die Hände – und sofort herrschte Stille. Dann wandte sie sich an den Prinz Wen, wobei sie eine seltsam singende und flötende Sprache benutzte. Der Premierminister antwortete ausgiebig mit der gleichen Aussprache und untermalte seine Bemerkungen mit fast schrillen Tönen der Erregung, wenn er auf die Besucher aus dem anderen Universum deutete.

Schließlich drehte er sich um. »Ich habe Ihre sofortige Liquidierung vorgeschlagen«, erklärte er. »Natürlich auf völlig schmerzlose Art und Weise.«

»Das ist unfair!« entfuhr es Mr. Pêng. »Sie sollten uns wenigstens die Gelegenheit geben, Ihnen unsere Geschenke darzubieten und zu erläutern, aus welchem Grund wir gekommen sind!«

»Es ist *wirklich* unfair!« bekräftigte Mr. Plantagenet.

Die Kaiserin brachte sie mit einem Wink zum Schweigen. Erneut formulierte sie einige Worte in jener seltsam klingenden Sprache.

»Ich habe den Befehl erhalten, den großen Chu-t'sai um Rat zu fragen«, sagte Prinz Wen und deutete auf den Drachen. »Die Tochter des Himmels wünscht, daß er über Ihr Schicksal entscheidet.«

Der Premierminister und die Kaiserin unterhielten sich ein weiteres Mal und wandten sich dann direkt an

Chu-t'sai höchstpersönlich. Der Drache hörte aufmerksam zu. Mit großer Würde erhob er sich. Er reckte den langen Hals über die Köpfe der Höflinge hinweg, bis sein sechs Meter langer Kopf sich direkt vor Papa Schimmelhorn befand. Es verging eine lange Minute, während der der Kleine Anton in seinen Stiefeln zitterte und sogar der Premierminister den Atem anhielt, und Papa und der Drache sahen sich ruhig an. Dann lachte Papa Schimmelhorn leise, hob die Hand, kraulte Chu-t'sai unter dem mächtigen Kinn und zwinkerte – und der Drache erwiderte das Zwinkern.

»P-p-papa«, stotterte der Kleine Anton, als der riesige Kopf des Drachen wieder zurückwich. »Hast du *das* gesehen?«

»Natürlich«, erwiderte Papa Schimmelhorn. »Wir värschtähen uns prächtig. Är ischt wie Guschtav-Adolf. Viellaicht ischt är äbenfalls ain komischer alter Kauz, ain alter Ziegenbock-Drache gewissermaßen.«

Plötzlich sprach Chu-t'sai ebenfalls in der singenden und flötenden Sprache; seine Worte klangen jedoch um einige Oktaven dumpfer als die, die Prinz Wen zuvor formuliert hatte. Schon nach einigen Sekunden schwieg er wieder, und die Kaiserin nickte.

»Der große Chu-t'sai«, übersetzte Prinz Wen, der offenbar Mühe hatte, die Fassung zu wahren, »sagt, wir sollten warten. Sie haben Glück, daß wir, die wir Ihnen in kultureller Hinsicht so sehr überlegen sind, schon vor tausend Jahren lernten, mit den Drachen zu sprechen. Ich werde herauszufinden versuchen, wie lange wir warten sollen, bis ...«

Doch noch bevor er seine Frage stellen konnte, stieß der Kleine Anton Papa Schimmelhorn in die Rippen. »*Horch mal!*« flüsterte er. »Hörst du das ebenfalls?«

Papa Schimmelhorn lauschte. Ebenso wie Mr. Pêng und Mr. Plantagenet. Es konnte kein Zweifel daran bestehen: Auf der Straße hinter ihnen fuhr ein Wagen mit

einem enorm starken Motor – und kurz darauf starrten alle Leute in die entsprechende Richtung.

Reifen quietschten in Kurven. Der Auspuff röhrte.

»Richard«, sagte Mr. Pêng nervös. »Das ... das hört sich ganz nach dem Ferrari von Mistreß Plantagenet an.«

»Diesen Eindruck habe ich ebenfalls!« stöhnte Mr. Plantagenet.

»Du hast Colonel Li doch gesagt, daß unsere werten Gattinnen auf keinen Fall Zugang zu dem Dimensionstor erhalten dürfen, oder?«

»Nein, Horace, das habe ich nicht. Schließlich waren sie in *Europa!* Warum hast du das nicht getan?«

»Das ... das ist mir überhaupt nicht in den Sinn gekommen«, gab Mr. Pêng zu.

Es quietschte erneut, als jemand voll auf die Bremse trat. In der Menge bildete sich erneut eine Gasse. Ein knallroter Ferrari kam in der unmittelbaren Nähe der Männer zum Stehen. In dem Wagen saßen drei alte Damen, die sehr erzürnt wirkten. Die Tür öffnete sich ruckartig, und die erste, die ausstieg, war Mama Schimmelhorn. Sie schenkte der Szenerie und den Anwesenden überhaupt keine Beachtung. Angesichts ihres Gesichtsausdrucks gab sogar der große Chu-t'sai ein kummervolles Schnauben von sich. Fest umfaßte sie ihren Regenschirm und rückte gegen ihren Ehemann vor.

»Ha!« donnerte sie. »Du hascht dich also wieder auf und davon gemacht, um jungen Frauen mit zwaifelhaftem Ruf nachzuschtellen, mit Drachen und Schwarzen Löchern zu schpielen und dän Klainen Anton zu värdärben, damit är all das von Konfuzius värgißt!« Sie zog Papa Schimmelhorn das Ohr lang und stieß ihm die Spitze des Regenschirms gegen die Brust.

»Mama! Mama! Bitte, nicht in där Öffentlichkeit und vor dän Augen aller! Sieh doch nur – auf dem Thron sitzt die Kaiserin von Schina!«

»Du solltescht dich bai ihr entschuldigen!« fuhr Mama Schimmelhorn unnachgiebig fort. »Hierhär zu kommen, um ihre Drachen und Tanzmädchen zu schtählen! Ach, widerschprich bloß nicht – warte nur, bis wir wieder zu Hause sind ...«

Unterdessen knöpften sich Mrs. Pêng und Mrs. Plantagenet ihre Gatten vor, etwas taktvoller, jedoch nicht weniger entschlossen. Die Kaiserin beobachtete das Geschehen, wandte sich an Prinz Wen und meinte singend und flötend: »Der große Chu-t'sai hatte recht. Zwar handelt es sich zweifellos um Barbaren, aber vielleicht sind ihre *Yang* und *Yin* doch nicht in dem Maße aus dem Gleichgewicht, wie wir bisher annahmen.« Sie deutete auf Mama Schimmelhorn. »Ihr *Yin* scheint ebenso stark zu sein wie sein *Yang*. Nun, behalten wir sie eine Weile hier, um herauszufinden, warum sie kamen. Natürlich müssen wir dafür sorgen, daß ihr Dimensionstor geschlossen und nie wieder geöffnet wird. Aber wer weiß? Möglicherweise können wir ihnen helfen, richtig zivilisiert zu werden.«

Drei Tage lang wurden Mr. und Mrs. Pêng, Mr. und Mrs. Plantagenet, Papa und Mama Schimmelhorn und der Kleine Anton kaiserlich unterhalten, mit den wenigen Einschränkungen nur, die der Umgang mit Barbaren erforderte. Bankett folgte auf Bankett, Fest auf Fest, ein herrliches Spektakel dem anderen. Tänze, Dramen und Rituale, die in ihrer Prächtigkeit geradezu märchenhaft wirkten, beeindruckten die Besucher. Am wundervollsten jedoch war ein Ballett, das der große Chu-t'sai und seine Gemahlinnen während eines Gewitters hoch am Himmel vollführten. (Ziemlich gönnerhaft und zum großen Verdruß Mr. Pêngs, der natürlich bereits Bescheid wußte, führte Prinz Wen aus, daß die Drachen infolge ihres in perfektem Gleichgewicht befindlichen *Yang* und *Yin* von Natur aus die Kraft der

Antigravitation beherrschten, und das sei auch der Grund, warum Gemälde und Stickereien chinesische Drachen immer ohne Schwingen darstellten.)

Es wurde Mr. Pêng und Mr. Plantagenet gestattet, ihre Geschenke zu präsentieren, die der kaiserliche Hof dankbar entgegennahm. Insbesondere das Fabergé-Osterei und Papa Schimmelhorns Kuckucksuhr erweckten die Begeisterung der Kaiserin, die höchstpersönlich bestimmte, letztere solle fortan ihr Schlafzimmer schmücken. Man gab ihnen auch die Möglichkeit, sich ganz offiziell den anderen Würdenträgern vorzustellen, wonach der Respekt ihnen gegenüber zunahm und selbst Prinz Wen sie nicht mehr ganz so herablassend behandelte – zum einen Teil aufgrund der Familienurkunden, die Mr. Pêng und Mr. Plantagenet zeigten, und zum anderen wegen des offensichtlichen Wohlwollens, das der große Chu-t'sai Papa Schimmelhorn entgegenbrachte.

Mr. Pêng und Mr. Plantagenet waren von allem, was sie sahen, in höchstem Maße entzückt. Mrs. Pêng, Mrs. Plantagenet und Mama Schimmelhorn schufen mit Hilfe zweier Übersetzer eine gute Verständigungsbasis mit der Kaiserin, obwohl es Mrs. Pêng nicht ganz leichtfiel, sich zu konzentrieren, während sie durch die Fenster von Drachen beobachtet wurde. Der Kleine Anton, dem man zwei süße Schmusemiezen zugewiesen hatte, auf daß sein *Yang* in ein besseres Gleichgewicht käme, war durchwegs zufrieden. Nur Papa Schimmelhorn konnte sich nicht so recht begeistern. Zwar war er ständig von jungen Frauen umringt, die sich durch außergewöhnliche Schönheit auszeichneten, doch er kam nie aus der Reichweite des Regenschirms, und als er einmal versuchte, sich doch davonzuschleichen, wurde er auf sehr wirkungsvolle Weise von einigen stämmigen Aufseherinnen aufgehalten.

Erst am letzten Tag erhielten Mr. Pêng und Mr. Plan-

tagenet die Erlaubnis, ihr Anliegen dem Thron vorzutragen, und sie gaben sich ausgesprochen höflich und hielten sich streng an das Protokoll, das Prinz Wen ihnen erklärt hatte.

Die Audienz fand natürlich auf der Wiese statt, so daß Chu-t'sai daran teilnehmen konnte und es bequem hatte. Der große Drache und das Kaiserpaar hörten aufmerksam zu. Dann berieten sie sich leise miteinander.

Schließlich gab die Kaiserin die Entscheidung bekannt. Sie und der Kaiser und der große Chu-t'sai respektierten die Leistung Mr. Pêngs und Mr. Plantagenets, zumal in einer Welt, die so sehr aus dem Gleichgewicht geraten war. Sie stellten fest, daß Mr. Pêng vollauf befähigt war, als Erbhüter des Kaiserlichen Drachenhorts zu fungieren – vorausgesetzt natürlich, in seiner Welt hätte noch ein solcher Hort existiert –, und sie gaben auch ihrer Meinung Ausdruck, Mr. Plantagenet wäre sicher zu einem großartigen König von England geworden. Sie erwähnten auch, wie beeindruckt sie von Papa Schimmelhorns Genie und seinem enormen *Yang* seien, für das es seit den Tagen des Gelben Kaisers keine Entsprechung gäbe. Allerdings ...

Die Kaiserin zögerte, und Chu-t'sai gab ein dumpfes und klagendes Grollen von sich.

»Allerdings«, fuhr sie fort, »ist das Gleichgewicht von *Yang* und *Yin* in Ihrer Welt so sehr gestört, daß es zweifelhaft erscheint, ob Ihre Heimat jemals wieder richtig zivilisiert werden kann. Diese Perspektive hat der große Chu-t'sai zum Anlaß genommen, seinen Verwandten die Erlaubnis zu verweigern, mit Ihnen zurückzukehren.«

Mr. Pêng wurde blaß. Mr. Plantagenet war die Enttäuschung selbst.

»Und was Ihr Schwarzes Loch und das verhängnisvolle Dimensionstor anbelangt ...«, sagte die Kaiserin. »Es mißfällt uns zwar, das konkrete Ergebnis einer so großartigen und genialen Leistung zu zerstören, doch zu unserem eigenen Schutz bleibt uns nichts anderes übrig, und somit wird das sofort nach Ihrer Rückkehr in Angriff genommen ...«

Mr. Pêng und Mr. Plantagenet wollten protestieren, doch die Kaiserin hob die Hand.

»... Darüber hinaus stellen wir für Ihre Rückkehr die Bedingung, daß Sie uns versprechen, nie wieder zu versuchen, ein solches Gerät zu bauen. Wir werden Ihnen viele Geschenke mitgeben, und nach dem Versprechen ist der große Chu-t'sai bereit, Ihnen das kostbarste Geschenk überhaupt zu überreichen – eine Gabe, für die dann nicht nur Sie verantwortlich sind, sondern auch Ihre Söhne und Töchter. Also: Sind Sie bereit, vor uns mit aller Aufrichtigkeit das Versprechen abzugeben, das ich von Ihnen verlange?«

Mr. Pêng sah Mr. Plantagenet an. Mr. Plantagenet richtete seinen Blick auf Mr. Pêng. »Wir versprechen es, Tochter des Himmels«, sagte Mr. Pêng traurig.

Die Kaiserin lächelte. »Sehr schön.« Sie winkte, und vier Bedienstete eilten mit einem riesigen zugedeckten Korb herbei, den sie vor Mr. Pêng abstellten.

»Das ist das Geschenk des großen Chu-t'sai«, sagte die Kaiserin. »Eingefaßt in Seide und die weichsten Daunen enthält der Korb acht Dracheneier und detaillierte wissenschaftliche Anweisungen für die richtige Behandlung. Damit ist Ihnen eine große Ehre erwiesen worden.«

Mr. Pêng verneigte sich tief und dankte der Kaiserin, dem Kaiser und dem großen Chu-t'sai sowohl für die Freigebigkeit als auch das in ihn gesetzte Vertrauen.

Dann klatschte die Kaiserin in die Hände, und Musik erklang. Die Audienz war beendet, und alle Anwesenden erfreuten sich an einer üppigen Mahlzeit, die direkt auf der Wiese serviert wurde. Anschließend wurden die anderen kaiserlichen Geschenke gebracht: Kisten aus

Ebenholz, geschmückt mit herrlichen Lackarbeiten und eingehüllt in wertvolle Seide. Man verlud alles in die Kutsche und den Ferrari.

»Wir verabschieden Sie nur sehr ungern«, sagte die Kaiserin, »aber ich versichere Ihnen, es geschieht zu Ihrem eigenen Besten.«

Von überallher ertönten freundliche Lebewohlrufe, und Papa Schimmelhorn umarmte die rechte Nüster des großen Chu-t'sai. »Ach, Herr Drache«, sagte er, »ich wünschte, ich behärrschte daine Sprache.«

Der große Chu-t'sai blies ihn liebevoll an.

»Ja«, sagte Papa Schimmelhorn. »Ich wätte, wir könnten uns gägensaitig die tollsten Geschichten erzählen ...« Er bemerkte, wie sich der argwöhnische Blick Mama Schimmelhorns auf ihn richtete, und daraufhin seufzte er und gab der riesigen Nüster noch einen letzten Klaps. »Auf Wiedersähen!« rief er über die Schulter zurück.

Die Kutsche rollte über die Straße, und der Ferrari folgte ihr. Die Eskorte aus schwebenden Fahrzeugen und diskusförmigen Flugobjekten schloß sich an. Die Straße und die Landschaft veränderten sich, schneller und immer schneller ...

Dann, von einem Augenblick zum anderen, befanden sie sich wieder in dem Lager, wo ein sehr müder und besorgter Colonel Li auf sie wartete. Als der Ferrari ganz durch die Dimensionspforte war, vernahmen sie das dumpfe Krachen einer Implosion, und für den Bruchteil einer Sekunde schienen Funken dahinzusprühen und die Luft wie infolge statischer Elektrizität zu knistern. Sie drehten sich um – und das Tor war verschwunden. Nur der Stanley-Dampfwagen stand dort. Rauch quoll unter der Motorhaube hervor, und es stank nach verbrannter Isolierung.

Eine ganze Zeit lang herrschte Stille, die Mr. Plantagenet schließlich mit einem heiseren *Umpf!* beendete.

Mr. Pêng sah ihn kummervoll an.

»Mach doch nicht so ein Gesicht, alter Bursche«, sagte Mr. Plantagenet. »Immerhin haben wir die Dracheneier. Und wenn die Jungen ausschlüpfen, gibt es wieder richtige Drachen in dieser Welt!«

»Richard«, erwiderte Mr. Pêng, »weißt du eigentlich, wie lange die Brutzeit von Drachen dauert? *Tausend* Jahre – und das ist selbst für einen geduldigen Chinesen eine verdammt lange Zeit.«

Die Pêngs und Plantagenets luden die Schimmelhorns höflich ein, noch einige weitere Tage als ihre Gäste in Hongkong zu verbringen, doch Mama Schimmelhorn lehnte ab und meinte, sie schäme sich, sich zusammen mit Papa Schimmelhorn in der feinen Gesellschaft blicken zu lassen. Sie bestand darauf, sofort zum Flughafen zu fahren. Und man erfüllte ihre Bitte auch. Unterwegs hielten sie nur kurz an, damit der Kleine Anton die Reisetasche Papa Schimmelhorns holen und im Kofferraum des Stanley verstauen konnte und Mama Gelegenheit hatte, von Mrs. Plantagenet einen großzügigen Scheck in Empfang zu nehmen (ausgestellt auf ihren Namen). Natürlich wurden auch die Geschenke der Kaiserin nicht vergessen.

Während der Fahrt schwiegen sie. Nicht einmal der Kleine Anton gab einen Ton von sich. Das einzige Geräusch stammte von dem Regenschirm Mama Schimmelhorns, der dann und wann an die Rückseite des Fahrersitzes stieß. Der gelbe Jet erwartete sie bereits. Die Rampe war heruntergelassen, und diesmal wußte Papa Schimmelhorn, daß er mit seinem Wagen nicht an Bord fliegen konnte. Mit einem Ernst, wie er ihn sonst nur während Beerdigungszeremonien zur Schau trug, fuhr er die Rampe hoch.

Trotz der höflichen und zuvorkommenden Besatzung, des erstklassigen Service und der ausgezeichneten Bordküche war der Rückflug keineswegs ein Spaß –

und die Tatsache, daß Colonel Li in dem vergeblichen Bemühen, seinem Freund einen letzten Gefallen zu erweisen, die beiden hübschen Balinesinnen als Hostessen an Bord gebracht hatte, war weder dazu angetan, die allgemeine Stimmung zu verbessern, noch die Dunkelheit der finsteren Ahnungen Papas zu erhellen. Die ganze Zeit über saß Mama Schimmelhorn mit grimmigem Gesicht in ihrem Sessel, und sie brach ihr eisiges Schweigen nur, um über die Sünden lüsterner Ziegenböcke und komischer alter Käuze zu berichten. Sie betonte, wie ratsam es für vielversprechende junge Leute wie den Kleinen Anton sei, sich an solchen schamlosen Dingen kein Beispiel zu nehmen und statt dessen besser an Konfuzius zu denken.

Sie landeten in New Haven. Mama Schimmelhorn gab jedem Besatzungsmitglied ein großzügiges Trinkgeld von fünfzig Cents. Die Rampe neigte sich dem Boden entgegen. Und sie stiegen in den Wagen.

Mit Tränen in den Augen bedachte Papa Schimmelhorn die beiden Balinesinnen mit einem letzten sehnsüchtigen Blick und schüttelte dem Kleinen Anton stumm die Hand. Glücklicherweise war er geistesgegenwärtig genug, den kleinen Zettel in der Tasche verschwinden zu lassen, den ihm sein Großneffe heimlich zusteckte.

»Wir fahren jätzt geradewägs nach Hause!« befahl Mama Schimmelhorn, und ihr Mann gehorchte.

»Wir schtällen den Wagen in där Garage ab«, wies sie ihn an, schloß das Tor auf, wartete, bis Papa Schimmelhorn den Stanley-Dampfwagen hineingefahren hatte, verriegelte die Tür dann wieder und schob sich den Schlüssel in die Tasche.

»Und jätzt gähen wir nach oben und machen die Geschänke där Kaiserin auf.«

Papa Schimmelhorn nahm die Kästen und folgte seiner gestrengen Gemahlin. Es handelte sich um zwei lange Pakete, die mit Seidenfäden zusammengeschnürt waren, und eine größere Box, die man auf ähnliche Weise gesichert hatte. Mama Schimmelhorn öffnete die langen Behältnisse zuerst. Jedes davon enthielt eine prächtig lackierte Rolle, deren Enden aus Elfenbein bestanden. Kostbare Seidentücher waren daran befestigt. Mama entrollte das erste und betrachtete ein klassisches chinesisches Porträt, das Papa Schimmelhorn zeigte, wie er in einem großen Teak-Sessel saß. Das Bildnis kleidete ihn in eine elegante Tunika mit Jadeknöpfen und stellte ihn als einen hochrangigen Mandarin und Ehren-Helfer des Hüters des Kaiserlichen Drachenhortes dar.

»Ach!« seufzte Mama Schimmelhorn. »Daran solltescht du dir ain Baischpiel nähmen! Äs geziemt sich äben nicht für ainen Mann daines Alters, immerzu lüschtern zu sain und nur an nackte Frauen zu dänken.«

Sie nahm die zweite Rolle zur Hand. Das Seidentuch zeigte sie selbst, in der Rolle der Gemahlin des hohen Mandarins, angemessen gekleidet und geschmückt. In einem gewissen Gegensatz zu dieser Aufmachung stand der schwarze Hut auf dem Kopf und die Tatsache, daß die rechte Hand fest einen Regenschirm umklammerte. Auf ihrem Schoß hatte der unbekannte Künstler Gustav-Adolf dargestellt, der der Kaiserin in aller Ausführlichkeit von Mrs. Pêng und Mrs. Plantagenet beschrieben worden war.

»Das ischt wirklich schön!« murmelte Mama Schimmelhorn. »Wir hängen die Bilder zu baiden Saiten des Kamins auf.«

Im Anschluß an diese Entscheidung öffnete sie das dritte Paket, und aus dem Ebenholzkasten nahm sie ein großes, aus Bronze bestehendes *Ting*, eine uralte kleine Opferschüssel, die ebenso einzigartig wie kostbar war.

»Was ischt das dänn?« brummte Papa Schimmelhorn. »Etwa ain Kochtopf?«

»Dummkopf!« erwiderte Mama Schimmelhorn scharf. »Darin könnte man zum Baischpiel Pätunien pflanzen. So, und jätzt gäh runter, hol daine Tasche und bring dän armen Guschtav-Adolf mit.

Papa Schimmelhorn machte sich froh auf und davon, und als er sich vergewissert hatte, mit Gustav-Adolf allein zu sein, holte er den Zettel hervor, den der Kleine Anton ihm zugesteckt hatte. Die Nachricht lautete:

Lieber Papa,
es gibt da noch ein anderes Geschenk, nur für Dich allein. Es kommt vom Kaiser und Deinem Drachen-Kumpel. Ich habe es in meinem eigenen kleinen Universum versteckt und hierher geschmuggelt, so daß Prinz Wen nichts davon erfuhr.
Es stammt aus einem der Luftwagen, und ich habe die Aufschrift übersetzt.
Viel Spaß, alter Knabe!

Mit besten Grüßen
Anton

Papa Schimmelhorn eilte zum Stanley-Dampfwagen und öffnete den Kofferraum. Neben der Reisetasche stand ein einfacher Pappkarton, der einige chinesische Schriftzeichen aufwies. Darunter stand die Übersetzung:

Kaiserliche Luftwagen-Fabrik
Antigravitations-Einheit
Für die Installation ausschließlich in mit
Dampfkraft angetriebenen Fahrzeugen
1,3 Drachenstärken
Garantiert ohne Schwarzes Loch

Rasch legte Papa Schimmelhorn den Karton zurück und schloß den Kofferraum wieder. Er schwang sich die

Reisetasche auf die eine breite Schulter und Gustav-Adolf, der am Stanley-Dampfwagen geschnüffelt hatte, auf die andere. Als er wieder nach oben zu Mama Schimmelhorn ging, gab er sich die größte Mühe, ganz niedergeschlagen und deprimiert zu wirken – was ihm jedoch nur teilweise gelang.

Er dachte immerzu an herrlich weiße Wolken hoch oben am Himmel, an warme Sommerbrisen – und die entzückende Strumpfhose Dora Großapfels.

Aus dem Amerikanischen übersetzt von Andreas Brandhorst

Papa Schimmelhorn und das
S.O.D.O.M.-Serum

Es war Mama Schimmelhorns eigene Schuld, daß Papa Schimmelhorn im reifen Alter von über achtzig Jahren und damit in der Blüte seiner außerordentlich stark ausgeprägten Manneskraft den Entschluß faßte, die menschliche Lebensspanne – wobei er in erster Linie an die eigene dachte – um fünfhundert Jahre zu verlängern. Hätte sie ihn nicht *in flagranti* mit der entzückenden, vierzig Jahre alten Witwe Siracusa erwischt und wäre sie darüber hinaus bereit gewesen (als sich ihr Verdacht auf so konkrete Art und Weise bestätigte), davon abzusehen, Pastor Hundhammer herbeizurufen, um diesen unmittelbar mit der peinlichen Situation zu konfrontieren, so hätte Papa Schimmelhorn nicht die beißende Kritik des Pfarrers über sich ergehen lassen müssen – einen sarkastischen Vortrag, in dem es vor allen Dingen um die Sündhaftigkeit alter Männer ging, die selbst im vorgerückten Alter nicht von Lüsternheit und Wollust ablassen wollten. Ja, andernfalls wäre es vermutlich nicht dazu gekommen, daß sich Papa Schimmelhorn die ganze Angelegenheit so sehr zu Herzen nahm, und wahrscheinlich hätte Bambi Siracusa dann auch keinen Grund gehabt, die Mafia-Familie zu benachrichtigen, der ihr letzter Ehemann – Jimmy »Zitterfinger« Siracusa – angehört hatte. Obwohl es dazu natürlich erst nach dem gemeinen Bündnis zwischen ihr und Mama Schimmelhorn kam.

Papa Schimmelhorn hörte notgedrungen zu, wie Mama wieder einmal den schier endlosen Bericht seiner Verfehlungen zum besten gab, und sobald sich ihm eine Gelegenheit bot, zog er sich in die Kellerwerkstatt zurück. Und gerade dort, während der Mußestunden, in denen er weder als Vorarbeiter in der Kuckucksuhrenfabrik Heinrich Lüdesings tätig war noch seinem Lieblingshobby frönte, fand sowohl die Seele Frieden als auch sein unterbewußtes Genie die Möglichkeit, sich voll zu entfalten. Bei diesem Mal jedoch fand er keinen Trost. Vorsichtig rieb er sich das gerötete linke Ohr, an dem Mama Schimmelhorn ihn nach Hause gezogen hatte, und ebenso behutsam betastete er sich die schmerzenden Rippen, in die seine werte Gattin mehrmals die Spitze ihres Regenschirms gebohrt hatte. Seufzend nahm er an der Werkbank Platz. Ganz in der Nähe stand der knallgrün lackierte 1922er Stanley-Dampfwagen, den er einst mit einem von ihm selbst erfundenen Antigravitationsapparat ausgerüstet hatte. Sein Blick richtete sich auch auf seinen Schatz aus alten Fahrradrahmen, demontierten Schreibmaschinen, kleinen Rädern mit seitlich hervorstehenden Noppen und miteinander verbundenen Federn. Neben ihm standen die Bohrer und Meißel, die Schraubstöcke und Hobel und andere, überaus seltsam anmutende Werkzeuge, die den Eindruck erweckten, als seien sie aus dem Innenleben auseinandergenommener Staubsauger entstanden. Vor ihm hockte sein alter Freund Gustav-Adolf, der gestreifte Kater. Er schnurrte laut, und sein langer, buschiger Schwanz strich von rechts nach links und umgekehrt. Ganz offensichtlich fand er großen Gefallen an der dicken Maus, die er gerade verspeiste.

»Ach, Guschtav-Adolf, du värschtähscht das alles nicht!« Papa Schimmelhorn spannte seinen mächtigen Bizeps an und stöhnte kummervoll. »Sieh mich an! Äs gäht mir ainfach prächtig – frag nur maine klaine Bambi, wänn du mir nicht glaubscht! Aber där alte Hundhammer hat rächt. Viellaicht noch zähn oder fünfzähn Jahre – und dann hat äs kainen Sinn mähr, hübschen Schmusemiezen nachzuschtällen. Dann ischt Sense damit – wie schade!«

Bei dem Gedanken an all die Frauen – an junge, die in

mittlerem Alter und selbst die älteren, die sich gut gehalten hatten –, denen es in einem solchen Fall nicht mehr vergönnt war, die einzigartige Erfahrung seiner Manneskraft zu genießen, quollen Tränen in die himmelblauen Augen Papa Schimmelhorns. Und Gustav-Adolf, der ihn vollkommen verstand, knurrte mitfühlend, schob ihm mit der einen Pfote die Überbleibsel der Maus zu und miaute: »Komm schon, alter Knabe, nimm einen Happen – danach geht es dir bestimmt besser!« Er wartete einige Sekunden lang, und als sein Herrchen und Freund nicht auf das großzügige Angebot reagierte, zuckte Gustav-Adolf mit seinen Kater-Achseln und verschlang die Maus selbst.

»Aber äs gäht nicht nur um die süßen Schmusemiezen«, seufzte Papa Schimmelhorn, »sondern um die ganze Wält. Dänk nur daran, Guschtav-Adolf – ich bin ain Dschänie. Aine Zaitlang hat mich Doktor Jung in Gänf nur dafür bezahlt, bai ihm zu sitzen, ihm zuzuhören und alte Bücher und auch einige komische neue zu läsen, und als ich ihn nach dem Grund dafür fragte, lachte är nur und mainte: ›Mach dir kaine Sorgen, Papa. Irgendwann värarbaitet dain Unterbewußtsain alles und gelangt zu ainer gänialen Ärkänntnis.‹ Und damit hatte är ganz rächt. Außerdäm ...« – er deutete auf die gerade neu entwickelte und überaus prächtige Kuckucksuhr, die an der einen Wand hing – »... bin ich auch ain Künschtler. Sieh nur! Ich habe sie für maine klaine Bambi gebaut – die ärschte Röntgen-Kuckucksuhr der Wält, ausgeschtattet mit zwölf värschiedenen Positionen und nicht ätwa nur ainem Kuckuck, sondern glaich ainem ganzen Quartätt.«

Traurig stellte er die Zeiger auf zwölf Uhr ein. Das Kuckucks-Quartett, bestehend aus zwei Tenören, einem Bariton und einem Baß – kam gehorsam aus der Klappe und gab mit fröhlichem Gesang die Zeit an.

Gustav-Adolf spannte unwillkürlich die Muskeln

zum Sprung. Dann erinnerte er sich an zurückliegende Erfahrungen mit der besonderen Vielfalt der von Papa Schimmelhorn bevorzugten Vogelwelt, und angewidert entspannte er sich wieder.

Die Kuckucke verschwanden im Innern der Uhr. Eine größere Tür schwang weit auf, und aus der Öffnung schob sich ein großzügig ausgestattetes Himmelbett im Stile Ludwig XVI. Auf den Polstern räkelte sich eine miniaturisierte Mrs. Siracusa, auf der ein anonymer junger Mann lag. Eine Zeitlang bedachte Papa Schimmelhorn die beiden Gestalten mit sentimentalen Blicken. »Ich habe mich nicht sälbscht dargeschtällt«, erklärte er Gustav-Adolf. »Ain Dschänie muß schließlich beschaiden sain.« Er seufzte. »Und jätzt hat Mama Schimmelhorn maine klaine Bambi wütend gemacht, und außerdäm wurde ich auch noch von Pastor Hundhammer ausgeschimpft.« Er hatte mit sich selbst Mitleid und schüttelte den Kopf. »Aine wirkliche Tragödie – dänk nur! Alles ging schief, und das, als ich gerade dachte, ich könnte viellaicht noch waitere fünfhundert Jahre...«

Papa Schimmelhorn unterbrach sich. Das Unterbewußtsein, das Jung so sehr fasziniert hatte – und das für Herrn Doktor Freud vermutlich noch weitaus interessanter gewesen wäre – begann von einem Augenblick zum anderen auf Hochtouren zu arbeiten. Nachdenklich kniff Papa die Augen zusammen. »*Und warum aigentlich nicht?*« fragte er Gustav-Adolf. »Fünfhundert waitere Läbensjahre – viellaicht ischt das gar nicht viel schwieriger als Antikravitation und Gnurrs!« Still überlegte er und versuchte, die Möglichkeiten abzuschätzen. Die Zahl der hübschen Schmusemiezen, denen er in einem halben Jahrtausend nachstellen konnte, erschien ihm auf herrliche Art und Weise praktisch unbegrenzt. Er strahlte. »Möglicherwaise klappt äs!« rief er erfreut aus. »Wir sollten äs auf jäden Fall värsuchen. Und wänn ich äs schaffe, Guschtav-Adolf, värlängere ich auch dain Läben. Viellaicht gibt das für dich nur hundert waitere Jahre, wail du aine Katze bischt, aber das ischt ja immer noch bässer als nur zwei oder drai, nicht wahr?«

»*Miau!*« bestätigte Gustav-Adolf begeistert.

Papa Schimmelhorn zwinkerte ihn an und deutete warnend an die Decke. »Aber värgiß Mama nicht!« warnte er. »Sie darf nichts ärfahren!«

Einige Wochen lang verhielt sich Papa Schimmelhorn wie ein mustergültiger Ehemann. Wenn er nicht in der Kuckucksuhrenfabrik arbeitete, verbrachte er den größten Teil seiner freien Zeit entweder in seiner Werkstatt oder der öffentlichen Bibliothek und beschäftigte sich dort eingehend mit komplizierten Werken über Genetik, Cytologie, Cytogenese, Biochemie und anderen Fachgebieten, von denen er nichts verstand – ganz im Gegensatz zu seinem Unterbewußtsein, das alle Informationen begierig aufnahm. Er vertiefte sich in Wälzer über das Paarungsverhalten der Laubenvögel, das Auskochen von Äther, das chemische Verhalten von Aminosäuren, das Brennen von irischem Whisky, die elektronischen Wunder des Raumfahrt-Zeitalters, leichtgemachte After- und Mastdarmkunde, Hypnose, Herpetologie und die magischen und therapeutischen Besonderheiten der altchinesischen Pharmakopöe. Dann und wann machte er geheimnisvolle kleine Einkäufe, und nach einer Weile wurde Mama Schimmelhorn auf rätselhafte Dämpfe aufmerksam, die aus dem Keller kamen. Einige von ihnen zeichneten sich durch eine angenehme und sogar anregende Qualität aus, während andere wiederum einen widerwärtigen Gestank hatten. Alles in allem gesehen jedoch war das Verhalten Papa Schimmelhorns dazu angetan, Mama ihm gegenüber wohlwollender zu stimmen, und nach und nach verdächtigte sie ihn nicht mehr in dem Maße wie zuvor. Zum ersten Mal seit ihrer dreiundsechzigjährigen Ehe begleitete er seine Frau am Sonntag sogar in die Kirche, und zu der Überraschung aller dort Anwesenden war es ausgerechnet seine dröhnende Stimme, die bei jedem Lied aus allen anderen herauszuhören war. Durch seinen ersten Besuch im altehrwürdigen Gotteshaus sah sich Pastor Hundhammer dazu veranlaßt, das Manuskript seiner vorbereiteten Rede zur Seite zu schieben und einen wortreichen und vollkommen improvisierten Vortrag über ›Sodom‹ zu halten – was in biblischen Zeiten der Name einer verrufenen Stadt gewesen war, jetzt jedoch auch ›Sofortige Demoralisierung ohne Mitleid‹ bedeuten konnte –, und als der Pfarrer seine Ansprache beendet hatte, erklang ein herzerweichendes AMEN von Papa Schimmelhorn.

Die Freundinnen Mama Schimmelhorns frohlockten zusammen mit Pastor Hundhammer über die offensichtliche Besserung Papas. Die männlichen Angehörigen der Gemeinde, zu denen auch Papas Arbeitgeber Heinrich Lüdesing gehörte, flüsterten aufgeregt miteinander und hofften mit unverhohlener Schadenfreude, Papa Schimmelhorn verlöre nun allmählich die Manneskraft, um die er bisher so sehr beneidet worden war. Und in der Zwischenzeit ging das Kellerwerkstatt-Experiment ›Langlebigkeit und Saft-und-Kraft-Erneuerung‹ langsam, aber sicher seinem triumphalen Abschluß entgegen.

Natürlich war Papa Schimmelhorn aufgeregt, doch andererseits gehörte er nicht zu den Männern, die irgend etwas dem Zufall überließen. »Zuärscht ärproben wir das Mittel an Mäusen«, wandte er sich an Gustav-Adolf und betrachtete dabei die trübe und nicht sonderlich angenehm duftende Flüssigkeit in einem Glas von der Art, in der Mama für gewöhnlich saure Gurken einmachte. »Du könntescht dich auch mal anschträngen und auf die Jagd gähen. Zähn oder zwölf würden raichen.« Er blickte in die ruhigen grünen Augen seines Kater-Freundes, seufzte und machte sich auf, um in einer Tierhandlung einige weiße Mäuse zu kaufen. Es soll an dieser Stelle keine Zeit damit verloren werden, die einzelnen Bestandteile des Elixiers aufzuzählen oder ausführlich die recht unzusammenhängend erscheinenden und ausgesprochen unhygienischen Einzelprozesse der Herstellung zu schildern. Interessant zu erwähnen wäre vielleicht, daß Papa Schimmelhorn unter anderem eine Komponente seines eigenen Organismus' verwendete, zwei nicht ganz so wichtige von dem Gustav-Adolfs (der sie nur widerstrebend zu spenden bereit gewesen war) und viele weitere aus eher sonderbaren Sektionen aus den Bereichen Tiere, Pflanzen und Minerale. Anschließend wurden die auf diese Weise gefüllten Einmachgläser einer subtilen Behandlung mit Hilfe eines recht altertümlichen Röntgen-Apparates ausgesetzt – einem Veteranen, der seinen Dienst in mehreren Zahnarzt-Praxen verrichtet hatte. Dann schwang ein seltsam in sich selbst verdreht wirkender Kristall mehrmals über einem ebenso eigentümlich verzerrten Prismengitter hin und her. Diese Art von Prozedur brachte drei verschiedene Flüssigkeiten hervor: die eine, die oben bereits erwähnt wurde, eine zweite, die aussah wie ein flüssiger Gorgonzolakäse, in dem sich irgendwelche *Dinge* bewegten, und eine dritte hellrote Masse, die immerzu dampfte, leise zischte und nach Muscheln roch.

Die ersten eintreffenden weißen Mäuse waren nur durch einen Schuhkarton geschützt, und sie hauchten prompt ihr Leben aus, als Papa Schimmelhorn kurz den Raum verließ. Die zweite Gruppe, an der die gelbe Flüssigkeit getestet wurde, während Gustav-Adolf ihre Vorgänger verdaute, rollte mit den Knopfaugen und starb auf der Stelle. Die dritte probierte den flüssigen Gorgonzolakäse, trippelte etwa dreißig Sekunden lang nervös umher – und verendete.

»Ach!« seufzte Papa Schimmelhorn. »Ich habe ainen Fähler mit dän vielen Zutaten gemacht. Värsuchen wir äs äben noch ainmal.«

Die Mäuse der vierten Gruppe – der Inhaber der Tierhandlung freute sich inzwischen sicher über den drastisch gestiegenen Umsatz – schleckten genüßlich den nach Muscheln duftenden Brei. Dann begannen sie, eine nach der anderen, vor Schwäche zu zittern. Sie wurden immer schrumpeliger. Der Pelz ergraute; Haarbüschel fielen aus. Der Glanz der Augen trübte sich. Und sie starben ebenfalls.

Mit einer Ausnahme, wobei es sich um eine recht lebenslustig wirkende Maus handelte, die ein wenig größer war als die anderen. Dieses besondere Exemplar schien zuerst ebenfalls schrumpelig zu werden, und auch sein Pelz veränderte zunächst Farbe und Dichte. Doch der helle Glanz der Knopfaugen blieb erhalten, und die Maus wirkte nun sogar noch kräftiger als zuvor.

Papa Schimmelhorn gab einen Freudenschrei von sich und griff nach ihr. Er riß die Tür auf und ließ einen sehr ärgerlichen Gustav-Adolf herein, der seit dem Debakel mit der ersten Mäusegruppe ins Exil verbannt worden war.

»Sieh nur, Guschtav-Adolf!« rief er. »Viellaicht funktioniert äs jätzt! Härr Maus hat die Behandlung überschtanden und erfreut sich bäschter Gesundhait!« Er setzte die Maus genau vor die Schnauze des Katers – und das kleine Tier quiekte leise, richtete sich auf und biß entschlossen zu.

Niemals, nicht einmal während seiner sehr bewegten Jugendzeit als Kätzchen, war Gustav-Adolf von einer Maus gebissen worden. Bis an die Grundfeste seines stolzen Ichs erschüttert, heulte er, wich zurück, duckte sich und knurrte verwirrt. Die Maus sprang von der Werkbank herunter und floh durch die Tür.

»*Äs klappt!*« platzte Papa Schimmelhorn heraus. »Bai

Mäusen värlängert das Älixier das Läben viellaicht um zähn Jahre, bai Katzen um hundert, und bai mir um fünfhundert – schtäll dir das nur ainmal vor! Fünfhundert waitere Jahre, in dänen ich hübschen Schmusemiezen nachschtällen kann!« Er tanzte vor Freude umher. »Blondinen, Guschtav-Adolf! Brünette und Rothaarige. Schlanke Frauen, dickliche Frauen, viellaicht auch ain paar zierliche junge Mädchen aus Schina und Dschapan!«

Er blickte zu Boden. Gustav-Adolf hatte die Maus inzwischen vergessen und leckte gerade die letzten Flüssigkeitsreste von der Untertasse.

»Mein Gott!« Papa Schimmelhorn schob seinen Kater rasch zurück. »Noch nicht, Guschtav-Adolf! Zuärscht müssen wir noch ainige waitere Äxpärimente machen! Äs ischt zu gefährlich ...«

Aber es war bereits zu spät. Gustav-Adolf ließ das letztemal die klebrige Zunge über die Untertasse gleiten, setzte sich dann und rieb sich die Barthaare sauber. Papa Schimmelhorn beobachtete seinen Kater besorgt – und nichts geschah. Er schrumpelte nicht ein. Pelz und Augen behielten ihren charakteristischen Glanz. Seine Barthaare mochten jetzt ein wenig grauer geworden sein, aber selbst in diesem Punkt war sich Papa nicht ganz sicher.

Langsam begriff Papa Schimmelhorn, was passiert war. »*Ho-ho!*« donnerte er und hob das Einmachglas so an, als handele es sich dabei um das Trinkhorn eines Wikingers. »Äs hat bai Härrn Maus geklappt, wail äs aine Alte-Ziegenbock-Maus war! Und äs klappt bai Guschtav-Adolf, wail är ain Alter-Ziegenbock-Kater ischt! Ach, wir sollten Paschtor Hundhammer dankbar sain und das Älixier S.O.D.O.M.-Särum nennen!« Die hellrote Flüssigkeit dampfte und zischte. »Also runter damit! Sieh nur – genau wie bai Härrn Doktor Dschekill und Mister Haid!« Er nahm einen großen Schluck.

Die Flüssigkeit ging runter wie Öl, verdichtete sich im Magen, vibrierte, tanzte einige Male umher und verteilte sich anschließend im ganzen Organismus. Papa Schimmelhorn spürte sie in jedem Nerv und Muskel, in jedem Organ, in jeder einzelnen Ader. Von einem Augenblick zum anderen hatte er wieder das Gefühl, ein vor Kraft strotzender junger Kerl zu sein. Er hatte sich nicht verändert. Es war nur so, daß ganz plötzlich und unvermittelt seine Männlichkeit in einem so grellen Licht erstrahlte, daß jedes einigermaßen sensible weibliche Auge davon geblendet werden mußte.
Papa Schimmelhorn streckte sich so, wie er sich seit seinem siebzehnten Lebensjahr nicht mehr gestreckt hatte. Gustav-Adolf folgte seinem Beispiel, und sie tauschten einen verschwörerischen Blick aus.
»Heute abend schtatten wir mainer klainen Bambi ainen Bäsuch ab«, beschloß Papa Schimmelhorn. »Wänn ich ihr die Röntgen-Kuckucksuhr schänke und ihr sage, daß ich nun für fünfhundert waitere Jahre voller Saft und Kraft stäcke, värzaiht sie mir viellaicht dän Umschtand, daß ich ihr nichts von mainer Ähe und Mama ärzählt habe. Doch jätzt ...« Er hob Gustav-Adolf hoch und setzte sich den Kater auf die Schulter. »Wir haben noch dän ganzen Nachmittag vor uns und gähen zu Tschärity Blumenhaimer, die so nätt und lieb ischt und aine hübsche klaine Siamesische Katze hat. Bai ihr können wir baide Schpaß haben.«
Und im Eßzimmer direkt über der Kellerwerkstatt griff Mama Schimmelhorn nach dem auf dem Boden liegenden Mikrofon ihres ansonsten ganz und gar unnötigen Hörapparates, straffte die Gestalt, woraufhin der steife Stoff ihres schwarzen Kleides knisterte, packte den ebenfalls schwarzen Regenschirm und zischte: »*So!* Du willscht also noch immer mit nackten Frauen herumschmusen – und das waitere fünfhundert Jahre lang. Na, ich wärd's dir zaigen!«

Einige Augenblicke lang stand sie einfach nur reglos da, fauchte leise vor sich hin und sah aus wie eine Mischung aus Xanthippe und Jüngstem Gericht. Ihre Zweifel in Hinsicht auf die Moral Papa Schimmelhorns hatten vor einigen Tagen neue Nahrung bekommen, als Papa am Sabbath geistesabwesend den einladend runden Allerwertesten von Miß Jasmine Jorgensen gezwickt hatte, der Sekretärin Heinrichs. Bei dieser Gelegenheit hatte sie nicht nur neuen Verdacht in bezug auf die Besserung ihres Gatten geschöpft, sondern sich auch gefragt, was er im Schilde führte. Jetzt wußte sie Bescheid. »*Hinterhältiger Betrüger!*« brummte sie. »Du sagscht also nicht, daß du värheiratet bischt!« Und plötzlich erachtete Mama Schimmelhorn Bambi Siracusa – das schwarze Schaf der vergangenen Wochen – nicht mehr als eine Saboteurin häuslichen Friedens und Ausbund an weiblicher Verderbtheit, sondern vielmehr als eine empfindsame Schwester, die ebenfalls dem Verrat Papa Schimmelhorns zum Opfer gefallen war.

Mama wartete, bis sie durch das Fenster Papa Schimmelhorn zusammen mit Gustav-Adolf um die Ecke gehen sah. Dann rief sie Mrs. Siracusa an. Die ersten Worte Bambis waren nicht sehr freundlich, und Mama brauchte eine Weile, um ihre guten Absichten glaubhaft zu machen. Sie erklärte, nicht gewußt zu haben, daß Papa Schimmelhorn sich ihr gegenüber als Junggeselle ausgegeben hatte. Sie entschuldigte sich dafür, zusammen mit Pastor Hundhammer einfach so in ihr Schlafzimmer gestürmt zu sein und sie mit dem Regenschirm bearbeitet zu haben. Sie gab ihrem Mitgefühl einer jungen Frau gegenüber Ausdruck, die auf so schamlose Art und Weise hereingelegt worden war.

»Oh, ich kann verstehen, mit welchen Problemen Sie zu kämpfen haben, Mistreß S.«, erwiderte Bambi und lehnte ihre verlockenden hundertsechzig Pfund in einen rosaroten Sessel zurück. »Und ich bin froh, daß Sie mich angerufen haben. Es ist wirklich nicht sehr schön, wenn ein alter Ziegenbock mit großer Erfahrung ein junges Mädchen wie mich ausnutzt, das bis fast zur Hochzeit mit Siracusa – Gott sei seiner verdammten Seele gnädig! – seine Unschuld bewahrte!«

»*Ärfahrung!*« sagte Mama Schimmelhorn scharf. »Sait draiundsechzig Ähejahren ischt main Mann nun schon auf Abwägen. Mal traibt är äs mit dieser, mal mit jäner – ainmal sogar glaich mit ainem ganzen waiblichen Schtraicherquartett, dieser lüschterne Kärl! Und jätzt will är sich saine Wolluscht für die nächschten fünfhundert Jahre sichern. Das gäht entschieden zu wait!«

Bambi hätte sich fast an dem Bier verschluckt, an dem sie gerade nippte. Sie keuchte und brachte schließlich hervor: »*Wie bitte?* K-könnten Sie das noch einmal wiederholen?«

»Er ischt ain Dschänie«, erklärte Mama Schimmelhorn – und dann erläuterte sie in allen Einzelheiten, wie das Unterbewußtsein Papas funktionierte, was dann und wann zu Erfindungen führte, die nicht einmal Wissenschaftler von höchstem Rang und Namen verstanden, jedoch immer genau den Zweck erfüllten, auf den Papa aus war. Sie berichtete auch von dem erfolgreichen Experiment, das sie mit Hilfe ihres Hörapparates hatte belauschen können.

»Sie wollen mich doch nicht ver ... ich meine, auf den Arm nehmen, oder, Mistreß S.?«

Mama Schimmelhorn versicherte ihr, so etwas wäre ihr nie in den Sinn gekommen.

Plötzliche Stille folgte. Man konnte Bambi Siracusa als ausgesprochenen Überlebenstyp in einer Gesellschaft bezeichnen, die viele Gefahren bereithielt. Dort, wo Papa Schimmelhorn nichts weiter sah als fünfhundert Jahre Spaß und Mama Schimmelhorn für die gleiche Zeitspanne eine Fortsetzung der schamlosesten Sünden befürchtete, roch Madame Siracusa Geld – und zwar eine ganze Menge.

Ihr Verstand arbeitete so rasch und präzise wie das geniale Unterbewußtsein Papa Schimmelhorns. »*Dieses verdammte, dreimal verfluchte, schmutzige, dreckige und verlauste Chauvinistenschwein!*« entfuhr es ihr temperamentvoll. »Mama, haben Sie eine Ahnung, was der alte Mistkerl vorhat?«

»Är will waitere fünfhundert Jahre läben, um mit nackten Frauen zu schmusen«, erwiderte Mama Schimmelhorn und traf damit den Nagel ziemlich genau auf den Kopf.

»Damit haben Sie verdammt recht! Und das ist noch nicht alles. Er und die anderen alten Ziegenböcke wollen den Nutzen dieser Erfindung ganz für sich allein behalten! Sagen Sie mir: Warum sollten wir Frauen uns einfach so davon ausschließen lassen? Warum können *wir* nicht nachts losziehen und fünfhundert Jahre lang rumbumsen? Ich gebe Ihnen die Antwort: Weil uns die verdammten Männer immer so behandelt haben, jawohl!«

»Ämanzipation«, verkündete Mama Schimmelhorn. »Frauen an die Macht!«

»Darauf können Sie einen las ... ich meine, das stimmt in der Tat, Mama! Und ich kenne eine Dame, die uns helfen kann, den alten Ziegenböcken einen Strich durch die Rechnung zu machen. Ihr Name ist Vala Canicatti. Sie ist das Oberhaupt der Fa ... ich meine, sie ist die Leiterin der hiesigen Frauenrechtsbewegung. Ich verständige sie sofort. Wir setzen uns zusammen und genehmigen uns einen Whisky. Sie kann uns bestimmt einen Rat geben.«

»Von Wiski halte ich nicht viel«, sagte Mama Schimmelhorn, »aber aine Tasse Tee würde ich nicht ablähnen.«

»Na schön, dann veranstalten wir eben eine Teeparty.

Bleiben Sie, wo Sie sind, Teuerste. Val schickt Ihnen einen Wagen. Ist der alte Ziegenbock im Augenblick zu Hause?«

Mama Schimmelhorn antwortete, ihr unwerter Gatte habe sich gerade wieder aufgemacht, um hübschen Schmusemiezen nachzustellen, und Bambi versprach ihr empört, der Frauenrechtsbewegung werde es bestimmt gelingen, sie heimlich abzuholen, bevor Papa wieder zurückkam.

Sie beendeten das Gespräch, indem sie sich ihres gegenseitigen Mitgefühls versicherten und noch einmal betonten, wie wichtig es sei, sich angesichts der aus alten Ziegenböcken bestehenden Männerwelt zusammenzuschließen. Anschließend nahm Mama Schimmelhorn einen Tropfen Baldrian, um ihre Nerven zu beruhigen, rief Pastor Hundhammer an und schilderte auch ihm ihre Sorgen. Der Pfarrer zeigte sich zutiefst schockiert und meinte, das entsprechende Bemühen Papa Schimmelhorns stünde in krassem Gegensatz zur Schöpfung selbst, der Bibel im allgemeinen und der Ahnengeschichte im besonderen. Er fügte allerdings hinzu, es sei wunderbar, wenn ein Pastor weitere fünfhundert Jahre lang Gott dienen könne – und Mama Schimmelhorn erinnerte sich gerade noch rechtzeitig daran, daß Hundhammer männlichen Geschlechts war, und verschwieg ihm die Rolle, die der Frauenrechtsbewegung bei der Durchkreuzung der Pläne ihres Gatten zukommen sollte.

Unterdessen hatte Bambi aufgeregt mit Vala Canicatti telefoniert, vor der sie, wie alle anderen auch, einen Heidenrespekt hatte. Mrs. Canicatti war irgendwo zwischen Macao und Charbin geboren, und niemand wußte genau, wessen Blut in ihren Adern floß. Während ihrer Jugendzeit hatte sie eine Vielzahl exotischer Sprachen – von denen sie jede mit einem leichten Akzent beherrschte – und einige kaum bekannte und illegale

Künste gelernt. Gewissermaßen den letzten Schliff ihrer Ausbildung hatte sie während des zweiten Weltkriegs erhalten, in den berühmtesten und teuersten Bordellen von Schanghai. Nach der Befreiung wurde sie dort von einem Oberst der amerikanischen Armee entdeckt, der sich empfänglich für ihre Reize zeigte, sie als Kriegstrophäe mit nach Kansas City nahm und heiratete. Er überlebte einige Wochen, bevor er einem häuslichen Unfall zum Opfer fiel, und innerhalb recht kurzer Zeit traten seine Nachfolge an: ein Zahnarzt aus Little Rock, ein Börsenmakler aus Phönix und ein Investment-Berater aus Beverly Hills. Alle diese Ehemänner waren so nett gewesen, der Witwe ihren gesamten Besitz zu vermachen. In New Haven schließlich heiratete sie Luigi »Lucky Looey« Canicatti, den sie wirklich sehr gern gehabt hatte – so gern, daß sie als seine Gehilfin tätig geworden war –, bis auch dieser ehrenwerte Herr starb, überraschenderweise eines natürlichen Todes. An diesem Punkt angelangt, nahm sie einfach selbst die Zügel in die Hand, und ein oder zwei Machotypen, die sich nicht dem Willen einer Frau beugen wollten, fanden ein unrühmliches Ende in Betonsärgen unter den Fundamenten gerade neu errichteter Wolkenkratzer. Man kannte Mrs. Canicatti nun als Patin, und ihr Wort war Gesetz.

Vielleicht gerade deswegen, weil sie so gut in einer Welt zurechtgekommen war, die sich bis dahin auf Männer beschränkt hatte, fand Mrs. Canicatti Gefallen an der Vorstellung, zur Leiterin der lokalen Frauenrechtsbewegung zu werden. Sie wußte, daß es kaum jemanden gab, der den Versuch wagen würde, sie hereinzulegen, und aus diesem Grund glaubte sie sich sicher sein zu können, daß die Erzählung Bambis zumindest ein Körnchen Wahrheit enthielt. Doch wo Bambi nur Geld gerochen hatte, nahm die Patin das herrliche Aroma von Macht wahr. Mit einigen freundlichen Worten versprach sie, Mama Schimmelhorn einen Wagen zu schicken und sie beim Tee zu treffen.

Zuerst jedoch telefonierte sie mit dem Repräsentanten einer zwar nicht sehr bekannten, aber doch recht erfolgreichen südamerikanischen Import-Export-Firma, die von einem früheren hohen Offizier der SS geleitet wurde und mit illegalen Pharmazeutika handelte. Im Anschluß daran wählte sie eine nirgends schriftlich fixierte Nummer und traf Vorbereitungen dafür, daß sich ein alter Bekannter, der nun in den Diensten eines großen Landes hinter dem Eisernen Vorhang stand, mit ihr in Verbindung setzen konnte. Als sie dann ihren Mafiosi die nötigen Befehle erteilt hatte, suchte sie in ihrer Garderobe nach der Art von Kleidung, die ihrer neuen Funktion angemessen war, und sie entschied sich für eine gestreifte Hose mit Nieten, einen rot-weiß-blauen Rollkragenpullover mit einem Friedenssymbol und eine karierte Sportjacke des verschiedenen Mr. Canicatti.

Unterdessen blieb Pastor Hundhammer nicht untätig. Kaum hatte Mama Schimmelhorn aufgelegt, rief er sein wichtigstes Gemeindemitglied an, das gleichzeitig seine bedeutendste finanzielle Stütze war – Heinrich Lüdesing –, um ihm die aufregenden Neuigkeiten zu berichten. Und Heinrich verlor keine Zeit, sondern führte unverzüglich ein transatlantisches Gespräch, um den Vetter seiner Frau zu informieren, einen Mann namens Albrecht, der als Geschäftsführer der SIVA tätig war, eines großen Chemiewerks in Zürich. Miß Jasmine Jorgensen, die in höchstem Maße interessiert mithörte, machte sofort eine Kaffeepause, die sie nutzte, um einem aufmerksamen Freund namens Howie einen Tip zu geben, der für eine dubiose Detektei und Industrie-Sicherheitsagentur arbeitete. Nicht zuletzt aufgrund ihrer Einflüsterungen kam sich dieser Howie inzwischen ein wenig wie James Bond vor. Und im Büro von Vetter Albrecht schickte ein junger Mann heimlich eine codierte Kabelnachricht an den Vizepräsidenten eines holländischen Kartells, das als der entschlossenste Konkurrent der SIVA galt. Als die schwarze Limousine Vala Canicattis vor dem Haus Mama Schimmelhorns parkte, waren bereits bemerkenswert habgierige und unbarmherzige Kräfte geweckt worden, die alle auf Papa Schimmelhorn und sein S.O.D.O.M.-Serum zielten.

Bambi Siracusas Teeparty war ein großer Erfolg. Mama Schimmelhorn hatte sich die Leiterin der lokalen Frauenrechtsbewegung mehr oder weniger als ein kräftig gebautes, eher maskulines Geschöpf mit tiefer Baß-Stimme vorgestellt. Statt dessen sah sie sich mit einer Frau konfrontiert, die in ihrer Jugend sicher sehr schön gewesen war und die selbst jetzt noch – sah man einmal von den betont finnischen Jochbeinen, der seltsamen Kleidung und der Zigarre ab, an der Mrs. Canicatti mit Genuß paffte – wie die vornehme, gut gepflegte und sicher nicht arme Witwe eines erfolgreichen Maklers oder Neurochirurgen wirkte. Die Patin zeichnete sich durch eine starke feminine Ausstrahlung aus. Selbst der Blick ihrer dunklen Augen verriet sie nicht – eine Erfahrung, die einige interessierte Männer bereits mit dem Leben bezahlt hatten. Betont bescheiden trank sie ihren Tee – den sie mit einem ordentlichen Schuß Rum schmackhafter gemacht hatte –, hörte sich Mama Schimmelhorns leidenschaftlich vorgetragene Klagerede an und formulierte mit ihrer melodischen Stimme einige Kommentare des Mitgefühls. Ihre beiden Begleiter, die als Chauffeur und Diener fungierten und durch maskenhafte Mienen und durchdringend blickende Augen auffielen, machten mit ihrer Unterwürfigkeit sehr deutlich, wer hier das Sagen hatte. Und als Mrs. Canicatti von der grausamen Unterdrückung sprach, der ihr Geschlecht seit so langer Zeit ausgesetzt war, gab sie durch nichts zu erkennen, daß ihr Interesse an der Männerwelt sich – abgesehen von den finanziellen Aspekten –

nur auf das Bett beschränkte. Darüber hinaus verschwieg sie klugerweise die Tatsache, daß die legendäre Potenz Papa Schimmelhorns sie mindestens ebenso faszinierte wie sein Serum.

Sie brauchte nur wenige Sekunden, um zu einer Entscheidung zu gelangen. »Das Serum darf nicht nur *ihm* allein zur Verfügung stehen«, wandte sie sich an ihren Gast. »Nein, auf keinen Fall! Schließlich sind Sie mit ihm verheiratet, und es gibt in diesem Land ein Gesetz, das sich mit dem Begriff ›Zugewinngemeinschaft‹ umschreiben läßt und das bestimmt, daß Ihnen die Hälfte von all dem gehört, was Ihr Gatte erfindet. Unsere Frauenrechtsbewegung beschäftigt Anwälte, die sich um diesen Fall kümmern können. Sie brauchen mir nur eine Vollmacht zu geben; dann helfen wir Ihnen.«

Mama Schimmelhorn war sehr beeindruckt und erwiderte dankbar, eine solche Hilfe nähme sie gern an.

Mrs. Canicatti winkte einen ihrer Mafiosi herbei. »Hol Schluckie her!« befahl sie. »Sag ihm, es geht um eine Rechtsvollmacht.« Dann schenkte sie Mama Schimmelhorn eine zweite Tasse Tee ein. »Ich glaube, es wäre auch empfehlenswert, Ihren alten Ziegenbock eine Zeitlang aus dem Verkehr zu ziehen«, fuhr sie fort und zwinkerte. »Es gibt da eine Art ... äh ... Erholungsheim, draußen auf dem Land. Meine Jungs bringen ihn dorthin und sorgen dafür, daß er das Anwesen nicht verläßt und das Serum nicht verkaufen kann, bevor die rechtliche Angelegenheit geregelt ist. Wir teilen ihm mit, daß wir Ihre Interessen wahrnehmen. Und wenn er nicht dazu bereit ist, uns die Formel zu geben, beauftragen wir einige unserer Wissenschaftlerinnen mit der Analyse des Serums.«

»Das geschieht ihm ganz rächt!« sagte Mama Schimmelhorn grimmig. »Aber viellaicht wäre äs ainfacher, wänn är zu Hause blaibt und Sie schtatt dässen ain hübsches Mädchen zu ihm schicken.«

Sowohl die Patin als auch Bambi begriffen sofort die Klugheit dieses Vorschlags, und Bambi erklärte sich – vielleicht ein wenig zu hastig – dazu bereit, als Köder zu fungieren.

»Mama sprach von einem *hübschen* Mädchen«, brummte Mrs. Canicatti. »Wir schicken Diane aus dem ... äh ... Nachtklub. Sie ist blond, hat eine prächtige Figur und eignet sich vorzüglich als Köder für einen alten Ziegenbock ... Pete!« rief sie über die Schulter. »Kümmere dich darum. Sie soll ruhig meinen Wagen nehmen. Wie rasch kann sie hier sein?«

»In ungefähr zwanzig Minuten, Mistreß C.«, knurrte Pete. »Wenn sie angezogen ist und keine Kunden hat.«

Die Patin schnippte mit den Fingern, und Pete machte sich sofort auf den Weg.

»Aber wie soll sie ihn denn finden?« fragte Bambi.

»Är wollte Tschärity Blumenhaimer besuchen«, sagte Mama Schimmelhorn abfällig. »Sie ischt aine Frau mit zwaifelhaftem Ruf und wohnt ...«

»Ich kenne sie«, warf die Patin ein, die nun die Augen zusammenkniff. »Eine Straßenmieze ... na ja, spielt keine Rolle.« Sie wandte sich an den einen verbliebenen Mafiosi. »Häng dich an die Strippe und sag ihr, was los ist, Romeo. Teil ihr mit, es läge in ihrem eigenen Interesse, ihn so lange festzuhalten, bis wir eintreffen.« Und an die Adresse Mama Schimmelhorns gerichtet fügte sie hinzu: »Machen Sie sich keine Sorgen, meine Liebe. Wir haben ihn bereits im Sack.«

Es klingelte an der Tür, und Bambi ließ Schluckie, den Anwalt, ein – ein hochgewachsenes, unterkühltes und haarloses *Wesen* mit der Persönlichkeit einer mit einem Käsestück versehenen Rattenfalle und einer Aktentasche aus falschem Schlangenleder. Er hörte sich die Erklärungen Mrs. Canicattis an und bereitete rasch eine Vollmacht in dreifacher Ausfertigung vor. Mama Schimmelhorn setzte triumphierend ihre Unterschrift darunter, und Romeo und Bambi unterzeichneten als Zeugen. Dann verschwand Schluckie wieder, und die Teeparty nahm ihren Fortgang.

Auf ausgesprochen vornehme Art und Weise schenkte die Patin den Tee ein, und Mama Schimmelhorn war inzwischen in so guter Stimmung, daß sie einen ordentlichen Schuß Rum akzeptierte – der dazu führte, daß sie Diane, als sie einige Minuten später hereingeführt wurde, nicht einfach nur interessiert, sondern zustimmend und anerkennend musterte.

»Genau richtig für mainen alten Ziegenbock«, stellte sie fest. »Sie wärden kaine Schwierigkaiten haben.«

Diane wurde mit einigen Worten eingewiesen. Sie und der Fahrer sollten in der Nähe der Wohnung Charity Blumenheimers warten, bis sie ihres Opfers ansichtig wurden. Anschließend erwartete man von Diane, mit Papa Schimmelhorn zu flirten, sowohl die Muskeln als auch seine Männlichkeit zu bewundern (dieser Vorschlag stammte von Mama Schimmelhorn, die ihren Gatten schließlich gut kannte) und ihn zu einer Party in ihrem Wochenendhaus einzuladen. Sie erhielt den Auftrag, nach dem erfolgreichen Abschluß ihrer Mission sofortige telefonische Meldung zu machen.

Als sie wieder gegangen war, schenkte Mrs. Canicatti Tee nach und erkundigte sich nach der Funktionsweise des Genies Papas, worauf Mama Schimmelhorn ihr natürlich nur vage antworten konnte. Sie wiederholte das, was sie schon Bambi erzählt hatte, und betonte, die Erfindungen ihres Gatten erfüllten immer ihren Zweck, doch sei es bisher keinem Wissenschaftler gelungen, entweder ihr Prinzip zu enträtseln oder die entsprechenden Apparate nachzubauen.

»In diesem Fall«, sagte die Patin, »sollten wir wohl besser kein Risiko eingehen, oder? Wenn ich Sie nach Hause bringe, nehme ich am besten das Serum an mich, das er zusammengebraut hat, damit unsere Wissenschaftlerinnen sofort mit der Analyse beginnen können. Sie wissen doch sicher, wo er es aufbewahrt, nicht wahr?«

Mama Schimmelhorn bestätigte das und berichtete, daß sie, gleich nachdem Papa das Haus verlassen hatte, in seine Kellerwerkstatt geeilt war.

Mit Tee und Rum stießen sie auf die Sache der Frauenrechtsbewegung an, und nach einer knappen halben Stunde rief Diane an. Aufgeregt informierte sie Mrs. Canicatti davon, es sei ihr überhaupt nicht schwergefallen, Papa Schimmelhorn einzuwickeln, und sie fügte hinzu, noch niemals zuvor sei sie einem solchen Mann begegnet. Nach fünf Minuten im Wagen, so schilderte sie, habe sie *überall* blaue Flecken gehabt. Sie meinte, er führe einen *Kater* bei sich, und wie dem auch sei: Sie befänden sich nun auf dem Weg zu der Villa, und derzeit versuche Papa, *sie aus der Telefonzelle zu z-z-ziehen!*

Die Patin lobte sie, legte auf und teilte Mama und Bambi mit, was Diane gemeldet hatte. Mama Schimmelhorn war inzwischen bereits ein wenig angeheitert, und sie bemerkte, Gustav-Adolf sei ein guter Kater, der Ratten und Mäuse finge. Während der Fahrt im Wagen Bambis kicherte sie schadenfroh vor sich hin, als sie sich vorstellte, was für einen Denkzettel sie und ihre Verbündeten Papa verpassen würden, und sie zögerte nicht, der Patin die Einmachgläser mit den Resten des Serums auszuhändigen.

»Tschüs!« rief sie ihnen nach. »Ich rufe euch bald an, und dann väranschtalten wir aine zwaite Teeparty.«

Bei der Villa der Canicatti-Familie handelte es sich um einen großen Säulenbau, der in der Mitte des neunzehnten Jahrhunderts von einem ehemaligen Gouverneur Connecticuts errichtet worden war. Viele Jahre lang hatte hier ein Richter des Obersten Gerichtshofes der Vereinigten Staaten gelebt, und das Porträt, das ihn als einen lächelnden und bärtigen älteren Herrn zeigte, hing zum großen Vergnügen der derzeitigen Bewohner des Hauses noch immer an der einen Wand des großen Speisesaals. Das Anwesen war inzwischen von einem hohen Begrenzungszaun umgeben, und es wurde schärfstens bewacht.

Als der von Romeo gesteuerte Wagen über die schattige Zufahrt rollte, bedachte Bambi Mrs. Canicatti mit einem besorgten Blick. »H-haben Sie vor ...?« begann sie unsicher. »Ich meine, könnte dem netten alten Kerl irgend etwas ... nun ... äh ... *zustoßen*, Mistreß C.?«

Die Patin lächelte verträumt. »Ach, Bambi, Schätzchen, ich habe da etwas ganz anderes im Sinn. Wollen wir doch einmal überlegen: Ich habe da doch den von Neiman-Marcus stammenden Morgenrock aus Nerz, ich meine den, der an beiden Seiten und auch vorn bis zur Taille geschlitzt ist. Nun, *damit* werden wir herausfinden, ob das stimmt, was man sich über Ihren alten Freund erzählt. Und wenn alles der Wahrheit entspricht – nein, die Frauenrechtsbewegung wird ihm nichts antun, das verspreche ich!«

Bambi unterdrückte ein sentimentales Seufzen. Der Umstand, daß auch weiterhin das körperliche Wohlergehen Papa Schimmelhorns gesichert war, tröstete sie nicht ganz über das Schicksal hinweg, das ihm nun unmittelbar bevorsteht.

Die Tür wurde von Georgie ›Pille‹ Capotino geöffnet, einem großen und betont elegant gekleideten Mann mit krummer Nase, dessen Funktion der eines Stellvertreters der Patin so nahekam, wie es Mrs. Canicatti zuließ. »He, hallo, Mistreß C.«, brummte er. »Diesmal haben Sie wirklich einen komischen Typen eingefangen. Diane hat den alten Knaben nach oben gebracht. Sie würden es nicht glauben – die beiden *schmusen* miteinander. Und überhaupt: Worum geht's denn diesmal?«

»Um einen Batzen Geld«, erwiderte Mrs. Canicatti scharf. »Gibt es irgendwelche Neuigkeiten?«

»Howie hat angerufen«, sagte Capotino. »Vor einer knappen Viertelstunde. Ich weiß nicht, ob das wichtig ist: Er meinte, die alte Dame habe ihren Pfarrer angerufen und über irgendeine Medizin gesprochen, nach deren Einnahme man tausend Jahre leben könne, und dieser Pastor setzte sich sofort mit dem Arbeitgeber des alten Knaben in Verbindung. *Der* wiederum nahm Kontakt mit irgendeiner großen Firma in der Schweiz auf. Howie meinte, ich sollte Ihnen mitteilen, an Geheimhaltung wäre inzwischen nicht mehr zu denken.«

»Mist!« fluchte die Patin leise und fügte einen kantonesischen Ausspruch hinzu, der so pornografisch war, daß er selbst die abgebrühten Gemüter ihres derzeitigen Publikums schockiert hätte. »Daran habe ich nicht gedacht! Nun, dann müssen wir uns eben beeilen. Bambi, du rufst sofort Mama an und sagst ihr, eine Bande von Macho-Schurken sei hinter dem Geheimnis Papas her. Sie soll dafür sorgen, daß sich die Typen mit *mir* in Verbindung setzen. Gib ihr meine private Nummer. Los, ans Werk!«

Bambi machte sich sofort an die Ausführung des Auftrags.

»Wir müssen uns wirklich beeilen«, fuhr Mrs. Canicatti fort. »Ich veranstalte eine große Party, Pille, und sie wird noch größer, als ich dachte – obwohl sie nicht allzu lange dauern wird. Ich möchte, daß du meine besten Jungs zusammenrufst ...« Sie nannte fünf Namen. »Sie können auch ihre Schätzchen mitbringen. Setz die anderen für die Bewachung des Anwesens ein, aber sag ihnen *nichts*. Den Rest schick weg, bis die ganze Sache vorüber ist. Oh – und teil Chong mit, daß morgen abend hier eine Superfete steigt.«

Pille knurrte gehorsam.

»Alles klar. Ich ziehe mich jetzt um. Und anschließend werde ich mich unserem Gast vorstellen.«

Sie summte eine fröhliche Melodie, eilte die Treppe

hoch, wobei sie zwei Stufen auf einmal nahm, brachte die Einmachgläser rasch in ihrem privaten Wandsafe unter, badete, schminkte sich, wählte ein besonders erotisches Parfüm, ordnete sich das sorgfältig frisierte Haar und streifte sich den besagten Morgenrock über. Dieses Kleidungsstück offenbarte mehr von ihrem Körper, als es bedeckte, und in gehobener Stimmung ging sie wieder nach unten. Ihre Pläne in bezug auf ein Geschäft der gehobenen Klasse und ein Abenteuer von ganz anderer Art waren inzwischen so gut wie vollständig und standen kurz davor, in die Tat umgesetzt zu werden. Sie winkte Bambi gutmütig zu ...

Und von einem Augenblick zum anderen ertönten hinter ihr das schrille Kreischen einer weiblichen Stimme, ein donnerndes und männliches *Ho! Ho! Ho!*, das Geräusch hastiger Schritte – und mit roten Flecken im Gesicht und zerzaustem blonden Haar eilte Diane an der Patin vorbei, dichtauf gefolgt von Papa Schimmelhorn, dessen Bart im Wind wehte und der nichts weiter trug als eine rosafarben und grün gestreifte Unterhose. Er holte Diane ein, die mit genau einem Slip weniger als er bekleidet war, schlang die quiekende Frau in die muskulösen Arme und rief grölend: »Siehscht du? Ich habe gewonnen!«

Bambi Siracusa sah, wie sich die Augen der Patin weiteten, als sie die maskulinen Proportionen Papa Schimmelhorns betrachtete – und sich sogleich berechnend und nicht ohne eine gewisse Lüsternheit zu schmalen Schlitzen zusammenzogen. In dieser Sekunde wurde Papa Schimmelhorn auf Bambi Siracusa aufmerksam. »Bambi!« donnerte er. »Du bischt also auch zu där Party gekommen! Waischt du, Diane und ich schpielen värschtäcken, und ich habe dän Prais gewonnen!« Zärtlich wiegte er seinen Preis in den mächtigen Armen. »Jätzt können wir uns prächtig amüsieren!«

Dann sahen sich er und die Patin zum erstenmal richtig an. Papa Schimmelhorn ließ Diane los, die einen dünnen Schrei von sich gab und sogleich die Flucht ergriff. Seine Züge brachten angenehmes Erstaunen zum Ausdruck. Weit breitete er die Arme aus.

»*Klaine Fala!*« brüllte er begeistert. »Maine klaine Fala! Nach so vielen Jahren!«

Und Mrs. Canicatti zischte ein gedämpftes »*Du!*«

Für einen Sekundenbruchteil sah ihr Gesicht aus wie die boshafte Fratze einer Medusa, was Bambi zu einem Schaudern veranlaßte, doch dieser Ausdruck verflüchtigte sich sofort wieder und wich einem Lächeln, dessen Künstlichkeit Papa Schimmelhorn offenbar nicht zu erkennen vermochte. Er umarmte seine kleine Vala und hielt sie dann auf Armeslänge von sich gestreckt. »Ach!« rief er aus. »Das schtälle man sich ainmal vor! Diane und Bambi – und jätzt du! Äs ischt genau wie damals!« Dann erinnerte er sich daran, daß sein Preis gerade geflohen war, umarmte die Patin noch einmal, versprach, so bald wie möglich zu ihr zurückzukehren, und machte sich an die Verfolgung.

»Meine *Güte*, Mistreß C.!« stöhnte Bambi. »*Kennen* Sie sich etwa?«

Sofort entstand die Medusa-Maske von neuem, und diesmal war sie von Bestand. »Ob ich ihn kenne?« fauchte sie. »Ihn *kenne?* Das ist der einzige Mann, der bei Vala Canicatti nie zur Kasse gebeten wurde – für *nichts*. Nicht einen einzigen verdammten Groschen brauchte der Typ zu blechen! Und das für eine ganze Woche. Und dann verließ er mich – *mich!* – wegen einer lächerlichen kleinen Kneipen-Kellnerin. Wir lebten damals in der Schweiz, ich und mein dritter Ehemann, derjenige, der mir so viel Geld hinterließ, als er von den Klippen stürzte. Und dieser verdammte Hurensohn dort jodelte mich an.« Mrs. Canicatti war so erregt, daß sie zischend nach Luft schnappte. Sie hatte so triviale Dinge wie Rechtsvollmachten inzwischen völlig vergessen, und ihre Medusa war noch furchteinflößender als zuvor. »Bambi, ich sag dir was: *Seine* fünfhundert Jahre werden die kürzesten in der ganzen Geschichte der Menschheit, und insbesondere der Männerwelt! Ich werde ihm Honig ums Maul schmieren, bis diese Angelegenheit erledigt ist. Und anschließend kann er sich die Radieschen von unten ansehen!«

Blaß und zitternd murmelte Bambi, wie sehr sie die Patin verstünde.

Die Maske löste sich wieder auf, und die Patin hatte sich wieder voll in der Gewalt. »Er darf nicht erfahren, was hier wirklich vor sich geht«, sagte sie. »Er muß solange wie möglich in dem Glauben gelassen werden, es handele sich nur um eine nette Party, die er dazu nutzen kann, seinen hübschen Schmusemiezen nachzustellen. Ich glaube jedoch, Diane ist dieser Aufgabe nicht ganz gewachsen, wenn sie es zuläßt, daß er sie nackt durch die Zimmer jagt. Unsere Party muß einen gewissen Anstand wahren. Bambi, jetzt kommt es auf dich an. Wir schicken Diane zurück, und du übernimmst ihren Job. Du hast doch nichts dagegen, oder?«

»G-ganz und g-gar nicht, Mistreß C.«, erwiderte Bambi, die sich innerlich zwischen Entsetzen und Vorfreude hin und her gerissen fühlte und versuchte, die Fassung zu wahren.

»Wir können wirklich von Glück sagen, daß der alte Ziegenbock nur auf eins aus ist – und davon bietest du eine ganze Menge. Aber du sollst nicht nur mit ihm herumschmusen. Ich will, daß du ihn dazu bringst, dir die Formel zu verraten.«

»W-weil Sie dann nicht mehr das Serum analysieren zu lassen brauchen?«

Die Patin musterte sie verächtlich. »Auf diese Weise kann ich feststellen, ob Mama die Wahrheit gesagt hat. Weißt du noch? Sie behauptete, er habe keine Ahnung, wie er seine Erfindungen mache, und niemand könne herausfinden, wie sie funktionieren. Verdammt, wach doch endlich auf und sei nicht mehr so verflucht naiv! Du glaubst doch nicht etwa, ich würde das Serum der ganzen Welt zur Verfügung stellen, oder? Ich habe die feste Absicht, fünfhundert Jahre zu leben, und ich versetze auch einige meiner Leute dazu in die Lage, zum Beispiel Pille, mit dem ich gut fertigwerden kann, und vielleicht auch dich, weil du mir Bescheid gegeben hast. All die Gäste, die ich eingeladen habe, bekommen das, was wir nicht unbedingt brauchen – gegen harte Münze, versteht sich. Und wenn sie gehen, droht uns keine Gefahr mehr. Es hat einfach keinen Sinn, *alle Leute* in den Genuß des Serums kommen zu lassen, nicht einmal für schnelles Geld. Das wäre sogar sehr dumm. Wenn nur einige wenige von uns behandelt werden, können wir bald die ganze Welt beherrschen! Unsere Konkurrenz wird nach und nach aussterben – aber *wir bleiben am Leben.*«

Die ersten Gäste trafen kurz vor der Cocktail-Zeit ein, und da sie von Washington D.C. kamen, hatten sie es nicht sonderlich weit. Einer von ihnen war die Kontaktperson Mrs. Canicattis auf der anderen Seite des Eisernen Vorhangs, und sie begriff sofort, daß sein Begleiter im Geheimdienstapparat einen wesentlich höheren Rang einnahm. Seine Augen blickten sogar noch eisiger als die ihrer Mafiosi, und er wirkte auch unheimlicher, weil er kein Englisch sprach und dann und wann finstere Bemerkungen in seiner slawischen Muttersprache knurrte. Sie hatten eine sorgfältige Tarnung gewählt und kamen mit einem Lieferwagen, dessen Aufschrift die Vorzüge eines superduper-glänzenden Parkettbodens pries, und sie steuerten ihn in den einstmaligen Stall des Anwesens, bevor sie, gekleidet in auffällig unauffällige Regenmäntel, ausstiegen, sich nach möglichen Feinden, Verschwörern und Attentätern umsahen und dann die Villa betraten.

»Er ist Generaloberst des geheimsten Geheimdienstes seines Landes«, stellte ihn sein Untergebener flüsternd der Patin vor, »und er möchte inkognito bleiben. Sprechen Sie ihn nur mit seinem Decknamen an. *Ätzkalk*. Er ist sehr an dem interessiert, was Sie zum Verkauf anzubieten haben.«

»Was für ein interessanter Name«, sagte Mrs. Canicatti. »Er scheint ein Mann ganz nach meinem Geschmack zu sein.« Sie bot Wodka an, den ihre beiden Gäste zugunsten des teuersten Scotch-Whiskys zurückwiesen, und anschließend erklärte sie ihnen, es könnten erst dann Geschäfte gemacht werden, wenn auch ihre anderen potentiellen Kunden eingetroffen seien. Zwar wurden ihre Gläser immer wieder neu gefüllt, doch trotzdem wollte bis zur Abendessenzeit keine rechte Stimmung aufkommen. Dann erschien Papa Schimmelhorn auf der Bildfläche, der nun wieder voll gekleidet war und von einer nervösen und ziemlich zerzaust wirkenden Bambi begleitet wurde.

Nur ein Mann mit einer Lebenserwartung von fünfhundert Jahren konnte dazu in der Lage sein, angesichts einer so finsteren Gesellschaft eine derartige Lebensfreude an den Tag zu legen. Er hatte Bambi von seinem S.O.D.O.M.-Serum erzählt und die Arbeitsbelastung und den Streß während der Herstellung als Grund dafür angeführt, vergessen zu haben, ihr seinen Status als verheirateter Mann zu beichten. Er hatte ihr die Röntgen-Kuckucksuhr in allen Einzelheiten beschrieben und hinzugefügt, sie als Geschenk für seine süße Bambi geplant und gebaut zu haben. Woraufhin seine süße Bambi zutiefst gerührt war und ihm verzieh. Papa Schimmelhorn war in bester Laune, als er detailliert beschrieb, daß Gustav-Adolf, den man wieder einmal ins Exil verbannt und dem man auf Befehl der Patin einen

Flohkragen angelegt hatte, sich hartnäckig sträubte, den Sandkasten zu benutzen, der ihm zur Verfügung gestellt worden war. Papa aß mit gesundem Appetit. Er trank mit nicht geringerer Begeisterung. Mehrmals klopfte er Mr. Ätzkalk auf den Rücken, sagte ihm, es sei wirklich schade, daß er so ein kalter Hering ohne Saft und Kraft sei, und versicherte ihm, wenn er wieder zu einem lebensfrohen jungen Burschen werden wolle, solle er sich nur an Papa Schimmelhorn ein Beispiel nehmen. Jede solche Bemerkung nahm Mr. Ätzkalks Untergebener zum Anlaß, aschfahl zu werden. Als er schließlich aufgefordert wurde, als Übersetzer zu fungieren, konnte er kaum die Antwort über die Lippen bringen, die Mr. Ätzkalk in seiner slawischen Muttersprache formuliert hatte. Mr. Ätzkalk, so erfuhren die Anwesenden am Tisch, habe schon von den Leistungen des berühmten Akademikers Schimmelhorn gehört, und er bringe den konkreten Produkten des akademischen Genies höchste Bewunderung entgegen – Produkten, die von Personen mit geringerer Intelligenz sicher überhaupt nicht verstanden werden konnten; zu seinem großen Bedauern sähe er sich jetzt jedoch dazu gezwungen, dem hochgeschätzten Akademiker noch einen guten Abend zu wünschen.

Als die beiden Männer den Raum unter dem feindseligen Blick des verstorbenen Richters verließen, ließ Papa Schimmelhorn seine große Hand auf den Tisch knallen und schüttelte sich vor Lachen. »Da ich jätzt Akademiker bin, will ich euch auch ärzählen, wie ich dazu wurde! In Gänf gab äs ainmal aine Akademie für junge Mädchen, und ...«

Eine Weile später, nachdem die Patin ihr einige giftige Blicke zugeworfen hatte, gelang es Bambi, ihr Mündel wieder nach oben zu locken. Sie sah ihm kummervoll zu, als er sich auszog, und zum erstenmal in ihrem Leben als Erwachsene hatte sie Gewissensbisse. Niemals zuvor hatte sie einen Liebhaber von solchen Qualitäten gehabt, aber das war noch nicht einmal der wichtigste Punkt. Niemals, *niemals* zuvor hatte ihr jemand etwas so Tolles wie eine Röntgen-Kuckucksuhr zum Geschenk gemacht. Sie entkleidete sich, ließ sich still auf die Bettkante neben Papa Schimmelhorn sinken und begann zu schluchzen.

Papa Schimmelhorn richtete sich auf. »Aber du wainscht ja!« sagte er verblüfft. Und selbst Gustav-Adolf unter dem Bett stellte vorübergehend sein empörtes Knurren ein.

Bambi schluchzte noch ein wenig lauter.

Papa Schimmelhorn streckte die Hand nach ihr aus. Bambi wich zurück – und plötzlich platzten die Worte ganz von allein aus ihr heraus. Sie erzählte die komplette Geschichte. Flüsternd und erschüttert berichtete sie von dem Telefonanruf Mama Schimmelhorns und davon, wie sie der Patin Bescheid gegeben hatte. Sie schilderte die ›T-t-t-teeparty‹ und sagte Papa, wer Mrs. Canicatti wirklich war. Sie schloß mit eindeutigen Hinweisen darauf, was die Patin mit dem S.O.D.O.M.-Serum im allgemeinen und seinem betrogenen Erfinder im besonderen anzustellen gedachte.

Papa Schimmelhorn hörte die ganze Zeit über still zu und lachte nur einmal dröhnend, als er sich Vala Canicatti als Leiterin der lokalen Frauenrechtsbewegung vorzustellen versuchte. Angesichts der Verhaltensweise seiner Gattin ereiferte er sich nicht und sagte nur: »Arme Mama! Sie värschtäht wäder mich noch main Särum, und sie begraift auch nicht, wie sähr ich ab und zu ain wänig Schpaß brauche.« Er war überzeugt, sogar beeindruckt – aber er zeigte nicht die Spur von Entrüstung. Nachdem Bambi noch einmal die Gefahr verdeutlicht hatte, die ihr nun aufgrund der bewiesenen Loyalität Papa gegenüber drohte – ausführlich beschrieb sie das gräßliche Schicksal der Feinde von Mrs. Canicatti –, streckte Papa Schimmelhorn erneut die Hand nach ihr aus, trocknete ihre tränenfeuchten Wangen mit seinem Bart und meinte: »Was für aine Schande! Und äs hätte aine so nätte Schpaß-Party wärden können! Ach, mach dir kaine Sorgen, Schätzchen. Morgen tu ich so, als hätte ich überhaupt kaine Ahnung, und dann värschwinden wir.«

»W-w-wie denn?«

»Wir schicken Guschtav-Adolf zu Mama und bitten sie darum, das Ef Bi Ai anzurufen.«

»S-sprichst du von ... von deinem *Kater?*«

»Oh, är ischt ain sähr schlauer Kater«, entgegnete Papa Schimmelhorn und stieg aus dem Bett. »Är holt das Ef Bi Ai hierhär, und dann sind wir sicher. Außerdäm wärden die Agänten dafür sorgen, daß Fala nicht mit däm Särum härumschpielen kann. Äs ischt nämlich gefährlich.« Er griff nach einem Stift und einem Zettel. »Bambi, du muscht jätzt solche Geräusche machen, als liebten wir uns – vielaicht belauscht uns jämand. Ich schraibe aine Nachricht.« *Liebe Mama,* schrieb er eifrig, während Bambi stöhnte und seufzte.

ich bin von der Mafia gefangengenommen worden, und morgen will mir die Mafia-Frau das Serum stehlen und es verkaufen und mich um die Ecke bringen. Du mußt sofort das FBI anrufen und dich BEEILEN! und mir das LEBEN!! retten!!!

Er unterzeichnete mit *XXX Papa* und reichte den Zettel dann an Bambi weiter, die ein PS hinzufügte:

Libe Mrs. Schimelhorn, es ist alles war. Rufen Sie NICHT Vala an, sondern der Polizei und den Präsidenten. Es stimmt ALLES Mrs. Shimelhorn ich versuche Ihren Mann zu schitzen bis die Bullen hier eintrefen mit freundlichen Grus Bambi

Gustav-Adolf, der nach wie vor unter dem Bett lag, kommentierte jeden Annäherungsversuch Papa Schimmelhorns mit einem flegelhaften Schnurren. »Was, zum Teufel, soll das denn alles bedeuten, Kumpel?« miaute er auf katz. »Erst bringst du mich in diese lausige Bude, in der es nich' mal nette Kätzchen gibt, und dann muß ich mich auch noch mit einem so blöden Sandkasten abplagen! Für was hältste mich eigentlich, eh? Mach nur, was du willst. Ich jedenfalls nehme nicht an deinen Spielchen teil. Ich bleibe hier und schnurre vor mich hin!«

Auf die gleiche Art und Weise reagierte er auf das betont nette »Komm doch, süßes kleines Katerchen!« Bambis.

Schließlich legte sich Papa Schimmelhorn auf den Bauch und zog den widerspenstigen Kater unter dem Bett hervor. Gustav-Adolf nutzte die gute Gelegenheit, um ihm die eine Hand zu zerkratzen. Papa entfernte den Flohkragen, wickelte ihm das Papier um den Hals und befestigte es mit einem Faden aus dem Unterrock Bambis. Er ignorierte die fauchenden Flüche Gustav-Adolfs, brachte den Flohkragen wieder an und trug seinen Freund ans Fenster.

»Und was machen wir, wenn es sich nicht öffnen läßt?« hauchte Bambi, die an dem Griff zog.

»Ein bißchen fäschter«, flüsterte Papa Schimmelhorn.

Bambi strengte sich an, und das Fenster glitt rund zehn Zentimeter weit in die Höhe.

»So klappt es nicht«, sagte sie nervös und besorgt.

»Das raicht völlig!« Papa Schimmelhorn setzte Gustav-Adolf auf dem Sims ab. Der Kater miaute ein letztes Schimpfwort und wandte sich der Nacht zu. Einige Sekunden lang hockte er einfach nur da und spähte um sich. Anderthalb Meter tiefer und etwa zwei Meter entfernt machte er einen Ast aus. Er spannte die Muskeln an. Er sprang. Und damit verschwand er.

»Jätzt brauchen wir uns kaine Sorgen mähr zu machen«, sagte Papa Schimmelhorn. »Laß uns wieder ins Bätt gähen.«

Bambi ließ sich in Richtung der Kissen und Decken führen, teilte Papas Gleichmut jedoch nicht ganz. Erneut nahm sie auf der Bettkante Platz. »Du hast eben gesagt, das Serum sei *gefährlich*«, flüsterte sie. »W-wieso denn? Du hast mir doch erzählt, damit könne man fünfhundert Jahre leben!«

»Aber äs wirkt nicht auf *alle* Leute so«, erwiderte Papa Schimmelhorn geduldig. »Wänn man alt ischt und voller Saft und Kraft schtäckt wie ich, dann gibt's kaine Probläme. Aber wänn das nicht där Fall ischt, dann macht ainen das Särum zunächst schnäll alt – doch wenn man ohne Saft und Kraft alt wird, hat man äben Päch gehabt!« Er erzählte Bambi von den Experimenten an den Mäusen und von Gustav-Adolf, und er schilderte auch, wie er selbst einen ordentlichen Schluck von der dampfenden und zischenden roten Flüssigkeit genommen hatte.

Die neben ihm sitzende Bambi schauderte. »S-so hatte ich mir das nicht vorgestellt!« entgegnete sie. »Meine Güte, ich hätte nie gedacht, daß ich einmal die Ankunft des FBI herbeisehnen würde, und jetzt wünsche ich mir nichts sehnlicher. Was wollen wir machen, wenn die Polizei nicht rechtzeitig kommt?«

»In däm Fall schtählen wir uns das Särum zurück.«

»Wie willst du das denn anstellen? Mrs. C. hat mir gesagt, sie habe es in ihrem Safe untergebracht, hinter dem Fahndungsbild des alten Looey an der Wand ihres Schlafzimmers.«

»Ich bin ain Dschänie – aber nicht unbedingt wänn äs darum gäht, Saifs zu öffnen.« Zum erstenmal ließ sich so etwas wie Besorgnis in der Stimme Papa Schimmelhorns vernehmen. »Nun, darüber können wir uns auch morgen noch Gedanken machen.«

Danach herrschte Schweigen, und kurz darauf spürte Papa, wie Bambi neben ihm unter die Decke kroch. »Ich ... ich habe das noch nie jemandem erzählt«, hauchte sie ihm zu, »denn Augie nahm mir das Versprechen ab, das Geheimnis für mich zu behalten. Er war mein Freund, bevor ich Siracusa heiratete, und ich schätze, man könnte sagen, er arbeitete als eine Art Safeknacker. Jedenfalls wurde er bei der Gerichtsverhandlung so genannt. Er war es, der mir all die Tricks beibrachte. Er meinte, auf diese Weise könnte ich mir eine Rente für die alten Tage sichern. Nun, ich ... ich wäre dazu in der Lage, die komische Blechbüchse von Mistrß C. in Null Komma nichts zu öffnen, wenn sich mir eine entsprechende Möglichkeit böte. Doch die Suite Valas ist nur dann nicht verschlossen, wenn sie sich in ihren Zimmern aufhält.«

Papa Schimmelhorn klopfte ihr beruhigend auf den runden Allerwertesten. »Prächtig! Jätzt waiß ich, daß wir uns wirklich kaine Sorgen mähr zu machen brauchen. Äs gibt nur noch ain klaines Problem, und das löse ich morgen!«

Er schlief schnarchend und träumte immer wieder von kleinen süßen Schmusemiezen, denen er im Verlaufe eines noch fünf Jahrhunderte währenden Lebens nachstellen konnte. Bambi allerdings, die kein Genie war und unmittelbarere Bekanntschaft mit der Patin und ihren Methoden gemacht hatte, verbrachte eine ziemlich unruhige Nacht und stand am nächsten Morgen mit dunklen Ringen unter den braunen Augen auf.

Als sie zusammen mit Papa Schimmelhorn zum Frühstück nach unten kam, begegnete sie einer bestens gelaunten Mrs. Canicatti, die sie so freundlich begrüßte, als hätte sie wirklich nur die lautersten Absichten. »Tja, ich kann *sehen*, daß du eine aufregende Nacht hinter dir hast«, zog sie Bambi auf. »Und ich bin ebenfalls nicht ganz untätig geblieben. Inzwischen sind fast alle meine

Gäste eingetroffen und ganz versessen darauf, Papa Schimmelhorn kennenzulernen. Später stelle ich sie vor.«

Sie erwähnte nicht, daß in aller Frühe vier nicht eingeladene Gäste gekommen waren: Repräsentanten einer rivalisierenden Familie (der Howie gegen ein großzügiges Honorar einen Tip gegeben hatte). Sie verschwieg des weiteren, daß diese Personen ebenso leise wie endgültig aus dem Verkehr gezogen worden waren, unter anderem zur Erbauung von Mr. Ätzkalk, der aus beruflichen Gründen an der entsprechenden Zeremonie hatte teilnehmen können.

Mrs. Lüdesings Vetter Albrecht war von Zürich gekommen und brachte den Sicherheitschef seines Unternehmens mit, dessen Persönlichkeit an die Mr. Ätzkalks erinnerte. Sein holländischer Rivale namens van der Hoop traf von Den Haag kommend ein und wurde von seinem sehr athletisch gebauten Sicherheitschef begleitet. Und Mama Schimmelhorn gab ihnen natürlich die Telefonnummer. Von dem einstigen SS-Offizier, der inzwischen in Südamerika eine neue Heimat gefunden hatte, war weit und breit noch nichts zu sehen. Er hatte sich jedoch bereits auf den Weg gemacht und brachte eine sehr wichtige Person mit. All diese Leute waren dazu in der Lage, sich Zugang zu ungewöhnlichen Quellen zu schaffen, aus denen genaueste Informationen sprudelten, und auf diese Weise hatten sie sich eingehend mit allen Berichten über die Erfindungen Papa Schimmelhorns befaßt und konnten es nun gar nicht mehr abwarten, ins Geschäft zu kommen.

Der SS-Mann traf erst kurz vor Mittag ein, und sein Begleiter erwies sich als kein geringerer als der Diktator-Generalissimo des kleinen Staates, in dem er Asyl gefunden hatte. Mit ihnen zusammen kam der Minister für Innere Ruhe des entsprechenden Landes, der eine besorgniserregende Ähnlichkeit mit Robespierre aufwies.

Die Gäste der sehr ungewöhnlichen Party versuchten sich einander abzuschätzen, und diejenigen, die die Patin noch nicht kannten, begriffen die Situation sofort, als sie ihr vorgestellt wurden. Mrs. Canicatti verlor keine Zeit mit übertriebenen Höflichkeitsfloskeln. Sie schickte Papa Schimmelhorn und Bambi in den Pool, wo sie sich ›miteinander vergnügen‹ sollten, und in der Bibliothek des verstorbenen Richters beraumte sie eine Konferenz an.

»Einige von Ihnen«, begann sie, und ihre Hände ruhten auf dem polierten Mahagoni des langen Tisches, »kamen in dem Glauben hierher, die Formel für ein Serum kaufen zu können, das das menschliche Leben um fünfhundert Jahre verlängert. Sie irren sich. So ein Angebot kann ich Ihnen nicht machen. Nicht einmal Papa Schimmelhorn selbst kennt die einzelnen chemischen Komponenten des Elixiers, und ich versichere Ihnen, daß niemand die Gelegenheit bekommen wird, eine Analyse vorzunehmen. Die Situation ist ganz einfach. Ich will Sie nicht mit langatmigem Unsinn über eine bereits übervölkerte Welt langweilen. Sie sind Männer der Praxis. Der gesamte Vorrat des Serums befindet sich in diesem Haus. Er dürfte für etwa zwanzig von uns reichen, doch selbst zwanzig Personen mit einer Lebensspanne von fünfhundert Jahren könnten vielleicht schon zuviel sein. Ich gehöre in jedem Fall zu den Auserwählten. Ebenso einige meiner Gehilfen, auf die ich mich verlassen kann. Und auch Sie – es sei denn natürlich, Sie machen keinen Gebrauch von der guten Gelegenheit, was wir alle sehr bedauern würden.« Sie machte eine kurze Pause, um den Anwesenden die Möglichkeit zu geben, über ihre Worte nachzudenken. »Wir werden die mächtigste und exklusivste Gemeinschaft sein, die je auf der Welt existiert hat. Unsere

Konkurrenz wird nach und nach aussterben, während *wir* weiterleben.«

Mrs. Canicatti lehnte sich zurück und ließ ihre Zuhörer grübeln. Bestimmt erwogen einige der Anwesenden nun irgendwelche verbalen Tricks und mochten auch mit dem Gedanken spielen, sich bei der Patin mit unaufrichtigen Schmeicheleien und Heucheleien einen Vorteil zu verschaffen. Doch nach und nach kamen die Betreffenden zu dem Schluß, daß solche Taktiken und Strategien bei einer Frau wie Mrs. C. nichts einbrachten. Es war Vetter Albrecht, der schließlich die einzig richtige Antwort gab. Er blickte auf seine sorgfältig manikürten dicken Finger und meinte: »*Wieviel?*«

Mrs. Canicatti lächelte. »Eine Summe, die sich jeder von Ihnen leisten kann. Von Ihnen, M'sieu, für eine Million Dollar SIVA-Aktien. Von Ihnen, Mynheer van der Hoop, eine Beteiligung an Ihrem Kartell im gleichen Wert. Von Seiner Exzellenz dem Präsidenten und Generalissimo, von meinem alten Freund, der so nett war, ihn mitzubringen, und von meinem geschätzten Kollegen Mr. ... äh ... Ätzkalk ebenfalls jeweils eine Million Dollar in bar, zu deponieren in meiner Bank in der Schweiz. Die von mir verlangten Gebühren sind sehr bescheiden, wenn man bedenkt, daß Sie dadurch auch Gratis-Dosen für Ihre hier anwesenden Vertrauten erhalten.« Mrs. Canicatti strahlte den Minister für Innere Ruhe und die Sicherheitsbeamten an, und sie spürte, wie sich die Waagschale des guten Willens zu ihren Gunsten neigte. »Der Geld- und Aktientransfer muß noch heute nachmittag erfolgen. Die jeweiligen Transaktionen müssen unwiderrufbar sein. Heute abend veranstalten wir ein Bankett, um dieses Ereignis zu feiern. Wir nehmen es zum Anlaß, uns mit dem Schimmelhorn-Likör zuzuprosten und einen Toast auszubringen, der angemessenerweise lauten sollte: ›Auf ein *langes* Leben!‹«

»Und woher, Madame, sollen wir wissen, daß wir das bekommen, wofür wir bezahlen?« fragte van der Hoop.

»Mynheer«, erwiderte die Patin, »hier an diesem Ort habe allein ich das Sagen. Hier läuft alles so, wie ich – und allein ich – es will. Doch sobald Sie zurückkehren, hat jeder von Ihnen die Möglichkeit zu versuchen, mich hereinzulegen und zu betrügen. Allerdings werden Sie feststellen, daß ich mein Wort gehalten habe – und dann begreifen, daß es besser ist, wenn wir alle zusammenhalten.«

»Wie sollen wir sicher sein«, fragte der Übersetzer Mr. Ätzkalk, »daß das von dem Akademiker Schimmelhorn hergestellte Serum uns nicht vergiftet?«

»Weil es *ihn* nicht umgebracht hat. Selbst auf seinen Kater, der eine ganze Menge davon trank, hatte es keine schädlichen Nebenwirkungen. Und außerdem können Sie in aller Ruhe zusehen und abwarten – ich trinke es als erste. In Ordnung?« Mrs. Canicatti musterte die Mienen der Anwesenden und konnte sich vorstellen, welche Gedanken ihnen nun durch den Kopf gingen: *fünfhundert Jahre* – ein nach menschlichen Maßstäben praktisch unbegrenztes Leben, das man nutzen konnte, um weitere Erfahrungen zu sammeln, ungeheuren persönlichen Reichtum anzuhäufen, Feinde auszuschalten und in den Ruin zu treiben und ganze Wirtschaftsimperien zu errichten.

»Die Summe von einer Million Dollar ist in diesem Zusammenhang nichts weiter als ein Taschengeld!« sagte der Generalissimo. »Mein Volk ist sehr fleißig. Aber ich will dieses Serum nicht kaufen und anschließend feststellen müssen, daß noch mehr davon hergestellt wird und sich jeder hergelaufene *Bauer* eine Dosis davon leisten kann.«

Von einem Augenblick zum anderen war Mrs. Canicatti wieder die Medusa. »Ich verspreche Ihnen«, erwiderte die Patin leise, »daß es *keine* weiteren Dosen geben wird. Der alte Schimmelhorn ist viel zu blöd, um das ganze Ausmaß der Möglichkeiten seiner Erfindung zu begreifen. Er hat nur hübsche Frauen im Sinn, weiter nichts. Und er ist auch viel zu dumm, um zu ahnen, was ich mit ihm vorhabe. Verstehen Sie?«

»Mr. Ätzkalk meint, *er* verstünde Sie bestens!« entfuhr es dem Übersetzer enthusiastisch. »Er meint, es sei alles in Ordnung und wunderbar, ja, ja! Er ist einverstanden und will den Preis von einer Million Dollar bezahlen!«

Es dauerte nur einige Minuten, bis man zu einer allgemeinen Übereinkunft kam, alle interkontinentalen Telefongespräche geführt und codierte Funksprüche losgeschickt waren. Im Anschluß daran gab sich Mrs. Canicatti wieder ganz als liebenswerte Dame und bestellte ihre Gäste zum Mittagessen. Bei dieser Gelegenheit gesellten sich auch Bambi und Papa Schimmelhorn zu ihnen, der noch immer nichts weiter als einen gestreiften Bademantel von Mr. Canicatti trug, der ihm viel zu kurz war. Während der Mahlzeit schnitt er seine Lieblingsthemen an, verglich das körperliche Erscheinungsbild und die Kondition der anderen – wobei er insbesondere Mr. Ätzkalk ansprach – mit seiner eigenen, wobei nur er selbst, und das im wahrsten Sinne des Wortes, eine gute Figur machte, flirtete hemmungslos mit der Patin und machte dann und wann schlüpfrige Anspielungen auf den Spaß, den sie gemeinsam in der Schweiz gehabt hatten.

Mrs. Canicatti ließ das alles mit steinerner Miene über sich ergehen, und nur die aufmerksame Bambi machte die Feststellung, daß die Popularität Papa Schimmelhorns inzwischen einen neuen Tiefstand erreicht hatte. In höchstem Maße besorgt dachte sie über das gräßliche Schicksal nach, das nicht nur ihm bevorstehen mochte, sondern auch ihr selbst.

Der Nachmittag schien kein Ende nehmen zu wollen.

Das FBI ließ sich nicht blicken, und die arme Bambi verbrachte ihre Zeit damit, zu Heiligen zu beten, an deren Namen sie sich nur noch vage erinnern konnte, sich die Schwierigkeiten vorzustellen, mit denen es ein Kater auf einer Strecke von einigen Kilometern zu tun bekommen mochte, und sich zu wünschen, Papa Schimmelhorn möge sich zumindest die Mühe machen, sich einigermaßen anständig zu verhalten und die Geduld von Mrs. C. nicht auf eine so harte Probe zu stellen. Papa war in bester Stimmung. Er forderte die anderen auf, mit ihm durch den ganzen Pool und zurück zu kraulen, und er machte den Generalissimo wütend, indem er einige Längen vor ihm das Ziel erreichte, lachend auf ihn wartete und ihm anschließend den Kopf ins Wasser tauchte. Er brüstete sich damit, selbst den jüngeren Männern im Ringen weit überlegen zu sein, und er behauptete, niemand könne seinen mächtigen Armen länger als dreißig Sekunden standhalten, wobei er die offensichtliche Schwäche seiner Gegner auf den Umstand zurückführte, daß sie nicht genügend Schmusemiezen nachgestellt hatten. Zur Cocktailzeit schließlich nahm Mrs. Canicatti Bambi beiseite und teilte ihr in einem gleichermaßen leisen wie gnadenlosen Tonfall mit: »*Du* – bring diesen verdammten alten Mistkerl weg von hier! Du solltest ihn doch ruhigstellen! Führ ihn in dein Zimmer und *schließ ihn ein*. Und dann geh in die Küche und hilf Chong. Ich nehme jetzt ein Bad und versuche, mich ein wenig zu entspannen.«

Bambi gehorchte ihr demütig, trennte Papa Schimmelhorn taktvoll von Mr. Ätzkalk, dem er dauernd auf den Rücken klopfte, und zerrte ihn fast die Treppe hoch. Oben unterrichtete sie ihn von dem kurzen Wortwechsel mit Mrs. C. und ihren Anweisungen.

Papa Schimmelhorn umarmte sie fröhlich. »Äs klappt«, flüsterte er ihr ins Ohr. »Ich sagte äs ja: Ich bin ain Dschänie!«

»W-was meinst du damit?« fragte Bambi.

»Ich habe mir ain wänig Sorgen um Guschtav-Adolf gemacht«, gestand er ein. »Viellaicht hat är irgendwo aine Pause aingelägt, um ainem anderen Kater die Läfiten zu läsen oder mit ainem süßen Kätzchen zu schmusen. Wir müssen also das Särum schtählen. Und däshalb habe ich maine Fala so wütend gemacht – warte nur ab. Wie können wir fäschtschtällen, wann sie in die Wanne schtaigt?«

»Ihre ... ihre Suite liegt direkt nebenan, und ich glaube mich daran zu erinnern, daß man das Wasser in den Rohren rauschen hören kann. Es wird eine ganze Weile strömen, bis ihre große Marmorwanne voll ist, und dann nimmt sie ihr Bad.«

»Na schön, dann warten wir äben«, sagte Papa Schimmelhorn.

»A-a-a-aber ich soll dich doch ... *einschließen*«, stotterte Bambi aufgeregt.

»Schließ ruhig ab und gäh dann nach unten zu däm schinäsischen Koch. Nach etwa fünf Minuten kommscht du dann zurück und machscht wieder auf. Du folgscht mir, wänn ich main Zimmer värlasse und die Swiet mainer klainen Fala beträte. Ich halte sie beschäftigt, bis där Saif offen ischt. Dauert das lange?«

»V-v-v-vielleicht eine Minute, v-v-v-vielleicht auch zwei. Als Mrs. C. ihre Blechbüchse einmal öffnete, konnte ich mir die ersten beiden Zahlen der Kombination merken, und bestimmt fällt es mir nicht schwer, auch die anderen herauszufinden. Aber ich h-habe *Angst!*«

»Mach dir kaine Sorgen!« Papa drückte sie an seine breite Brust. »Värtrau nur ganz dainem Papa Schimmelhorn!«

Bambi hielt sich an seinen Rat. Sie schloß ihn ein, eilte in die Küche und begrüßte Chong, einen hochgewachsenen älteren Chinesen, den die Patin während ihrer

Zeit in Schanghai kennengelernt hatte. Als sie ihn fragte, ob sie ihm zur Hand gehen könne, deutete er auf einen Kessel auf dem Herd und meinte, in ein paar Minuten solle sie die Suppe umrühren. Aufgrund des Duftes schloß Bambi, daß es sich um eine leckere Hummerbrühe handelte, zubereitet nach einem Spezialrezept Chongs, doch sie war nicht in der rechten Stimmung, um den kulinarischen Künsten des Kochs mit der angemessenen Bewunderung zu begegnen. Hastig erwiderte sie, sie habe etwas vergessen, und sie eilte den Weg zurück, den sie gerade gekommen war.

Papa Schimmelhorn wartete bereits auf sie. »Hör nur!« flüsterte er.

Bambi lauschte und vernahm in den Rohren das Rauschen von Wasser. Sie warteten. Kurz darauf verklang das Geräusch. Papa Schimmelhorn winkte seine Begleiterin in Richtung Tür und spähte mit verschwörerischer Miene auf den Gang. Von irgendwelchen Mafiosi war weit und breit nichts zu sehen. Schwergewichtig schlich sich Papa auf Zehenspitzen durch den Flur, blieb vor der Tür stehen, auf die Bambi mit zitternder Hand deutete, und öffnete sie, ohne auch nur einen Sekundenbruchteil zu zögern. Im Wohnzimmer angekommen, zeigte Papas Begleiterin auf eine weitere Tür. Sie stand einen Spaltbreit offen, und sie vernahmen leise Musik und gedämpftes Plätschern.

»I-ihr *Badezimmer.*« Bambis Lippen formten diese Worte fast völlig lautlos, und mit wachsender Unruhe nickte sie in Richtung des Fahndungsbildes an der Wand.

Papa Schimmelhorn schob sie darauf zu und trat anschließend an die Badezimmertür heran, die er ein wenig weiter öffnete.

»Wer ist da?« fragte die Patin.

Behutsam spähte er um die Ecke und sah Mrs. Canicatti, die es sich in einem kleinen Meer aus rosafarbenem Schaum in ihrer marmornen Wanne gemütlich gemacht hatte. »Ains, zwai drai – ich komme!« rief er fröhlich.

»*Verschwinde* von hier!« Die Patin war so überrascht, daß es ihr nicht so recht gelingen wollte, betont grimmig zu wirken. »Was ist denn mit dir los? Siehst du nicht, daß ich ein Bad nehme?«

Papa kicherte. »Und ob! Däshalb bin ich ja hier. Ach, Fala, waischt du noch, wie wir in der Schwaiz manchmal zusammen gebadet haben – danach?« Er seufzte sentimental und streifte sich den Bademantel von den breiten Schultern. »Ich kann mich noch genau daran ärinnern, wie du mich aingesaift haschst, und dann ...«

Bei diesen Worten zögerte Medusa nicht länger und kam mit aller Entschlossenheit zum Vorschein. Die Patin richtete sich zu ihrer vollen Größe auf und machte deutlich, daß sie sich während all der Jahre tatsächlich sehr gut gehalten hatte.

»Wie härrlich!« entfuhr es Papa Schimmelhorn begeistert. »Ach, du könntescht bai jädem Schönhaitswettbewärb noch dän ärschten Platz belägen, wänn die Konkurrenz nicht allzugroß ischt. Und was haschst du doch für aine prächtige Marmorwanne: Beschtimmt ischt sie groß genug für uns baide! Ja, wie in alten Zaiten!«

Gerade an einem Skandal war Mrs. Canicatti derzeit überhaupt nichts gelegen. Was als gellender Schrei der Wut und des Zorns zu beginnen drohte, endete angesichts ihrer heroischen Selbstbeherrschung als lautes Fauchen, das nicht weniger beeindruckend klang und all das zum Ausdruck brachte, was sie zur Patin machte.

Bambi hielt sich nach wie vor im Schlafzimmer auf und hörte diesen Laut in dem Augenblick, als sich der Safe vor ihr öffnete. Sie geriet in Panik. Vor Schreck hätte sie fast das kostbare Einmachglas fallen lassen. Hastig schloß sie den Safe wieder, rückte das Bild Lucky Looeys davor zurecht, preßte sich den Behälter mit dem so überaus wertvollen Serum an den gewaltigen Busen und machte sich auf und davon. Sie dachte nur daran, daß die Patin sie auf keinen Fall finden durfte – daß sie irgendwie in die Sicherheit der Küche gelangen mußte, wo sie sich jetzt eigentlich aufgrund der Anordnung der Patin aufhalten sollte. Sie eilte die Hintertreppe hinunter und wurde dabei glücklicherweise nicht gesehen. Chong wandte ihr den Rücken zu und war damit beschäftigt, irgendeine Delikatesse mit einem chinesischen Hackmesser in leckere Scheiben zu zerteilen. Bambi sah sich nervös um – und plötzlich hörte sie vom Flur her männliche Stimmen. Ohne nachzudenken, entleerte sie den Inhalt des Einmachglases in die Hummersuppe Chongs und versteckte das leere Glas hinter dem Herd. Als Pille und Romeo die Küche betraten, rührte sie mit aller Hingabe die Brühe um und schwitzte dabei so, als ginge sie schon seit einer geraumen Weile dieser Aufgabe nach.

Die beiden Männer traten ein – und irgendwo läutete schrill eine Glock, einmal, zweimal und dann unablässig. »Meine Güte!« brummte Romeo. »Mistreß C. kann es wirklich nicht abwarten, daß jemand zu ihr kommt. Hör dir das bloß mal an!«

»Wir sollten besser sofort zu ihr gehen!« pflichtete Pille ihm bei, und sie drehten sich auf der Stelle um und machten sich auf den Weg. Zurück blieb eine Bambi, die sich noch unbehaglicher fühlte als zuvor.

In Mrs. Canicattis Schlafzimmer brachte Papa Schimmelhorn unterdessen seiner einstigen Geliebten eine Leidenschaft entgegen, die sie ganz offensichtlich nicht annähernd in dem Maße zu erwidern bereit war.

Noch immer stand sie nackt und naß und hoch aufgerichtet in der marmornen Badewanne, verfluchte Papa Schimmelhorn auf russisch, chinesisch und italienisch (mit deutlichem sizilianischen Akzent), deutete auf die Tür und sagte: »Und ... jetzt ... *raus!*«

»Aber wir könnten doch solchen Schpaß mitainander haben.« Bedauernd schüttelte Papa Schimmelhorn den Kopf. »Und du hascht noch immer ainen so schön runden Hintern! Na, viellaicht hascht du nicht mähr soviel Saft und Kraft wie früher, und wänn das schtimmt, ischt wohl nichts mähr zu machen.«

»VERSCHWINDE ENDLICH! *DU SOLLST VERSCHWINDEN!*« Mrs. Canicatti drückte immer wieder auf den Klingelknopf. »*Man wird dich ... in Bambis Zimmer ... einschließen!* Und eins verspreche ich dir: Diesmal sorgen meine Jungs dafür, daß du auch sicher dort bleibst!«

»Na schön«, sagte Papa Schimmelhorn und zog sich wieder den Bademantel an. »Ich märke äs, wänn man mich zurückwaist. Aber äs ischt trotzdäm schade.«

»*Und diese blöde und dreimal verfluchte Siracusa-Hure wird dein Schicksal teilen!* Ich habe ihr befohlen, dich einzusperren – und sie hat es *vergessen!* Oder hast du sie irgendwie dazu überredet, dich rauszulassen, so daß du dich hierher schleichen konntest? Wie dem auch sei: Ihr werdet beide eingeschlossen – und *dann* könnt ihr euch Gedanken darüber machen, was euch bevorsteht!«

»Nun, äs wird beschtimmt sähr luschtig wärden, mit Bambi zusammen aingeschpärrt zu sain«, erwiderte Papa Schimmelhorn mit philosophischem Gleichmut. »Tschüß, klaine Fala.«

Im Wohnzimmer begegnete er Pille und Romeo, und nach fünf Minuten befanden sich er und die schluchzende Bambi, die man aus der Küche nach oben in den Brennpunkt des Zorns von Mrs. Canicatti gezerrt hatte, in einem verschlossenen Zimmer, vor dessen Tür der bewaffnete Romeo Wache hielt.

»Hascht du das Särum?« fragte Papa Schimmelhorn.
Bambi nickte schweigend.
»Ischt äs hier?«
»N-n-nein«, flüsterte sie. »Ich ... ich bekam einen so

riesigen Schrecken. Pille und Romeo betraten die Küche, und so ... so habe ich das Serum an einem Ort versteckt, wo sie es bestimmt nicht vermuten.«

»Sähr schön!« Er klopfte ihr auf den wohlgeformten Allerwertesten. »Jätzt kommt alles in Ordnung. Fala kann dän andären Leuten mit däm Särum nicht mähr schaden, und bald dürfte das Ef Bi Ai hier einträffen. Hälscht du äs für möglich, daß maine klaine Fala vorhär noch ainmal in ihrem Saif nachsieht?«

Bambi unterdrückte ein weiteres Schluchzen. »N-nein. Das ... das glaube ich eigentlich nicht. Sie will bestimmt kein Risiko damit eingehen, bevor es Zeit wird, es ihren Gästen anzubieten. Wenn es soweit ist, macht sie sich vermutlich mit Pille und einigen anderen auf den Weg, um jede Gefahr auszuschließen. Das ... das hoffe ich jedenfalls.«

»Sorg dich nur nicht«, tröstete Papa Schimmelhorn sie. »Guschtav-Adolf holt das Ef Bi Ai hierhär. Är ischt nämlich ain Katzen-Dschänie.«

Tatsächlich war Gustav-Adolf den meisten anderen Katzen überlegen. Als er von dem Ast heruntersprang und auf dem Boden landete, machte er zunächst Gebrauch von dem großen Katzenkasten, den ihm die Natur zur Verfügung stellte. Im Anschluß daran wählte er den kürzesten Weg – Luftlinie –, um nach Hause zurückzugelangen, wo er, wie er wußte, willkommen war, es sich auf dem knisternden schwarzen Seidenschoß von Mama Schimmelhorn gemütlich machen und schnurrend zuhören konnte, wie sie seine Eskapaden immer wieder mit denen ihres eigenwilligen Gatten verglich. Unglücklicherweise jedoch wurde er schon bald von dem melodischen und verlockenden Miauen einer reizenden kleinen Schildpattkatze abgelenkt, der er, aus einer Laune heraus, einen Gefallen erweisen wollte und für die er eine Maus fing. Auf der entsprechenden Jagd hielt er es für angebracht, zwei fremden Katern und einem frechen Springerspaniel eine Lektion zu erteilen. Dann fing er eine zweite Maus, um selbst zu frühstücken, lag zwei Stunden lang vor einem Rattenbau auf der Lauer, machte ein Nickerchen, das noch einmal ein oder zwei Stunden dauerte, und setzte seinen Weg fort, als die Sonne längst aufgegangen war. Auch der Tag hielt viele Ablenkungen bereit, und es war bereits später Nachmittag, als er schließlich an der Hintertür bei Mama Schimmelhorn miaute. Tatsächlich fiel sein Eintreffen zeitlich ziemlich genau mit der auf Mrs. Canicattis Safe abzielenden Aktion Papa Schimmelhorns und Bambis zusammen.

»Wo bischt du bloß wieder gewäsen, du ungehorsamer Kater?« fragte Mama Schimmelhorn scharf.

»Zusammen mit deinem alten Herrn auf Abwegen, du Meckerliese«, miaute Gustav-Adolf auf katz und beschwerte sich darüber, daß Papa Schimmelhorn ihn dazu hatte zwingen wollen, einen verdammten Sandkasten als Abort zu benutzen.

»Armer Guschtav-Adolf«, bemitleidete ihn Mama Schimmelhorn. »Und jätzt knurrt dir beschtimmt där Magen, was? Ach, du armes, armes Kätzchen.«

»Da hast du verflucht recht!« Gustav-Adolf rieb sich den Rücken an ihren Beinen und schnurrte heiser. »Ein leckeres Leberstück wäre jetzt genau das richtige.«

Als sich Mama Schimmelhorn beugte, um ihn zu streicheln, fiel ihr der Flohkragen auf. »Was ischt das dänn?« entfuhr es ihr. »Main Guschtav-Adolf hat doch noch nie so ainen Kragen getragen. Schtäcken viellaicht die Frauen von där waiblichen Befraiungsbewägung dahinter? Und sie haben auch noch ainen schmutzigen Zättel dahintergeschoben ...« Sie zog dem Kater den Flohkragen über den Kopf und band den Faden los. »Beschtimmt schtäckt där Fätzen voller Viren!« Sie wollte den Zettel gerade in den Müll werfen, als sie auf einige Schriftzeichen aufmerksam wurde, und verwundert runzelte sie die Stirn. »Ach! Aine *Nachricht von Papa?* Viellaicht will är mich värulken.« Sie las die Mitteilung durch. Die Falten auf ihrer Stirn vertieften sich. Sie las die Botschaft noch einmal, diesmal laut, so daß Gustav-Adolf sie ebenfalls hören konnte. »Was soll dänn das mit där Mafia bedeuten? Und dem Ef Bi und Ai? Die Mafia ischt doch värboten. Ich dänke darüber nach. Aber zuärscht gäbe ich mainem armen Guschtav-Adolf ain Stück Rinderläber.«

Sie zerschnitt den Leckerbissen, legte die einzelnen Scheiben in den Napf und beobachtete zufrieden, wie ihr Kater es sich schmecken ließ.

»Was soll ich jätzt machen?« fragte sie sich laut. »Wänn äs nur um Papa ginge, dann handelte äs sich beschtimmt um nichts waiter als ainen Schärz. Aber diesmal ischt auch Mistreß Siracusa im Schpiel, und sie ischt ain gutes Mädchen.« Sie erwog die ganze Angelegenheit, bis Gustav-Adolf seine Mahlzeit beendet hatte und sich die Barthaare sauberrieb. Dann traf Mama Schimmelhorn eine Entscheidung. »Na schön – wail auch Bambi unterschrieben hat, will ich kain Risiko aingähen. Ich rufe das Ef Bi und Ai an.«

Sie suchte die entsprechende Nummer, wählte und fragte, ob sie Mr. Hoover sprechen könne – woraufhin sie die Auskunft erhielt, der betreffende Herr sei nicht mehr verfügbar. Man riet ihr, ihr Problem jemandem vorzutragen, der nicht ganz so viel Verantwortung trüge, dennoch aber nicht weniger fähig sei. Der entsprechende Agent hörte sich ihre nicht ganz chronologische Schilderung der Ereignisse an, der es zudem auch an einer gewissen inneren Logik mangelte, und kam dabei zu dem Schluß, es ginge um eine Entführung, wobei nicht sicher festzustellen sei, ob die Frauenrechtsbewegung oder die Mafia dahintersteckte. Er fragte Mama Schimmelhorn nach dem Motiv. Sie meinte, es ginge den ›Värbrächern‹ um das Serum ihres Mannes, das die menschliche Lebenserwartung um fünfhundert Jahre verlängere.

»Und wie, sagten Sie, lautet der Name Ihres werten Gatten?« erkundigte sich der Agent.

»Papa Schimmelhorn«, erklärte Mama. »Är ischt ain Dschänie.«

Bei diesen Worten ging dem Beamten ein Licht auf, und er verband Mama Schimmelhorn mit seinem Vorgesetzten. Der hörte sich die Erläuterungen Mamas ebenfalls in aller Höflichkeit an. Als er anschließend den Namen hörte, teilte er Mama Schimmelhorn freundlich mit, sein Büro könne die Anzeige selbst bei allem guten Willen nicht mit der üblichen Ernsthaftigkeit behandeln. »Madam«, sagte er zuvorkommend, »ich bin sicher, Ihr Gatte ist ein sehr fähiger Mann, aber wie Sie sich bestimmt erinnern, hat sich nach dem Zwischenfall mit den sogenannten *Gnurrs* ein Kongreßausschuß mit der ganzen Angelegenheit befaßt. Er kam zu dem Schluß, daß die *Gnurrpfeife* überhaupt nichts damit zu tun hatte und es sich in Wahrheit um nichts anderes handelte als eine Lemming-Plage. Sie werden sicher einsehen, daß wir auf der Grundlage einer weiteren solchen Erfindung Ihres Gatten keine umfangreiche Polizeiaktion in die Wege leiten können.«

»Kwatsch!« erwiderte Mama Schimmelhorn scharf. »Lemminge haben doch kainen besonderen Appetit auf die Hosen anschtändiger Leute! Und außerdäm ischt die Laiterin där waiblichen Befraiungsbewegung von dem Särum überzeugt. Äs handelt sich dabai um aine klefere Frau namens Vala Canicatti, die Hosen trägt und Zigarren raucht. Sie hat mainen Papa zu ainer Party mitgenommen, und jätzt schraibt är, är sai von där Mafia gefangengenommen worden.«

Nach diesen Worten herrschte am anderen Ende der Leitung völlige Stille. Dann machte jemand *Huiiih!*, und kurz darauf erklang erneut die Stimme des leitenden Beamten.

»Warum haben Sie nicht *gesagt*, daß es um Vala Canicatti geht?« stieß er aufgeregt hervor.

»Habe ich doch gerade!« erwiderte Mama Schimmelhorn.

»Na ja, macht nichts. Mistreß Schimmelhorn, bleiben Sie jetzt ganz ruhig, und rühren Sie sich nicht von der Stelle. Rufen Sie niemanden an. Lassen Sie die Tür verschlossen und machen Sie erst dann auf, wenn wir bei Ihnen eintreffen. Und *bewahren Sie den Zettel auf*, auf dem geschrieben steht, Ihr Mann sei ein Gefangener. Ich hole Sie persönlich ab.«

»Aber Sie wissen doch gar nicht, wo main Papa ischt!«

»Und ob wir das wissen!« erwiderte der Beamte finster. »Wollen wir nur hoffen, daß wir noch rechtzeitig eingreifen können!«

Nach zehn Minuten wurde Mama Schimmelhorn von einem Wagen voller FBI-Agenten abgeholt. Sie hielt ihren schwarzen Regenschirm fest umklammert, als sie durch die Dunkelheit des gerade begonnenen Abends fuhren. Andere Wagen gesellten sich ihnen hinzu, und in ihnen saßen gewöhnliche Polizisten und Ermittlungsbeamte sowie Abgesandte anderer staatlicher Untersuchungsbehörden, die in der Öffentlichkeit weniger bekannt waren.

Diese Streitmacht machte sich zusammen mit Mama Schimmelhorn gerade zu jenem Zeitpunkt auf den Weg, als in der Villa Mrs. Canicattis das Bankett begann. Der Tisch im großen Eßzimmer war mit Damast und Seide gedeckt. Die Gläser bestanden aus prächtigem Kristall, das Besteck aus bestem Sterling-Silber. Alte und einzigartige Weine sollten zum Ausschank kommen. Mrs. Canicatti befand sich in Begleitung ihrer fünf Leibwächter, die sich in der eleganten Abendkleidung, die sie seit dem Begräbnis Lucky Looeys nicht mehr getragen hatten, nicht sonderlich wohl zu fühlen schienen. Ihre Liebchen trugen auserlesene Abendkleider zur Schau, in denen sie eine ebenso schlechte Figur machten, und sie hatten sich mit teuren Perücken, noch teureren – und sicher nicht in einem Juwelierladen gekauften – Diamanten und Platinbroschen in Form von kitschigen Orchideen geschmückt. Die Gäste Mrs. Canicattis saßen auf der anderen Seite des Tisches. Vetter Albrecht und Mynheer van der Hoop bemühten sich, nicht allzu arrogant zu lächeln. Der Generalissimo rutschte unruhig auf seinem Stuhl hin und her. Mr. Ätzkalk und die anderen starrten mit unterschiedlich ausgeprägtem Erstaunen auf die Prachtausstattung vor ihnen. Die Patin hatte sich ebenfalls dem Anlaß entsprechend, wenn auch nicht unbedingt sonderlich geschmackvoll und dezent, gekleidet, und sie begrüßte die Anwesenden offiziell und gab das Zeichen für den Beginn des Festessens.

Einige untergeordnete Mafiosi und ihre Mädchen hatten zuvor die Anweisung bekommen, an diesem Abend als Kellner und Kellnerinnen zu fungieren. Sie rollten nun einen Büfettwagen mit einer gewaltigen Terrine in den Saal, und Romeo übernahm die ehrenvolle Aufgabe, die Teller mit der Hummersuppe zu füllen. »Meine Güte, Romeo«, murmelte einer der anderen Mafiosi, »der alte Chong hat diesmal wohl ziemlich hart gearbeitet. Himmel, er wirkt um Jahre gealtert!« Und Romeo erwiderte, so sei das nun einmal mit den Chinesen. »Tja, wenn man das Alter dieser Kerle abschätzen soll, kann man sich leicht um dreißig Jahre vertippen. Aber wie dem auch sei: Diese Suppe riecht wirklich gut.«

Die Teller wurden rasch gefüllt, und die Patin erzählte unterdessen, wie sie die Karriere ihres Küchenchefs als Flußpirat beendet und aus welchem Grund er diese besondere Delikatesse ›Hummersuppe à la Vala Canicatti« genannt hatte. Sie fügte hinzu, sie ließe sie nur deshalb servieren, weil das einer Tradition entsprach, denn leider habe sie inzwischen eine Allergie allen Hummerspeisen gegenüber entwickelt. Sie würde sich daher, so erläuterte sie, auf das Vergnügen beschränken, ihre Gäste beim Genuß dieser kulinarischen Besonderheit zu beobachten.

Ein kurzer Applaus schloß sich an, und es wurde allgemein nach den Löffeln gegriffen ...

Und im ersten Stock schmiegte sich Bambi an Papa Schimmelhorn und fragte ihn erneut, wann denn endlich das FBI einträfe.

»Guschtav-Adolf kommt immer zum Abendässen nach Hause zurück«, versicherte er ihr. »Beschtimmt ischt das Ef Bi Ai schon auf däm Wäg. Wänn die Beamten einträffen, bevor maine klaine Fala ihren Saif öffnet, um das Särum zu holen, ischt alles in Ordnung. Und du bischt ganz sicher, daß äs niemand durch Zufall finden kann?«

Bambi nickte tränenüberströmt. »Ich ... ich habe es in die Suppe geschüttet«, schluchzte sie.

»Maine Güte!« entfuhr es Papa Schimmelhorn. »Bambi, waischt du aigentlich, was du getan haschst? Die Suppe wird jätzt gerade serviert! In ainigen Minuten waiß die Mafia Beschaid! Und was mag dann wohl geschähen?«

Bambi stöhnte ahnungsvoll ...

Und im Eßzimmer starrte die Patin auf die Hand Pilles, die kaum dreißig Zentimeter entfernt einen silbernen Löffel hielt. Sie wandte den Kopf ein wenig zur Seite und betrachtete den zu tiefen Ausschnitt des neben ihm sitzenden Schätzchens. Seltsam – zuvor war dessen Haut doch nicht annähernd so faltig und schlaff gewesen, oder? Und tendierte die Kleine jetzt nicht auch dazu, auffallend zu sabbern? Mrs. Canicatti sah von links nach rechts. Sie erblickte graues Haar dort, wo zuvor schwarzer Glanz gewesen war. Sie vernahm das heisere Kichern des senilen Gelächters Vetter Albrechts ...

Und plötzlich begriff sie, was gerade geschehen war. Instinktiv erfaßte sie die Wirkungsweise des Serums – und was es bei wem auslöste. Ihr wurde bewußt, daß ein bestimmter Mann sie zum zweitenmal in ihrem Leben hereingelegt hatte. Wut wuchs in ihr und vermischte sich mit Schrecken und Entsetzen. Sie stand auf. Sie rief Romeo zu sich. Ihm war noch nichts aufgefallen, und er kam rasch zu ihr. »Nimm die beiden anderen Jungs!« befahl sie ihm in einem Tonfall, der Widerspruch von vornherein ausschloß. »Geh mit *ihnen sofort* hoch ins Zimmer von Bambi. Laß dich durch nichts aufhalten. Erledige den alten *Schimmelhorn* – egal wie. *Und schick Bambi ebenfalls ins Jenseits.* Und dann bring mir ihre Köpfe oder etwas anderes von ihnen!«

Romeo gab seinen Leuten ein Zeichen und verließ den Raum. Inzwischen begannen auch einige andere Personen zu bemerken, daß irgend etwas nicht in Ordnung war. Unruhe entstand: Jemand seufzte erschrokken, ein anderer schrie, und einige andere liefen hin und her. Nur die am Tisch Sitzenden ließen sich von dieser Nervosität nicht anstecken; für sie war die Welt noch in Ordnung.

Nach einer Weile wurden die beiden Gefangenen im ersten Stock auf die veränderte Geräuschkulisse aufmerksam. Sie vernahmen das dumpfe Pochen der schweren Schritte Romeos und seiner beiden Begleiter, das Klacken eines sich im Schloß drehenden Schlüssels. Bambi schluchzte noch mitleiderweckender. Papa Schimmelhorn stemmte sich gegen die Tür ...

Und plötzlich ertönten weitere Rufe, die diesmal von draußen stammten. Pistolen und Revolver entluden sich krachend, gefolgt von dem Dröhnen schwerer Flinten.

»Was habe ich dir gesagt?« rief Papa Schimmelhorn begeistert. »Gerade ischt die Kavallerie aingetroffen!«

Die Villa wurde von einer großen Streitmacht belagert, angegriffen und innerhalb weniger Minuten erobert – die Moral der Verteidiger hatte infolge des Schicksals ihrer Anführer einen schweren Schlag erlitten. Innerhalb kurzer Zeit wimmelte es überall von entschlossenen Vertretern des Gesetzes. Romeo und die anderen überlebenden Mafiosi wurden in sicheren Gewahrsam genommen. Man rettete Papa Schimmelhorn und Bambi und brachte sie nach unten. Als das FBI schließlich die Lage vollkommen unter Kontrolle hatte, wurde Mama Schimmelhorn ins Haus geführt, damit sie ihren Mann sehen und angesichts des Sieges triumphieren konnte.

Im Eßzimmer erwartete sie ein ziemlich gräßlicher Anblick, denn das S.O.D.O.M.-Serum hatte auf Menschen die gleiche Wirkung wie auf Mäuse. Am Tisch saßen und standen und kauerten einige alte Männer und Frauen. Sonderbarerweise schien ihre Kleidung in jedem Fall um einige Nummern zu groß zu sein, und Seide und glänzender Schmuck hingen von müden und zitternden Körpern. Ein Drittel der Anwesenden war inzwischen zu Boden gesunken und dort ganz offensichtlich gerade an Altersschwäche gestorben. Bei einigen anderen schien es nicht mehr allzulange zu dauern, bis auch sie einem solchen Schicksal zum Opfer fielen. Mr. Ätzkalk sabberte zahnlos und fummelte ungeschickt an einer Tokarew-Automatik herum, die ihm einer der Beamten vorsichtig abnahm. Die Patin war nun wieder ganz Medusa, stand mit angelegten Handschellen neben einem hünenhaften FBI-Agenten und fluchte in verschiedenen Sprachen und Dialekten.

Mama Schimmelhorn trat vor. »Ha!« machte sie, als sie sich umsah. »Das hat äs also mit där waiblichen Befraiungsbewegung auf sich!« Sie erblickte ihren Mann. »Du solltescht dich was schämen«, fuhr sie fort. »Als ob äs nicht schon genug wäre, daß du mit nackten Frauen schpielscht. Jätzt traibscht du auch noch daine Schpäßchen mit alten Leuten!«

Strahlend trat der Einsatzleiter der Polizeiaktion auf sie zu. »Wir können wirklich von Glück sagen, daß Sie uns angerufen haben, Mistreß Schimmelhorn!« wandte er sich erfreut an sie. »Sie haben uns damit einen großen Dienst erwiesen, sowohl der Gemeinschaft der rechtschaffenden Bürger als auch dem Gesetz und der Ordnung und der Regierung dieses Vaterlandes. Diese Canicatti hat so ziemlich jedes Verbrechen begangen, das man überhaupt begehen kann: Mord, Rauschgifthandel, Erpressung. Die Liste ließe sich endlos fortsetzen. Aber durch Ihre Hilfe konnten wir sie endlich auf frischer Tat ertappen!«

»In der Tat!« bekräftigte einer der Ermittlungsbeamten.

»Für was wollen Sie sie dänn belangen?« fragte Mama Schimmelhorn interessiert.

»Für das nicht genehmigte Betreiben eines Altersheims!« Der Mann klappte seinen Notizblock auf. »Es gibt keine angemessene medizinische Versorgung für die Insassen. Der Diätkoch hat keine offizielle Arbeitserlaubnis. Es ist kein ausgebildeter Gerontologe zugegen. Himmel, wir haben bereits mehr als zwanzig Anklagepunkte gesammelt. Und dies sind genau die Vergehen, für die sich *wirklich* eine Verurteilung erreichen läßt.«

Erneut dankte man Mama Schimmelhorn in aller Form. Sie erfuhr, daß bereits Krankenschwestern und Ärzte unterwegs waren, um sich um die vernachlässigten Mündel der Patin zu kümmern. Man versicherte ihr, daß sie zumindest vom Gouverneur und Justizminister mit Anerkennungsschreiben rechnen könne.

Großzügig antwortete Mama Schimmelhorn, ein Teil

der Ehre gebühre Bambi Siracusa. »Und jätzt«, bemerkte sie dann, »bringe ich Papa nach Hause.«

»Wir fahren Sie«, bot der Einsatzleiter respektvoll an.

Papa Schimmelhorn war gerade damit beschäftigt, einem zwar alten, aber ganz offensichtlich kerngesunden Chinesen ins Ohr zu flüstern, der vor einigen Minuten aus der Küche gekommen war. Der Mann hörte ihm erfreut zu. »Bai Herrn Schong hat äs gewirkt«, wandte sich Papa an alle Anwesenden, »dänn är schtäckt äbenso voller Saft und Kraft wie ich!«

Das Zimmer leerte sich allmählich. Die Mafiosi waren inzwischen alle abgeführt worden, und man brachte auch die Patin fort, die immer neue Verwünschungen fauchte.

In Mama Schimmelhorns Augen blitzte es, und drohend hob sie den Regenschirm. »Auf gäht's!« verkündete sie.

»Tschüß, Bambi«, sagte Papa Schimmelhorn traurig.

»Sie sind ain nättes Mädchen, Bambi«, meinte Mama Schimmelhorn. »Kommen Sie mich ainmal besuchen. Dann trinken wir aine Tasse Tee zusammen.« Sie schob ihren Mann in Richtung Tür. »Von däm Särum ischt also nichts mähr übriggeblieben?« fragte sie ihn, als sie außer Hörweite der anderen waren.

Betreten stotterte Papa Schimmelhorn entschuldigend, es sei wirklich schade, und er habe nicht den ganzen Vorrat verbrauchen wollen. Und er fügte hinzu: Wenn er auch nur geahnt hätte, wohin das alles führte, wäre er niemals auf den Gedanken gekommen, die Gefühle Mamas durch die Abenteuer mit so vielen kleinen Schmusemiezen zu verletzen.

»Ha!« machte Mama Schimmelhorn. »Das tut dir jätzt also laid, wail du noch fünfhundert Jahre lebscht und ich viellaicht nur noch zehn, was?«

Papa holte ein großes rotes Taschentuch hervor und schniefte traurig.

»Na, du gerissener Kärl, dann will ich dir mal was sagen: Ich habe da äben ätwas herausgefunden, was dich sicher interässieren dürfte.« Sie hob die eine Hand und zog ihm das Ohr lang. »Daine Ärfindung, du Dummkopf, ischt nicht nur ain S.O.D.O.M.-Särum, sondern auch ain A.A.F.-Älixier.«

»Was bedeutet denn A.A.F.?«

»Äs bedeutet, daß sich dain Särum auch für Anschtändige Alte Frauen mit viel Saft und Kraft aignet«, erklärte Mama Schimmelhorn. Sie lächelte grimmig. »Waischt du, Papa, wir blaiben nun aine lange, *lange* Zait zusammen!«

Aus dem Amerikanischen übersetzt von Andreas Brandhorst

HEYNE
SCIENCE FICTION

Wissen Sie, wer George Washington erschoß?

Nein? – Dann lesen Sie L. Neil Smith' Zyklus vom „Gallatin-Universum"!

L. Neil Smith, ein neuer Star auf der amerikanischen SF-Szene. Durch seinen munteren, fröhlich-frechen Stil, seine anarchistische Kaltschnäuzigkeit und ein Feuerwerk von Ideen hat er frischen Wind in die amerikanische Science Fiction gebracht.

Weitere Bände sind in Vorbereitung.

◁ 06/4251 - DM 6,80

△ 06/4250 - DM 7,80

◁ 06/4252 - DM 6,80

△ 06/4253 - DM 6,80

Preisänderungen vorbehalten.

Wilhelm Heyne Verlag München

H. RIDER HAGGARD

Sir Henry Rider Haggard (1856-1925), einer der bedeutendsten englischen Erzähler der Jahrhundertwende, gehört zu den Klassikern des Fantasy-Romans.

06/4130 - DM 7,80

06/4131 - DM 8,80

06/4132 - DM 7,80

06/4133 - DM 9,80

06/4136 - DM 7,80

06/4137 - DM 7,80

06/4138 - DM 7,80